一本书打开一个世界

Jane Austen

偏见 与 傲慢

PRIDE
and
PREJUDICE

[英] 简·奥斯丁 著

王科一 译

浙江文艺出版社

图书在版编目（CIP）数据

傲慢与偏见 /（英）简·奥斯丁著；王科一译. —杭州：浙江文艺出版社，2025.5
ISBN 978-7-5339-7086-4

Ⅰ.①傲… Ⅱ.①简… ②王… Ⅲ.①长篇小说—英国—近代 Ⅳ.①I561.44

中国版本图书馆CIP数据核字（2022）第254167号

策划统筹	王晓乐
责任编辑	张恩惠 丁 辉
责任印制	吴春娟
装帧设计	人马艺术设计·储平
美术编辑	吴 瑕
营销编辑	詹雯婷
数字编辑	姜梦冉 诸婧琦

傲慢与偏见

［英］简·奥斯丁 著　　王科一 译

出版发行	浙江文艺出版社
地　址	杭州市环城北路177号
邮　编	310003
电　话	0571-85176953（总编办）
	0571-85152727（市场部）
制　版	杭州天一图文制作有限公司
印　刷	南京爱德印刷有限公司
开　本	880毫米×1230毫米　1/32
字　数	300千字
印　张	13.375
版　次	2025年5月第1版
印　次	2025年5月第1次印刷
书　号	ISBN 978-7-5339-7086-4
定　价	158.00元

版权所有　侵权必究

一个人可以骄傲而不虚荣。

第一章

凡是有财产的单身汉，必定需要娶位太太，这已经成了一条举世公认的真理。

这样的单身汉，每逢新搬到一个地方，四邻八舍虽然完全不了解他的性情如何，见解如何，可是，既然这样的一条真理早已在人们心目中根深蒂固，因此人们总是把他看作自己某一个女儿理所应得的一笔财产。

有一天，班纳特太太对她的丈夫说："我的好老爷，尼日斐花园终于租出去了，你听说过没有？"

班纳特先生回答道，他没有听说过。

"的确租出去了，"她说，"郎格太太刚刚上这儿来过，她把这件事的底细，一五一十地都告诉了我。"

班纳特先生没有理睬她。

"你难道不想知道是谁租去的吗？"太太不耐烦地嚷起来了。

"既是**你**要说给我听，我听听也无妨。"

这句话足够鼓励她讲下去了。

"哦，亲爱的，你得知道，郎格太太说，租尼日斐花园的是个阔少爷，他是英格兰北部的人；听说他星期一那天，乘着一辆驷马大轿车来看房子，看得非常中意，当场就和莫理斯先生谈妥了；他要在'米迦勒节'①以前搬进来，打算下个周末先叫几个用人来住。"

"这人叫什么名字？"

"彬格莱。"

"有太太的呢，还是个单身汉？"

"噢！是个单身汉，亲爱的，确确实实是个单身汉！一个有钱的单身汉；每年有四五千镑的收入。真是女儿们的福气！"

"这怎么说？关女儿们什么事？"

"我的好老爷，"太太回答道，"你怎么这样叫人讨厌！告诉你吧，我正在盘算，他要是挑中我们的一个女儿做老婆，可多好！"

"他住到这儿来，就是为了这个打算吗？"

"打算！胡扯，这是哪儿的话！不过，他倒**兴许**看中我们的某一个女儿呢。他一搬来，你就得去拜访拜访他。"

"我不用去。你带着女儿们去就得啦，要不你干脆打发她们自己去，那或许倒更好些，因为你跟女儿们比起来，她们哪一个都不能胜过你的美貌，你去了，彬格莱先生倒可能挑中你呢。"

"我的好老爷，你太捧我啦。从前也的确有人赞赏过我的美貌，现在我可不敢说有什么出众的地方了。一个女人家有了五个

---

① 米迦勒节为9月29日，系英国四结账日之一，雇用用人多在此日，租约亦多于此日履行。

成年的女儿，就不该想到自己的美貌啦。"

"这样看来，一个女人家并没有多少时候好想到自己的美貌喽。"

"不过，我的好老爷，彬格莱一搬到我们的邻近来，你的确应该去看看他。"

"老实跟你说吧，这不是我分内的事。"

"看女儿们分上吧。只请你想一想，她们不论哪一个，要是攀上了这样一个人家，够多么好。威廉爵士夫妇已经决定去拜望他，他们也无非是这个用意。你知道，他们通常是不会拜望新搬来的邻居的。你的确应该去一次，要是你不去，叫**我们**怎么去。"

"你实在过分细心啦。彬格莱先生一定很高兴看到你的；我可以写封信给你带去，就说随便他挑中了我哪一个女儿，我都心甘情愿地答应他把她娶过去；不过，我在信上得特别替小丽萃①吹嘘几句。"

"我希望你别这么做。丽萃没有一点儿地方胜过别的几个女儿；我敢说，论漂亮，她抵不上吉英一半；论性子，她抵不上丽迪雅一半。你可老是偏爱**她**。"

"她们没有哪一个值得夸奖的，"他回答道，"她们跟人家的姑娘一样，又傻，又无知；倒是丽萃要比她的几个姐妹伶俐些。"

"我的好老爷，你怎么舍得这样糟蹋自己的亲生女儿？你是在故意叫我气恼，好让你自己得意吧。你半点儿也不体谅我的神经衰弱。"

---

① 丽萃系伊丽莎白的爱称。

"你真错怪了我,我的好太太。我非常尊重你的神经。它们是我的老朋友。至少在最近二十年以来,我一直听到你郑重其事地提到它们。"

"啊!你不知道我怎样受苦呢!"

"不过我希望你这毛病会好起来,那么,像这种每年有四千镑收入的阔少爷,你就可以眼看着他们一个个搬来做你的邻居了。"

"你既然不愿意去拜望他们,即使有二十个搬了来,对我们又有什么好处!"

"放心吧,我的好太太,等到有了二十个,我一定去一个个拜望到。"

班纳特先生真是个古怪人,他一方面喜欢插科打诨,爱挖苦人,同时又不苟言笑,变幻莫测,真使他那位太太积二十三年之经验,还摸不透他的性格。太太的脑子是很容易加以分析的。她是个智力贫乏、不学无术、喜怒无常的女人,只要碰到不称心的事,她就自以为神经衰弱。她生平的大事就是嫁女儿;她生平的安慰就是访友拜客和打听新闻。

第二章

班纳特先生尽管在自己太太面前自始至终都说是不想去拜访彬格莱先生,事实上一直都打算去拜访他,而且还是跟第一批人一起去拜访他的。等到他去拜访过以后,当天晚上太太才知道实情。这消息透露出来的经过是这样的——他看到第二个女儿在装饰帽子,就突然对她说:

"我希望彬格莱先生会喜欢你这顶帽子,丽萃。"

她的母亲愤愤地说:"我们既然不预备去看彬格莱先生,当然就无从知道他喜欢什么。"

"可是你忘啦,妈妈,"伊丽莎白说,"我们将来可以在跳舞会上碰到他的,郎格太太不是答应过把他介绍给我们吗?"

"我不相信郎格太太肯这么做。她自己有两个亲侄女。她是个自私自利、假仁假义的女人,我瞧不起她。"

"我也瞧不起她,"班纳特先生说,"你倒不指望她来替你效劳,这叫我听到高兴。"

班纳特太太没有理睬他,可是忍不住气,便骂起女儿来。

"别那么咳个不停,吉蒂,看老天爷分上吧!稍许体谅一下我的神经吧。你简直叫我的神经要胀裂啦。"

"吉蒂真不知趣,"她的父亲说,"咳嗽也不知道拣个时候。"

"我又不是故意咳着玩儿。"吉蒂气恼地回答道。

"你们的跳舞会定在哪一天开,丽萃?"

"从明天算起,还得再过两个星期。"

"唔,原来如此,"她的母亲嚷道,"郎格太太可要挨到开跳舞会的前一天才能赶回来;那么,她可来不及把他介绍给你们啦,她自己也还不认识他呢。"

"那么,好太太,你大可以占你朋友的上风,反过来替她介绍这位贵人啦。"

"办不到,我的好老爷,办不到,我自己还不认识他呢;你怎么可以这样嘲笑人?"

"我真佩服你想得这般周到。两个星期的认识当然谈不上什么。跟一个人相处了两个星期,不可能就此了解他究竟是怎样一个人。不过,要是**我们**不去尝试尝试,别人可少不了要尝试的。话说到底,郎格太太和她的侄女儿一定不肯错过这个良机。因此,要是你不愿意办这件事,我自己来办好了,反正她会觉得这是我们对她的一片好意。"

女儿们都对父亲瞪着眼。班纳特太太只随口说了声:"真胡扯!"

"你怎么这样大惊小怪!"他嚷道,"你以为替人家效点儿劳介绍介绍是毫无意思的事吗?你这样的说法我可不大同意。你说呢,曼丽?我知道你是个有独到见解的少女,读的书都是些皇皇巨著,而且还要做札记。"

曼丽想说几句有见识的话，可又不知道怎么说才好。

于是班纳特先生接下去说："让曼丽仔细想一想再发表意见吧，我们还是重新来谈谈彬格莱先生。"

"我就讨厌谈彬格莱先生。"他的太太嚷起来了。

"遗憾得很，你竟会跟我说**这种话**；你怎么不早说呢？要是今天上午听到你这样说，那我当然就不会去拜访他啦。这真叫作不凑巧。现在既然拜访也拜访过了，我们今后就少不了要结交这个朋友。"

果然不出他所料，娘儿们一听此话，一个个都大为惊异，尤其是班纳特太太，比谁都惊异得厉害；不过，这样欢天喜地地喧嚷了一阵以后，她便当众宣布，说这件事她早就料到的。

"你真是个好心肠的人，我的好老爷！我早就知道你终究会给我说服的。你既然疼爱自己的女儿，当然就不会把这样一个朋友不放在心上。我真太高兴了！你这个玩笑开得真太有意思，谁想到你竟会今天上午去拜访他，而且到现在一字不提。"

"吉蒂，现在你可以放心大胆地咳嗽啦。"班纳特先生一面说，一面走出房间，原来太太那样得意忘形，把他闹得有些腻烦了。

门一关上，班纳特太太便对她的几个女儿说："孩子们，你们的爸爸真太好了，我不知道你们怎样才能报答他的好心；再说，你们还应该好好地报答**我**一番呢。老实跟你们说吧，我们老夫妇活到这么一大把年纪了，哪儿有兴致天天去交朋结友；可是为了你们，我们随便什么事都乐意去做。丽迪雅，乖宝贝，虽然你年纪最小，开起跳舞会来，彬格莱先生或许就偏偏要跟你跳呢。"

"噢！"丽迪雅满不在乎地说，"我才不当它一回事。年纪虽然是我最小，个儿却算我顶高。"

于是她们一方面猜测那位贵人什么时候会来回拜班纳特先生，一方面盘算着什么时候请他来吃饭，就这样把一个晚上的工夫在闲谈中度过去了。

第三章

　　尽管班纳特太太有了五个女儿帮腔，向她丈夫问起彬格莱先生这样那样，可是丈夫的回答总不能叫她满意。母女们想尽办法对付他——赤裸裸的问句，巧妙的设想，离题很远的猜测，什么办法都用到了；可是他并没有上她们的圈套。最后，她们迫不得已，只得听取邻居卢卡斯太太的间接消息。她的报道全是好话。据说威廉爵士很喜欢他。他非常年轻，长得特别漂亮，为人又极其谦和，最重要的一点是，他打算请一大群客人来参加下次的舞会。这真是再好也没有的事！喜欢跳舞是谈情说爱的一个步骤，大家都热烈地希望去获得彬格莱先生的那颗心。

　　"我只要能看到有一个女儿在尼日斐花园幸福地安了家，"班纳特太太对她的丈夫说，"看到其他几个也匹配得这样门当户对，此生就没有别的奢望了。"

　　不到几天工夫，彬格莱先生上门回拜班纳特先生，在他的书房里跟他盘桓了十分钟左右。他久仰班纳特先生几位小姐的年轻美貌，很希望能够见见她们，但是他只见到了她们的父亲。倒是小姐们比他幸运，她们利用楼上的窗口，看清了他穿的是蓝外套，骑的是一匹黑马。

班府上不久就发请帖请他吃饭；班纳特太太已经计划了好几道菜，每道菜都足以增加她的体面，说明她是个会当家的贤主妇。可是事不凑巧，彬格莱先生第二天非进城不可，他们这一番盛意叫他无法领情，因此回信给他们，说是要迟一迟再说。班纳特太太大为不安。她想，此人刚来到哈福德郡①，怎么就要进城有事，于是她开始担心思了：照理他应该在尼日斐花园安安定定住下来，看现在的情形，莫不是他经常都得这样东漂西泊，行踪不定？亏得卢卡斯太太对她说，可能他是到伦敦去邀请那一大群客人来参加舞会，这才使她稍许减除了一些顾虑。外面马上就纷纷传说彬格莱先生将要带来七男十二女参加舞会。小姐们听到有这么许多女宾，不禁担心起来。好在开跳舞会的前一天，她们听到彬格莱先生并没有带来十二个女宾，仅仅只带来六个，其中五个是他自己的姐妹，一个是表姐妹，这个消息才使小姐们放了心。后来等到这群贵客走进舞场的时候，却一共只有五个人——彬格莱先生，他的两个姐妹，姐夫，还有另外一个青年。

彬格莱先生仪表堂堂，大有绅士风度，而且和颜悦色，没有拘泥做作的习气。他的姐妹也都是些优美的女性，态度落落大方。他的姐夫赫斯脱只不过像个普通绅士，不大引人注目，但是他的朋友达西却立刻引起了全场的注意，因为他身材魁伟，眉清

---

① 英国内陆之一郡，以玫瑰花圃著称。该郡的圣阿尔班及白纳特曾先后于1455年、1461年及1471年为有名的"玫瑰战争"的战场。英国名人如培根、兰姆、李敦等均出生于此郡。

目秀，举止高贵，于是他进场不到五分钟，大家都纷纷传说他每年有一万镑的收入。男宾们都称赞他的一表人才，女宾们都说他比彬格莱先生漂亮得多。人们差不多有半个晚上都带着爱慕的目光看着他，最后人们才发现他为人骄傲，看不起人，巴结不上他，因此对他起了厌恶的感觉，他那众望所归的极盛一时的场面才黯然失色。他既然摆出那么一副讨人嫌惹人厌的神气，那么，不管他在德比郡有多大的财产，也挽救不了他，况且和他的朋友比起来，他更没有什么大不了。

彬格莱先生很快就熟悉了全场所有的主要人物。他生气勃勃，为人又不拘泥，每一场舞都少不了要跳。使他气恼的是，舞会怎么散场散得这样早。他又谈起他自己要在尼日斐花园开一次舞会。他这些可爱的地方自然会引起人家对他发生好感。他跟他的朋友是多么显著的一个对照啊！达西先生只跟赫斯脱太太跳了一次舞，跟彬格莱小姐跳了一次舞，此外就在室内踱来踱去，偶尔找他自己人谈谈，人家要介绍他跟别的小姐跳舞，他怎么也不肯。大家都断定他是世界上最骄傲、最讨人厌的人，希望他不要再来。其中对他反感最厉害的是班纳特太太，她对他的整个举止都感到讨厌，而且这种讨厌竟变本加厉，形成了一种特殊的气愤，因为他得罪了她的一个女儿。

由于男宾少，伊丽莎白·班纳特有两场舞都不得不空坐。达西先生当时曾一度站在她的身旁，彬格莱先生特地歇了几分钟没有跳舞，走到他这位朋友跟前，硬要他去跳，两个人的谈话给她偷听到了。

"来吧，达西，"彬格莱说，"我一定要你跳。我不愿意看到你独个儿这么傻里傻气地站在这儿。还是去跳吧。"

"我绝对不跳。你知道我一向多么讨厌跳舞，除非跟特别熟的人跳。在这样的舞会上跳舞，简直叫人受不了。你的姐妹们都在跟别人跳，要是叫舞场里别的女人跟我跳，没有一个不叫我活受罪的。"

"我可不愿意像你那样挑肥拣瘦，"彬格莱嚷道，"随便怎么我也不愿意！不瞒你说，我生平没有见过今天晚上这么许多可爱的姑娘；你瞧，其中有几位真是美貌绝伦。"

"**你**当然啰，舞场上唯一的一位漂亮姑娘在跟你跳舞！"达西先生说，一面望着班府上年纪最大的一位小姐。

"噢！我从来没见过这么美丽的一个尤物！可是她的一个妹妹就坐在你后面，她也很漂亮，而且我敢说，她也很讨人爱。让我来请我的舞伴给你们俩介绍一下吧。"

"你说的是哪一位？"他转过身来，朝着伊丽莎白望了一会儿，等她也看见了他，他才收回自己的目光，冷冷地说，"她还可以，但还没有漂亮到能够打动我的心，眼前我可没有兴趣去抬举那些受别人冷眼看待的小姐。你还是回到你的舞伴身边去欣赏她的笑脸吧，犯不着把时间浪费在我身上。"

彬格莱先生依了达西先生的话走开以后，达西自己也走开了。伊丽莎白依旧坐在那里，对达西先生委实没甚好感。不过她却蛮有兴致地把这段偷听到的话去讲给她的朋友听，因为她的个性活泼调皮，遇到任何可笑的事情都会感到兴趣。

班府上全家人这一个晚上大致都过得很高兴。大小姐蒙彬格莱先生邀她跳了两次舞，而且这位贵人的姐妹们都对她另眼相看。班太太看到尼日斐花园的一家人都这么喜爱她的大女儿,觉得非常得意。吉英跟她母亲一样得意,只不过没有像她母亲那样声张。伊丽莎白也为吉英快活。曼丽曾听到人们在彬格莱小姐面前提到她自己,说她是邻近一带最有才干的姑娘;咖苔琳①和丽迪雅运气最好,没有哪一轮舞缺少舞伴,这是她们每逢去跳舞会时唯一关心的一件事。母女们高高兴兴地回到她们所住的浪搏恩村(她们算是这个村子里的旺族),看见班纳特先生还没有睡觉。且说这位班先生平常只要捧上一本书,就忘了时间,可是这次没有睡觉,却是因为他极想知道大家朝思暮想的这一个盛会,经过情形究竟如何。他满以为他太太对那位贵客一定很失望,但是他立刻就发觉事实并非如此。

"噢!我的好老爷,"她一走进房间就这么说,"我们这一个晚上过得太快活了,舞会太好了。你没有去真可惜。吉英那么吃香,简直是无法形容。什么人都说她长得好;彬格莱先生认为她很美,跟她跳了两场舞!你光是想想**这一点**看吧,亲爱的。他确实跟她跳了两场!全场那么多女宾,就只有她一个人蒙受了他第二次邀请。他头一场舞是邀请卢卡斯小姐跳的。我看到他站到她身边去,不禁有些气恼!不过,他对她根本没意思,其实,什么人也不会对她有意思;当吉英走下舞池的时候,他可就显得非常着迷了。他立即打听她的姓名,请人介绍,然后邀她跳下一轮舞。他第三轮舞是跟金小姐跳的,第四轮跟玛丽雅·卢卡斯跳,第五轮又跟吉英跳,第六轮跟丽萃跳,还有布朗谢家的——"

---

① 咖苔琳即吉蒂,后者为爱称。

"要是他稍许体谅我一点,"她的丈夫不耐烦地叫起来了,"他就不会跳这么多,一半也不会!天哪,不要提他那些舞伴了吧。噢!但愿他头一场舞就跳得脚踝扭了筋!"

"噢!亲爱的,"班纳特太太接下去说,"我非常喜欢他。他真太漂亮啦!他的姐妹们也都很讨人喜欢。我生平没有看见过任何东西比她们的衣饰更讲究。我敢说,赫斯脱太太衣服上的花边——"

她说到这里又给岔断了。班纳特先生不愿意听人谈到衣饰。她因此不得不另找话题,于是就谈到达西先生那不可一世的傲慢无礼的态度,她的措辞辛辣刻薄,而又带有几分夸张。

"不过我可以告诉你,"她补充道,"丽萃不中他的意,这对于丽萃并没有什么可惜,因为他是个最讨厌、最可恶的人,不值得去奉承他。那么高傲,那么自大,叫人不可容忍!他一会儿走到这里,一会儿走到那里,把他自己看得那么了不起!还要嫌人家不够漂亮,配不上跟他跳舞呢!要是你在场的话,你就可以好好地教训他一顿。我厌恶透了那个人。"

第四章

　　吉英本来并不轻易赞扬彬格莱先生,可是当她和伊丽莎白两个人在一起的时候,她就向她的妹妹倾诉衷曲,说她自己多么爱慕他。

　　"他真是一个典型的好青年,"她说,"有见识,有趣味,人又活泼;我从来没见过他那种讨人喜欢的举止!——那么大方,又有十全十美的教养!"

　　"他也长得很漂亮,"伊丽莎白回答道,"一个年轻的男人也得弄得漂亮些,除非办不到,那又当别论。他真够得上一个完美无瑕的人。"

　　"他第二次又来请我跳舞,我真领他的情。我真想不到他会这样抬举我。"

　　"你真没想到吗?我倒替你想到了。不过,这正是我和你大不相同的地方。**你**遇到人家抬举你,总是受宠若惊,**我**就不是这样。他第二次再来请你跳舞,这不是再自然不过的事吗?你比起舞场里任何一位小姐都要漂亮得不知多少倍,他长了眼睛自然会看得出。他向你献殷勤你又何必感激。说起来,他的确很可爱,我也不反对你喜欢他。不过你以前可也喜欢过许多蠢货啊。"

"我的亲丽萃！"

"唔！你知道，你总是太容易对人家发生好感。你从来看不出人家的短处。在你眼睛里看来，天下都是好人，你都看得顺眼。我生平从来没听见过你说人家的坏话。"

"我总希望不要轻易责难一个人，可是我一向都是想到什么就说什么。"

"我知道你是这样的，我对你感到奇怪的也就是**这种地方**。凭你这样一个聪明人，为什么竟会忠厚到看不出别人的愚蠢和无聊！你走遍天下，到处都可以遇到伪装坦白的人。可是，——坦白得不加任何炫耀，不带一点企图，承认别人的优点，而且把人家的长处多夸奖几分，却绝口不提别人的短处——这可只有你做得到。那么，你也喜欢那位先生的姐妹们吗？她们的风度可比不上他呀。"

"初看上去——的确比不上。不过，跟她们攀谈起来，就觉得她们也都是些讨人喜欢的女人。听说彬格莱小姐将要跟她兄弟住在一起，替他料理家务；她要不是个好邻居，那才怪呢。"

伊丽莎白听着姐姐说话，嘴上一声不响，心里可并不信服。她比她姐姐的观察力来得敏锐，脾气也没有姐姐那么好惹，因此提到彬家姐妹，她只要想想她们在跳舞场里的那种举止，就知道她们并不打算要讨一般人的好。而且她很有主见，决不因为人家待她好就改变主张，她不会对她们发生多大好感的。事实上，她们都是些非常好的小姐；她们并不是不会谈笑风生，问题是在要碰到她们高兴的时候；她们也不是不会待人和颜悦色，问题在于她们是否乐意这样做。可惜的是,她们一味骄傲自大。她们都长得很漂亮,曾经在一个上流的专科学校里受过教育,有两万镑的财产,花起钱来总是太随便了,爱结交有身价地位的人,因此才造成了她们在各方面都自视甚高,不把别人放在眼里。她们出生于英格兰北部的一个体面家族。她们对自己的出身记得很牢,可是却几乎忘了她们兄弟的财产以及她们自己的财产都是做生意赚来的。

彬格莱先生从他父亲那儿只继承了一笔将近十万镑的遗产。他父亲生前本来打算购置些田产,可惜没有了却心愿就与世长辞了。彬格莱先生同样有这个打算,并且一度打算就在自己的故乡购置,不过目前他既然有了一幢很好的房子,而且有庄园听他任意使用,于是那些了解他的性格的人都说,像他这样一个随遇而安的人,下半辈子恐怕就要在尼日斐花园度过,购置田产的事又要留给下一代去做了。

他的姐妹们倒反而替他着急,希望他早些购置产业;不过,尽管他现在仅仅是以一个租户的身份在这儿住下来,彬格莱小姐还是非常愿意替他掌管家务,再说那位嫁了个穷措大的赫斯脱太太,每逢上弟弟这儿来做客,依旧像是到了自己家里一样。当时彬格莱先生成年还不满两个年头,只因为偶然听到人家推荐尼日斐花园的房子,他便来到这儿看看。他里里外外看了半个钟头,地段和几间主要的房间都很中他的意,加上房东又把那幢房子大大赞美了一番,那番话对他也是正中下怀,于是他就当场租了下来。

他和达西虽然性格大不相同,彼此之间的友谊却始终如一。

达西所以喜欢彬格莱,是因为彬格莱为人温柔敦厚、坦白直爽,尽管个性方面和他自己极端相反,而他自己也从来不曾觉得自己的个性有什么不完美的地方。达西很器重彬格莱,因此彬格莱对他极其信赖,对他的见解也推崇备至。从智力方面讲,达西比他强——这并不是说彬格莱呆笨,而是说达西显得聪明些。达西为人兼有傲慢、含蓄和爱挑剔的性子,他虽说受过良好的教养,可是他的风度总不受人欢迎。从这一方面讲,他的朋友可比他高明了。彬格莱无论走到哪儿,一定都会讨人喜欢,达西却始终得罪人。

从他们俩谈起麦里屯舞会的态度来看,就足见两人性格的不同。彬格莱说,他生平从来没有遇到过什么人比这儿的人更和蔼,也没有遇到过什么姑娘比这儿的姑娘更漂亮;在他看来,这儿每个人都极其和善,极其殷勤,不拘礼,不局促,他一下子就觉得和全场的人都相处得很相熟了;讲起班纳特小姐①,他想象不出人间会有一个比她更美丽的天使。至于达西,他总觉得他所看到的这些人既不美,又谈不上风度,没有一个人使他感兴趣,也没有一个人对他献殷勤,博取他的欢心。他承认班纳特小姐是漂亮的,可惜她笑得太多。

赫斯脱太太姐妹俩同意他这种看法——可是她们仍然羡慕她,喜欢她,说她是个甜姐儿,她们并不反对跟她这样的一位小姐做个深交。班纳特小姐就这样成为一个甜姐儿了,她们的兄弟听到了这番赞美,便觉得今后可以爱怎么样想她就怎么样想她了。

---

① 班纳特小姐指班纳特家的大小姐,即吉英,本书中除特别指出者以外,均同此。

第五章

距离浪搏恩不远的地方，住着一家人家，这就是威廉·卢卡斯爵士府上。班纳特府上跟他们特别知己。爵士从前是在麦里屯做生意起家发迹的，曾在当市长的任内上书皇上，获得了一个爵士的头衔。这个显要的身份使他觉得太荣幸，从此他就讨厌做生意，讨厌住在一个小市镇上，于是歇了生意，告别小镇，带着家属迁到那离开麦里屯大约一英里路的一幢房子里去住，从那时候起就把那地方叫作卢家庄。他可以在这儿自得其乐，以显要自居，而且，既然摆脱了生意的纠缠，他大可以一心一意地从事社交活动。他尽管以自己的地位欣然自得，却并不因此而目空一切，反而对什么人都应酬得非常周到。他生来不肯得罪人，待人接物总是和蔼可亲，殷勤体贴，而且自从觐见皇上以来，更加彬彬有礼。

卢卡斯太太是个很善良的女人，真是班纳特太太一位可贵的邻居。卢府上有好几个孩子。大女儿是个明理懂事的年轻小姐，年纪大约二十六七岁，她是伊丽莎白要好的朋友。

且说卢府上几位小姐跟班府上几位小姐这回非要见见面，谈谈这次跳舞会上的事不可。于是在开完了跳舞会的第二天上午，卢府上的小姐们到浪搏恩来跟班府上的小姐交换意见。

班纳特太太一看见卢卡斯小姐，便客客气气、从容不迫地说："那天晚上全靠你开场开得好，你做了彬格莱先生的第一个意中人。"

"是呀，可是他喜欢的倒是第二个意中人。"

"哦，我想你是说吉英吧，因为他跟她跳了两次。看起来，他是真的爱上了她呢——我的确相信他是真的——我听到了一些话——可是我弄不清究竟——我听到了一些有关鲁宾逊①先生的话。"

"说不定你指的是我偷听到他和鲁宾逊先生的谈话吧；我不是跟你说过了吗，鲁宾逊先生问他喜欢不喜欢我们麦里屯的跳舞会，问他是否觉得到场的女宾们中间有许多人很美，问他认为哪一个最美？他立刻回答了最后一个问题：'毫无问题是班纳特家的大小姐最美。关于这一点，人们决不会有别的看法。'"

"一定的！说起来，那的确成了定论啦——看上去的确像是——不过，也许会全部落空呢，你知道。"

"**我**偷听到的话比你听到的要更有意思了，伊丽莎，"夏绿蒂②说，"达西先生的话没有他朋友的话中听，可不是吗？可怜的伊丽莎！他只不过认为她还**可以**！"

"我请求你别叫丽萃想起了他这种无礼的举动又生起气来；

---

① 即达西先生。
② 即卢卡斯小姐。

他是那么讨厌的一个人,被他看上了才叫倒霉呢。郎格太太告诉我说,昨儿晚上他坐在她身边有半个钟头,可是始终不开口。"

"你的话靠得住吗,妈妈?——一点儿没有说错吗?"吉英说,"我清清楚楚看到达西先生跟她说话的。"

"嘿——那是后来她问起他喜欢不喜欢尼日斐花园,他才不得已敷衍了她一下;可是据她说,他似乎非常生气,好像怪她不该跟他说话似的。"

"彬格莱小姐告诉我,"吉英说,"他从来不爱多说话,除非跟知己的朋友们谈谈。他对待**知己的朋友**非常和蔼可亲。"

"我根本不相信这种话,要是他果真和蔼可亲,就该跟郎格太太说话啦。可是这里面的奥妙是可想而知的,大家都说他非常骄傲,他所以没跟郎格太太说话,或许是因为听到郎格太太连马车也没有一部,临时雇了车子来参加跳舞会吧。"

"他没跟郎格太太说话,我倒不计较,"卢卡斯小姐说,"我只怪他当时没跟伊丽莎跳舞。"

"丽萃,假如我是你,"她的母亲说,"我下次偏不跟他跳舞。"

"妈妈,我相信我可以万无一失地向你保证,我怎么也不跟他跳舞呢。"

"他虽然骄傲,"卢卡斯小姐说,"可不像一般人的骄傲那样使我生气,因为他的骄傲还勉强说得过去。这么优秀的一个青年,门第好,又有钱,样样都比人家强,也难怪他要自以为了不起。照我的说法,他有**权利**骄傲。"

"这倒是真话,"伊丽莎白回答道,"要是他没有触犯我的骄傲，我也很容易原谅他的骄傲。"

"我以为骄傲是一般人的通病。"曼丽说。她觉得自己的见解很高明，因此提高了谈话的兴致，"从我所读过的许多书看来，我相信那的确是非常普遍的一种通病，人性特别容易趋向于这方面，简直谁都不免因为自己具有了某种品质，或是自以为具有了某种品质而自命不凡。虚荣与骄傲是截然不同的两件事，尽管字面上常常当作同义词用。一个人可以骄傲而不虚荣。骄傲多半不外乎我们对我们自己的估价，虚荣却牵涉到我们希望别人对我们的看法。"

卢家一个小哥儿（他是跟他姐姐们一起来的）忽然说道："要是我也像达西先生那么有钱，我真不知道会骄傲到什么地步呢。我要养一群猎狗，还要每天喝一瓶酒。"

班纳特太太说："那你就喝得太过分啦，要是给我看见了，我就马上夺掉你的酒瓶。"

那孩子抗议道，她不应该那样做；她接着又宣布了一遍，说她一定要那样，一场辩论直到客人告别时方才结束。

第六章

浪搏恩的小姐们不久就去拜访尼日斐花园的小姐们了。人家也照例来回拜了她们。班纳特小姐那种讨人喜爱的举止，使赫斯脱太太和彬格莱小姐对她愈来愈有好感。尽管班家老太太叫人不可容忍，几个小妹妹也不值得攀谈，可是两位彬格莱小姐还是愿意跟年纪大的两位班小姐作进一步的深交，吉英极其喜悦地领受了这份盛意；可是伊丽莎白看出她们对待任何人仍然很高傲，甚至对待吉英也几乎没有两样，因此颇不喜欢她们；不过，她们所以待吉英好，看来多半还是由于她们兄弟爱慕她的缘故。只要你看见他们俩在一起，你就看得出他**的确**是爱慕她的。伊丽莎白又很清楚地看出吉英一开头就对彬格莱先生有好感，现在已不由自主地倾心于他，也可以说是爱上了他。可是她高兴地想到，吉英虽说感情丰富，好在性格很镇定，外表上仍然保持着正常的和颜悦色，那就不会引起那些鲁莽人的怀疑，因此他俩的心意也就不会给外人察觉了。伊丽莎白曾经跟自己的朋友卢卡斯小姐谈到过这一点。

夏绿蒂当时说道："这种事要想瞒过大家，也许是怪有意思的，不过，这样提心吊胆，有时候反而不妙。要是一个女人在她自己心爱的人面前，也用这种技巧遮遮掩掩，不让他知道她对他有意思，那她就可能没有机会博得他的欢心；那么，就是把天下人都蒙在鼓里，也无补于事。男女恋爱大都免不了要借重于双方的感恩图报之心和虚荣自负之感，听其自然是很难成其好事的。恋爱的开头都是随随便便——某人对某人发生点儿好感，本是极其自然的一回事；只可惜没有对方的鼓励而自己就肯没头没脑去钟情的人，简直太少了。女人家十有八九都是心里有一分爱表面上就露出两分。毫无问题，彬格莱喜欢你姐姐；可是你姐姐如果不帮他一把劲，他也许喜欢喜欢她就算了。"

"不过她已经尽心竭力在帮他的忙了。要是我都能看出她对他的好感，而他却看不出，那他未免太蠢了。"

"伊丽莎，你得记住，他可不像你那么懂得吉英的性格。"

"假如一个女人爱上了一个男人，只要女方不故意瞒住男方，男方一定会看得出的。"

"要是男方和女方见面的机会很多，或许他总会看得出。虽然彬格莱和吉英见面的次数相当多，却从来没有在一起接连待上几个钟头，何况他们见起面来，总是跟一些杂七杂八的人在一起，不可能让他们俩畅谈。因此如果吉英想叫他一心一意都在她身上，她就千万不能错过每一个机会。等到能够把他抓到手，再从从容容尽量去谈恋爱还来得及。"

伊丽莎白回答道："倘使只求嫁一个有钱的男人，你这个办法妙极了，我如果决心找个阔丈夫，或者干脆只要随便找个丈夫就算数，我或许会照你的办法去做。可惜吉英不是这样想的；她为人处世，就是不愿意使心眼儿。而且，她自己也还拿不准她究竟对他钟情到什么地步，钟情得是否得体。她认识他才不过两个星期。她在麦里屯跟他跳了四次舞；有天上午她在他家里跟他见过一次面，此后又跟他吃过四次晚饭，可是总有别人在一起。就这么点儿来往，叫她怎么能了解他的性格呢。"

"事情并不如你所说的那样。要是她只跟他吃吃晚饭，那她或许只看得出他的饭量好不好；可是你得记住，他们既在一起吃过四顿饭也就是在一起盘桓了四个晚上呀——四个晚上的作用可大着呢。"

"是的；这四个晚上叫他们俩彼此摸透了一样性格，那就是他们俩都喜欢玩二十一点，不喜欢玩'康梅司'①；讲到别的重要的特点，我看他们彼此之间还了解得很少。"

"唔，"夏绿蒂说，"我一心一意祝吉英成功。我以为即使她明天就跟他结婚，她所能获得的幸福，比起她花上一年时间研究了他的性格，再去跟他结婚所能获得的幸福，并不见得会少到哪里去。婚姻生活是否能幸福，完全是个机会问题。一对爱人婚前脾气摸得非常透，或者脾气非常相同，这并不能保证他们俩就会幸福。他们总是弄到后来距离越来越远，彼此烦恼。你既然得和这个人过一辈子，你最好尽量少了解他的缺点。"

"你这番话妙透了，夏绿蒂。不过这种说法未必可靠。你也明知道未必可靠，你自己就不肯那么做。"

---

① 一种法国牌戏。下注后每人发牌三张，其中一张可以根据各个玩牌者之需要在牌堆中掉换，直等到有人换妥赢牌为止，通常三张相同者为最大，同花顺子次之。

伊丽莎白一心只知道谈论彬格莱先生对她姐姐的殷勤，却一点儿没想到她自己已经成了彬格莱那位朋友的意中人。说到达西先生，他开头并不认为她怎么漂亮；他在跳舞会上望着她的时候，并没有带着丝毫的爱慕之意，第二次见面的时候，他也不过用吹毛求疵的眼光去看待她。不过，他尽管在朋友们面前，在自己心里，都说她的面貌一无可取，可是眨下眼的工夫，他就发觉她那双乌黑的眼睛美丽非凡，使她的整个脸蛋儿显得极其聪慧。紧接着这个发现之后，他又在她身上发现了几个同样叫人怄气的地方。他带着挑剔的眼光，发觉她的身段这儿也不匀称，那儿也不匀称，可是他到底不得不承认她体态轻盈，惹人喜爱；虽然他嘴上一口咬定她缺少上流社会的翩翩风采，可是她那落落大方的爱打趣的作风，又把他迷住了。伊丽莎白完全不明了这些情形，她只觉得达西是个到处不讨人喜欢的男人，何况他曾经认为她不够漂亮，不配跟他跳舞。

达西开始希望跟她深交。他为了想要慢慢地跟她攀谈攀谈，因此她跟别人谈话的时候，他总是留神去听。于是，有一次威廉·卢卡斯爵士大请客，他这样的做法当场引起了她的注意。

且说当时伊丽莎白对夏绿蒂说："你瞧，达西先生是什么意思呢，我跟弗斯脱上校谈话，干吗要他在那儿听？"

"这个问题只有达西先生自己能够回答。"

"要是他再这样，我一定要叫他明白我并不是个糊涂蛋。他挖苦人的本领特别高明，要是我不先给他点颜色看看，我马上就会见他怕啦。"

不到一会儿工夫，达西又走到她的身边来了，他表面上虽然

并不想跟她们攀谈,卢卡斯小姐却还是怂恿伊丽莎白向他把这个问题正面提出来。伊丽莎白给她这样一激,便立刻转过脸来跟他说:

"达西先生,我刚刚缠住弗斯脱上校要他给我们在麦里屯开一次跳舞会,你看我的话是不是说得非常得体?"

"的确说得起劲极了,不过这件事本来就是叫小姐们非常起劲的。"

"你这样说我们,未免太尖刻了些吧。"

"马上要有别人来缠住她了,"卢卡斯小姐说,"我去打开琴,伊丽莎,接下来该怎么办,你自个儿明白。"

"你这种朋友真是世上少有!——不管当着什么人的面,总是要我弹琴唱歌!——要是我存心要在音乐上出风头,我真要对你感激不尽。可是宾客们都是听惯了第一流演奏家的,我实在不好意思在他们面前坐下来献丑。"话虽如此,怎奈卢卡斯小姐再三要求,她便说道,"好吧,既是非献丑不可,只得献献丑吧。"她又板着脸对达西瞥了一眼,说道:"有句老古话说得好,在场的人当然也都晓得这句话:'留口气吹凉稀饭';我也就留口气唱歌吧。"

她的表演虽然说不上奇妙绝伦,也还娓娓动听。唱了一两支歌以后,大家要求她再唱几支。她还没来得及回答,她的妹妹曼丽早就急切地接替她坐到钢琴跟前去了。原来在她们几个姐妹之间,就只有曼丽长得不好看,因此她发愤钻研学问,讲究才艺,老是急着要卖弄卖弄自己的本领。

曼丽既没有天才,格调也不高。虽说虚荣心促使她刻苦用功，但是同样也造成了她一脸的女才子气派和自高自大的态度。有了这种气派和态度，即使她的修养再好些也无补于事，何况她不过如此而已。再说伊丽莎白，虽说弹琴弹得远不如她，可是她落落大方，没有矫揉造作的习气，因此大家听起来就高兴得多了。曼丽的几位妹妹，本在房间那头和卢家小姐们在一起，正在跟两三个军官跳舞跳得起劲，曼丽奏完了一支很长的协奏曲之后，她们便要求她再奏几支苏格兰和爱尔兰的小调，她也高高兴兴地照办了，为的是要博得别人的夸奖和感激。

达西先生就站在她们附近。他看到她们就这样度过一个晚上，也不跟人家攀谈攀谈，心里很是生气。他心思很重，威廉·卢卡斯爵士站在他身边他也不知道，最后他才听到爵士这样跟他说：

"达西先生，跳舞对于年轻人是多么可爱的一种娱乐！说来说去，什么都比不上跳舞，我认为这是上流社会里最出色的才艺。"

"当然啰，先生——而且好就好在跳舞在低等社会里也很风行。哪个野蛮人不会跳舞。"

威廉爵士笑了笑没作声。后来他看见彬格莱也来参加跳舞，便对达西这么说："你的朋友跳得很不错，我相信你对此道也是驾轻就熟吧，达西先生。"

"你大概在麦里屯看见过我跳舞的吧，先生。"

"见过，不错，而且看得非常高兴。你常到宫里去跳舞吗？"

"从来没去过，先生。"

"你连在宫里都不肯赏脸吗？"

"无论在什么地方,我也不愿意赏这种脸,能避免总是避免。"

"你在城里一定有住宅吧?"

达西先生耸了耸身子。

"我一度曾经想在城里住家,因为我喜欢上流社会;不过我可不敢说伦敦的空气是否适合于卢卡斯太太。"

他停了一会儿,指望对方回答;可是对方根本就懒得回答。不久伊丽莎白朝他们跟前走来,他灵机一动,想乘此献一下殷勤,便对她叫道:

"亲爱的伊丽莎小姐,你干吗不跳舞呀?——达西先生,让我把这位年轻的小姐介绍给你,这是位最理想的舞伴。有了这样一个美人儿做你的舞伴,我想你总不会不跳了吧。"他拉住了伊丽莎白的手,预备往达西面前送,达西虽然极为惊奇,可亦不是不愿意接住那只玉手,却不料伊丽莎白立刻把手缩了回去,好像还有些神色仓皇地对威廉爵士说:

"先生,我的确一点儿也不想跳舞。你可千万别以为我是跑到这边来找舞伴的。"

达西先生非常有礼貌地要求她赏光,跟他跳一场,可是他白白地要求了。伊丽莎白下定了决心就不动摇,任凭威廉爵士怎么劝说也没有用。

"伊丽莎小姐,你跳舞跳得那么高明,可是却不肯让我享享眼福,看你跳一场,这未免太说不过去了吧。再说,这位先生虽说平常并不喜欢这种娱乐,可是要他赏我们半个钟头的脸,我相信他也不会不肯的。"

伊丽莎白笑着说："达西先生未免太客气了。"

"他真的太客气了——可是，亲爱的伊丽莎小姐，看他这样求你，你总不会怪他多礼吧。谁不想要像你这样的一个舞伴？"

伊丽莎白笑盈盈地瞟了一眼就转身走开了。她的拒绝并没有使达西觉得难过。达西正在相当高兴地想念着她，恰巧彬格莱小姐走过来招呼他：

"我猜中你现在在幻想些什么。"

"谅你猜不中。"

"你心里正在想：许多个晚上都是跟这些人在一起无聊度过的，这实在叫人受不了，我跟你颇有同感。我从来不曾这样烦闷过！既枯燥乏味，又吵闹不堪，无聊到了极点。这批人又一个个都自以为了不起！我就想听听你指责他们几句。"

"老实对你说吧，你完全猜错了。我心里想的东西要妙得多呢。我正在玩味着：一个漂亮女人的美丽的眼睛竟会给人这么大的快乐。"

彬格莱小姐立刻把眼睛盯在他的脸上，要他告诉她，究竟是哪位小姐有这种妙处，使他这样想入非非。达西先生鼓起极大的勇气回答道：

"伊丽莎白·班纳特小姐。"

"伊丽莎白·班纳特小姐！"彬格莱小姐重复了一遍，"我真感到惊奇。你看中她多久啦？——请你告诉我，我几时可以向你道喜啊？"

"我料到你会问出这种话来的。女人家的想象力真敏捷；从敬慕一跳就跳到爱情，一眨眼工夫又从爱情跳到结婚。我知道你要预备来向我道喜了。"

"唔，要是你这么一本正经，我就认为这件事百分之百地决定啦。你一定会得到一位有趣的岳母大人，而且当然啰，她会永远在彭伯里跟你待在一起。"

她说得那么得意，他却完全似听非听，她看他那般镇定自若，便放了心，于是那张利嘴越发滔滔不绝了。

第七章

　　班纳特先生的全部家当几乎都在一宗产业上，每年可以借此获得两千镑的收入。说起这宗产业，真是他女儿们的不幸。他因为没有儿子，产业得由一个远亲来继承，至于她们母亲的家私，在这样的人家，本来也算得上一笔大数目，事实上却还不够补偿他的损失。班纳特太太的父亲曾经在麦里屯当过律师，给了她四千镑遗产。

　　她有个妹妹，嫁给了她爸爸的书记腓力普，妹夫后来就承继了她爸爸的行业；她还有个兄弟，住在伦敦，生意做得很得法。

　　浪搏恩这个村子和麦里屯相隔只有一英里路，这么一段距离对于那几位年轻的小姐们是再便利不过的了，她们每星期总得上那儿去三四次，看看她们的姨母，还可以顺便看看那边一家卖女人帽子的商店。两个最小的妹妹咖苔琳和丽迪雅特别倾心于这方面，她们比姐姐们心事要少得多，每当没有更好的消遣办法时，就必定到麦里屯去走一遭，消遣消遣美好的晨光，并且晚上也就有了谈助。尽管这村子里通常没有什么新闻可以打听，她们还老是千方百计地从她们姨妈那儿打听到一些。附近地方最近开到了一团民兵,她们的消息来源当然从此就丰富了,真叫她们高兴非凡。这一团人要在这儿驻扎整个冬天,麦里屯就是司令部的所在地。

从此她们每次拜访腓力普太太都获得了最有趣的消息。她们每天都会打听到几个军官的名字和他们的社会关系。军官们的住宅不久就让大家知道了,再后来小姐们就直接跟他们搞熟了。腓力普先生一一拜访了那些军官,这真是替他的姨侄女儿们开辟了一道意想不到的幸福的源泉。她们现在开口闭口都离不了那些军官。在这以前,只要提到彬格莱先生的偌大的财产,她们的母亲就会眉飞色舞,如今跟军官们的制服对比起来,她们就觉得偌大的财产简直一钱不值了。

一天早晨,班纳特先生听到她们滔滔不绝地谈到这个问题,他不禁冷言冷语地说:

"看你们谈话的神气,我觉得你们真是些再蠢不过的女孩子。以前我还是半信半疑,现在我可完全相信了。"

咖苔琳一听此话,颇感不安,可是并没有回答。丽迪雅却完全没有把爸爸的话当一回事,还是接着说下去,说她自己多么爱慕卡特尔上尉,还希望当天能够跟他见面,因为他明天上午就要到伦敦去。

班纳特太太对她丈夫说:"我真奇怪,亲爱的,你总是喜欢说你自己的孩子蠢。要是我呀,什么人的孩子我都可以看不起,可是我决不会看不起自己的孩子。"

"要是我自己的孩子果真蠢,我决不愿意没有自知之明。"

"你说得不错,可是事实上,她们却一个个都很聪明。"

"我们两个人总算只有在这一点上看法不同。我本来希望你我在任何方面的意见都能融洽一致，可是说起我们的两个小女儿，的确非常蠢；关于这一点，到目前为止，我不得不跟你抱着两样的见解。"

"我的好老爷，你可不能指望这些女孩子都跟她们爸妈一样的见识呀。等她们到了我们这么大年纪，她们也许就会跟我们一样，不会再想到什么军官们了。我记得从前有个时期，我也很喜爱'红制服'①——当然，到现在我心里头还喜爱'红制服'呢；要是有位漂亮的年轻上校，每年有五六千镑收入，随便向我的哪一个女儿求婚，我决不会拒绝他的；有天晚上在威廉爵士家里，看见弗斯脱上校全副军装，真是一表人才！"

"妈妈，"丽迪雅嚷道，"姨妈说，弗斯脱上校跟卡特尔上尉这一向上蔚琴小姐家里去的次数，不像初来的时候那么勤了；她近来常常看到他们站在'克拉克借书处'等人。"

班纳特太太正要答话，不料一个男仆走了进来，拿来一封信给班纳特小姐。这是尼日斐花园送来的一封信，男仆等着取回信。班纳特太太高兴得眼睛也闪亮起来。吉英读信的时候，她心急地叫道：

"嘿，吉英，谁来的信？信上说些什么？是怎么说的？喂，吉英，赶快看完说给我们听吧；快点儿呀，宝宝！"

"是彬格莱小姐写来的。"吉英说，一面把信读出来：

---

① 指英国军人。

> 我亲爱的朋友,——要是你不肯发发慈悲,今天光临舍下跟露薏莎和我一同吃晚饭,我和她两个人就要结下终生的怨仇了。两个女人成天在一块儿谈心,到头来没有不吵架的。接信后希即尽快前来。我的哥哥和他的几位朋友们都要上军官们那儿去吃饭。
>
> 你的永远的朋友珈罗琳·彬格莱

"上军官们那儿去吃饭!"丽迪雅嚷道,"这件事怎么姨妈没告诉我们呢。"

"上别人家去吃饭,"班纳特太太说,"这真是晦气。"

"我可以乘着车子去吗?"吉英问。

"不行,亲爱的,你最好骑着马去。天好像要下雨的样子,下了雨你就可以在那儿过夜。"

"这倒是个好办法,"伊丽莎白说,"只要你拿得准他们不会送她回来。"

"噢,彬格莱先生的马车要送他的朋友们到麦里屯去,赫斯脱夫妇又是有车无马。"

"我倒还是愿意乘着马车去。"

"可是,乖孩子,我包管你爸爸匀不出几匹马来拖车——农庄上正要马用,我的好老爷,是不是?"

"农庄上常常要马用,可惜到我手里的时候并不多。"

伊丽莎白说:"可是,如果今天到得你的手里,就如了妈妈的愿了。"

她终于逼得父亲不得不承认——那几匹拉车子的马已经有了

别的用处。于是吉英只得骑着另外一匹马去,母亲送她到门口,高高兴兴地说了许多预祝天气会变坏的话。她果真如愿了;吉英走了不久,就下起大雨来。妹妹们都替她担忧,只有她老人家反而高兴。大雨整个黄昏没有住点。吉英当然无法回来了。

班纳特太太一遍又一遍地说:"真亏我想出了这个好办法!"好像天下雨都是她一手造成的。不过,她的神机妙算究竟造成了多大的幸福,她一直到第二天早上才知道。早饭还没吃完,尼日斐花园就打发了人送来一封信给伊丽莎白:

我亲爱的丽萃,——今晨我觉得很不舒服,我想这可能是昨天淋了雨的缘故。承蒙这儿好朋友们的关切,要我等到身体舒适一些才回家来。朋友们再三要请钟斯医生来替我看病,因此,要是你们听到他上我这儿来过,可别惊讶。我只不过有点儿喉咙痛和头痛,并没有什么大不了的毛病。——姐字

伊丽莎白读信的时候,班纳特先生对他太太说:"唔,好太太,要是你的女儿得了重病——万一她一病不起——倒也值得安慰呀,因为她是奉了你的命令去追求彬格莱先生的。"

"噢!她难道这么一下子就会送命!哪有小伤风就会送命的道理。人家自会把她侍候得好好的。只要她待在那儿,包管无事。倘使有车子的话,我也想去看看她。"

真正着急的倒是伊丽莎白,她才不管有车无车,决定非去一趟不可。她既然不会骑马,唯一的办法便只有步行。她把自己的

打算说了出来。

她妈妈叫道:"你怎么这样蠢!路上这么泥泞,亏你想得出来!等你走到那儿,你那副样子怎么见人。"

"我只要能见到吉英就成。"

"丽萃,"她的父亲说,"你的意思是叫我替你弄几匹马来驾马车吗?"

"当然不是这个意思。我不怕步行,只要存心去,这点儿路算得上什么。才不过三英里路。我可以赶回来吃晚饭。"

这时曼丽说道:"你完全是出于一片手足之情,我很佩服,可是你千万不能感情用事,你得有理智一点,而且我觉得尽力也不要尽得过分。"

咖苔琳和丽迪雅同声说道:"我们陪你到麦里屯。"伊丽莎白表示赞成,于是三位年轻的小姐就一块儿出发了。

"要是我们赶得快些,"丽迪雅边走边这么说,"或许我们还来得及赶在卡特尔上尉临走以前看看他。"

三姐妹到了麦里屯便分了手;两位妹妹上一个军官太太的家里去,留下伊丽莎白独个儿继续往前走,急急忙忙地大踏步走过了一片片田野,跨过了一道道围栅,跳过了一个个水洼,终于看见了那所屋子。她这时候已经双脚乏力,袜子上沾满了泥污,脸上也累得通红。

她被领进了餐厅,只见他们全家人都在那儿,只有吉英不在场。她一走进门就引起全场人的惊奇。赫斯脱太太和彬格莱小姐心想,这么一大早,路上又这么泥泞,她竟从三英里路开外赶到这儿来,而且是独个儿赶来的,这事情简直叫人无法相信。伊丽莎白料定她们瞧不起她这种举动。不过事实上她们倒很客气地接待了她，特别是她们的兄弟，不仅是客客气气接待她，而且非常殷勤多礼。达西先生说话不多，赫斯脱先生完全一言不发。达西先生的心里被两种情感弄得七上八下：一方面爱慕她那步行之后的鲜艳的脸色，另一方面又怀疑她是否值得为了这么点儿事情独个儿打那么远赶来。至于赫斯脱先生，他一心一意只想要吃早饭。

她问起姐姐的病情如何，可没有得到满意的回答。据说班纳特小姐晚上睡不好，现在虽然已经起床，热度却很高，不能出房门。使伊丽莎白高兴的是，他们马上就把她领到她姐姐那儿去。吉英看到她来，非常高兴，原来她为了不愿意让家里人着急和麻烦，所以信里并没有说明她极其盼望有个亲人来看看她。可是她没有力气多说话，因此，当彬格莱小姐走开以后，剩下她们姐妹俩在一块儿的时候，她只说到她们这儿真待她太好了，使她非常感激——除了这些话以外，就没有再说什么。伊丽莎白静悄悄地侍候着她。

早饭吃过以后，彬格莱家的姐妹也来陪伴她们，伊丽莎白看到她们对吉英那么亲切和关怀，便不禁对她们有了好感。医生来检查了病人的症状，说她是重伤风（其实这也是可想而知的），他嘱咐她们要尽力当心，又劝吉英上床去睡觉，并且给她开了几样药。医生的嘱咐立刻照办了，因为病人热度又高了一些，而且头痛得很厉害。伊丽莎白片刻也没离开她的房间，另外两位小姐也不大走开；男客们都不在家里，其实她们到别处去也没什么事好干。

正三点的时候，伊丽莎白觉得应该走了，于是勉强向主人家告别。彬格莱小姐要她乘着马车回去，她正打算稍许推辞一下就接受主人的盛意，不料吉英说是舍不得让她走，于是彬格莱小姐便不得不改变了请她坐马车回去的主意，请她在尼日斐花园小住一阵。伊丽莎白感激不尽地答应了。接下来就是差人上浪搏恩去，把她在这儿暂住的事情告诉她家里一声，同时叫她家里给她带些衣服来。

第八章

　　五点钟的时候，主人家两姐妹出去更衣；六点半的时候，伊丽莎白被请去吃晚饭。大家都礼貌周全，纷纷来探问吉英的病情，其中尤其是彬格莱先生问得特别关切，这叫伊丽莎白非常愉快，只可惜吉英的病情一点没有好转，因此她无法给人家满意的回答。那姐妹俩听到这话，便几次三番地说她们是多么担心，说重伤风是多么可怕，又说她们自己多么讨厌生病——说过了这些话以后就不当它一回事了。伊丽莎白看到她们当吉英不在她们面前的时候就对吉英这般冷淡，于是她本来那种讨厌她们的心情现在又重新滋长了起来。

　　的确，她们这家人里面只有她们的兄弟能使她称心满意。你一眼便可以看出他是真的在为吉英担忧，再说他对于伊丽莎白也殷勤和悦到极点。伊丽莎白本以为人家会把她看作一个不速之客，可是有了这份殷勤，她就不这么想了。除他以外，别人都不大理睬她。彬格莱小姐的心在达西先生身上，赫斯脱太太差不多也没有什么两样；再说到赫斯脱先生，他就坐在伊丽莎白身旁，他天生一副懒骨头，活在世上就是为了吃、喝、玩牌，他听到伊丽莎白宁可吃一碟普通的菜而不喜欢吃烩肉，便和她谈不上劲了。

伊丽莎白一吃过晚饭就回到吉英那儿去。她一走出饭厅，彬格莱小姐就开始说她的坏话，把她的作风说得坏透了，说她既傲慢又无礼貌：不懂得跟人家攀谈，仪表不佳，风趣索然，人又长得难看。赫斯脱太太也是同样的看法，而且还补充了几句：

"总而言之，她除了跑路的本领以外，没有一样别的长处。她今儿早上那副样子我才永远忘不了呢，简直像个疯子。"

"她的确像个疯子，露薏莎。我简直忍不住要笑出来。她这一趟真来得无聊透顶！姐姐伤了点风，干吗就得要她那么大惊小怪地跑遍了整个村庄？——头发给弄得那么蓬乱，那么邋遢！"

"是呀，还有她的衬裙——可惜你没看到她的衬裙。我绝对不是瞎说，那上面糊上了有足足六英寸泥，她把外面的裙子放低了些，想用来遮盖，可是遮盖不住。"

彬格莱先生说："你形容得并没有过火的地方，露薏莎，可是我并不以为然。我倒觉得伊丽莎白·班纳特小姐今儿早上走进屋来的时候，那种神情风度很不错呢。我并没有看到她的肮脏的衬裙。"

"你一定看到的，达西先生，"彬格莱小姐说，"我想，你总不愿意看到你自己的姐妹弄成那副狼狈样子吧。"

"当然不愿意。"

"无缘无故赶上那么三英里路、四英里路、五英里路，谁晓得多少英里呢，泥土盖没了踝骨，而且是孤孤单单的一个人！她这究竟是什么意思？我看她十足表现了没有家教的野态，完全是乡下人不懂礼貌的轻狂。"

彬格莱先生说："那正说明了她的手足情深,真是好极了。"

彬格莱小姐死样怪气地说："达西先生,我倒担心,她这次的冒失行为,会影响你对她那双美丽的眼睛的爱慕吧?"

达西回答道："一点儿影响也没有,她跑过了这趟路以后,那双眼睛更加明亮了。"说完这句话,屋子里稍许沉默了一会儿,然后赫斯脱太太又开口说话:

"我非常关心吉英·班纳特——她倒的确是位可爱的姑娘——我诚心诚意地希望她好好儿攀门亲事。只可惜遇到那样的父母,加上还有那么些低微亲戚,我怕她没有什么指望了。"

"我不是听你说过,她有个姨爹在麦里屯当律师吗?"

"是呀,她们还有个舅舅住在齐普赛①附近。"

"那真妙极了。"她的妹妹补充了一句,于是姐妹俩都纵情大笑。

彬格莱先生一听此话,便大叫起来:"即使她们有多得数不清的舅舅,可以把整个齐普赛都塞满,也不能把她们讨人喜爱的地方减损分毫。"

"可是,她们倘使想嫁给有地位的男人,机会可就大大减少了。"达西回答道。

彬格莱先生没有理睬这句话;他的姐妹们却听得非常得意,于是越发放肆无忌地拿班纳特小姐的微贱的亲戚开玩笑,开了老

---

① 伦敦街名,自圣保罗教堂向东延展,以珠宝商及绸缎商著称。1666年大火以前,该处系一露天广场,为中世纪市集会聚之地。

半天。

不过她们一离开了饭厅,就重新做出百般温柔体贴的样子,来到吉英房间里,一直陪着她坐到喝咖啡的时候。吉英的病还不见好转,伊丽莎白寸步不离地守着她,一直到黄昏,看见她睡着了,才放下了心,觉得自己应该到楼下去一趟(虽说她并不乐意下楼去)。走进客厅,她发觉大家正在玩牌,大家当时立刻邀她也来玩,可是她恐怕他们输赢很大,便谢绝了,只推说放心不下姐姐,一会儿就得上楼去,她可以拿本书来消遣消遣。赫斯脱先生惊奇地朝她望了一下。

"你宁可看书,不要玩牌吗?"他说,"这真是少有。"

彬格莱小姐说:"伊丽莎白·班纳特小姐瞧不起玩牌,她是个了不起的读书人,对别的事都不感到乐趣。"

伊丽莎白嚷道:"这样的夸奖我不敢当,这样的责备我也不敢当,我并不是什么了不起的读书人,很多东西我都感到乐趣。"

彬格莱先生说:"我断定你很乐意照料你自己的姐姐,但愿她快些复原,那你就会更加快活了。"

伊丽莎白从心底里感谢他,然后走到一张放了几本书的桌子跟前。他立刻要另外拿些书来给她——把他书房里所有的书都拿来。

"要是我的藏书多一些就好啦,无论是为你的益处着想,为我自己的面子着想;可是我是个懒鬼,藏书不多,读过的就更少了。"

伊丽莎白跟他说,房间里那几本书尽够她看了。

彬格莱小姐说:"我很奇怪,爸爸怎么只遗留下来了这么几本书。——达西先生，你在彭伯里的那个藏书室真是好极了！"

达西说："那有什么稀奇，那是好几代的成绩啊。"

"你自己又添置了不少书，只看见你老是在买书。"

"我有现在这样的日子过，自然不好意思疏忽家里的藏书室。"

"疏忽！我相信凡是能为你那个高贵的地方增加美观的东西，你一件也没有疏忽过。——查尔斯①，以后你自己建筑住宅的时候，我只希望有彭伯里一半那么美丽就好了。"

"但愿如此。"

"可是我还要竭力奉劝你就在那儿附近购买房产，而且要拿彭伯里做个榜样。全英国没有哪一个郡比德比郡②更好的了。"

"我非常高兴那么办。我真想干脆就把彭伯里买下来，只要达西肯卖。"

"我是在谈谈可能办到的事情，查尔斯。"

"珈罗琳，我敢说，买下彭伯里比仿照彭伯里的式样造房子，可能性要大些。"

伊丽莎白听这些话听得出了神，弄得没心思看书了，索性把书放在一旁，走到牌桌跟前，坐在彬格莱先生和他的妹妹之间，看他们斗牌。

这时彬格莱小姐又问达西："从春天到现在，达西小姐长高

---

① 彬格莱先生的名字。
② 英格兰北中部之一郡。该郡在英国诸郡中人口占第19位，面积占第20位。其北面之高地名秀阜，以风景秀丽著称。此郡多古代寺院教堂之遗迹，金属矿藏亦甚丰富，故采矿业颇为发达。关于该郡风景名胜，可参阅第四十二章有关注解。

了很多吧？她将来会长到我这么高吧？"

"我想会吧。她现在大概有伊丽莎白·班纳特小姐那么高了，恐怕还要高一点。"

"我真想再见见她！我从来没碰到过这么使我喜爱的人。模样儿那么好，又那样懂得礼貌，小小的年纪就出落得多才多艺，她的钢琴真弹得高明极了。"

彬格莱先生说："这真叫我感到惊奇，年轻的姑娘们怎么一个个都有那么大的能耐，把自己锻炼得多才多艺。"

"一个个年轻的姑娘都是多才多艺！亲爱的查尔斯，你这话是什么意思呀？"

"是的，我认为一个个都是那样。她们都会装饰台桌，点缀屏风，编织钱袋。我简直就没见过哪一位不是样样都会，而且每逢听人谈起一个年轻姑娘，没有哪一次不听说她是多才多艺的。"

达西说："你这一套极其平凡的所谓才艺，倒是千真万确。多少女人只不过会编织钱袋，点缀屏风，就享有了多才多艺的美名；可是我却不能同意你对一般妇女的估价。我不敢说大话：我认识很多女人，而真正多才多艺的实在不过半打。"

"我也的确不敢说大话。"彬格莱小姐说。

伊丽莎白说："那么，在你的想象中，一个多才多艺的妇女，应该包括很多条件啦。"

"不错，我认为应该包括很多条件。"

"噢，当然啰，"他的忠实的助手[①]叫起来了，"要是一个妇女

---

① 按指彬格莱小姐。

不能超越常人，就不能算是多才多艺。一个女人必须精通音乐、歌唱、图画、舞蹈以及现代语文，那才当得起这个称号；除此以外，她的仪表和步态，她的声调，她的谈吐和表情，都得有相当风趣，否则她就不够资格。"

达西接着说："她除了具备这些条件以外，还应该多读书，长见识，有点真才实学。"

"怪不得你只认识六个才女啦。我现在简直疑心你连一个也不认识呢。"

"你怎么对你们女人这般苛求，竟以为她们不可能具备这些条件？"

"我从来没见过这样的女人。我从来没见过哪一个人像你所说的这样有才干，有情趣，又那么好学，那么仪态优雅。"

赫斯脱太太和彬格莱小姐都叫起来了，说她不应该表示怀疑，因为这种怀疑是不公平的，而且她们还一致提出反证，说她们自己就知道有很多女人都够得上这些条件。一直等到赫斯脱先生叫她们好好打牌，怪她们不该对牌场上的事那么漫不经心，她们才住嘴，一场争论就这样结束了，伊丽莎白没有多久也走开了。

门关上之后，彬格莱小姐说："有些女人为了自抬身价，往往在男人们面前编派女人，伊丽莎白·班纳特就是这样一个女人，这种手段在某些男人身上也许会发生效果，但是我认为这是一种下贱的诡计，一种卑鄙的手腕。"

达西听出她这几句话是有意说给他自己听的，便连忙答道："毫无疑问，姑娘们为了勾引男子，有时竟不择手段，使用巧计，这真是卑鄙。只要你的做法带有几分狡诈，都应该受到鄙弃。"

彬格莱小姐不太满意他这个回答，因此也就没有再谈下去。

伊丽莎白又到他们这儿来了一次，只是为了告诉他们一声，她姐姐的病更加严重了，她不能离开。彬格莱再三主张立刻请钟斯大夫来，他的姐妹们却都以为乡下郎中无济于事，主张赶快到城里去请一位最有名的大夫来。伊丽莎白不赞成，不过她也不便太辜负她们兄弟的一番盛意，于是大家协商出了一个办法：如果班纳特小姐明儿一大早依旧毫无起色，就马上去请钟斯大夫来。彬格莱先生心里非常不安，他的姐姐和妹妹也说是十分担忧。吃过晚饭以后，她们俩总算合奏了几支歌来消除了一些烦闷，而彬格莱先生因为想不出好办法来解除焦虑，便只有关照他那管家婆尽心尽意地照料病人和病人的妹妹。

第九章

伊丽莎白那一晚上的大部分时间都是在她姐姐房间里度过的，第二天一大早，彬格莱先生就派了个女用人来问候她们。过了一会儿，彬格莱的姐姐妹妹也打发了两个文雅的侍女来探病，伊丽莎白总算可以聊以自慰地告诉她们说，病人已略见好转。不过，她虽然宽了一下心，却还是要求他们府上替她差人送封信到浪搏恩去，要她的妈妈来看看吉英，来亲自判断她的病情如何。信立刻就送去了，信上所说的事也很快就照办了。班纳特太太带着两个最小的女儿来到尼日斐花园的时候，他们家里刚刚吃过早饭。

倘使班纳特太太发觉吉英有什么危险，那她真要伤心死了；但是一看到吉英的病并不怎么严重，她就满意了；她也并不希望吉英马上复原，因为，要是一复原，她就得离开尼日斐花园回家去。所以，她的女儿一提起要她带她回家去，她听也不要听，况且那位差不多跟她同时来到的医生，也认为搬回去不是个好办法。母亲陪着吉英坐了一会儿工夫，彬格莱小姐便来请她吃早饭，于是她就带着三个女儿一块儿上饭厅去。彬格莱先生前来迎接她们，说是希望班纳特太太看到了小姐的病一定会觉得并不像想象中那般严重。

班纳特太太回答道："我却没有想象到会这般严重呢，先生，她病得太厉害了，根本不能搬动。钟斯大夫也说，千万不可以叫她搬动。我们只得叨光你们多照顾几天啦。"

"搬动！"彬格莱叫道，"绝对不可以。我相信我的妹妹也决计不肯让她搬走的。"

彬格莱小姐冷淡而有礼貌地说："你放心好啦，老太太，班纳特小姐待在我们这儿，我们一定尽心尽意地照顾她。"

班纳特太太连声道谢。

接着她又说道："要不是靠好朋友们照顾，我相信她真不知道变成个什么样儿了；因为她实在病得很重，痛苦得很厉害，不过好在她有极大的耐性——她一贯都是那样的，我生平简直没见过第二个人有她这般温柔到极点的性格。我常常跟别的几个女儿们说，她们比起她来简直太差了。彬格莱先生，你这所房子很可爱呢，从那条鹅卵石铺道上望出去，景致也很美丽。在这个村庄里，我从来没见过一个地方比得上尼日斐花园。虽然你的租期很短，我劝你千万别急着搬走。"

彬格莱先生说："我随便干什么事，都是说干就干，要是打定主意要离开尼日斐花园，我可能在五分钟之内就搬走。不过目前我算在这儿住定了。"

"我猜想得一点儿不错。"伊丽莎白说。

彬格莱马上转过身去对她大声说道："你开始了解我啦，是吗？"

"噢，是呀——我完全了解你。"

"但愿你这句话是恭维我，不过，这么容易被人看透，那恐怕也是件可怜的事吧。"

"那得看情况说话。一个深沉复杂的人，未必比你这样的人更难叫人捉摸。"

她的母亲连忙嚷道："丽萃，别忘了你在做客，家里让你撒野惯了，你可不能到人家这里来胡闹。"

"我以前倒不知道你是个研究人的性格的专家。"彬格莱马上接下去说，"那一定是一门很有趣的学问吧。"

"不错，可是最有趣味的还是研究复杂的性格。至少这样的性格有研究的价值。"

达西说："一般说来，乡下人可以作为这种研究对象的就很少。因为在乡下，你四周围的人都是非常不开通、非常单调。"

"可是人们本身的变动很多，他们身上永远有新的东西值得你去注意。"

班纳特太太听到刚刚达西以那样一种口气提到乡下，不禁颇为生气，便连忙嚷道："这才说得对呀，告诉你吧，乡下可供研究的对象并不比城里少。"

大家都吃了一惊。达西朝她望了一会儿便静悄悄地走开了。班纳特太太自以为完全占了他的上风，便趁着一股兴头说下去：

"我觉得伦敦除了店铺和公共场所以外，比起乡下来并没有什么大不了的好处。乡下可舒服得多了——不是吗，彬格莱先生?"

"我到了乡下就不想走，"他回答道，"我住到城里也就不想走。乡下和城里各有各的好处，我随便住在哪儿都一样快乐。"

"啊，那是因为你的性格好。可是那位先生，"她说到这里，便朝达西望了一眼，"就会觉得乡下一文不值。"

"妈妈，你根本弄错了，"伊丽莎白说道，为她母亲脸都红了，"你完全弄错了达西先生的意思。他只不过说，乡下碰不到像城里那么些各色各样的人，这你可得承认是事实呀。"

"当然啰，宝贝——谁也没那么说过。要是说这个村子里还碰不到多少人，我相信比这大的村庄也就没有几个了。就我所知，平常跟我们来往吃饭的可也有二十四家呀。"

要不是顾全伊丽莎白的面子，彬格莱简直忍不住要笑出来了。他的妹妹可没有他那么用心周到，便不由得带着富有表情的笑容望着达西先生。伊丽莎白为了找个借口转移一下她母亲的心思，便问她母亲说，自从她离家以后，夏绿蒂·卢卡斯有没有到浪搏恩来过。

"来过，她是昨儿跟她父亲一块儿来的。威廉爵士是个多么和蔼的人呀，彬格莱先生——他可不是吗？那么时髦的一个人！那么温雅，又那么随和！他见到什么人总要谈上几句。这就是我所谓的有良好的教养；那些自以为了不起、金口难开的人，他们的想法真是大错而特错。"

"夏绿蒂在我们家里吃饭的吗？"

"没有，她硬要回去。据我猜想，大概是她家里等着她回去做肉饼。彬格莱先生，我雇起用人来，总得要她们能够料理分内的事，**我的**女儿就不是像人家那样教养大的。可是一切要看各人自己，告诉你，卢卡斯家里的几个姑娘倒全是些很好的女孩子。

只可惜长得不漂亮！当然并不是我个人以为夏绿蒂长得很平常，她究竟是我们要好的朋友。"

"她看来是位很可爱的姑娘。"彬格莱说。

"是呀，可是你得承认，她的确长得很平常。卢卡斯太太本人也那么说，她还羡慕我的吉英长得美呢。我并不喜欢夸耀自己的孩子，可是说老实话，提起吉英——比她长得更好看的人也就不多见喽。谁都那么说。这并不是我说话有偏心。还在她十五岁的那一年，在我城里那位兄弟嘉丁纳家里，有位先生就爱上了她，我的弟妇看准了那位先生一定会在临走以前向她求婚。不过后来他却没有提。也许是他以为她年纪太小了吧。不过他却为吉英写了好些诗，而且写得很好。"

"那位先生的一场恋爱就这么结束了，"伊丽莎白不耐烦地说，"我想，多少有情人都是这样把自己克服过来的。诗居然有这种功能——能够赶走爱情，这倒不知道是谁第一个发现的！"

"我却一贯认为，诗是爱情的**食粮**①。"达西说。

"那必须是一种优美、坚贞、健康的爱情才行。本身强健了，吃什么东西都可以获得滋补。要是只不过有一点儿蛛丝马迹，那么我相信，一首十四行诗准会把它断送掉。"

达西只笑了一下，接着大伙儿都沉默了一阵子，这时候伊丽莎白很是着急，怕她母亲又要出丑。她想说点儿什么，可是又想不出什么可说的。沉默了一下以后，班纳特太太又重新向彬格莱

---

① "诗是爱情的食粮"一句，请参阅莎士比亚《第十二夜》开场第一句："如果音乐是爱情的食粮，奏下去吧。"这里应是套用。

先生道谢,说是多亏他对吉英照顾周到,同时又向他道歉说,丽萃也来打扰了他。彬格莱先生回答得极其恳切而有礼貌,弄得他的妹妹也不得不讲礼貌,说了些很得体的话。她说话的态度并不十分自然,可是班纳特太太已经够满意的了。一会儿工夫,班纳特太太就叫预备马车。这个号令一发,她那位顶小的女儿立刻走上前来。原来自从她们母女来到此地,两个女儿就一直在交头接耳地商量,最后说定了由顶小的女儿来要求彬格莱先生兑现他刚到乡下时的诺言,在尼日斐花园开一次跳舞会。

丽迪雅是个胖胖的、发育得很好的姑娘,今年才十五岁,细皮白肉,笑颜常开,她是她母亲的掌上明珠,由于娇纵过度,她很小就进入了社交界。她生性好动,天生有些不知分寸,加上她的姨爹一次次以美酒佳肴宴请那些军官们,军官们又见她颇有几分浪荡的风情,便对她发生了相当好感,于是她更加肆无忌惮了。所以她就有资格向彬格莱先生提出开舞会的事,而且冒冒失失地提醒他先前的诺言,而且还说,要是他不实践诺言,那就是天下最丢人的事。彬格莱先生对她这一番突如其来的挑衅回答得叫她的母亲很是高兴。

"我可以向你保证,我非常愿意实践我的诺言;只要等你姐姐复了原,由你随便订个日期就行。你总不愿意在姐姐生病的时候跳舞吧?!"

丽迪雅表示满意:"你这话说得不错。等到吉英复原以后再跳,那真好极了,而且到那时候,卡特尔上尉也许又可能回到麦里屯来。等你开过舞会以后,我一定非要他们也开一次不可。我一定会跟弗斯脱上校说,要是他不开,可真丢人哪。"

于是班纳特太太带着她的两个女儿走了。伊丽莎白立刻回到吉英身边去,也不去管彬格莱府上的两位小姐怎样在背后议论她跟她家里人有失体统。不过,尽管彬格莱小姐怎么样说俏皮话,怎么样拿她的**美丽的眼睛**开玩笑,达西却始终不肯受她们的怂恿,夹在她们一起来编派她的不是。

第十章

这一天过得和前一天没有多大的不同。赫斯脱太太和彬格莱小姐上午陪了病人几个钟头,病人尽管好转得很慢,却在不断地好转。晚上,伊丽莎白跟她们一块儿待在客厅里。不过这一回却没看见有人打"禄牌"①。达西先生在写信,彬格莱小姐坐在他身旁看他写,一再纠缠不清地要他代她附笔问候他的妹妹。赫斯脱先生和彬格莱先生在打"皮克牌"②,赫斯脱太太在一旁看他们打。

伊丽莎白在做针线,一面留神地听着达西跟彬格莱小姐谈话。只听得彬格莱小姐恭维话说个不停,不是说他的字写得好,就是说他的字迹一行行很齐整,要不就是赞美他的信写得仔细,可是对方却完全是冷冰冰爱理不理。这两个人你问我答,形成了一段奇妙的对白。照这样看来,伊丽莎白的确没有把他们俩

---

① 法国的一种赌钱的牌戏,每人发牌三张至五张。如发五张,则以梅花"贾克"为最大;如发三张,其大小同"惠斯脱"。
② 两个人玩的一种牌戏,自六以下的牌一般皆除去。

看错。

"达西小姐收到了这样的一封信,将会怎样高兴啊!"

他没有回答。

"你写信写得这样快,真是少见。"

"你这话可说得不对。我写得相当慢。"

"你一年里头得写多少封信啊。还得写事务上的信,我看这是够厌烦的吧!"

"这么说,这些信总算幸亏碰到了我,没有碰到你。"

"请告诉令妹,我很想和她见见面。"

"我已经遵命告诉过她了。"

"我怕你那支笔不大管用了吧。让我来代你修理修理。修笔真是我的拿手好戏。"

"谢谢你的好意,我一向都是自己修理。"

"你怎么写得那么整齐来着?"

他没有作声。

"请告诉令妹,就说我听到她的竖琴弹得进步了,真觉得高兴,还请你告诉她说,她寄来给我装饰桌子的那张美丽的小图案,我真喜欢极了,我觉得比起格兰特莱小姐的那张,真好不知多少了。"

"可否请你通融一下,让我把你的喜欢,延迟到下一次写信时再告诉她?这一次我可写不下这么多啦。"

"噢,不要紧。正月里我就可以跟她见面。不过,你老是写那么动人的长信给她吗,达西先生?"

"我的信一般都写得很长;不过是否每封都写得动人,那可不能由我自己来说了。"

"不过我总觉得，凡是写起长信来一挥而就的人，无论如何也不会写得不好。"

她的哥哥嚷道："这种恭维话可不能用在达西身上，珈罗琳，因为他并不能够大笔一挥而就，他还得在那些文绉绉的字眼上面多多推敲。——达西，你可不是这样吗？"

"我写信的风格和你很不同。"

"噢，"彬格莱小姐叫起来了，"查尔斯写起信来，那种潦草随便的态度，简直不可想象。他要漏掉一半字，涂掉一半字。"

"我念头转得太快，简直来不及写，因此有时候收信人读到我的信，只觉得不知所云。"

"彬格莱先生，"伊丽莎白说，"你这样谦虚，真叫人家本来要责备你也不好意思责备了。"

达西说："假装谦虚最叫人上当了，往往是信口开河，有时候简直是转弯抹角的自夸。"

"那么，我刚刚那几句谦虚的话，究竟是信口开河呢，还是转弯抹角的自夸？"

"要算是转弯抹角的自夸，因为你对于你自己写信方面的缺点觉得很得意，你认为你思想敏捷，懒得去注意书法，而且你认为你这些方面即使算不得什么了不起，至少也非常有趣。凡是事情做得快的人总是自以为了不起，完全不考虑到做出来的成绩是不是完美。你今天早上跟班纳特太太说，如果你决定要从尼日斐花园搬走，你五分钟之内就可以搬走，这种话无非是夸耀自己，恭维自己。再说，急躁的结果只会使得应该要做好的事情没有做好，无论对人对己，都没有真正的好处，这有什么值得赞美的呢？"

"得了吧，"彬格莱先生嚷道，"晚上还记起早上的事，真是太不值得。而且老实说，我相信我对于自己的看法并没有错，我到现在还相信没有错。因此，我至少不是故意要显得那么神速，想要在小姐们面前炫耀自己。"

"也许你真的相信你自己的话；可是我怎么也不相信你做事情会那么当机立断。我知道你也跟一般人一样，都是见机行事。譬如你正跨上马要走了，忽然有个朋友跟你说：'彬格莱，你最好还是待到下个星期再走吧。'那你可能就会听他的话，可能就不走了，要是他再跟你说句什么的，你也许就会再待上一个月。"

伊丽莎白叫道："你这一番话只不过说明了彬格莱先生并没有任着他自己的性子说做就做。你这样一说，比他自己说更来得光彩啦。"

彬格莱说："我真太高兴了，我的朋友所说的话，经你这么一圆转，反而变成恭维我的话了。不过，我只怕你这种圆转并不投合那位先生的本意，因为我如果真遇到这种事，我会爽爽快快地谢绝那位朋友，骑上马就走，那他一定更看得起我。"

"那么，难道达西先生认为，不管你本来的打算是多么轻率鲁莽，只要你一打定主意就坚持到底，也就情有可原了吗？"

"老实说，我也解释不清楚，那得由达西自己来说明。"

"你想要把这些意见说成我的意见，我可从来没承认过。不过，班纳特小姐，即使把你所说的这种种情形假定为真有其事，你可别忘了这一点：那个朋友固然叫他回到屋子里去，叫他不要那么说做就做，可是，那也不过是那位朋友有那么一种希望，对他提出那么一个要求，可并没有坚持要他非那样做不可。"

"说到随随便便地轻易听从一个朋友的劝告，在你身上可还找不出这个优点。"

"如果不问是非，随随便便就听从，恐怕对于两个人全不能算是一种恭维吧。"

"达西先生，我觉得你未免否定了友谊和感情对于一个人的影响。要知道，一个人如果尊重别人提出的要求，通常都是用不着说服就会心甘情愿地听从的。我并不是因为你说到彬格莱先生而就借题发挥。也许我们可以等到真有这种事情发生的时候，再来讨论他处理得是否适当。不过一般说来，朋友与朋友相处，遇到一件无关紧要的事情的时候，一个已经拿定主意，另一个要他改变一下主意，如果被要求的人不等到对方加以说服，就听从了对方的意见，你能说他有什么不是吗？"

"我们且慢讨论这个问题，不妨先仔仔细细研究一下，那个朋友提出的要求究竟重要到什么程度，他们两个人的交情又深到什么程度，这样好不好？"

彬格莱大声说道："好极了，请你仔仔细细讲吧，连到他们身材的高矮和大小也别忘了讲，因为，班纳特小姐，你一定想象不到讨论起问题来的时候这一点是多么重要。老实对你说，要是达西先生不比我高那么多，大那么多，你才休想叫我那么尊敬他。在某些时候，某些场合，达西是个再讨厌不过的家伙——特别是礼拜天晚上在他家里，当他没有事情做的时候。"

达西先生微笑了一下，伊丽莎白本来要笑，可是觉得他好像有些生气了，便忍住了没有笑。彬格莱小姐看见人家拿他开玩笑，很是生气，便怪她的哥哥干吗要谈这样没意思的话。

达西说："我明白你的用意，彬格莱，你不喜欢辩论，要把这场辩论压下去。"

"我也许真是这样。辩论往往很像争论。假若你和班纳特小姐能够稍缓一下，等我走出房间以后再辩论，那我是非常感激的。我走出去以后，你们便可以爱怎么说我就怎么说我了。"

伊丽莎白说："你要这样做，对我并没有什么损失；达西先生还是去把信写好吧。"

达西先生听从了她的意见，去把那封信写好。

这件事过去以后，达西要求彬格莱小姐和伊丽莎白小姐赏赐他一点音乐听听，彬格莱小姐便敏捷地走到钢琴跟前，先客气了一番，请伊丽莎白带头，伊丽莎白却更加客气、更加诚恳地推辞了，然后彬格莱小姐才在琴旁坐下来。

赫斯脱太太替她妹妹伴唱。当她们姐妹俩演奏的时候，伊丽莎白翻阅着钢琴上的几本琴谱，只见达西先生的眼睛总是望着她。如果说，这位了不起的人这样望着她是出于爱慕之意，她可不大敢存这种奢望，不过，要是说达西是因为讨厌她所以才望着她，那就更说不通了。最后，她只得这样想：她所以引起了达西的注意，大概是因为达西认为她比起在座的任何人来，都叫人看不顺眼。她作出了这个假想之后，并没有感到痛苦，因为她根本不喜欢他，因此不稀罕他的垂青。

彬格莱小姐弹了几支意大利歌曲以后，便改弹了一些活泼的苏格兰曲子来变换变换情调。不大一会儿工夫，达西先生走到伊丽莎白跟前来，跟她说：

"班纳特小姐，你是不是很想趁这个机会来跳一次苏格兰舞？"

伊丽莎白没有回答他，只是笑了笑。他见她闷声不响，觉得有点儿奇怪，便又问了她一次。

"噢，"她说，"我早就听见了，可是我一下子拿不准应该怎样回答你。当然，我知道你希望我回答一声'是的'，那你就会蔑视我的低级趣味，好让你自己得意一番，只可惜我一向喜欢戳穿人家的诡计，作弄一下那些存心想要蔑视我的人。因此，我决定跟你说，我根本不爱跳苏格兰舞；这一下你可不敢蔑视我了吧。"

"果真不敢。"

伊丽莎白本来打算使他难堪一下，这会儿见他那么体贴，倒愣住了。其实，伊丽莎白的为人一贯温柔乖巧，不轻易得罪任何人，而达西又对她非常着迷，以前任何女人也不曾使他这样着迷过。他不由得一本正经地想到，要不是她的亲戚出身微贱，那我就难免危险了。

彬格莱小姐见到这般光景，很是嫉妒，或者也可以说是她疑心病重，因此由疑而妒。于是她愈想把伊丽莎白撵走，就愈巴不得她的好朋友吉英病体赶快复原。

为了挑拨达西厌恶这位客人，她常常闲言闲语，说他跟伊丽莎白终将结成美满良缘，而且估料着这一门良缘会给达西带来多大的幸福。

第二天彬格莱小姐跟达西两人在矮树林里散步，彬格莱小姐说:"我希望将来有一天好事如愿的时候,你得委婉地奉劝你那位岳母出言吐语要谨慎些,还有你那几位小姨子,要是你能力办得到,最好也得把她们那种醉心追求军官的毛病医治好。还有一件事,我真不好意思说出口:尊夫人有一点儿小脾气,好像是自高自大,又好像是不懂礼貌,你也得尽力帮助她克制一下。"

"关于促进我的家庭幸福方面,你还有什么别的意见吗?"

"噢,有的是。千万把你姨丈人姨丈母的像挂到彭伯里画廊里面去,就挂在你那位当法官的伯祖父大人遗像旁边。你知道他们都是同行,只不过部门不同而已。至于尊夫人伊丽莎白,可千万别让别人替她画像,天下哪一个画家能够把她那一双美丽的眼睛画得惟妙惟肖?"

"那双眼睛的神气的确不容易描画;可是眼睛的形状和颜色,以及她的睫毛,都非常美妙,也许描画得出来。"

他们正谈得起劲的时候,忽然看见赫斯脱太太和伊丽莎白从另外一条路走过来。

彬格莱小姐连忙招呼她们说:"我不知道你们也想出来散散步。"她说这话的时候,心里很有些惴惴不安,因为她恐怕刚才的话让她们听见了。

"你们太对不起我们了,"赫斯脱太太回答道,"只顾自己出来,也不告诉我们一声。"

接着她就挽住达西空着的那条臂膀,丢下伊丽莎白,让她独个儿去走。这条路恰巧只容得下三个人并排走。达西先生觉得她们太冒昧了,便说道:

"这条路太窄,不能让我们大家一块儿并排走。我们还是走到大道上去吧。"

伊丽莎白本不想跟他们待在一起,一听这话,便笑嘻嘻地说:

"不用啦,不用啦;你们就在这儿走走吧。你们三个人在一起走非常好看,而且很出色。加上第四个人,画面就给弄毁了。再见。"

于是她就得意洋洋地跑开了。她一面溜达,一面想到一两天内就可以回家,觉得很高兴。吉英的病已经大为好转,当天晚上就想走出房间去玩它两个钟头。

第十一章

女客们吃过晚饭以后,伊丽莎白就上楼到她姐姐那儿去,看她穿戴得妥妥帖帖,不会着凉,便陪着她上客厅去。她的女朋友们见到她,都表示欢迎,一个个都说非常高兴。在男客们没有来的那一个钟头里,她们是那么和蔼可亲,伊丽莎白从来不曾看到过。她们的健谈本领真是吓人,描述起宴会来纤毫入微,说起故事来风趣横溢,讥笑起一个朋友来也是有声有色。

可是男客们一走进来,她们的心目中就不再有吉英了。达西一进门,彬格莱小姐的眼睛立即转到他身上去,要跟他说话。达西首先向班纳特小姐问好,客客气气地祝贺她病体复原;赫斯脱先生也对她微微一鞠躬,说是见到她"非常高兴";但是说到语气周到,情意恳切,可就比不上彬格莱先生那几声问候。彬格莱先生才算得上情深意切,满怀欢欣。开头半小时完全消磨在添柴上面,生怕换了房间,病人会受不了。吉英依照彬格莱的话,移坐到火炉的另一边去,那样她就离开门口远一些,免得受凉。接着他自己在她身旁坐下,一心跟她说话,简直不理睬别人。伊丽莎白正在对面角落里做活计,把这全部情景都看在眼里,感到无限高兴。

喝过茶以后,赫斯脱先生提醒她的小姨子把牌桌摆好,可是没有用。她早就看出达西先生不想打牌,因此赫斯脱先生后来公开提出要打牌也被她拒绝了。她跟他说,谁也不想玩牌,只见全场对这件事都不作声,看来她的确没有说错。因此,赫斯脱先生无事可做,只得躺在沙发上去打瞌睡。达西拿起一本书来。彬格莱小姐也拿起一本书来。赫斯脱太太聚精会神地在玩弄自己的手镯和指环,偶尔也在她弟弟跟班纳特小姐的对话中插几句嘴。

彬格莱小姐一面看达西读书,一面自己读书,两件事同时并做,都是半心半意。她老是向他问句什么的,或者是看他读到哪一页。不过,她总是没有办法逗他说话;她问一句他就答一句,答过以后便继续读他的书。彬格莱小姐所以要挑选那一本书读,只不过因为那是达西所读的那本书的第二卷,她蛮想读个津津有味,不料这会儿倒读得筋疲力尽了。她打了个呵欠,说道:"这样地度过一个晚上,真是多么愉快啊!我说呀,什么娱乐也抵不上读书的乐趣。无论干什么事,都是一上手就要厌倦,读书却不会这样!将来有一天我自己有了家,要是没有个很好的书房,那会多么遗憾哟。"

谁也没有理睬她。于是她又打了个呵欠,抛开书本,把整个房间里望了一转,要想找点儿什么东西消遣消遣,这时忽听得她哥哥跟班纳特小姐说要开一次跳舞会,她就猛可地掉过头来对他说:

"这样说,查尔斯,你真打算在尼日斐花园开一次跳舞会吗?我劝你最好还是先征求一下在场朋友们的意见再作决定吧。这里面就会有人觉得跳舞是受罪，而不是娱乐，要是没有这种人，你怪我好了。"

"如果你指的是达西，"她的哥哥大声说，"那么，他可以在跳舞开始以前就上床去睡觉，随他的便好啦。舞会已经决定了非开不可，只等尼可尔斯把一切都准备好了，我就下请帖。"

彬格莱小姐说："要是开舞会能换些新花样，那我就更高兴了，通常舞会上的那老一套，实在讨厌透顶。你如果能把那一天的日程改一改，用谈话来代替跳舞，那一定有意思得多。"

"也许有意思得多，珈罗琳，可是那还像什么舞会呢。"

彬格莱小姐没有回答。不大一会儿工夫，她就站起身来，在房间里踱来踱去，故意在达西面前卖弄她优美的体态和矫健的步伐，只可惜达西只顾在那里一心一意地看书，因此她只落得枉费心机。她绝望之余，决定再作一次努力，于是转过身来对伊丽莎白说：

"伊丽莎白·班纳特小姐，我劝你还是学学我的样子，在房间里走动走动吧。告诉你，坐了那么久，走动一下可以提提精神。"

伊丽莎白觉得很诧异，可是立刻依了她的意思。于是彬格莱小姐献殷勤的真正目的达到了——达西先生果然抬起了头来。原来达西也和伊丽莎白一样，看出了她在耍花招引人注目，便不知不觉地放下了书本。两位小姐立刻请他来一块儿踱步，可是他谢绝了，说是她们俩所以要在屋子里踱来踱去，据他的想象，无非有两个动机，如果他参加她们一起散步，对于她们的任何一个动机都会有妨碍。他这话是什么意思？彬格莱小姐极想知道他讲这话用意何在，便问伊丽莎白懂不懂。

伊丽莎白回答道："根本不懂，他一定是存心奚落我们，不过你最好不要理睬他，让他失望一下。"

可惜彬格莱小姐遇到任何事情都不忍心叫达西先生失望，于是再三要求他非把他的所谓两个动机解释一下不可。

达西等她一住口，便马上说："我非常愿意解释一下。事情不外乎是这样的：你们是心腹之交，所以选择了这个办法来消磨黄昏，还要谈谈私事，否则就是你们自以为散起步来，体态显得特别好看，所以要散散步。倘若是出于第一个动机，我夹在你们一起就会妨碍你们；假若是出于第二个动机，那么，我坐在火炉旁边可以更好地欣赏你们。"

"噢，吓坏人！"彬格莱小姐叫起来了，"我从来没听到过这么讨厌的话。——亏他说得出，该怎么罚他呀？"

"要是你存心罚他，那是再容易不过的事，"伊丽莎白说，"彼此都可以罚来罚去，折磨来折磨去。作弄他一番吧——讥笑他一番吧。你们既然这么相熟，你该懂得怎么对付他呀。"

"天地良心，我不懂得。不瞒你说，我们虽然相熟，可是要懂得怎样来对付他，还差得远呢。想要对付这种性格冷静和头脑机灵的人，可不容易！不行，不行，我想我们是搞不过他的。至于讥笑他，说句你不生气的话，我们可不能凭空笑人家，弄得反而惹人笑话。让达西先生去自鸣得意吧。"

"原来达西先生是不能给人笑话的！"伊丽莎白嚷道，"这种优越的条件倒真少有，我希望一直不要多，这样的朋友多了，我的损失可大啦。我特别喜欢笑话。"

"彬格莱小姐过奖我啦。"他说,"要是一个人把开玩笑当作人生最重要的事,那么,最聪明最优秀的人——不,最聪明最优秀的行为——也就会变得可笑了。"

"那当然啰,"伊丽莎白回答道,"这样的人的确有,可是我希望我自己不在其内。我希望我怎么样也不会讥笑聪明的行为或者是良好的行为。愚蠢和无聊,荒唐和矛盾,这的确叫我觉得好笑,我自己也承认,我只要能够加以讥笑,总是加以讥笑。不过我觉得这些弱点正是你身上所没有的。"

"或许谁都不会有这些弱点,否则可真糟了,绝顶的聪慧也要招人嘲笑了。我一生都在研究该怎么样避免这些弱点。"

"假如虚荣和傲慢就是属于这一类的弱点。"

"不错,虚荣的确是个弱点。可是傲慢——只要你果真聪明过人——你就会傲慢得比较有分寸。"

伊丽莎白掉过头去,免得人家看见她发笑。

"你考问达西先生考问好了吧,我想,"彬格莱小姐说,"请问结论如何?"

"我完全承认达西先生没有一些缺点。他自己也承认了这一点,并没有掩饰。"

"不,"达西说,"我并没有说过这种装场面的话。我的毛病够多的,不过这些毛病与头脑并没有关系。至于我的性格,我可不敢自夸。我认为我的性格太不能委曲求全,这当然是说我在处世方面太不能委曲求全地随和别人。别人的愚蠢和过错我本应该赶快忘掉,却偏偏忘不掉;人家得罪了我,我也忘不掉。说到我的一些情绪,也并不是我一打算把它们去除掉,它们就会烟消云散，我的脾气可以说是够叫人厌恶的。我对于某个人一旦没有了好感，就永远没有好感。"

"这倒的的确确是个大缺点！"伊丽莎白大声说道，"跟人家怨恨不解，的确是性格上的一个阴影。可是你对于自己的缺点，已经挑剔得很严格。我的确不能再讥笑你了。你放心好啦。"

"我相信，一个人不管是怎样的脾气，都免不了有某种短处，这是一种天生的缺陷，即使受教育受得再好，也还是克服不了。"

"你有一种倾向——对什么人都感到厌恶，这就是你的缺陷。"

"而你的缺陷呢，"达西笑着回答，"就是故意去误解别人。"

彬格莱小姐眼见这场谈话没有她的份，不禁有些厌倦，便大声说道："让我们来听听音乐吧，露薏莎，你不怕我吵醒赫斯脱先生吗？"

她的姐姐毫不反对，于是钢琴便打开了。达西想了一下，觉得这样也不错。他开始感觉到对伊丽莎白似乎已经过分亲近了一些。

第十二章

班纳特姐妹俩商量妥当了以后,伊丽莎白第二天早上就写信给她母亲,请她当天就派车子来接她们。可是,班纳特太太早就打算让她两个女儿在尼日斐花园待到下星期二,以便让吉英正好住满一个星期,因此不大乐意提前接她们回家,回信也写得使她们不大满意——至少使伊丽莎白不十分满意,因为她急于要回家。班纳特太太信上说,非到星期二,家里弄不出马车来。她写完之后,又补写了几句,说是倘若彬格莱先生兄妹挽留她们多待几天,她非常愿意让她们待下去。怎奈伊丽莎白就是不肯待下去,她打定主意非回家不可——也不怎么指望主人家挽留她们,她反而怕人家以为她们赖在那儿不肯走。于是她催促吉英马上去向彬格莱借马车。她们最后决定向主人家说明,她们当天上午就要离开尼日斐花园,而且把借马车的事也提出来。

主人家听到这话,表示百般关切,便再三挽留她们,希望她们至少待到下一天再走,吉英让他们说服了,于是姐妹俩只得再耽搁一天。这一下可叫彬格莱小姐后悔挽留她们,她对伊丽莎白又嫉妒又讨厌,因此也就顾不得对吉英的感情了。

彬格莱听到她们马上要走，非常发愁，便一遍又一遍地劝导吉英，说她还没有完全复原，马上就走不大妥当，可是吉英既然觉得自己的主张是对的，便再三坚持。

不过达西却觉得这是个好消息，他认为伊丽莎白在尼日斐花园待得够久了。他没想到这次会给她弄得这般地心醉，加上彬格莱小姐一方面对**她**没有礼貌，另一方面又越发拿他自己开玩笑。他灵机一动，决定叫自己特别当心些，**目前**决不要流露出对她有什么爱慕的意思———一点儿形迹也不要流露出来，免得她存非分之想，就此要操纵我达西的终身幸福。他感觉到，假如她存了那种心，那么一定是他昨天对待她的态度起了举足轻重的作用——叫她不是对他更有好感，便是把他完全厌弃。他这样拿定了主意，于是星期六一整天简直没有跟她说上十句话。虽然他那天曾经有一次跟她单独在一起待了半小时之久，他却正大光明地用心看书，看也没看她一眼。

星期日做过晨祷以后，班家两姐妹立即告辞，主人家几乎人人乐意。彬格莱小姐对伊丽莎白一下子变得有礼貌起来了，对吉英也一下子变得更亲热了。分手的时候，她先跟吉英说，非常盼望以后有机会在浪搏恩或者在尼日斐花园跟她重逢，接着又十分亲切地拥抱了她一番，甚至还跟伊丽莎白握了握手。伊丽莎白高高兴兴地告别了大家。

到家以后，母亲并不怎么热诚地欢迎她们。班纳特太太奇怪她们俩怎么竟会提前回来，非常埋怨她们给家里招来那么多麻烦，说是吉英十拿九稳地又要伤风了。倒是她们的父亲，看到两个女儿回家来了，嘴上虽然没有说什么欢天喜地的话，心里确实非常高兴。他早就体会到，这两个女儿在家里的地位多么重要。晚上一家人聚在一起聊天的时候，要是吉英和伊丽莎白不在场，就没有劲，甚至毫无意义。

她们发觉曼丽还像以往一样，在埋头研究和声学以及人性问题，她拿出了一些新的札记给她们欣赏，又发表一起对旧道德的新见解给她们听。咖苔琳和丽迪雅也告诉了她们一些新闻，可是性质完全不同。据她们说，民兵团自从上星期三以来又出了好多事，添了好多传说：有几个军官新近跟她们的姨爹吃过饭；一个士兵挨了鞭打，又听说弗斯脱上校的确快要结婚了。

第十三章

第二天吃早饭的时候,班纳特先生对他的太太说:"我的好太太,我希望你今天的午饭准备得好一些,因为我预料今天一定有客人来。"

"你指的是哪位客人,我的好老爷?我一点也不知道有谁要来,除非夏绿蒂·卢卡斯碰巧会来看我们,我觉得拿我们平常的饭餐招待她也够好了。我不相信她在家里经常吃得这么好。"

"我所说到的这位客人是位男宾,又是个生客。"

班纳特太太的眼睛闪亮了起来:"一位男宾又是一位生客!那准是彬格莱先生,没有错。——哦,吉英,你从来没漏出过半点儿风声,你这个狡猾的东西!——嘿,彬格莱先生要来,真叫我太高兴啦。可是——老天爷呀!运气真不好,今天连一点儿鱼也买不着。——丽迪雅宝贝儿,代我按一按铃。我要马上吩咐希尔一下。"

她的丈夫连忙说:"并不是彬格莱先生要来;说起这位客人,我一生都没有见过他。"

这句话叫全家都吃了一惊。他的太太和五个女儿立刻迫切地追问他，使他颇为高兴。

拿他太太和女儿们的好奇心打趣了一阵以后，他便原原本本地说："大约在一个月以前，我就收到了一封信，两星期以前我写了回信，因为我觉得这是件相当伤脑筋的事，得趁早留意。信是我的表侄柯林斯先生寄来的。我死了以后，这位表侄可以高兴什么时候把你们撵出这所屋子，就什么时候撵你们出去。"

"噢，天啊，"他的太太叫起来了，"听你提起这件事我就受不了。请你别谈那个讨厌的家伙吧。你自己的产业不能让自己的孩子继承，却要让别人来继承，这是世界上最难堪的事。如果我是你，一定早就想出办法来补救这个问题啦。"

吉英和伊丽莎白设法把继承权的问题跟她解释了一下。其实她们一直设法跟她解释，可是这个问题跟她是讲不明白的。她老是破口大骂，说是自己的产业不能由五个亲生女儿继承，却白白送给一个和她们毫不相干的人，这实在是太不合情理。

"这的确是一件最不公道的事，"班纳特先生说，"柯林斯先生要继承浪搏恩的产业，他这桩罪过是洗也洗不清的。不过，要是你听听他这封信里所说的话，那你就会心肠软一些，因为他这番表明心迹还算不错。"

"不，我相信我绝对不会心软下来；我觉得他写信给你真是既没有礼貌，又非常虚伪。我恨这种虚伪的朋友。他为什么不像他爸爸那样跟你吵得不可开交呢？"

"哦，真的，他对这个问题，好像也有些为了顾全孝道，犹豫不决，且让我把信读给你们听吧。"

亲爱的长者：

　　以前你与先父之间曾有些芥蒂，这一直使我感到不安。自先父不幸弃世以来，我常常想到要弥补这个裂痕；但我一时犹豫，没有这样做，怕的是先父生前既然对阁下唯恐仇视不及，而我今天却来与阁下修好，这未免有辱先人。——"注意听呀，我的好太太。"——不过目前我对此事已经拿定主张，因为我已在复活节那天受了圣职。多蒙故刘威斯·德·包尔公爵的孀妻咖苔琳·德·包尔夫人宠礼有加，恩惠并施，提拔我担任该教区的教士，此后可以勉尽厥诚，恭侍夫人左右，奉行英国教会所规定的一切仪节，这真是三生有幸。况且以一个教士的身份来说，我觉得我有责任尽我力之所及，使家家户户得以敦穆亲谊，促进友好。因此我自信这番好意一定会受到你的重视，而关于我继承浪搏恩产权一事，你也可不必介意。并请接受我献上的这一枝橄榄枝①。我这样侵犯了诸位令媛的利益，真是深感不安，万分抱歉，但请你放心，我极愿给她们一切可能的补偿，此事容待以后详谈。如果你不反对我踵门拜候，我建议于十一月十八日，星期一，四点钟前来拜谒，甚或在府上叨扰至下星期六为止。这对于我毫无不便之处，因为咖苔琳夫人决不会反对我星期日偶尔离开教堂一下，只消有另一个教士主持这一天的

---

① 意谓求和修好，因橄榄枝是和平的象征。典出《圣经·创世记》第8章第11节："到了晚上，鸽子回到他那里，嘴里衔着一个新拧下来的橄榄叶子，挪亚就知道地上的水退了。"

事情就行了。敬向

尊夫人及诸位令嫒致候。

你的祝福者和朋友威廉·柯林斯
十月十五日写于威斯特汉附近的肯特郡汉斯福村

"那么,四点钟的时候,这位息事宁人的先生就要来啦。"班纳特先生一边把信折好,一边说,"他倒是个很有良心、很有礼貌的青年,一定是的;我相信他一定会成为一个值得器重的朋友,只要咖苔琳夫人能够开开恩,让他以后再上我们这儿来,那更好啦。"

"他讲到女儿们的那几句话,倒还说得不错;要是他果真打算设法补偿,我倒不反对。"

吉英说:"他说要给我们补偿,我们虽然猜不出他究竟是什么意思,可是他这一片好意,也的确难得。"

伊丽莎白听到他对咖苔琳夫人尊敬得那么出奇,而且他竟那么好心好意,随时替他自己教区里的居民们行洗礼,主持婚礼和丧礼,不觉大为吃惊。

"我看他一定是个古怪人,"她说,"我真弄不懂他。他的文笔似乎有些浮夸。他所谓因为继承了我们的产权而感到万分抱歉,这话是什么意思呢?即使这件事**可以**取消,我们也不要以为他就**肯**取消,他是个头脑清楚的人吗,爸爸?"

"不,宝贝,我想他不会是的。我完全认为他是恰恰相反。从他信里那种既谦卑又自大的口气上就可以看得出来。我倒真想见见他。"

第十三章

曼丽说:"就文章而论,他的信倒好像写得没有什么毛病。橄榄枝这种说法虽然并不新颖,可是我觉得用得倒很恰当。"

在咖苔琳和丽迪雅看来,无论是那封信也好,写信的人也好,都没有一点儿意思。反正她们觉得她们的表兄绝不会穿着"红制服"来,而这几个星期以来,穿其他任何颜色的衣服的人,她们都不乐意结交。至于她们的母亲,原来的一股怨气已经被柯林斯先生一封信打消了不少,她倒准备相当平心静气地会见他,这使得她的丈夫和女儿们都觉得奇怪。

柯林斯先生准时来了,全家都非常客气地接待他。班纳特先生简直没有说什么话;可是太太和几位小姐都十分愿意畅谈一下,而柯林斯先生本人好像既不需要人家鼓励他多说话,也不打算不说话。他是个二十五岁的青年,高高的个儿,望上去很肥胖。他的气派端庄而堂皇,又很拘泥礼节。他刚一坐下来就恭维班纳特太太福气好,养了这么多好女儿,他说,早就听到人们对她们的美貌赞扬备至,今天一见面,才知道她们的美貌远远地超过了她们的名声;他又说,他相信小姐们到时候都会结下美满良缘。他这些奉承话,人家真不大爱听,只有班纳特太太,没有哪句恭维话听不下去,于是极其干脆地回答道:

"我相信你是个好心肠的人,先生;我一心希望能如你的金口,否则她们就不堪设想了。事情实在摆布得太古怪啦。"

"你大概是说产业的继承权问题吧。"

"唉,先生,我的确是说到这方面。你得承认,这对于我可怜的女儿们真是件不幸的事。我并不想怪你,因为我也知道,世界上这一类的事完全靠命运。一个人的产业一旦要限定继承人,那你就无从知道它会落到谁的手里去。"

"太太,我深深知道,这件事苦了表妹们,我在这个问题上有很多意见,一时却不敢莽撞冒失。可是我可以向年轻的小姐们保证,我上这儿来,就是为了要向她们表示我的敬慕。目前我也不打算多说,或许等到将来我们处得更熟一些的时候——"

主人家请他吃午饭了,于是他的话不得不被打断。小姐们彼此相视而笑。柯林斯先生所爱慕的才不光光是**她们**呢。他把客厅、饭厅以及屋子里所有的家具,都仔细看了一遍,赞美了一番。班纳特太太本当听到他赞美一句,心里就得意一阵。怎奈她也想到,他原来是把这些东西都看作他自己未来的财产,因此她又非常难受。连一顿午饭也蒙他称赏不止,他请求主人告诉他,究竟是哪位表妹烧得这一手好菜。班纳特太太听到他这句话,不禁把他指责了一番。她相当不客气地跟他说,她们家里现在还雇得起一个像样的厨子,根本用不到女儿们过问厨房里的事。他请求她原谅,不要见怪。于是她用柔和的声调说,她根本没有怪他,可是他却接接连连地道歉了一刻钟之久。

第十四章

　　吃饭的时候，班纳特先生几乎一句话也没有说；可是等到用人们走开以后，他就想到，现在可以跟这位客人谈谈了。他料想到，如果一开头就谈到咖苔琳夫人身上去，这位贵客一定会笑逐颜开的，于是他便拿这个话题做开场白，说是柯林斯先生有了那样一个女施主，真是幸运极了，又说咖苔琳·德·包尔夫人对他这样言听计从，而且极其周到地照顾到他生活方面的安适，真是十分难得。班纳特先生这个话题选得再好也没有了。柯林斯先生果然滔滔不绝地赞美起那位夫人来。这个问题一谈开了头，他本来的那种严肃态度便显得更严肃了，他带着非常自负的神气说，他一辈子也没有看到过任何有身价地位的人，能够像咖苔琳夫人那样的有德行，那样的亲切谦和。他很荣幸，曾经当着她的面讲过两次道，多蒙夫人垂爱，对他那两次讲道赞美不绝。夫人曾经请他到罗新斯去吃过两次饭，上星期六晚上还请他到她家里去打过"夸锥"①。据他所知，多少人都认为咖苔琳夫人为人骄傲，

---

① 四个人玩的一种牌戏，风行于18世纪初叶。

可是他只觉得她亲切。她平常跟他攀谈起来,总是把他当作一个有身份的人看待。她丝毫不反对他和邻居们来往,也不反对他偶尔离开教区一两个星期,去拜望拜望亲友们。多蒙她体恤下情,曾经亲自劝他及早结婚,只要他能够谨慎地选择对象。她还到他的寒舍去拜访过一次,对于他住宅里所有经过他整修过的地方都十分赞成,并且蒙她亲自赐予指示,叫他把楼上的壁橱添置几个架子。

班纳特太太说:"我相信这一切都做得很得体,很有礼貌,我看她一定是个和颜悦色的女人。可惜一般贵夫人们都比不上她。她住的地方离你很近吗,先生?"

"寒舍那个花园跟她老夫人住的罗新斯花园,只隔着一条胡同。"

"你说她是个寡妇吗,先生?她还有家属吗?"

"她只有一个女儿——也就是罗新斯的继承人,将来可以继承到非常大的一笔遗产呢。"

"哎呀,"班纳特太太听得叫了起来,一面又摇了摇头,"那么,她比多少姑娘们都福气好。她是怎样的一位小姐?长得漂亮吗?"

"她真是个极可爱的姑娘。咖苔琳夫人自己也说过,讲到真正的漂亮,德·包尔小姐要胜过天下最漂亮的女性;因为她眉清目秀,与众不同,一看上去就知道她出身高贵。她本来可以多才多艺,只可惜她体质欠佳,没有进修,否则她一定琴棋书画样样通晓,这话是她的女教师说给我听的,那教师现在还跟她们母女住在一起。她的确是可爱透顶,常常不拘名分,乘着她那辆小马车光临寒舍。"

"她觐见过皇上吗？在进过宫的仕女们中间，我好像没有听见过她的名字。"

"不幸她身体柔弱，不能进京城去，正如我有一天跟咖苔琳夫人所说的，这实在使得英国的宫廷里损失了一件最明媚的装潢；她老人家对我这种说法很是满意。你们可以想象得到，在任何场合下，我都乐于说几句巧妙的恭维话，叫一般太太小姐们听得高兴。我跟咖苔琳夫人说过好多次，她的美丽的小姐是一位天生的公爵夫人，将来不管嫁给哪一位公爵姑爷，不论那位姑爷地位有多高，非但不会增加小姐的体面，反而要让小姐来为他争光。这些话都叫她老人家听得高兴极了，我总觉得我应该在这方面特别留意。"

班纳特先生说："你说得很恰当，你既然有这种才能，能够非常巧妙地捧人家的场，这对于你自己也会有好处。我是否可以请教你一下：你这种讨人喜欢的奉承话，是临时想起来的呢，还是老早想好了的？"

"大半是看临时的情形想起来的；不过有时候我也自己跟自己打趣，预先想好一些很好的小恭维话，平常有机会就拿来应用，而且临说的时候，总是要装出是自然流露出来的。"

班纳特先生果然料想得完全正确，他这位表侄确实像他所想象的那样荒谬，他听得非常有趣，不过表面上却竭力保持镇静，除了偶尔朝着伊丽莎白望一眼以外，他并不需要别人来分享他这份愉快。

不过到吃茶的时候，这一场罪总算受完了。班纳特先生高高兴兴地把客人带到会客室里，等到茶喝完了，他又高高兴兴地邀请他朗诵点什么给他的太太和小姐们听。柯林斯先生立刻就答应了，于是她们就拿了一本书给他，可是一看到那本书（因为那本书一眼就可以看出是从流通图书馆借来的），他就吃惊得往后一退，连忙表明他从来不读小说①，请求她们原谅。吉蒂对他瞪着眼，丽迪雅叫起来了。于是她们另外拿了几本书来，他仔细考虑了一下以后，选了一本弗迪斯的《讲道集》②。他一摊开那本书，丽迪雅不禁目瞪口呆，等到他那么单调无味、一本正经地刚要读完三页的时候，丽迪雅赶快岔断了他：

"妈妈，你知不知道腓力普姨爹要解雇李却？要是他真的要解雇他，弗斯脱上校一定愿意雇他。这是星期六那一天姨妈亲自告诉我的。我打算明天上麦里屯去多了解一些情况，顺便问问他们，丹尼先生什么时候从城里回来。"

---

① 这里应该指出，英国小说所以盛行于18世纪，是和英国17世纪的资产阶级革命分不开的。在资产阶级革命以前的封建社会里，英国流行着一种传奇文学（romance），这是一种非现实的、封建意识形态的文学，它在政治上的作用就是利用一个"理想的"世界来粉饰现实，以巩固封建统治阶级的统治，而18世纪一切现实主义的小说都是随着封建主义的解体而来的，所以都是"反传奇的"（Anti-romance），因此在18世纪的初叶，封建贵族都不愿意读小说。柯林斯所以不读小说，也正是这种封建意识形态的流露，试比较本书第八章达西讲到一个多才多艺的女子应具备的条件时，便说："……还应该多读书，长见识，有点真才实学。"这里所谓多读书，系指多读小说，这也正是当时新兴的商业资产阶级意识形态的反映。

② 弗迪斯系指詹姆斯·弗迪斯，是苏格兰的一个牧师，著有《对青年妇女的讲道集》，出版于1765年，主要内容系向青年妇女灌输封建道德。奥斯丁在这里以诙谐讽刺的笔墨对当时的旧道德作了无情的抨击。

两个姐姐都吩咐丽迪雅住嘴；柯林斯先生非常生气，放下了书本，说道：

"我老是看到年轻的小姐们对正经书不感兴趣，不过这些书完全是为了她们的好处写的。老实说，这不能不叫我惊奇，因为对她们最有利益的事情，当然莫过于圣哲的教训。可是我也不愿意勉强我那年轻的表妹。"

于是他转过身来要求班纳特先生跟他玩"贝茄梦"①，班纳特先生一面答应了他，一面说，这倒是个聪明的办法，还是让这些女孩子去搞她们自己的小玩意儿吧。班纳特太太和她几个女儿极有礼貌地向他道歉，请他原谅丽迪雅岔断了他朗诵圣书，并且说，他要是重新把那本书读下去，她保证决不会有同样的事件发生。柯林斯先生请她们不要介意，说是他一点儿也不怪表妹，决不会认为她冒犯了他而把她怀恨在心。他解释过以后，就跟班纳特先生坐到另一张桌子上去，准备玩"贝茄梦"。

---

① 一种用骰子做比赛的游戏。

第十五章

　　柯林斯先生并不是个通情达理的人,他虽然也受过教育,也踏进了社会,但是先天的缺陷却简直没有得到什么弥补。他大部分日子是在他那守财奴的文盲父亲的教导下度过的。他也算进过大学①,实际上不过照例住了几个学期,并没有结交一个有用的朋友。他的父亲管束得他十分严厉,因此他的为人本来很是谦卑,不过他本是个蠢材,现在生活又过得很悠闲,当然不免自高自大,何况年纪轻轻就发了意外之财,更是自视甚高,哪里还谈得上谦卑。当时汉斯福教区有个牧师空缺,他鸿运亨通,得到了咖苔琳·德·包尔夫人的提拔。他看到他的女施主地位颇高,便悉心崇拜,备加尊敬;另一方面又自命不凡,自以为当上了教士,该有怎样怎样的权力,作为一个教区的主管牧师,又该享受怎样怎样的权利,于是他一身兼有了骄傲自大和谦卑顺从的两重性格。

　　他现在已经有了一幢好房子,一笔可观的收入,想要结婚

---

① 按指牛津大学或剑桥大学。

了。他所以要和浪搏恩这家人家讲和修好，原是想要在他们府上找个太太。要是这家人家的几位小姐果真像大家所传闻的那么美丽可爱，他一定要挑选一个。这就是他所谓补偿的计划，赎罪的计划，为的是将来继承她们父亲的遗产时可以问心无愧。他认为这真是个独出心裁的办法，既极其妥善得体，又来得慷慨豪爽。

他看到这几位小姐之后，并没有变更本来的计划。一看到吉英那张可爱的脸蛋儿，他便拿定了主张，而且更加确定了他那些老式的想法，认为一切应当先尽最大的一位小姐。头一个晚上他就选中了**她**。不过第二天早上他又变更了主张，因为他和班纳特太太亲亲密密地谈了一刻钟的话，开头谈谈他自己那幢牧师住宅，后来自然而然地把自己的心愿招供了出来，说是要在浪搏恩找一位太太，而且要在她的令嫒们中间找一位。班纳特太太亲切地微笑着，而且一再鼓励他，不过谈到他选定了吉英，她就不免要提请他注意一下了。"讲到我几个小女儿，我没有什么意见——当然也不能一口答应——不过我还没有听说她们有什么对象；至于我的大女儿，我可不得不提一提——我觉得有责任提醒你一下——大女儿可能很快就要订婚了。"

柯林斯先生只得撇开吉英不谈，改选伊丽莎白，一下子就选定了——就在班纳特太太拨火的那一刹那之间选定的。伊丽莎白无论是年龄，美貌，比吉英都只差一步，当然第二个就要轮到她。

班纳特太太得到这个暗示，如获至宝，她相信很快就可以嫁出两个女儿了；昨天她提都不愿意提到的这个人，现在却叫她极为重视了。

丽迪雅原说要到麦里屯去走走,她这个念头到现在还没有打消。除了曼丽之外,姐姐们都愿意跟她同去;班纳特先生为了要把柯林斯先生撵走,好让自己在书房里清净一阵,便请他也伴着她们一起去。原来柯林斯先生吃过早饭以后,就跟着他到书房里来了,一直待到那时候还不想走,名义上在看他所收藏的那本大型的对开本,事实上却在滔滔不绝地跟班纳特先生大谈他自己在汉斯福的房产和花园,弄得班纳特先生心烦意乱。他平常待在书房里就是为了要图个悠闲清净。他曾经跟伊丽莎白说过,他愿意在任何一间房间里接见愚蠢和自高自大的家伙,书房里可就不能让那些人插足了。因此他立刻恭恭敬敬地请柯林斯先生伴着他女儿们一块儿去走走,而柯林斯先生本来也适合做一个步行家,不适合做一个读书人,于是非常高兴地合上书本走了。

他一路废话连篇,表妹们只得客客气气地随声附和,就这样打发着时间,来到了麦里屯。几位年纪小的表妹一到那里,就再也不去理会他了。她们的眼睛立刻对着街头看来看去,看看有没有军官们走过,此外就只有商店橱窗里的极漂亮的女帽,或者是最新式的花洋布,才能吸引住她们。

不到一会儿工夫,这许多小姐都注意到一位年轻人身上去了。那人她们从来没见过,一副道地的绅士气派,正跟一个军官在街道那边散步。这位军官就是丹尼先生,丽迪雅正要打听他从伦敦回来了没有。当她们打那儿走过的时候,他鞠了一个躬。大家看到那个陌生人风度翩翩,都愣了一下,只是不知道这人是谁。吉蒂和丽迪雅决定想法子去打听,便借口要到对面铺子里去买点东西,带头走到街那边去了。也正是事有凑巧,她们刚刚走到人行道上，那两个男人也正转过身来，走到那地方。丹尼马上招呼她们，并请求她们让他把他的朋友韦翰先生介绍给她们。他说韦翰是前一天跟他一块儿从城里回来的，而且说来很高兴，韦翰已经被任命为他们团里的军官。这真是再好也没有了，因为韦翰这位青年，只要穿上一身军装，便会十全十美。他的容貌举止确实讨人喜欢。他没有一处长得不漂亮，眉目清秀，身材魁梧，谈吐又十分动人。一经介绍之后，他就高高兴兴、恳恳切切地谈起话来——既恳切，又显得非常正派，而且又有分寸。他们正站在那儿谈得很投机的时候，忽然听到一阵得得的马蹄声，只见达西和彬格莱骑着马从街上过来。这新来的两位绅士看见人堆里有这几位小姐，便连忙来到她们跟前，照常寒暄了一番。带头说话的是彬格莱，他大部分的话都是对班纳特小姐说的。他说他正要赶到浪搏恩去拜访她。达西先生证明他没有撒谎，同时鞠了个躬。达西正打算把眼睛从伊丽莎白身上移开，这时突然看到了那个陌生人。只见他们两人面面相觑，大惊失色，伊丽莎白看到这个邂逅相遇的场合，觉得很是惊奇。两个人都变了脸色，一个惨白，一个通红。过了一会儿，韦翰先生按了按帽子，达西先生勉强回了一下礼。这是什么意思呢？既叫人无从想象，又叫人不能不想去打听一下。

又过了一会儿，彬格莱先生若无其事地跟他们告别了，骑着马跟他朋友管自走了。

丹尼先生和韦翰先生陪着几位年轻的小姐，走到腓力普家门口，丽迪雅小姐硬要他们进去，甚至腓力普太太也打开了窗户，大声地帮着她邀请，他们却鞠了个躬告辞而去。

腓力普太太一向喜欢看到她的姨侄女儿们，那大的两个新近不常见面，因此特别受欢迎。她恳切地说，她们姐妹俩突然回家来，真叫她非常惊奇，要不是碰巧在街上遇到钟斯医生的药铺子里那个跑街的小伙子告诉她，说是班纳特家的两位小姐都已回家，不用再送药到尼日斐花园去，那她到现在还不知道她们回来了呢，这是因为她们家里没有打发马车去接她们的缘故。正当她们这样闲谈的时候，吉英向她介绍柯林斯先生。她不得不跟他寒暄几句，她极其客气地表示欢迎他，他也加倍客气地应酬她，而且向她道歉，说是素昧生平，不该这么冒冒失失，闯到她府上来，又说他毕竟还是非常高兴，因为介绍他的那几位年轻小姐和他还有些亲戚关系，因此他的冒昧前来也还勉强说得过去。这种过分的礼貌使腓力普太太受宠若惊。不过，正当她仔细打量着这一位生客的时候，她们姐妹俩却又把另一位生客的事情，大惊小怪地提出来向她问长问短，她只得又来回答她们的话，可是她能够说给姨侄女儿们听的，也无非是她们早已知道了的一些情形。她说那位生客是丹尼先生刚从伦敦带来的，他将要在某某郡担任起一个中尉的职责，又说，他刚刚在街上走来走去的时候，她曾经对他望了整整一个钟头之久。这时如果韦翰先生从这儿经过，吉蒂和丽迪雅一定还要继续张望他一番；可惜现在除了几位军官之外，根本没有人从窗口走过，而这些军官同韦翰一比较，都变成一些"愚蠢讨厌的家伙"了。有几个军官明天要上腓力普家里来吃饭。姨母说，倘若她们一家人明天晚上能从浪搏恩赶来，那么她就要打发她的丈夫去拜访韦翰先生一次，约他也来。大家都同意了；腓力普太太说，明天要给她们来一次热闹而有趣的抓彩票的玩意儿，玩过之后再吃一顿晚饭。想到了明天这一场欢乐，真叫人兴奋，因此大家分别的时候都很快乐。柯林斯先生走出门来，又再三道谢，主人也礼貌周全地请他不必过分客气。

　　回家的时候，伊丽莎白一路上把刚刚亲眼看见的那两位先生之间的一幕情景说给吉英听。假使他们两人之间真有什么宿怨，吉英一定要为他们两人中间的一人辩护，或是为两人辩护，只可惜她跟她妹妹一样，对于这两个人的事情完全摸不着头脑。

　　柯林斯先生回来之后，大大称赞腓力普太太的殷勤好客，班纳特太太听得很满意。柯林斯说，除了咖苔琳夫人母女之外，他生平从来没见过更风雅的女人，因为他虽然和她素昧生平，她却对他礼貌周全，甚至还指明要请他明天一同去吃晚饭。他想，这件事多少应该归功于他和她们的亲戚关系，可是这样殷勤好客的事，他还是生平第一次碰到呢。

第十六章

年轻的小姐们跟她们姨妈的约会,并没有遭受到反对。柯林斯只觉得来此做客,反而把班纳特夫妇整晚丢在家里,未免有些过意不去,可是他们叫他千万不要放在心上。于是他和他的五个表妹便乘着马车,准时到了麦里屯。小姐们一走进客厅,就听说韦翰先生接受了她们姨爹的邀请,而且已经驾到,觉得很是高兴。

大家听到这个消息之后,便都坐了下来。柯林斯先生悠闲自在地朝四下望望,瞻仰瞻仰一切;屋子的尺寸和里面的家具使他十分惊羡,他说他好像进了咖苔琳夫人在罗新斯的那间消夏的小饭厅。这个比喻开头并不怎么叫主人家满意,可是后来腓力普太太弄明白了罗新斯是一个什么地方,它的主人是谁,又听他说起咖苔琳夫人的一个会客间的情形,光是一只壁炉架就要值八百英镑,她这才体会到他那个譬喻实在太恭维她了,即使把她家里比作罗新斯的管家奶奶的房间,她也不反对了。

柯林斯在讲述咖苔琳夫人和她公馆的富丽堂皇时,偶然还要穿插上几句话,来夸耀他自己的寒舍,说他的住宅正在装潢改善中，等等，他就这样自得其乐地一直扯到男客们进来为止。他发觉腓力太太很留心听他的话，她愈听就愈把他看得了不起，而且决定一有空就把他的话传播出去。至于小姐们，实在觉得等得太久了，因为她们不高兴听她们表兄的闲扯，又没事可做，想弹弹琴又不成，只有照着壁炉架上那些瓷器的样子，漫不经心地画些小玩意儿消遣消遣。等待的时间终于过去了，男客们来了。韦翰先生一走进来，伊丽莎白就觉得，无论是上次看见他的时候也好，从上次见面以来想起他也好，她都并没对他产生过哪怕一丁点儿的盲目的爱。某某郡的军官们都是一批名誉很好的绅士气派的人物，参加这次宴会的尤其是他们之中的精华。韦翰先生无论在人品上，相貌上，风度上，地位上，都远远地超过他们，正如**他们**远远地超过那位姨爹一样——瞧那位肥头胖耳、大腹便便的姨爹，他正带着满口葡萄酒味，跟着他们走进屋来。

　　韦翰先生是当天最得意的男子，差不多每个女人的眼睛都朝着他看；伊丽莎白是当天最得意的女子，韦翰终于在**她**的身旁坐了下来。他马上就跟她攀谈，虽然谈的只是些当天晚上下雨和雨季可能就要到来之类的话，可是他那么和颜悦色，使她不禁感觉到即使最平凡、最无聊、最陈旧的话，只要说话的人有技巧，还是一样可以说得动听。

　　说起要博得女性的青眼，柯林斯先生遇到像韦翰先生和军官们这样的劲敌，真变得无足轻重了。他在小姐们眼睛里实在算不上什么，幸亏好心的腓力太太有时候还听听他谈话，她又十分细心，尽量把咖啡和松饼敬给他吃。

一张张牌桌摆好以后,柯林斯便坐下来一同玩"惠斯脱"①,总算有了一个机会报答她的好意。

他说:"我对这玩意儿简直一窍不通,不过我很愿意把它学会,以我这样的身份来说——"腓力普太太很感激他的好意,可是却不愿意听他谈论什么身份地位。

韦翰先生没有玩"惠斯脱",因为他被小姐们高高兴兴地请到另一张桌子上去玩牌,坐在伊丽莎白和丽迪雅之间。开头的形势很叫人担忧,因为丽迪雅是个十足的健谈家,大有把他独占下来的可能;好在她对于摸奖也同样爱好,立刻对那玩意儿大感兴趣,一股劲儿下注,得奖之后又大叫大嚷,因此就无从特别注意到某一个人身上去了。韦翰先生一面跟大家应付这玩意儿,一面从容不迫地跟伊丽莎白谈话。伊丽莎白很愿意听他说话,很想了解一下他和达西先生过去的关系,可是她要听的他未必肯讲。于是她提也不敢提到那位先生。后来出人意料之外,韦翰先生竟自动地谈到那个问题上去了,因此她的好奇心到底还是得到了满足。韦翰先生问起尼日斐花园离开麦里屯有多远。她回答了他以后,他又吞吞吐吐地问起达西先生已经在那儿待了多久。

伊丽莎白说:"大概有一个月了。"为了不愿意让这个话题放松过去,她又接着说:"据我所知,他是德比郡的一个大财主。"

"是的,"韦翰回答道,"他的财产很可观——每年有一万镑的净收入。说起这方面,谁也没有我知道得确实,因为我从小就和他家里有特别关系。"

---

① 一种四人玩的牌戏,与桥牌大同小异。

伊丽莎白不禁显出诧异的神气。

"班纳特小姐,你昨天也许看到我们见面时那种冷冰冰的样子吧,难怪你听了我的话会觉得诧异。你同达西先生很熟吗?"

"我也只希望跟他这么熟就够了,"伊丽莎白冒火地叫道,"我和他在一起待了四天,觉得他很讨厌。"

韦翰说:"他究竟讨人喜欢还是讨人厌,我可没有权利说出我的意见。我不便发表意见。我认识他太久,跟他也处得太熟,因此很难做个公正的判断人。**我**不可能做到大公无私。不过我敢说,你对他的看法会叫人吓一跳的,或许你在别的地方就不会说得这样过火吧。这儿都是你自己人呢。"

"老实说,除了在尼日斐花园以外,我到附近任何人家去都会这样说。哈福德郡根本就没有人喜欢他。他那副傲慢的气派,哪一个见了都讨厌。你绝不会听到人家说他一句好话。"

歇了一会儿,韦翰说:"说句问心无愧的话,不管是他也好,是别人也好,都不应该受到人家过分的抬举。不过对于他这个人,情况往往不是这样。他的有钱有势蒙蔽了天下人的耳目,他那目空一切、盛气凌人的气派又吓坏了天下人,弄得大家只有顺着他的心意去看待他。"

"我虽然跟他并不太熟,可是我认为他是个脾气很坏的人。"韦翰听了这话,只是摇头。

等到有了说话的机会,他又接下去说:"我不知道他是否打算在这个村庄里多住些时候。"

"我完全不知道;不过,我在尼日斐花园的时候,可没有听说他要走。你既然喜欢某某郡,打算在那里工作,我但愿你不要因为他在附近而影响了你原来的计划。"

"噢,不;我才不会让达西先生赶走呢。要是**他**不愿意看到我,那就得他走。我们两个人的交情搞坏了,我见到他就不好受,可是我没有理由要避开**他**,我只是要让大家知道他是怎样亏待了我,他的为人处世怎样使我痛心。班纳特小姐,他那去世的父亲,那位老达西先生,却是天下最好心的人,也是我生平最最真心的朋友;每当我同现在这位达西在一起的时候,就免不了逗起千丝万缕温存的回忆,从心底里感到苦痛。他对待我的行为真是恶劣万分;可是我千真万确地相信,我一切都能原谅他,只是不能容忍他辜负他先人的厚望,辱没他先人的名声。"

伊丽莎白对这件事越来越感到兴趣,因此听得很专心。但是这件事很蹊跷,她不便进一步追问。

韦翰先生又随便谈了些一般的事情。他谈到麦里屯,谈到四邻八舍和社交之类的事,凡是他所看到的事情,他谈起来都非常欣喜,特别是谈到社交问题的时候,他的谈吐举止更显得温雅殷勤。

他又说:"我所以喜欢某某郡,主要是为了这儿的社交界都是些上等人,又讲交情,我又知道这支部队名声很好,受到大家爱护,加上我的朋友丹尼为了劝我上这儿来,又讲起他们目前的营房是多么好,麦里屯的人们对待他们又多么殷勤,他们在麦里屯又结交了多少好朋友。我承认我是少不了社交生活的。我是个失意的人,精神上受不了孤寂。我**一定**要有职业和社交生活。我本来不打算过行伍生活,可是由于环境所迫,现在也只好去参加军队了。我**本应该**做牧师的,家里的意思本来也是要培养我做牧师；要是我博得了我们刚刚谈到的这位先生的喜欢，说不定我现在也有一份很可观的牧师俸禄呢。"

"是吗？"

"怎么会不是！老达西先生遗嘱上说明，牧师职位一有了最好的空缺就给我。他是我的教父，非常疼爱我。他待我的好意，我真无法形容。他要使我衣食丰裕，而且他自以为已经做到了这一点，可是等到牧师职位有了空缺的时候，却落到别人名下去了。"

"天哪！"伊丽莎白叫道，"怎么会有**那种**事情，怎么能够不依照他的遗嘱办事？你干吗不依法申诉？"

"遗嘱上讲到遗产的地方，措辞很含混，因此我未必可以依法申诉。照说，一个要面子的人是不会怀疑先人的意图的；可是达西先生偏偏要怀疑，或者说，他认为遗嘱上也只是说明有条件地提拔我，他硬要说我浪费和荒唐，因此要取消我的一切权利。总而言之，不说则已，说起来样样坏话都说到了。那个牧师位置居然在两年前空出来了，那正是我够年龄掌握那份俸禄的那年，可是却给了另一个人。我实在无从责备我自己犯了什么过错而活该失掉那份俸禄，除非说我性子急躁，心直口快，有时候难免在别人面前说出我对他的想法，甚至还当面顶撞他。也不过如此而已。只不过我们完全是两样的人，他因此怀恨我。"

"这真是骇人听闻！应该叫他在公开场合丢丢脸。"

"迟早总会有人来叫他丢脸，可是**我**决不会去难为他的。除非我对他的先人忘恩负义，我决不会揭发**他**，跟他作对。"

伊丽莎白十分钦佩他这种见地，而且觉得他把这种见地讲出来以后，他越发显得英俊了。

歇了一会儿，她又说道："可是他究竟是何居心？他为什么要这样作践人呢？"

"无非是决心要跟我结成不解的怨恨，我认为他这种结怨是出于某种程度上的嫉妒。要是老达西先生对待我差一些，他的儿子自然就会跟我处得好一些。我相信就是因为他的父亲太疼爱我了，这才使他从小就感到气恼。他肚量狭窄，不能容忍我跟他竞争，不能容忍我比他强。"

"我想不到达西先生竟会这么坏。虽说我从来没有对他有过好感，可也不十分有恶感。我只以为他看不起人，却不曾想到他卑鄙到这样的地步——竟怀着这样恶毒的报复心，这样的不讲理，没有人道！"

她思索了一会儿，便接下去说："我的确记得，有一次他还在尼日斐花园里自鸣得意地说起，他跟人家结下了怨恨就无法消解，他生性就爱记仇。他的性格一定叫人家很厌恶。"

韦翰回答道："在这件事情上，我的意见不一定靠得住，因为我对他难免有成见。"

伊丽莎白又沉思了一会儿，然后大声说道："你是他父亲的教子、朋友，是他父亲所器重的人，他怎么竟这样作践你！"她几乎把这样的话也说出口来："他怎么竟如此对待像你这样的一个青年，光凭你一副脸蛋儿人家准知道你是个和蔼可亲的人。"不过，她到底还是改说了这样几句话："何况你从小就和他在一起，而且像你所说的，关系非常密切。"

"我们是在同一个教区，同一个花园里长大的。我们的少年时代大部分是在一起过的——同住一幢房子，同在一起玩耍，受到同一个父亲的疼爱。我父亲所干的行业就是您姨爹腓力普先生得心应手的那门行业，可是先父生前为了替老达西先生效劳，把自己的事都搁在一边，用出全副精力来照管彭伯里的财产。老达西先生对他极为器重，把他看作最知己的心腹朋友。老达西先生一向承认先父管家有方，使他受惠非浅，因此在先父临终的时候，他便自动提出要负担我一切的生活费用。我相信他所以这样做，一方面是对先父感恩，另一方面是为了疼爱我。"

伊丽莎白叫道："多奇怪！多可恶！我真不明白，这位达西先生既然这样有自尊心，怎么又这样亏待你！要是没有别的更好的理由，那么，他既是这么骄傲，就应该不屑于这样阴险——我一定要说这是阴险。"

"的确稀奇，"韦翰回答道，"归根结底来说，差不多他的一切行动都是出于傲慢，傲慢成了他最要好的朋友。照说他既然傲慢，就应该最讲求道德。可是人总免不了有自相矛盾的地方，他对待我就是意气用事多于傲慢。"

"像他这种可恶的傲慢，对他自己有什么好处？"

"有好处；常常使他做起人来慷慨豪爽——花钱不吝啬，待人殷勤、资助佃户，救济贫苦人。他所以会这样，都是因为门第祖先使他感到骄傲，他对于他父亲的为人也很引为骄傲。他主要就是为了不要有辱家声，有违众望，不要失掉彭伯里族的声势。他还具有做哥哥身份的骄傲，这种骄傲，再加上一些手足的情分，使他成了他妹妹的亲切而细心的保护人；你自会听到大家都一致称赞他是位体贴入微的最好的哥哥。"

"达西小姐是个怎么样的姑娘？"

韦翰摇摇头："我但愿能够说她一声可爱。凡是达西家里的人，我都不忍心说他们一句坏话。可是她的确太像她的哥哥了——非常非常傲慢。她小时候很亲切，很讨人喜爱，而且特别喜欢我。我常常陪她接连玩上几个钟头。可是现在我可不把她放在心上了。她是个漂亮姑娘，大约十五六岁，而且据我知道，她也极有才干。她父亲去世以后，她就住在伦敦，有位太太陪她住在一起，教她读书。"

他们又东拉西扯地谈了好些别的话，谈谈歇歇，后来伊丽莎白不禁又扯到原来的话题上来。她说：

"我真奇怪，他竟会和彬格莱先生这样知己。彬格莱先生的性情那么好，而且他的为人也极其和蔼可亲，怎么会跟这样一个人交起朋友来？他们怎么能够相处呢？你认识彬格莱先生吗？"

"我不认识。"

"他的确是个和蔼可亲的好性子的人。他根本不会明白达西先生是怎样一个人。"

"也许不明白；不过达西先生要讨人欢喜的时候，他自有办法。他的手腕很高明。只要他认为值得跟人家攀谈，他也会谈笑风生。他在那些地位跟他相等的人面前，在那些处境不及他的人面前，完全是两个人。他处处傲慢，可是跟有钱的阔人在一起的时候，他就显得胸襟磊落、公正诚实、讲道理、要面子，也许还会和和气气，这都是看在人家身价地位的分上。"

"惠斯脱"牌散场了，玩牌的人都围到另一张桌子上来，柯林斯先生站在他的表妹伊丽莎白和腓力普太太之间。腓力普太太照例问他赢了没有。他没有赢,他完全输了。腓力普太太表示为他惋惜,于是他郑重其事地告诉她说,区区小事何必摆在心上,因为他根本不看重钱,请她不要觉得心里不安。

他说:"我很明白,太太,人只要坐上了牌桌,一切就得看自己的运气了,幸亏我并不把五个先令当作一回事。当然好些人就不会像我这样说法,也是多亏咖苔琳·德·包尔夫人,有了她,我就不必为这点小数目心痛了。"

这话引起了韦翰先生的注意。韦翰看了柯林斯先生几眼,便低声问伊丽莎白,她这位亲戚是不是同德·包尔家很相熟。

伊丽莎白回答道:"咖苔琳·德·包尔夫人最近给了他一个牧师职位。我简直不明白柯林斯先生是怎么受到她赏识的,不过他一定没有认识她多久。"

"想你一定知道咖苔琳·德·包尔夫人和安妮·达西夫人是姐妹吧。咖苔琳夫人正是现在这位达西先生的姨母呢。"

"不知道,我的确不知道。关于咖苔琳夫人的亲戚,我半点儿都不知道。我还是前天才晓得有她这个人的。"

"她的女儿德·包尔小姐将来会承受到一笔很大的财产,大家都相信她和她的姨表兄将来会把两份家产合并起来。"

这话不禁叫伊丽莎白笑了起来,因为这使她想起了可怜的彬格莱小姐。要是达西果真已经另有心上人,那么,彬格莱小姐的百般殷勤都是枉然,她对达西妹妹的关怀以及对达西本人的赞美,也完全白费了。

"柯林斯先生对咖苔琳夫人母女俩真是赞不绝口,可是听他讲起那位夫人来,有些地方真叫我不得不怀疑他说得有些过分,对她感激得迷住了心窍。尽管她是他的恩人，她仍然是个既狂妄又自大的女人。"

"我相信她这两种毛病都很严重，"韦翰回答道，"我有多少年没见过她了，可是我记得我自己一向讨厌她，因为她为人处世既专横又无礼。大家都说她非常通情达理；不过我总以为人家所以夸她能干，一方面是因为她有钱有势，一方面因为她盛气凌人，加上她又有那么了不起的一个姨侄，只有那些具有上流社会教养的人，才巴结得上他。"

伊丽莎白承认他这番话说得很有理。他们俩继续谈下去，彼此十分投机，一直谈到打牌散场吃晚饭的时候，别的小姐们才有机会分享一点韦翰先生的殷勤。腓力普太太宴请的这些客人正在大声喧哗，简直叫人无法谈话，好在光凭他的举止作风，也就足以博得每个人的欢心了。他一言一语十分风趣，一举一动非常温雅。伊丽莎白临走时，脑子里只想到他一个人。她在回家的路上一心只想到韦翰先生，想到他跟她说过的那些话，可是一路上丽迪雅和柯林斯先生全没有住过嘴，因此她连提到他名字的机会也没有。丽迪雅不停地谈到抓彩票，谈到她哪一次输了又哪一次赢了；柯林斯先生尽说些腓力普先生和腓力普太太的殷勤款待，又说打"惠斯脱"输了几个钱他毫不在乎，又把晚餐的菜肴一盘盘背出来，几次三番地说是怕自己挤了表妹们。他要说的话太多，当马车停在浪搏恩的屋门口时，他的话还没有说完。

第十七章

第二天,伊丽莎白把韦翰先生跟她自己说的那些话全告诉了吉英。吉英听得又是惊奇又是关心。她简直不能相信,达西先生会这样地不值得彬格莱先生器重,可是,像韦翰这样一个青年美男子,她实在无从怀疑他说话不诚实。一想到韦翰可能真的受到这些亏待,她就不禁起了怜惜之心;因此她只得认为他们两位先生都是好人,替他们双方辩白,把一切无法解释的事都解释作意外和误会。

吉英说:"我认为他们双方都受了人家的蒙蔽,至于是怎样受到蒙蔽的,我们当然无从猜测,也许是哪一个有关的人从中挑拨是非。简单地说,除非我们有确确实实的根据可以责怪任何一方,我们就无从凭空猜想出他们是为了什么事才不和睦的。"

"你这话说得不错。那么,亲爱的吉英,你将替这种有关的人说些什么话呢?你也得替**这种**人辩白一下呀,否则我们又不得不怪到某一个人身上去了。"

"你爱怎么取笑就怎么取笑吧,反正你总不能把我的意见笑掉。亲爱的丽萃,你且想一想,达西先生的父亲生前那样地疼爱这个人,而且答应要赡养他,如今达西先生本人却这般亏待他,那他简直太不像话了。这是不可能的。一个人只要还有点起码的人道之心,只要多少还尊重自己的人格,就不会做出这种事来。难道他自己的最知己的朋友,竟会被他蒙蔽到这种地步吗?噢!不会的。"

"我还是认为彬格莱先生受了他的蒙蔽,并不认为韦翰先生昨儿晚上跟我说的话是捏造的。他把一个个的人名,一桩桩的事实,都说得有根有据,毫无虚伪做作。倘若事实并非如此,那么让达西先生自己来辩白吧。你只要看看韦翰那副神气,就知道他没有说假话。"

"这的确叫人很难说——也叫人难受。叫人不知道怎么想法才好。"

"说句你不见怪的话,人家完全知道该怎么样想法。"

吉英只有一桩事情是猜得准的,那就是说,要是彬格莱先生果真受了蒙蔽,那么,一旦真相大白,他一定会万分痛心。

两位年轻的小姐正在矮树林里谈得起劲,忽然家里派人来叫她们回去,因为有客人上门来——事情真凑巧,来的正是她们所谈到的那几位。原来尼日斐花园下星期二要举行一次盼望了好久的舞会,彬格莱先生跟他的姐妹们特地亲自前来邀请她们参加。那两位小姐和自己要好的朋友重逢,真是非常高兴。她们说,自从分别以来,恍若隔世,又一再地问起吉英别来做些什么。她们对班纳特府上其余的人简直不理不睬。她们尽量避免班纳特太太的纠缠,又很少跟伊丽莎白交谈,至于对别的人,那就根本一句话也不说了。她们一会儿就告辞了,而且出于她们的兄弟彬格莱先生的意料之外，那两位小姐一骨碌从座位上站了起来，拔腿就走，好像急于要避开班纳特太太那些纠缠不清的繁文缛节似的。

尼日斐花园要举行舞会，这一件事使这一家的太太小姐都高兴到极点。班纳特太太认为这次舞会是为了恭维她的大女儿才开的，而且这次舞会由彬格莱先生亲自登门邀请，而不是发请帖来请，这叫她更加高兴。吉英心里只是想象着，到了那天晚上，便可以和两个好朋友促膝谈心，又可以受到她们兄弟的殷勤款待；伊丽莎白高兴地想到可以跟韦翰先生跳好多好多次舞，又可以从达西先生的神情举止中把事情的底细看个水落石出。至于咖苔琳和丽迪雅，她们可不把开心作乐寄托于某一件事或某一个人身上，虽然她们俩也跟伊丽莎白一样，想要和韦翰先生跳上个大半夜，可是跳舞会上能够使她们跳个痛快的舞伴绝不止他一个人，何况跳舞会究竟是跳舞会。甚至连曼丽也告诉家里人说，她对于这次舞会也不是完全不感到兴趣。

曼丽说："只要每天上午的时间能够由我自己支配就够了。我认为偶尔参加参加晚会并不是什么牺牲。我们大家都应该有社交生活。我认为谁都少不了要有些消遣和娱乐。"

伊丽莎白这会儿真太高兴了；她虽然本来不大跟柯林斯先生多话，现在也不禁问他是不是愿意上彬格莱先生那儿去做客，如果愿意，参加晚会是不是合适。出乎伊丽莎白的意料之外，柯林斯先生对于做客问题毫无犹豫，而且还敢跳舞，一点不怕大主教或咖苔琳·德·包尔夫人的指责。

他说："老实告诉你，这样的舞会，主人是一个品格高尚的青年，宾客又是些体面人，我决不认为会有什么不好的倾向。我非但不反对自己跳舞,而且希望当天晚上表妹们都肯赏脸。伊丽莎白小姐,我就利用这次机会请你陪我跳头两场舞,我相信吉英表妹一定不会怪我对她有什么失礼吧,因为我这样尽先尽后有正当的理由。"

伊丽莎白觉得自己完全上了当。她本来一心要跟韦翰跳开头几场,如今却来了个柯林斯先生从中作梗!她从来没有像现在这样扫兴过,不过事到如今,已无法补救。韦翰先生的幸福跟她自己的幸福不得不耽搁一下了,她于是极其和颜悦色地答应了柯林斯先生的请求。她一想到柯林斯此番殷勤乃是别有用心,她就不太乐意。她首先就想到他已经在她的几个姐妹中间看中了她自己,认为她配做汉斯福牧师家里的主妇,而且当罗新斯没有更适当的宾客时,打起牌来要是三缺一,她也可以凑凑数。她这个想法立刻得到了证实,因为她观察到他对她越来越殷勤,只听得他老是恭维她聪明活泼。虽然从这场风波足以想见她的诱人的魅力,她可并不因此得意,反而感到惊奇,她的母亲不久又跟她说,他们俩是可能结婚的,这叫她做母亲的很喜欢。伊丽莎白对母亲这句话只当作没有听见,因为她非常明白,只要跟母亲搭起腔来,就免不了要大吵一场。柯林斯先生也许不会提出求婚,既然他还没有明白提出,那又何必为了他争吵。

自从尼日斐花园邀请班纳特家的几位小姐参加跳舞的那天起,到开舞会的那天为止,雨一直下个不停,弄得班家几个年纪小的女儿们没有到麦里屯去过一次,也无从去看望姨母,访问军官和打听新闻,要不是把参加舞会的事拿来谈谈,准备准备,那她们真要可怜死了。她们连跳舞鞋子上要用的玫瑰花也是叫别人去代买的。其至伊丽莎白也对这种天气厌恶透了，就是这种天气弄得她和韦翰先生的友谊毫无进展。总算下星期二有个跳舞会，这才使吉蒂和丽迪雅熬过了星期五、星期六、星期日和星期一。

第十八章

伊丽莎白走进尼日斐花园的会客室,在一群穿着"红制服"的人里面寻找韦翰先生,找来找去都找不着,她从来没有一丝怀疑:他会不来。虽然想起了过去的种种事情而颇为担心,可是她的信心并没有因此受到影响,她比平常更小心地打扮了一番,高高兴兴地准备要把他那颗没有被征服的心全部征服,她相信在今天的晚会上,一定会让她把他那颗心完全赢到手。但是过了一会儿,她起了一种可怕的怀疑:莫不是彬格莱先生请军官们的时候,为了讨达西先生的好,故意没有请韦翰吗?虽然事实并非如此,不过他缺席的原委马上就由他的朋友丹尼先生宣布了。这是因为丽迪雅迫不及待地问丹尼,丹尼就告诉她们说,韦翰前一天上城里有事去了,还没有回来,又带着意味深长的微笑补充了几句:

"我想,他要不是为了要回避这儿的某一位先生,决不会就这么凑巧,偏偏这时候因事缺席。"

他这个消息丽迪雅虽然没有听见,却给伊丽莎白听见了。伊丽莎白因此断定:关于韦翰缺席的原因,虽然她开头没有猜对,却依旧是达西先生一手造成的。她觉得非常扫兴,对达西也就越发起了反感,因此后来当达西走上前来向她问好的时候,她简直不能好声好气地回答他。要知道,对达西殷勤,宽容,忍耐,就等于伤害韦翰。她决定不跟他说一句话,快快不乐地掉过头来就走,甚至跟彬格莱先生说起话来也不大快乐,因为他对达西的盲目偏爱引起了她的气愤。

伊丽莎白天生不大会发脾气,虽然她今天晚上大为扫兴,可是她情绪上并没有不愉快多少时候。她先把满腔的愁苦都告诉了那位一星期没有见面的夏绿蒂·卢卡斯小姐,过了一会儿又自告奋勇地把她表兄奇奇怪怪的情形讲给她听,一面又特别把他指出来给她看。头两场舞重新使她觉得烦恼,那是两场活受罪的跳舞。柯林斯先生又呆笨又刻板,只知道道歉,却不知道小心一些,往往脚步弄错了自己还不知道。他真是个十足叫人讨厌的舞伴,使她丢尽了脸,受尽了罪。因此,从他手里解脱出来,真叫她喜极欲狂。

她接着跟一位军官跳舞,跟他谈起韦翰的事。听他说,韦翰是个到处讨人喜爱的人,于是她精神上舒服了许多。跳过这几场舞以后,她就回到夏绿蒂·卢卡斯身边,跟她谈话,这时候突然听到达西先生叫她,出其不意地请她跳舞,她吃了一惊,竟然不由自主地答应了他。达西跳过以后便立刻走开了,于是她口口声声怪自己为什么这样没有主意。夏绿蒂尽力安慰她。

"你将来一定会发觉他很讨人喜欢的。"

"天不容!那才叫作倒了天大的霉呢!下定了决心去恨一个人,竟会一下子又喜欢起他来!别这样咒我吧。"

当跳舞重新开始，达西又走到她跟前来请她跳舞的时候，夏绿蒂禁不住跟她咬了咬耳朵，提醒她别做傻瓜，别为了对韦翰有好感，就宁可得罪一个比韦翰的身价高上十倍的人。伊丽莎白没有回答便下了舞池，她想不到居然会有这样的体面，跟达西先生面对面跳舞，她看见身旁的人们也同样露出了惊奇的目光。他们俩跳了一会儿，一句话也没有交谈。她想象着这两场舞可能一直要沉默到底，开头决定不要打破这种沉默，后来突然异想天开，认为如果逼得她的舞伴不得不说几句话，那就会叫他受更大的罪，于是她就说了几句关于跳舞方面的话。他回答了她的话，接着又是沉默。歇了几分钟，她第二次跟他攀谈——

"现在该轮到你谈谈啦，达西先生。我既然谈了跳舞，你就得谈谈舞池的大小以及有多少对舞伴之类的问题。"

他笑了笑，告诉她说，她要他说什么他就说什么。

"好极了，这种回答眼前也说得过去了。待一忽儿我或许会谈到私人跳舞会比公共场所的跳舞会来得好；不过，我们现在可以不必作声了。"

"那么说，你跳起舞来照例总得要谈上几句吗？"

"有时候要的。你知道，一个人总得要说些话。接连半个钟头待在一块儿一声不响，那是够别扭的。不过有些人就偏偏巴不得说话愈少愈好，为这些人着想，谈话也不妨安排得少一点。"

"在目前这样的情况下，你是在照顾你自己的情绪呢，还是想要使我情绪上快慰？"

"一举两得，"伊丽莎白油滑地回答道，"因为我老是感觉到我们俩转的念头很相同。你我的性格跟人家都不大合得来，又不愿意多说话,难得开口,除非想说几句一鸣惊人的话,让大家当作格言来流传千古。"

他说:"我觉得你的性格并不见得就是这样,我的性格是否很近似这方面,我也不敢说。**你**一定觉得你自己形容得很恰当吧。"

"我当然不能自己下断语。"

他没有回答,他们俩又沉默了,直等到又下池去跳舞,他这才问她是不是常常和姐妹们上麦里屯去溜达。她回答说常常去。她说到这里,实在按捺不住了,便接下去说:"你那天在那儿碰到我们的时候,我们正在结交一个新朋友呢。"

这句话立刻发生了效果。一阵傲慢的阴影罩上了他的脸,可是他一句话也没有说。伊丽莎白也说不下去了,不过她心里却在埋怨自己软弱。后来还是达西很勉强地先开口说:

"韦翰先生生来满面春风,交起朋友来得心应手。至于他是不是能和朋友们长久相处,那就不大靠得住了。"

伊丽莎白加重语气回答道:"他真不幸,竟失去了**您的**友谊,而且弄成那么尴尬的局面,可能会使他一辈子都感受痛苦。"

达西没有回答,好像想要换个话题。就在这当儿,威廉·卢卡斯爵士走近他们身边,打算穿过舞池走到屋子的那一边去,可是一看到达西先生,他就停住了,礼貌周全地向他鞠了一躬,满口称赞他跳舞跳得好,舞伴又找得好。

"我真太高兴了,亲爱的先生,跳得这样一脚好舞,真是少见。你毫无问题是属于第一流的人才。让我再唠叨一句,你这位漂亮的舞伴也真配得上你,我真希望常常有这种眼福,特别是将来有一天某一桩好事如愿的时候,亲爱的伊丽莎小姐。"(他朝着她的姐姐和彬格莱望了一眼)"那时候将会有怎样热闹的祝贺场面啊。我要求达西先生——可是我还是别打搅你吧,先生。你正在和这位小姐谈得心醉神迷,如果我耽搁了你,你是不会感激我的,瞧她那一双明亮的眼睛也在责备我呢。"

后半段话达西几乎没有听见。可是威廉爵士提起他那位朋友,却不免叫他心头大受震动,于是他一本正经地去望着那正在跳舞的彬格莱和吉英。他马上又镇定了下来,掉转头来对他自己的舞伴说:

"威廉爵士打断了我们的话,我简直记不起我们刚刚谈些什么了。"

"我觉得我们根本就没有谈什么。这屋子里随便哪两个人都不比我们说话说得少的,因此威廉爵士打断不了什么话。我们已经换过两三次话题,总是谈不投机,以后还要谈些什么,我实在想不出了。"

"谈谈书本如何?"他笑着说。

"书本!噢,不;我相信我们读过的书不会一样,我们的体会也各有不同。"

"你会这样想,**我真抱歉**;假定真是那样,也不见得就无从谈起。我们也可以把不同的见解比较一下。"

"不——我无法在舞场里谈书本;我脑子里老是想着些别的事。"

"目前的场面老是吸引你的注意力,是不是?"他带着犹疑的眼光问。

"是的，老是这样。"她答道。其实她并不知道自己在说些什么，她的思想跑到老远的地方去了，你且听她突然一下子说出这样的话吧："达西先生，我记得有一次听见你说，你生来不能原谅别人——你和别人一结下了怨，就消除不掉。我想，你**结**的时候总该是很慎重的吧？"

"正是。"他坚决地说。

"你从来不会受到偏见的蒙蔽吗？"

"我想不会。"

"对于某些坚持己见的人说来，在拿定一个主张的时候，开头应该特别慎重地考虑一下。"

"是否可以允许我请教你一声，你问我这些话用意何在？"

她竭力装出若无其事的神气说："只不过为了要解释解释**你的性格**罢了，我想要把你的性格弄个明白。"

"那么你究竟弄明白了没有？"

她摇摇头："我一点儿也弄不明白。我听到人家对于你的看法极不一致，叫我不知道相信谁的话才好。"

他严肃地答道："人家对于我的看法极不一致，我相信其中一定大有出入。班纳特小姐，我希望你目前还是不要刻画我的性格，我怕这样做，结果对于你我都没有好处。"

"可是，倘若我现在不了解你一下，以后就没有机会了。"

于是他冷冷地答道："我决不会打断你的兴头。"她便没有再说下去。他们俩又跳了一次舞，于是就默默无言地分手了。两个人都快快不乐，不过程度上不同罢了。达西心里对她颇有好感，因此一下子就原谅了她，把一肚子气愤都转到另一个人身上去了。

他们俩分手了不多一会儿,彬格莱小姐就走到伊丽莎白跟前来,带着一种又轻蔑又客气的神气对她说:

"噢,伊丽莎小姐,我听说你对乔治·韦翰很有好感!你姐姐刚才还跟我谈到他,问了我一大堆的话。我发觉那年轻的哥儿虽然把什么事都说给你听了,可就偏偏忘了说他自己是老达西先生的账房老韦翰的儿子。他说达西先生待他不好,那完全是胡说,让我站在朋友的立场奉劝你,不要盲目相信他的话。达西先生一直待他太好了,只有乔治·韦翰用卑鄙的手段对待达西先生。详细情形我不清楚,不过这件事我完全知道,一点儿也不应该怪达西先生。达西一听见人家提到乔治·韦翰就受不了。我哥哥这次宴请军官们,本来也很难把他剔开,总算他自己知趣,避开了,我哥哥真高兴。他跑到这个村里来真是太荒谬了,我不懂他怎么竟敢这样做。伊丽莎小姐,我对你不起,揭穿了你心上人的过错。可是事实上你只要看看他那种出身,当然就不会指望他会干出什么好事来。"

伊丽莎白生气地说:"照你的说法,他的过错和他的出身好像是一回事啦,我倒没有听到你说他别的不是,只听到你骂他是达西先生的账房的儿子,老实告诉你,这一点他早已亲自跟我讲过了。"

"对不起,请原谅我好管闲事;不过我是出于一片好意。"彬格莱小姐说完这话,冷笑了一下,便走开了。

"无礼的小姐儿!"伊丽莎白自言自语地说,"你可转错了念头啦,你以为这样卑鄙地攻击人家一下,就影响了我对人家的看法吗？你这种攻击，倒叫我看穿了你自己的顽固无知和达西先生的阴险。"她接着便去找她自己的姐姐，因为姐姐也向彬格莱问起过这件事。只见吉英满脸堆笑，容光焕发，这足以说明当天晚会上的种种情景使她多么满意。伊丽莎白顿时就看出了她的心情；于是顷刻之间就把她自己对于韦翰的关怀、对于他仇人们的怨愤，以及其他种种感觉，都打消了，一心只希望吉英能够顺利地走上幸福的道路。

她也和姐姐同样满面堆笑地说道："我想问问你，你有没有听到什么有关韦翰先生的事？也许你太高兴了，想不到第三个人身上去吧；果真是那样的话，我一定可以谅解你的。"

"没有的事，"吉英回答道，"我并没有忘记他，可惜我没有什么满意的消息可以告诉你。彬格莱先生并不了解他的全部底细，至于他主要在哪些方面得罪了达西先生，彬格莱先生更是一无所知；不过他可以担保他自己的朋友品行良好，诚实正派，他并且以为达西先生过去对待韦翰先生已经好得过分了。说来遗憾，从他的话和她妹妹的话来看，韦翰先生决不是一个正派的青年。我怕他果真是太莽撞，也难怪达西先生不去理睬他。"

"难道彬格莱先生自己不认识韦翰先生吗？"

"不认识，那天上午在麦里屯他还是初次和他见面。"

"那么，他这一番话是从达西先生那儿听来的啦。我满意极了。关于那个牧师职位的问题，他是怎么说的？"

"他只不过听达西先生说起过几次，详细情况他可记不清了，可是他相信，那个职位虽然规定了是给韦翰先生的，可也是有条件的。"

伊丽莎白激动地说:"彬格莱先生当然是个诚实君子喽,可是请你原谅,光凭几句话并不能叫我信服。彬格莱先生袒护他自己朋友的那些话,也许说得很有力;不过,他既然弄不清这件事的某些情节,而且另外一些情节又是听他朋友自己说的,那么,我还是不愿意改变我原来对他们两位先生的看法。"

她于是换了一个话题,使她们俩都能谈得更称心。她们俩在这方面的意见是完全一致的。伊丽莎白高兴地听着吉英谈起,她在彬格莱先生身上虽然不敢存奢望,却寄托着多少幸福的心愿;她于是尽心竭力说了许多话来增加姐姐的信心。一会儿,彬格莱先生走到她们这里来了,伊丽莎白便退到卢卡斯小姐身边去。卢卡斯小姐问她跟刚才那位舞伴跳得是否愉快,她还没有来得及回答,只见柯林斯先生走上前来,欣喜欲狂地告诉她们说,他真幸运,发现了一件极其重要的事。

他说:"这真是完全出乎我意料之外,我竟然发现这屋子里有一位是我女施主的至亲。我凑巧听到一位先生跟主人家的那位小姐说,他自己的表妹德·包尔小姐和他的姨母咖苔琳夫人。这些事真是太巧合了!谁想得到我会在这次的舞会上碰到咖苔琳·德·包尔夫人的姨侄呢!谢天谢地,我这个发现正是时候,还来得及去问候他,我打算现在就去,相信他一定不会怪我没有早些去问候他吧。我根本就不知道有这门亲戚,因此还有道歉的余地。"

"你打算去向达西先生自我介绍吗?"

"我当然打算去。我一定去求他原谅,请他不要怪我没有早些问候他。我相信他是咖苔琳夫人的姨侄。我可以告诉他说,上星期我还见到她老人家，她身体着实健康。"

伊丽莎白竭力劝他不要那么做，她说，他如果不经过人家介绍就去招呼达西先生，达西先生一定会认为他冒昧唐突，而不会认为他是奉承他姨母，又说双方根本不必打交道，即使要打交道，也应该由地位比较高的达西先生先来跟他通候。柯林斯先生听她这么说，便显出一副坚决的神气，表示非照着自己的意思去做不可，等她说完了，他回答道：

"亲爱的伊丽莎白小姐，你对于一切问题都有卓越的见解，我非常敬佩，可是请你听我说一句：俗人的礼节跟教士们的礼节大不相同。请听我说，我认为从尊严方面看来，一个教士的位置可以比得上一个君侯，只要你能同时保持相当的谦虚。所以，这一次你应该让我照着我自己良心的吩咐，去做好我认为应当做的事情。请原谅我没有领受你的指教，要是在任何其他的问题上，我一定把你的指教当作座右铭，不过对于当前这个问题，我觉得，由于我还算读书明理，平日也曾稍事钻研，由我自己来决定比由你这样一位年轻小姐来决定要合适些。"他深深鞠了一躬，便离开了她，去向达西先生纠缠。于是她迫不及待地望着达西先生怎样对待他这种冒失行为，料想达西先生对于这种问候方式一定要大为惊讶。只见她这位表兄先恭恭敬敬地对达西鞠了个躬，然后再开口跟他说话。伊丽莎白虽然一句也没听到他说些什么，却又好像听到了他所有的话，因为从他那嚅动嘴唇的动作看来，他无非口口声声尽说些"道歉""汉斯福""咖苔琳·德·包尔夫人"之类的话。她看到表兄在这样的一个人面前出丑，心中好不气恼。达西先生带着毫不掩饰的惊奇目光斜睨着他，等到后来柯林斯先生唠叨够了，达西才带着一副敬而远之的神气，敷衍了他几句。柯林斯先生却并不因此灰心扫兴，不再开口。等他第二次开口唠叨的时候，达西先生的轻蔑的神气显得更露骨了。他说完以后，达西先生随便欠了欠身子就走开了。柯林斯先生这才回到伊丽莎白跟前来。他跟伊丽莎白说："告诉你，他那样接待我，我实在没有理由感到不满意。达西听到我的殷勤问候，好像十分高兴。他礼貌周全地回答了我的话，甚至恭维我说，他非常佩服咖苔琳夫人的眼力，没有提拔错了人。这的确是个聪明的想法。大体上说，我很满意他。"

伊丽莎白既然对舞会再也没有什么兴味，于是几乎把全部注意力都转移到她的姐姐和彬格莱先生身上去了。她把当场的情景都看在眼里，想象出了多少可喜的事情，几乎跟吉英自己感到同样的快活。她想象着姐姐做了这幢屋子里的主妇，夫妇之间恩爱弥笃，幸福无比。她觉得如果真有这样一天，那么，连彬格莱的两个姐妹，她也可以尽量对她们发生好感。她看见她母亲也明明正在转着同样的念头，因此她决定不要冒险走到母亲跟前去，免得又要听她唠叨个没完。因此当大家坐下来吃饭的时候，她看到母亲的座位跟她隔得那么近，她觉得真是受罪。只见母亲老是跟那个人（卢卡斯太太）在信口乱说，毫无忌讳，而且尽谈些她怎样盼望吉英马上跟彬格莱先生结婚之类的话，这叫伊丽莎白越发气恼。她们对这件事越谈越起劲，班纳特太太一个劲儿数说着这门姻缘有多少多少好处。首先，彬格莱先生是那么漂亮的一个青年，那么有钱，住的地方离她们只有三英里路，这些条件是令人满意的。其次，他的两个姐妹非常喜欢吉英，一定也像她一样地希望能够结成这门亲,这一点也很令人快慰。再其次,吉英的亲事既然攀得这么称心如意,那么,几个小女儿也就有希望碰上别的阔人。最后再说到她那几个没有出嫁的女儿,关于她们的终身大事,从此也可以委托给大女儿,不必要她自己再为她们去应酬交际了,于情于理,这都是一件值得高兴的事,怎奈班纳特太太生平就不惯于守在家里。她又预祝卢卡斯太太马上也会有同样的幸运,其实她明明是在趾高气扬地料定她没有这个福分。

伊丽莎白一心想要挫挫她母亲的谈锋,便劝她谈起得意的事情来要放得小声小气一点,因为达西先生就坐在她们对面,可见得大部分的话都让他听到了。可是劝也无用,她的母亲只顾骂她废话,她真是说不出的气恼。

"我倒请问你,达西先生与我有什么关系,我干吗要怕他?我没有理由要在他面前特别讲究礼貌,难道他不爱听的话我就不能说吗?"

"看老天爷分上,妈妈,小声点儿说吧。你得罪了达西先生有什么好处?你这样做,他的朋友也不会看得起你的。"

不过,任凭她怎么说都没有用。她的母亲偏偏要大声发表高见。伊丽莎白又羞又恼,脸蛋儿红了又红。她禁不住一眼眼望着达西先生,每望一眼就越发证实了自己的疑虑,因为达西虽然并没有老是瞧着她的母亲,却准是一直在留心听她高谈阔论。他脸上先是显出气愤和厌恶的表情,慢慢地变得冷静庄重,一本正经。

后来班纳特太太话说完了,卢卡斯太太听她谈得那样志得意满,自己又没个份儿,早已呵欠连连,现在总算可以来安心享受一点冷肉冷鸡了。伊丽莎白现在也算松了口气。可惜她耳朵里并没有清净多久,因为晚饭一吃完,大家就谈起要唱唱歌。伊丽莎白眼看着曼丽经不起人家稍微怂恿一下就答应了大家的请求,觉得很难受。她曾经频频向曼丽递眼色,又再三地默默劝告她,竭力叫她不要这样讨好别人,可惜终于枉费心机。曼丽丝毫不理会她的用意。这种出风头的机会她是求之不得的,于是她就开始唱起来了。伊丽莎白极其苦痛地把眼睛盯在她身上,带着焦虑的心情听她唱了几节,等到唱完了,她的焦虑丝毫没有减轻,因为曼丽一听到大家对她称谢,还有人隐约表示要她再赏他们一次脸,于是歇了半分钟以后,她又唱起了另一支歌。曼丽的才力是不适宜于这种表演的,因为她嗓子细弱,态度又不自然。伊丽莎白真急得要命。她看了看吉英,看看她是不是受得了,只见吉英正在安安静静地跟彬格莱先生谈天。她又看见彬格莱先生的两位姐妹正在彼此挤眉弄眼,一面对着达西做手势,达西依旧面孔铁板。她最后对自己的父亲望了一眼,求他老人家来拦阻一下,免得曼丽通宵唱下去。父亲领会了她的意思,他等曼丽唱完了第二支歌,便大声说道:

"你这样尽够啦,孩子。你使我们开心得够久啦。留点时间给别的小姐们表演表演吧。"

曼丽虽然装作没听见,心里多少有些不自在。伊丽莎白为她感到不好受,也为她爸爸的那番话感到不好受,生怕自己一片苦心完全白费。好在这会儿大家请别的人来唱歌了。

只听得柯林斯先生说:"假使我侥幸会唱歌,那我一定乐意给大家高歌一曲;我认为音乐是一种高尚的娱乐,和牧师的职业丝毫没有抵触。不过我并不是说，我们应该在音乐上花上太多的时间，因为的确还有许多别的事要做。负责一个教区的主管牧师有多少事要做啊。首先，他得制订什一税①的条例，既要订得于自己有利，又要不侵犯施主的利益。他得自己编写讲道辞，这一来剩下的时间就不多了。他还得利用这点儿时间来安排教区里的事务，照管和收拾自己的住宅——住宅总少不了要尽量弄得舒舒服服。还有一点我认为也很重要：他对待每一个人都得殷勤和蔼，特别是那些提拔他的人。我认为这是他应尽的责任。再说，遇到施主家的亲友，凡是在应该表示尊敬的场合下，总得表示尊敬，否则是不像话的。"他说到这里，向达西先生鞠了一躬，算是结束了他的话。他这一席话说得那么响亮，半个屋子里的人都听得见。多少人看呆了，多少人笑了，可是没有一个人像班纳特先生那样听得有趣，他的太太却一本正经地夸奖柯林斯先生的话真说得合情合理，她凑近了卢卡斯太太说，他显然是个很聪明优秀的青年。

伊丽莎白觉得她家里人好像是约定今天晚上到这儿来尽量出丑，而且可以说是从来没有那样起劲，从来没有那样成功。她觉得姐姐和彬格莱先生真算幸运，有些出丑的场面没有看到，好在彬格莱先生即使看到了一些可笑的情节，也不会轻易感到难受。不过他的两个姐妹和达西先生竟抓住这个机会来嘲笑她家里人，这已经是够难堪的了。那位先生的无声的蔑视和两个娘儿们的无

---

① 指向教会缴纳的农作物、牲畜等税，其税率约为年产额的十分之一，故名什一。

礼的嘲笑，究竟哪一样更叫人难堪，她可不能断定。

晚会的后半段时间也没有给她带来什么乐趣。柯林斯先生还是一直不肯离开她身边，和她打趣。虽然他无法请她再跟他跳一次舞，可是却弄得她也无法跟别人跳。她要求他跟别人去跳，并且答应给他介绍一位小姐，可是他不肯。他告诉她说，讲到跳舞，他完全不发生兴趣，他的主要用意就是要小心侍候她，好博得她的欢心，因此他打定主意整个晚上待在她身边。无论怎样跟他解释也没用。多亏她的朋友卢卡斯小姐常常来到他们身边，好心好意地和柯林斯先生攀谈攀谈，她才算觉得好受一些。

至少达西先生可以不再来惹她生气了。他虽然常常站得离她很近，边上也没有人，却一直没有走过来跟她说话。她觉得这可能是因为她提到了韦翰先生的缘故，她因此不禁暗暗自喜。

在全场宾客中，浪搏恩一家人最后走，而且班纳特太太还用了点手腕，借口等候马车，一直等到大家走完了，她们一家人还多待了一刻钟。她们在这一段时间里看到主人家有些人非常指望她们赶快走。赫斯脱太太姐妹俩简直不开口说话，只是嚷着疲倦，显然是在下逐客令了。班纳特太太一开口想跟她们攀谈，就被她们拒绝了，弄得大家都没精打采。柯林斯先生尽管在发表长篇大论，恭维彬格莱先生和他的姐妹们，说他们家的宴席多么精美，他们对待客人多么殷勤有礼，可是他的话也没有能给大家增加一些生气。达西一句话也没有说。班纳特先生同样没作声，站在那儿袖手旁观。彬格莱先生和吉英站得离大家远一些，正在亲亲密密地交谈。伊丽莎白像赫斯脱太太和彬格莱小姐一样，始终不开口。连丽迪雅也觉得太疲乏了，没有说话，只是偶然叫一声:"天啊,我多么疲倦!"接着便大声打了一个呵欠。

后来她们终于起身告辞了,班纳特太太恳切备至地说,希望在最短期间以内,彬格莱先生阖府都到浪搏恩去玩,又特别对彬格莱先生本人说,要是哪天他能上她们家去吃顿便饭,也不要正式下请帖,那她们真是荣幸之至。彬格莱先生欣喜异常,连忙说,他明天就要动身到伦敦去待一个短时期,等他回来以后,一有机会就去拜望她。

班纳特太太满意极了,走出屋来,一路打着如意算盘:不出三四个月光景,她就可以看到自己的女儿在尼日斐花园找到归宿了,她少不了要准备一些财产、嫁妆和新的马车。她同样相信另一个女儿一定会嫁给柯林斯先生,对这门亲事她虽然没有对那门亲事那样高兴,可也相当高兴。在所有的女儿里面,她最不喜欢伊丽莎白。尽管姑爷的人品和门第,配她已经绰绰有余,可是比起彬格莱先生和尼日斐花园来,就显得黯然失色了。

第十九章

第二天,浪搏恩发生了一件新的事情。柯林斯先生正式提出求婚了。他的假期到下星期六就要满期,于是决定不再耽搁时间,况且当时他丝毫也不觉得有什么不好意思,便有条不紊地着手进行起来,凡是他认为必不可少的正常步骤,他都照办了。刚一吃过早饭,看到班纳特太太、伊丽莎白和一个小妹妹在一起,他便对那位做母亲的这样说:

"太太,今天早上我想要请令嫒伊丽莎白赏光,跟我做一次私人谈话,你赞成吗?"

伊丽莎白惊奇得涨红了脸,还没来得及有所表示,班纳特太太连忙回答道:

"噢,好极了,当然可以。我相信丽萃也很乐意的,我相信她不会反对。——来,吉蒂;跟我上楼去。"她把针线收拾了一下,便匆匆忙忙走开了,这时伊丽莎白叫起来了:

"亲爱的妈,别走。我求求你别走。柯林斯先生一定会原谅我。他要跟我说的话,别人都可以听的。我也要走了。"

"不,不;你别胡扯,丽萃。我要你待在这儿不动。"只见伊丽莎白又恼又窘,好像真要逃开的样子,于是她又说道,"我非要你待在这儿听柯林斯先生说话不可。"

伊丽莎白不便违抗母命。她考虑了一会儿,觉得能够赶快悄悄地把事情解决了也好,于是她重新坐了下来,时时刻刻当心着,不让啼笑皆非的心情流露出来。班纳特太太和吉蒂走开了,她们一走,柯林斯先生便开口说话:

"说真的,伊丽莎白小姐,你害羞怕臊,非但对你没有丝毫损害,而且更增加了你的天生丽质。要是你不这样稍许推诿一下,我反而不会觉得你这么可爱了。可是请你允许我告诉你一声,我这次跟你求婚,是获得了令堂大人的允许的。尽管你天性羞怯,假痴假呆,可是我对你的百般殷勤,已经表现得非常明显,你一定会明白我说话的用意。我差不多一进这屋子,就挑中了你做我的终身伴侣。不过关于这个问题,也许最好趁我现在还控制得住我自己感情的时候,先谈谈我要结婚的理由,更要谈一谈我来到哈福德郡择偶的打算,因为我的确是存着那种打算的。"

想到柯林斯这么一本正经的样子,居然会控制不住他自己的感情,伊丽莎白不禁觉得非常好笑,因此他虽然说话停了片刻,她可没有来得及阻止他往下说。

"我所以要结婚,有这样几点理由:第一,我认为凡是像我这样生活宽裕的牧师,理当给全教区树立一个婚姻的好榜样;其次,我深信结婚会大大地促进我的幸福;第三(这一点或许我应该早点提出来),我三生有幸,能够侍候上这样高贵的一个女施主,她特别劝告我结婚,特别赞成我结婚。蒙她两次替我在这件事情上提出了意见（而且并不是我请教她的！），就在我离开汉斯福的前一个星期六晚上，我们正在玩牌，姜金生太太正在为德·包尔小姐安放脚凳，夫人对我说：'柯林斯先生，你必须结婚。像你这样的一个牧师，必须结婚。好好儿去挑选吧，挑选一个好人家的女儿，为了我，也为了你自己；人要长得活泼，要能做事，不求出身高贵，但要会算计，把一笔小小的收入安排得妥妥帖帖。这就是我的意见。赶快找个这样的女人来吧，把她带到汉斯福来，我自会照料她的。'好表妹，让我说给你听吧：咖苔琳·德·包尔夫人对我的体贴照顾，也可以算是我一个优越的条件。她的为人我真无法形容，你有一天会看到的。我想，你这样的聪明活泼一定会叫她喜欢，只要你在她那样身份高贵的人面前显得稳重端庄些，她就会特别喜欢你。大体上我要结婚就是为的这些打算；现在还得说一说，我们自己村里多的是年轻可爱的姑娘，我为什么看中了浪搏恩，而没有看中我自己村庄的呢？事情是这样的：往后令尊过世（但愿他长命百岁），得由我继承财产，因此我打算娶他一个女儿做家室，使得将来这件不愉快的事发生的时候，你们的损失可以尽量减轻一些，否则我实在过意不去。当然，正如我刚才说过的，这事情也许要在多少年以后才会发生。我的动机就是这样，好表妹，恕我不揣冒昧地说一句，你不至于因此就看不起我吧。现在我的话已经说完，除非是再用最激动的语言把我最热烈的感情向你倾诉。说到妆奁财产，我完全无所谓，我决不会在这方面向你父亲提出什么要求，我非常了解，他的能力也办不到，你名下应得的财产，一共不过是一笔年息四厘的一千镑存款，还得等你妈死后才归你所得。因此关于那个问题，我也一声不响，而且请你放心，我们结婚以后，我决不会说一句小气话。"

现在可非打断他的话不可了。

"你太心急了吧，先生，"她叫了起来，"你忘了我根本没有回答你呢。别再浪费时间，就让我来回答你吧。谢谢你的夸奖。你的求婚使我感到荣幸，可惜我除了谢绝之外，别无办法。"

柯林斯先生郑重其事地挥了挥手回答道："年轻的姑娘们遇到人家第一次求婚，即使心里愿意答应，口头上总是拒绝；有时候甚至会拒绝两次三次。这样看来，你刚才所说的话决不会叫我灰心，我希望不久就能领你到神坛跟前去呢①。"

伊丽莎白嚷道："不瞒你说，先生，我既然话已经说出了口，你还要存着指望，那真太奇怪了。老实跟你说，如果世上真有那么胆大的年轻小姐，拿自己的幸福去冒险，让人家提出第二次请求，那我也不是这种人。我的谢绝完全是严肃的。你不能使**我**幸福，而且我相信，我也绝对不能使你幸福。唔，要是你的朋友咖苔琳夫人认识我的话，我相信她一定会发觉，我无论在哪一方面，都不配做你的太太。"

柯林斯先生严肃地说："就算咖苔琳夫人会有这样的想法，我想她老人家也决不会不赞成你。请你放心，我下次有幸见到她的时候，一定要在她面前把你的淑静、节俭以及其他种种可爱的优点，大大夸奖一番。"

"说实话，柯林斯先生，任你怎么夸奖我，都是浪费唇舌。

---

① 按指到教堂里去结婚。

我自己的事自己会有主张，只要你相信我所说的话，就是赏我的脸了。我祝你幸福豪富。我所以谢绝你的求婚，也就是为了免得你发生什么意外。而你呢，既然向我提出了求婚，那么，你对于我家里的事情，也就不必再感到有什么不好意思了，将来浪搏恩庄园一旦轮到你做主人，你就可以取之无愧了。这件事就这样一言为定吧。"她一面说，一面站起身来，要不是柯林斯先生向她说出下面的话，她早就走出屋子了。

"要是下趟我有幸再跟你谈到这个问题，我希望你能够给我一个比这次满意点的回答。我不怪你这次冷酷无情，因为我知道，你们姑娘们对于男人第一次的求婚，照例总是拒绝，也许你刚刚所说的一番话，正符合女人家微妙的性格，反而足以鼓励我继续追求下去。"

伊丽莎白一听此话，不免有些气恼，便大声叫道："柯林斯先生，你真弄得我太莫名其妙了。我的话已经说到这个地步，要是你还觉得这是鼓励你的话，那我可不知道该怎么样谢绝你，才能使你死心塌地。"

"亲爱的表妹，请允许我说句自不量力的话：我相信你拒绝我的求婚，不过是照例说说罢了。我所以会这样想，简单说来，有这样几点理由：我觉得我向你求婚，并不见得就不值得你接受，我的家产你决不会不放在眼里。我的社会地位，我同德·包尔府上的关系，以及跟你府上的亲戚关系，都是我非常优越的条件。我得提请你考虑一下，尽管你有许多吸引人的地方，不幸你的财产太少，这就把你的可爱、把你许多优美的条件都抵消了，不会有另外一个人再向你求婚了，因此我就不得不认为，你这一次并不是一本正经地拒绝我,而是仿效一般高贵女性的通例,欲擒故纵,想要更加博得我的喜爱。"

"先生,我向你保证,我决没有冒充风雅,故意作弄一位有面子的绅士。但愿你相信我说的是真话,我就很有面子了。承蒙不弃,向我求婚,我真是感激不尽,但要我接受,是绝对不可能的。我感情上怎么也办不到。难道我说得还不够明白吗?请你别把我当作一个故意作弄你的高贵女子,而要把我看作一个说真心话的平凡人。"

他大为狼狈,又不得不装出满脸的殷勤神气叫道:"你始终都那么可爱!我相信只要令尊令堂做主应承了我,你就决不会拒绝。"

他再三要存心自欺欺人,伊丽莎白可懒得再去理他,马上不声不响地走开了。她打定了主意:倘若他一定要把她几次三番的拒绝看作是有意讨他的好,有意鼓励他,那么她就只得去求助于她的父亲,叫他斩钉截铁地回绝他。柯林斯总不见得再把她父亲的拒绝,看作一个高贵女性的装腔作势和卖弄风情了吧。

第二十章

柯林斯先生独自一个人默默地幻想着美满的姻缘，可是并没有想上多久，因为班纳特太太一直待在走廊里混时间，等着听他们俩商谈的结果，现在看见伊丽莎白开了门，匆匆忙忙走上楼去，她便马上走进饭厅，热烈地祝贺柯林斯先生，祝贺她自己，说是他们今后大有亲上加亲的希望了。柯林斯先生同样快乐地接受了她的祝贺，同时又祝贺了她一番，接着就把他跟伊丽莎白刚才的那场谈话，一五一十地讲了出来，说他有充分的理由相信，谈话的结果很令人满意，因为他的表妹虽然再三拒绝，可是那种拒绝，自然是她那羞怯淑静和娇柔细致的天性的流露。

这一个消息可叫班纳特太太吓了一跳。当然，要是她的女儿果真是口头上拒绝他的求婚，骨子里却在鼓励他，那她也会同样觉得高兴的，可是她不敢这么想，而且不得不照直说了出来。

她说："柯林斯先生，你放心吧，我会叫丽萃懂事一些的。我马上就要亲自跟她谈谈。她是个固执的傻姑娘，不明白好歹；可是我会叫她明白的。"

"对不起，让我插句嘴，太太，"柯林斯先生叫道，"要是她果真又固执又傻,那我就不知道她是否配做我理想的妻子了,因为像我这样地位的人,结婚自然是为了要幸福。这么说,如果她真的拒绝我的求婚,那倒是不要勉强她好,否则,她脾气方面有了这些缺点,她对于我的幸福绝不会有什么好处。"

班纳特太太吃惊地说:"先生,你完全误会了我的意思,丽萃不过在这类事情上固执些,可是遇到别的事情,她的性子再好也没有了。我马上去找班纳特先生,我们一下子就会把她这个问题谈妥的,我有把握。"

她不等他回答,便急忙跑到丈夫那儿去,一走进他的书房就嚷道:

"噢,我的好老爷,你得马上出来一下;我们闹得天翻地覆了呢。你得来劝劝丽萃嫁给柯林斯先生,因为她赌咒发誓不要他;假如你不赶快来打个圆场,他就要改变主意,反过来不要她了。"

班纳特先生见她走进来,便从书本上抬起眼睛,安然自得、漠不关心地望着她的脸。他听了她的话,完全不动声色。

她说完以后,他便说道:"抱歉,我没有听懂你究竟说些什么。"

"我说的是柯林斯先生和丽萃的事。丽萃表示不要柯林斯先生,柯林斯先生也开始说他不要丽萃了。"

"这种事叫我有什么办法?看来是件没有指望的事。"

"你去同丽萃说说看吧。就跟她说,你非要她嫁给他不可。"

"叫她下来吧。让我来跟她说。"

班纳特太太拉了下铃,伊丽莎白小姐给叫到书房里来了。

爸爸一见她来，便大声说："上这儿来，孩子，我叫你来谈一件要紧的事。我听说柯林斯先生向你求婚，真有这回事吗？"伊丽莎白说，真有这回事。"很好。你把这桩婚事回绝了吗？"

"我回绝了，爸爸。"

"很好，我们现在就来谈到本题。你的妈非要你答应不可。我的好太太，可不是吗？"

"是的，否则我看也不要看到她了。"

"摆在你面前的是个很不幸的难题，你得自己去抉择，伊丽莎白。从今天起，你不和父亲成为陌路人，就要和母亲成为陌路人。要是你不嫁给柯林斯先生，你的妈就不要再见你，要是你嫁给他，我就不要再见你了。"

伊丽莎白听到了那样的开头和这样的结论，不得不笑了一笑；不过，这可苦了班纳特太太，她本以为丈夫一定会照着她的意思来对待这件事的，哪里料到反而叫她大失所望。

"你这话是什么意思，我的好老爷？你事先不是答应了我，非叫她嫁给他不可吗？"

"好太太，"丈夫回答道，"我有两件事要求你帮帮忙。第一，请你允许我自由运用我自己的思想来处理这件事；第二，请你允许我自由运用我自己的书房。我真巴不得早日在自己书房里图个清闲自在。"

班纳特太太虽然碰了一鼻子灰，可是并不甘心罢休。她一遍又一遍想说服伊丽莎白，一忽儿哄骗，一忽儿威胁。她想尽办法拉着吉英帮忙，可是吉英偏不愿意多管闲事，极其委婉地谢绝了。伊丽莎白应付得很好，一忽儿情意恳切，一忽儿又是嬉皮笑脸,方式尽管变来换去,决心却始终如一。

这当儿,柯林斯先生独自把刚才的那一幕沉思默想了一番。他把自己估价太高了,因此弄不明白表妹所以拒绝他,原因究竟何在。虽说他的自尊心受到了伤害,可是他别的方面丝毫也不觉得难过。他对她的好感完全是凭空想象的,他又以为她的母亲一定会责骂她,因此心里便也不觉得有什么难受了,因为她挨她母亲的骂是活该,不必为她过意不去。

正当这一家子闹得乱纷纷的时候,夏绿蒂·卢卡斯上她们这儿来玩了。丽迪雅在大门口碰到她,立刻奔上前去凑近她跟前说道:"你来了我真高兴,这儿正闹得有趣呢!你知道今天上午发生了什么事?柯林斯先生向丽萃求婚,丽萃偏偏不肯要他。"

夏绿蒂还没来得及回答,吉蒂就走到她们跟前来了,把同样的消息报道了一遍。她们走进起坐间,只见班纳特太太正独自待在那儿,马上又和她们谈到这话题上来,要求卢卡斯小姐怜恤怜恤她老人家,劝劝她的朋友丽萃顺从全家人的意思。"求求你吧,卢卡斯小姐,"她又用苦痛的声调说道,"谁也不站在我一边,大家都故意作践我,一个个都对我狠心透顶,谁也不能体谅我的神经。"

夏绿蒂正要回答,恰巧吉英和伊丽莎白走进来了,因此没有开口。

"嘿,她来啦,"班纳特太太接下去说,"看她一脸满不在乎的神气,一点不把我们放在心上,好像是冤家对头,一任她自己独断独行。——丽萃小姐,让我老实告诉你吧:如果你一碰到人家求婚,就像这样拒绝,那你一生一世都休想弄到一个丈夫。瞧你爸爸去世以后,还有谁来养你。我是养不活你的,事先得跟你声明。我从今以后再也不管你的事了。你知道,刚刚在书房里,我就跟你说过,我再也不要跟你说话了,瞧我说得到就做得到。我不高兴跟不孝顺的女儿说话。老实说,跟谁说话都不大乐意。像我这样一个神经上有病痛的人,就没有多大的兴致说话。谁也不知道我的苦楚!不过天下事总是这样的。你嘴上不诉苦,就没有人可怜你。"

女儿们一声不响,只是听着她发牢骚。她们都明白,要是你想跟她评评理,安慰安慰她,那就等于火上加油。她唠唠叨叨往下说,女儿们没有一个来岔断她的话。最后,柯林斯先生进来了,脸上的神气比平常显得益发庄严,她一见到他,便对女儿们这样说:

"现在我要你们一个个都住嘴,让柯林斯先生跟我谈一会儿。"

伊丽莎白静悄悄走出去了,吉英和吉蒂跟着也走了出去,只有丽迪雅站在那儿不动,正要听听他们谈些什么。夏绿蒂也没有走,先是因为柯林斯先生仔仔细细地问候她和她的家庭,所以不便即走,随后又为了满足她自己的好奇心,便走到窗口,去偷听他们谈话。只听得班纳特太太开始怨声怨气地把预先准备好的一番话谈出来:"哦,柯林斯先生。"

"亲爱的太太,"柯林斯先生说,"这件事让我们再也别提了吧。我决不会怨恨令嫒这种行为。"他说到这里,声调中立刻流露出极其不愉快的意味,"我们大家都得逆来顺受,像我这样年少得志,小小年纪就得到了人家器重,特别应该如此,我相信我一切都听天由命。即使蒙我那位美丽的表妹不弃,答应了我的求婚,或许我仍然免不了要怀疑,是否就此会获得真正的幸福,因此我一向认为,幸福一经拒绝,就不值得我们再加重视。遇到这种场合,听天由命是再好不过的办法。亲爱的太太,我这样收回了对令嫒的求婚,希望你别以为这是对您老人家和班纳特先生不恭敬的表示,别怪我没要求你们出面代我调停一下。只不过我并不是受到您拒绝,而是受到令嫒拒绝,这一点也许值得遗憾。可是人人都难免有个阴错阳差的时候。我对于这件事始终是一片好心好意。我的目的就是要找一个可爱的伴侣,并且适当地考虑到府上的利益;假使我的态度方面有什么地方应当受到责备的话,就让我当面道个歉吧。"

第二十一章

关于柯林斯先生求婚问题的讨论,差不多就要结束了,现在伊丽莎白只感到一种照例难免的不愉快,有时候还要听她母亲埋怨一两声。说到那位先生本人,**他**可并不显得意气沮丧,也没有表现出要回避她的样子,只是气愤愤地板着脸,默然无声。他简直不跟她说话,他本来的那一股热情,到下半天都转移到卢卡斯小姐身上去了。卢小姐蛮有礼貌地听着他说话,这叫大家都松了口气,特别是她的朋友。

班纳特太太直到第二天还是同样不高兴,身体也没有复原。柯林斯先生也还是那样又气愤又傲慢的样子。伊丽莎白原以为他这样一气,就会早日离开此地,谁知道他决不因此而改变原来的计划,他讲好要到星期六才走,便决定要待到星期六。

吃过早饭,小姐们上麦里屯去打听韦翰先生回来了没有,同时为了他没有参加尼日斐花园的舞会而去向他表示惋惜。她们一走到镇上就遇见了他,于是他陪着小姐们上她们姨妈家里去,他在那儿把他的歉意,他的烦恼,以及他对于每个人的关注,谈了个畅快。不过他却在伊丽莎白面前自动说明,那次舞会是他自己不愿意去参加。

他说:"当时日期一天天迫近,我心里想,还是不要碰见达西先生的好;我觉得要同他在同一间屋子里,在同一个舞会上,待上好几个钟头,那会叫我受不了,而且可能会闹出些笑话来,弄得彼此都不开心。"

她非常赞美他的涵养功夫。当韦翰和另一位军官跟她们一块儿回浪搏恩来的时候,一路上他特别照顾她,因此他们有充分的空暇来讨论这个问题,而且还客客气气地彼此恭维了一阵。他所以要伴送她们,是为了两大好处:一来可以让她高兴高兴,二来可以利用这个大好机会,去认识认识她的双亲。

她们刚回到家里,班纳特小姐就接到一封从尼日斐花园寄来的信。信立刻拆开了,里面装着一张小巧、精致、熨烫得很平滑的信笺,字迹是出自一位小姐的娟秀流利的手笔。伊丽莎白看到姐姐读信时变了脸色,又看到她全神贯注在某几段上面。顷刻之间,吉英又镇静了下来,把信放在一旁,像平常一样高高兴兴地跟大家一起聊天;可是伊丽莎白仍然为这件事焦急,因此对韦翰也分了心了。韦翰和他的同伴一走,吉英便对她做了个眼色,叫她跟她上楼去。一到了她们自己房里,吉英就拿出信来,说道:"这是珈罗琳・彬格莱写来的,信上的话真叫我大吃一惊。她们一家人现在已经离开尼日斐花园上城里去了,再也不打算回来了。你看看她怎么说的吧。"

于是她先把第一句念出来,那句话就是说,她们已经决定,立刻追随她们的弟兄上城里去,而且要在当天赶到格鲁斯汶纳街①吃饭,原来赫斯脱先生就住在那条街上。接下去是这样写的——"最亲爱的朋友,离开哈福德郡,除了你的友谊以外,我真是一无留恋,不过,我们希望将来有一天,还是可以像过去那样愉快地来往,并希望目前能经常通信,无话不谈,以抒离悃。临笔不胜企盼。"伊丽莎白对这些浮话奢词,亦只是姑妄听之;虽说她们这一次突然的迁走叫她感到惊奇,可是她并不觉得真有什么可以惋惜的地方。她们离开了尼日斐花园,未必彬格莱先生便不会再在那儿住下去;至于说到跟她们没有了来往,她相信吉英只要跟彬格莱先生时常见面,也就无所谓了。

歇了片刻,伊丽莎白说道:"不幸得很,你朋友们临走以前,你没有来得及去看她们一次。可是,彬格莱小姐既然认为将来还有重聚的欢乐,难道我们不能希望这一天比她意料中来得更早一些吗?将来做了姑嫂,不是比今天做朋友更满意吗?彬格莱先生不会被她们久留在伦敦的。"

"珈罗琳肯定地说,她们一家人,今年冬天谁也不会回到哈福德郡来了。让我念给你听吧。"

> 我哥哥昨天和我们告别的时候,还以为他这次上伦敦去,只要三四天就可以把事情办好;可是我们认为办不到,同时我们相信,查尔斯一进了城,决不肯马上就走,因此我们决计追踪前去,免得他冷冷清清住在旅馆里受罪。我很多朋友都上伦敦去过冬了;亲爱的朋友,我本来还希望听到你

---

① 伦敦一条街名,近海德公园,有各式各样的建筑物,是一个有名的住宅区。

进城去的消息,结果我失望了。我真挚地希望你在哈福德郡照常能够极其愉快地度过圣诞节。希望你有很多漂亮的男朋友,免得我们一走,你便会因为少了三个朋友而感到难受。

"这明明是说,"吉英补充道,"他今年冬天不会回来啦。"
"这不过说明彬格莱小姐**不要**他回来罢了。"
"你为什么这样想?那一定是他自己的意思。他自己可以做主。可是你还没有**全部**知道呢。我**一定**要把那特别叫我伤心的一段读给你听。我对**你**完全不必忌讳。'达西先生急于要去看看他的妹妹;说老实话,**我们**也差不多同样热切地希望和她重逢。我以为乔治安娜·达西无论在容貌方面,举止方面,才艺方面,的确再也没有人能够比得上。露薏莎和我都大胆地希望她以后会做我们的嫂嫂,因此我们对她便越发关切了。我不知道以前有没有跟你提起过我对这件事的感觉,可是当此离开乡村之际,我不愿意不把这些感觉说出来,我相信你不会觉得这是不合情理的吧。我的哥哥已经深深地爱上了她,他现在可以时常去看她,他们自会更加亲密起来;双方的家庭方面都同样盼望着这门亲事能够成功。我想,如果我说,查尔斯最善于博取任何女人的欢心,这可不能是出于做姐妹的偏心,瞎说一阵吧。既是各方面都赞成这段姻缘,而且事情毫无阻碍,那么,最亲爱的吉英,我衷心希望着这件人人乐意的事能够实现,你能说我错吗?'你觉得**这一句**怎么样,亲爱的丽萃?"吉英读完了以后说,"说得还不够清楚吗?这不是明明白白地表明她们不希望,也不愿意我做她们的嫂嫂吗?不是说明了她完全相信他的哥哥对我无所谓吗?而且不也是说明了：假如她怀疑到我对他有感情，她就要劝我（多亏她这样的好心肠！）当心些吗？这些话还能有别的解释吗？"

"当然可以有别的解释；我的解释就和你的解释完全两样。你愿意听一听吗？"

"非常愿意。"

"这只消三言两语就可以说明白。彬格莱小姐看出她哥哥爱上了你，可是她却希望他和达西小姐结婚。她跟着他到城里去，就为的是要把他绊住在那儿，而且竭力想来说服你，叫你相信他对你没有好感。"

吉英摇摇头。

"吉英，你的确应该相信我。凡是看见过你们俩在一起的人，都不会怀疑到他的感情。我相信彬格莱小姐也不会怀疑，她不是那么一个傻瓜。要是她看到达西先生对她的爱有这样的一半，她就要办嫁妆了。可是问题是这样的：在她们家里看来，我们还不够有钱，也不够有势，她所以急于想把达西小姐配给她的哥哥，原来还有一个打算，那就是说，结上了这门亲事以后，再来个亲上加亲就省事了。这件事当然很费了一些心机，我敢说，要不是德·包尔小姐从中作梗，事情是会成功的。可是，最亲爱的吉英，你千万不要因为彬格莱小姐告诉你说，她哥哥已经深深地爱上了达西小姐，你就以为彬格莱先生自从星期二和你分别以来，对**你的**倾心有丝毫变卦，也别以为她真有本领叫她哥哥不爱你，而去爱上她那位女朋友。"

"假使你我对彬格莱小姐的看法是一致的，"吉英回答道，"那么，你的一切想法就会大大地让我安心了。可是我知道你这种说法很偏心。珈罗琳不会故意欺骗任何人,我对这桩事只能存一个希望,那就是说,一定是她自己想错了。"

"这话说得对。我的想法既然不能安慰你,你自己居然转得出这样的好念头来,那是再好也没有了:你就相信是她自己想错了吧。现在你算是对她尽了礼节,再也用不着烦恼。"

"可是,亲爱的妹妹,即使从最好的方面去着想,我答应了这头亲事,而他的姐妹和朋友们都希望他跟别人结婚,这样我会幸福吗?"

"那就得看你自己的主张如何,"伊丽莎白说,"如果你考虑成熟以后,认为得罪了他的姐妹们所招来的痛苦,比起做他的太太所得来的幸福还要大,那么,我劝你决计拒绝了他算数。"

"你怎么说得出这种话?"吉英微微一笑,"你要知道,即使她们的反对使我万分难受,我还是不会犹豫的。"

"我并没有说你会犹豫;既然如此,我就可以不必再为你担心了。"

"倘若他今年冬天不回来,我就用不着左思右想了。六个月里会有多少变动啊。"

所谓他不会回来,这种想法伊丽莎白大不以为然。她觉得那不过是珈罗琳一厢情愿。她认为珈罗琳这种愿望,无论是露骨地说出来也罢,委婉地说出来也罢,对于一个完全无求于人的青年说来,决不会发生丝毫影响。

她把自己对这个问题的感想,解释给她姐姐听,果然一下子就收到了很好的效果,她觉得非常高兴。吉英这样的性子,本来不会轻易意志消沉,从此便渐渐产生了希望,认为彬格莱先生准定会回到尼日斐花园来，使她万事如意，尽管有时候她还是怀疑多于希望。

　　最后姐妹俩一致主张，这事在班纳特太太面前不宜多说，只要告诉她一声，这一家人家已经离开此地，不必向她说明他走的原因；可是班纳特太太光是听到这片段的消息，已经大感不安，甚至还哭了起来，埋怨自己运气太坏，两位贵妇人刚刚跟她处熟就走了。不过伤心了一阵以后，她又用这样的想法来安慰自己：彬格莱先生不久就会回来，到浪搏恩来吃饭；最后她心安理得地说，虽然只不过邀他来便饭，她一定要费些心思，请他吃两道大菜。

第二十二章

这一天班纳特全家都被卢卡斯府上请去吃饭,又多蒙卢卡斯小姐一片好意,整日陪着柯林斯先生谈话。伊丽莎白利用了一个机会向她道谢。她说:"这样可以叫他精神痛快些,我对你真是说不尽的感激。"夏绿蒂说,能够替朋友效劳,非常乐意,虽然花了一点时间,却得到了很大的快慰。这真是太好了;可是夏绿蒂的好意,远非伊丽莎白所能意料:原来夏绿蒂是有意要尽量逗引柯林斯先生跟她自己谈话,免得他再去向伊丽莎白献殷勤。她这个计谋看来进行得十分顺利。晚上大家分手的时候,夏绿蒂几乎满有把握地感觉到,要不是柯林斯先生这么快就要离开哈福德郡,事情一定能够成功。但是她这样的想法,未免太不了解他那如火如荼、独断独行的性格。且说第二天一大早,柯林斯就采用了相当狡猾的办法,溜出了浪搏恩,赶到卢家庄来向她屈身求爱。他唯恐给表妹们碰到了,他认为,假若让她们看见他走开,那就必定会让她们猜中他的打算,而他不等到事情有了成功的把握,决不愿意让人家知道。虽说他当场看到夏绿蒂对他颇有情意,因此觉得这事十拿九稳可以成功,可是从星期三那场冒险以来,他究竟不敢太鲁莽了。不过人家倒很巴结地接待了他。卢卡斯小姐从楼上窗口看见他向她家里走来,便连忙到那条小道上去接他,又装出是偶然相逢的样子。她万万想不到,柯林斯这一次竟然给她带来了说不尽的千情万爱。

在短短的一段时间里,柯林斯先生说了多多少少的话,于是两人之间便一切都讲妥了,而且双方都很满意。一走进屋子,他就诚恳地要求她择定吉日,使他成为世界上最幸福的人;虽说这种请求,暂时应该置之不理,可是这位小姐并不想要拿他的幸福当儿戏。他天生一副蠢相,求起爱来总是打动不了女人的心,女人一碰到他求爱,总是请他碰壁。卢卡斯小姐所以愿意答应他,完全是为了财产打算,至于那笔财产何年何月可以拿到手,她倒不在乎。

他们俩立刻就去请求威廉爵士夫妇加以允许,老夫妇连忙高高兴兴地答应了。他们本来没有什么嫁妆给女儿,论柯林斯先生目前的境况,真是再适合不过的一个女婿,何况他将来一定会发一笔大财。卢卡斯太太立刻带着空前未有过的兴趣,开始盘算着班纳特先生还有多少年可活;威廉爵士一口断定说,只要柯林斯先生一旦得到了浪搏恩的财产,他夫妇俩就大有觐见皇上的希望了。总而言之,这件大事叫全家人都快活透顶。几位小女儿都满怀希望,认为这一来可以早一两年出去交际了,男孩子们再也不担心夏绿蒂会当老处女了。只有夏绿蒂本人倒相当镇定。她现在初步已经成功,还有时间去仔细考虑一番。她想了一下,大致满意。柯林斯先生固然既不通情达理,又不讨人喜爱,同他相处实在是件讨厌的事,他对她的爱也一定是空中楼阁,不过她还是要他做丈夫。虽然她对于婚姻和夫妇生活,估价都不甚高,可是,结婚到底是她一贯的目标：大凡家境不好而又受过相当教育的青年女子①，总是把结婚当作仅有的一条体面的退路。尽管结婚并不一定会叫人幸福，但总算给她自己安排了一个最可靠的储藏室，日后可以不致挨冻受饥。她现在就获得这样一个储藏室了。她今年二十七岁，人长得又不标致，这个储藏室当然会使她觉得无限幸运。只有一件事令人不快——那就是说，伊丽莎白·班纳特准会对这门亲事感到惊奇，而她又是一向把伊丽莎白的交情看得比什么人的交情都重要。伊丽莎白一定会诧异，说不定还要埋怨她。虽说她一经下定决心便不会动摇，然而人家非难起来一定会使她难受。于是她决定亲自把这件事告诉她，嘱咐柯林斯先生回到浪搏恩吃饭的时候，不要在班纳特家里任何人面前透露一点风声。对方当然唯命是从，答应保守秘密，其实秘密很难保守，因为他出去得太久了，一定会引起人家的好奇心，因此他一回去，大家立刻向他问长问短，他得要有几分能耐才能够遮掩过去，加上他又巴不得把此番情场得意的情况宣扬出去，因此他好容易才克制住了。

他明天一大早就要启程，来不及向大家辞行，所以当夜太太小姐们就寝的时候，大家便相互话别；班纳特太太极其诚恳、极其有礼貌地说，以后他要是有便再来浪搏恩，上她们那儿去玩

---

① 家境不好的青年女子，作者奥斯丁在这里揭露了当时妇女的悲惨命运，她们没有独立自由，唯一的出路只有结婚，做母亲的也都逼着她们结婚。奥斯丁的前辈作家哥尔斯密（1728—1774）的《威克斐牧师传》中所描写的白琳罗太太便是这种母亲的典型。

玩,那真叫她们太高兴了。

他回答道:"亲爱的太太,承蒙邀约,不胜感激,我也正希望能领受这份盛意;请你放心,我一有空就来看你们。"

大家都吃了一惊,尤其是班纳特先生,根本不希望他马上又来,便连忙说道:

"贤侄,你不怕咖苔琳夫人不赞成吗?你最好把亲戚关系看得淡一些,免得担么大的风险,得罪了你的女施主。"

柯林斯先生回答道:"老长辈,我非常感激你这样好心地提醒我,请你放心,这样重大的事,不得到她老人家的同意,我决不会冒昧从事。"

"多小心一些只会有益处。什么事都不要紧,可千万不能叫她老人家不高兴。要是你想到我们这儿来,而她却不高兴让你来(我觉得这是非常可能的),那么就请你安分一些,待在家里,你放心,**我们**决不会因此而见怪的。"

"老长辈,请相信我,蒙你这样好心地关注,真叫我感激不尽。你放心好了,你马上就会收到我一封谢函,感谢你这一点,感谢我在哈福德郡蒙你们对我的种种照拂。至于诸位表妹,虽然我去不了多少日子,且请恕我冒昧,就趁着现在祝她们健康和幸福,连伊丽莎白表妹也不例外。"

太太小姐们便行礼如仪,辞别回房;大家听说他竟打算很快就回来,都感到惊讶。班纳特太太满以为他是打算向她的哪一个小女儿求婚,也许能劝动曼丽去应承他。曼丽比任何姐妹都看重他的能力。他思想方面的坚定很叫她倾心;他虽然比不上她自己那样聪明,可是只要有一个像她这样的人作为榜样,鼓励他读书上进,那他一定会成为一个称心如意的伴侣。只可惜一到第二天早上,这种希望就完全破灭了。卢卡斯小姐刚一吃过早饭,就来访问,私下跟伊丽莎白把前一天的事说了出来。

早在前一两天,伊丽莎白就一度想到,柯林斯先生可能一厢情愿,自以为爱上了她这位朋友,可是,要说夏绿蒂会怂恿他,那未免太不可能,正如她自己不可能怂恿他一样,因此她现在听到这件事,不禁大为惊讶,连礼貌也不顾了,竟大声叫了起来:

"跟柯林斯先生订婚!亲爱的夏绿蒂,那怎么行!"

卢卡斯小姐乍听得这一声心直口快的责备,镇静的脸色不禁变得慌张起来,好在这也是她意料中事,因此她立刻就恢复了常态,从容不迫地说:

"你为什么这样惊奇,亲爱的伊丽莎?柯林斯先生不幸没有得到你的赏识,难道就不作兴他得到别的女人的赏识吗?"

伊丽莎白这时候已经镇定下来,便竭力克制着自己,用相当肯定的语气预祝他们俩将来良缘美满,幸福无疆。

夏绿蒂回答道:"我明白你的心思,你一定会感到奇怪,而且感到非常奇怪,因为在不久以前,柯林斯先生还在想跟你结婚。可是,只要你空下来把这事情细细地想一下,你就会赞成我的做法。你知道我不是个罗曼蒂克的人,我决不是那样的人。我只希望有一个舒舒服服的家。论柯林斯先生的性格、社会关系和身份地位,我觉得跟他结了婚,也能够获得幸福,并不下于一般人结婚时所夸耀的那种幸福。"

伊丽莎白心平气和地回答道:"毫无问题。"她们俩别别扭扭地在一起待了一会儿,便和家人一块坐下。夏绿蒂没有过多久就走了；伊丽莎白独自把刚才听到的那些话仔细想了一下。这样不合适的一门亲事，真使她难受了好久。说起柯林斯先生在三天之内求了两次婚，本就够稀奇了，如今竟会有人应承他，实在是更稀奇。她一向觉得，夏绿蒂关于婚姻问题方面的见解，跟她颇不一致，却不曾料想到一旦事到临头，她竟会完全不顾高尚的情操，来屈就一些世俗的利益。夏绿蒂竟做了柯林斯的妻子，这真是天下最丢人的事！她不仅为这样一个朋友的自取其辱、自贬身价而感到难受，而且她还十分痛心地断定，她朋友拈的这一个阄儿，决不会给她自己带来多大的幸福。

第二十三章

伊丽莎白正跟母亲和姐妹坐在一起,回想刚才所听到的那件事,决不定是否可以把它告诉大家,就在这时候,威廉·卢卡斯爵士来了。他是受了女儿的拜托,前来班府上宣布她订婚的消息。他一面叙述这件事,一面又大大地恭维了太太小姐们一阵,说是两家能结上亲,他真感到荣幸。班府上的人听了,不仅感到惊异,而且不相信真有这回事。班纳特太太再也顾不得什么礼貌,竟一口咬定他弄错了。丽迪雅一向是又任性又撒野,不由得叫道:"天哪!威廉爵士,你怎么会说出这番话来?你不知道柯林斯先生要娶**丽萃**吗?"

遇到这种情形,只有像朝廷大臣那样能够逆来顺受的人,才不会生气,好在威廉爵士颇有素养,竟没有把它当一回事,虽然他要求她们相信他说的是实话,可是他却使出了极大的忍耐功夫,蛮有礼貌地听着她们无理的谈吐。

伊丽莎白觉得自己有责任帮助他来打开这种僵局,于是挺身而出,证明他说的是实话,说是刚刚已经听到夏绿蒂本人谈起过了。为了尽力使母亲和妹妹们不再大惊小怪,她便诚恳地向威廉爵士道喜，吉英马上也替她帮腔，又用种种话来说明这门婚姻是何等幸福，柯林斯先生品格又非常好，汉斯福和伦敦相隔不远，往返方便。

班纳特太太在威廉爵士面前，实在气得说不出话；可是他一走，她那一肚子牢骚便马上发泄出来。第一，她坚决不相信这回事；第二，她断定柯林斯先生受了骗；第三，她相信这一对夫妇决不会幸福；第四，这门亲事可能会破裂。不过，她却从整个事件上简单地得出了两个结论——一个是，这场笑话全都是伊丽莎白一手造成的；另一个是，她自己受尽了大家的欺负虐待；在那一整天里，她所谈的大都是这两点。随便怎么也安慰不了她，随便怎么也平不了她的气。直到晚上，怨愤依然没有消散。她见到伊丽莎白就骂，一直骂了一个星期之久。她同威廉爵士或卢卡斯太太说起话来，总是粗声粗气，一直过了一个月才好起来；至于对夏绿蒂，她竟过了好几个月才宽恕了她。

至于班纳特先生，对这件事心情却完全心平气和，据他说，这次所经过的一切，真使他精神上舒畅得很。他说，他本以为夏绿蒂·卢卡斯相当懂事，哪知道她简直跟他太太一样蠢，比起他的女儿来就更要蠢了，他实在觉得高兴！

吉英也承认这门婚姻有些奇怪，可是她嘴上并没说什么，反而诚恳地祝他们俩幸福。虽然伊丽莎白再三剖白给她听，她却始终以为这门婚姻未必一定不会幸福。吉蒂和丽迪雅根本不羡慕卢卡斯小姐，因为柯林斯先生不过是个传教士而已；这件事根本影响不了她们，除非把它当作一件新闻，带到麦里屯去传播一下。

再说到卢卡斯太太，她既然也有一个女儿获得了美满的姻缘，自然衷心快慰，因而也不会不想到趁此去向班纳特太太反唇相讥一下。于是她拜望浪搏恩的次数比往常更加频繁，说她如今是多么高兴，不过班纳特太太满脸的酸相，满口不中听的话，也足够叫她扫兴的了。

伊丽莎白和夏绿蒂之间从此竟有了一层隔膜，彼此都不便提到这桩事。伊丽莎白断定她们俩再也不会像从前那样推心置腹。夏绿蒂既然叫她失望，她便越发亲切地关注到自己的姐姐身上来。她深信姐姐为人正直，作风优雅，她这种看法决不会动摇。她关心姐姐的幸福一天比一天来得迫切，因为彬格莱先生已经走了一个星期，却没有听到一点儿他要回来的消息。

吉英很早就给珈罗琳写了回信，现在正在数着日子，看看还得过多少天才可以又接到她的信。柯林斯先生事先答应写来的那封谢函星期二就收到了，信是写给她们父亲的，信上说了多少感激的话，看他那种过甚其辞的语气，就好像在他们府上叨光了一年似的。他在这方面表示了歉意以后，便用了多少欢天喜地的措辞，告诉他们说，他已经有幸获得他们的芳邻卢卡斯小姐的欢心了，他接着又说，为了要去看看他的心上人，他可以趁便来看看他们，免得辜负他们善意的期望，希望能在两个礼拜以后的星期一到达浪搏恩；他又说，咖苔琳夫人衷心地赞成他赶快结婚，并且希望愈早愈好，他相信他那位心上人夏绿蒂决不会反对及早定出佳期，使他成为天下最幸福的人。

对班纳特太太说来，柯林斯先生的重返浪搏恩，如今并不是什么叫人快意的事了。她反而跟她丈夫一样地大为抱怨。说也奇怪，柯林斯不去卢家庄，却要来到浪搏恩，这真是既不方便，又太麻烦。她现在正当健康失调,因此非常讨厌客人上门,何况这些痴情种子都是再讨厌不过的人。班纳特太太成天嘀咕着这些事,除非想到彬格莱一直不回来而使她感到更大的痛苦时,她方才住口。

吉英跟伊丽莎白都为这个问题大感不安。一天又一天,听不到一点关于他的消息,只听得麦里屯纷纷传言,说他今冬再也不会上尼日斐花园来了,班纳特太太听得非常生气,总是加以驳斥,说那是诬蔑性的谣言。

连伊丽莎白也开始恐惧起来了,她并不是怕彬格莱薄情,而是怕他的姐妹们真的绊住了他。尽管她不愿意有这种想法,因为这种想法对于吉英的幸福既有不利,对于吉英心上人的忠贞,也未免是一种侮辱,可是她还是往往禁不住要这样想。他那两位无情无义的姐妹,和那位足以制服他的朋友同心协力,再加上达西小姐的窈窕妩媚,以及伦敦的声色娱乐,纵使他果真对她念念不忘,恐怕也挣脱不了那个圈套。

至于吉英,她在这种动荡不安的情况下,自然比伊丽莎白更加感到焦虑,可是她总不愿意把自己的心事暴露出来,所以她和伊丽莎白一直没有提到这件事。偏偏她母亲不能体贴她的苦衷,过不了一个钟头就要提到彬格莱,说是等待他回来实在等待得心焦了,甚至硬要吉英承认——要是彬格莱果真不回来,那她一定会觉得自己受了薄情的亏待。幸亏吉英临事从容不迫,柔和镇定,好容易才忍受了她这些谗言诽语。

柯林斯先生在两个礼拜以后的星期一准时到达,可是浪搏恩却不像他初来时那样热烈地欢迎他了。他实在高兴不过,也用不着别人献殷勤。这真是主人家走运,多亏他的恋爱成功,这才使别人能够清闲下来,不必再去跟他周旋。他每天把大部分时间消磨在卢家庄,一直挨到卢府上快要睡觉的时候,才回到浪搏恩来,向大家道歉一声,请大家原谅他终日未归。

班纳特太太着实可怜。只要一提到那门亲事,她就会不高兴,而且随便她走到哪儿,她总会听到人们谈起这件事。她一看到卢卡斯小姐就觉得讨厌。一想到卢卡斯小姐将来有一天会接替她做这幢屋子里的主妇,她就益发嫉妒和厌恶。每逢夏绿蒂来看她们,她总以为人家是来考察情况,看看还要过多少时候就可以搬进来住;每逢夏绿蒂跟柯林斯先生低声说话的时候,她就以为他们是在谈论浪搏恩的家产,是在计议一俟班纳特先生去世以后,就要把她和她的几个女儿撵出去。她把这些伤心事都说给她丈夫听。

她说:"我的好老爷,夏绿蒂·卢卡斯迟早要做这屋子里的主妇,我却非得让**她**不可,眼睁睁看着她来接替我的位置,这可叫我受不了!"

"我的好太太,别去想这些伤心事吧。我们不妨从好的方面去想。说不定我比你的寿命还要长,我们姑且就这样来安慰自己吧。"

可是这些话安慰不了班纳特太太,因此她非但没有回答,反而像刚才一样地诉苦诉下去。

"我一想到所有的产业都得落到他们手里,就受不了。要不是为了继承权的问题,我才不在乎呢。"

"你不在乎什么?"

"什么我都不在乎。"

"让我们谢天谢地,你头脑还没有不清楚到这种地步。"

"我的好老爷,凡是有关继承权的事,我决不会谢天谢地的。随便哪个人,怎么肯昧着良心,不把财产遗传给自己的女儿们?我真弄不懂,何况一切都是为了柯林斯先生的缘故!为什么偏偏要他享有这份遗产?"

"我让你自己去想吧。"班纳特先生说。

第二十四章

彬格莱小姐的信来了，疑虑消除了。信上第一句话就说，她们决定在伦敦过冬，结尾是替他哥哥道歉，说他在临走以前，没有来得及向哈福德郡的朋友们辞行，很觉遗憾。

希望破灭了，彻底破灭了。吉英继续把信读下去，只觉得除了写信人那种装腔作势的亲切之外，就根本找不出可以自慰的地方。满篇都是赞美达西小姐的话，絮絮叨叨地谈到她的千娇百媚。珈罗琳又高高兴兴地说，她们俩之间已经一天比一天来得亲热，而且竟大胆地作出预言，说是她上封信里所提到的那些愿望，一定可以实现。她还得意非凡地写道，她哥哥已经住到达西先生家里去，又欢天喜地地提到达西先生打算添置新家具。

吉英立刻把这些事大都告诉了伊丽莎白，伊丽莎白听了，怒而不言。她真伤心透了，一方面是关怀自己的姐姐，另一方面是怨恨那帮人。珈罗琳信上说她哥哥钟情于达西小姐，伊丽莎白无论如何也不相信。她仍旧像以往一样，相信彬格莱先生真正喜欢吉英。伊丽莎白一向很看重他，现在才知道他原来是这样一个容易轻信而没有主见的人，以致被他那批诡计多端的朋友们牵制住了,听凭他们反复无常地作弄他,拿他的幸福做牺牲品——一想到这些,她就不能不气愤,甚至不免有些看不起他。要是只有他个人的幸福遭受到牺牲,那他爱怎么胡搞都可以,可是这里面毕竟还牵涉着她姐姐的幸福,她相信他自己也应该明白。简单说来,这问题当然反复考虑过,到头来一定是没有办法。她想不出什么别的了。究竟是彬格莱先生真的变了心呢,还是他的朋友们逼得他无可奈何?他究竟看出了吉英的一片真心呢,还是根本不知道?虽然对她说来,她应该辨明其中的是非曲直,然后才能断定他是好是坏,可是对她姐姐说来,反正都是一样地伤心难受。

隔了一两天,吉英方才鼓起勇气,把自己的心事说给伊丽莎白听。且说那天班纳特太太像往常一样说起尼日斐花园和它的主人,唠叨了老半天,后来总算走开了,只剩下她们姐妹俩,吉英这才禁不住说道:

"噢,但愿妈多控制她自己一些吧!她不晓得她这样时时刻刻提起他,叫我多么痛苦。不过我决不怨谁。这局面不会长久的。他马上就会给我们忘掉,我们还是会和往常一样。"

伊丽莎白半信半疑而又极其关切地望着姐姐,一声不响。

"你不相信我的话吗?"吉英微微红着脸嚷道,"那你真是毫无理由。他在我的记忆里可能是个最可爱的朋友,但也不过如此而已。我既没有什么奢望,也没有什么担心,更没有什么要责备他的地方。多谢上帝,我还没有**那种**苦恼。因此,稍微过一些时候,我一定就会慢慢克服过来的。"

她立刻又用更坚强的声调说道:"我立刻就可以安慰自己说:这只怪我自己不该瞎想,好在并没有损害别人,只损害了我自己。"

伊丽莎白连忙叫起来了："亲爱的吉英,你太善良了。你那样好心,那样处处为别人着想,真像天使一般;我不知道应该怎么同你说才好。我觉得我从前待你还不够好,爱你还不够深。"

吉英竭力否认这一切言过其实的夸奖,反而用这些赞美的话来赞扬妹妹的热情。

"别那么说,"伊丽莎白说,"这样说是不公平的,**你**总以为天下都是好人。我只要说了谁一句坏话,你就难受。我要把**你**看作一个完美无瑕的人,你就来驳斥。请你放心,我决不会说得过分,你有权利把四海之内的人一视同仁,我也不会干涉你。你用不着担心。至于我,我真正喜欢的人没有几个,我心目中的好人就更少了。世事经历得愈多,我就愈对世事不满;我一天比一天相信,人性都是见异思迁,我们不能凭着某人表面上一点点长处或见解,就去相信他。最近我碰到了两件事:其中一件我不愿意说出来,另一件就是夏绿蒂的婚姻问题。这简直是莫名其妙!任你怎样看法,都是莫名其妙!"

"亲爱的丽萃,不要这样胡思乱想吧。那会毁了你的幸福的。你对于各人处境的不同和脾气的不同,体谅得不够。你且想一想柯林斯先生的身份地位和夏绿蒂的谨慎稳重吧。你得记住,她也算是一个大家闺秀,说起财产方面,倒是一门挺适当的亲事。你且顾全大家的面子,只当她对我们那位表兄确实有几分敬爱和器重吧。"

"要是看你的面子,我几乎随便对什么事都愿意信以为真,可是这对于任何人都没有益处;我现在只觉得夏绿蒂根本不懂得爱情，要是再叫我去相信她是当真爱上了柯林斯，那我又要觉得她简直毫无见识。亲爱的吉英，柯林斯先生是个自高自大、喜爱炫耀、心胸狭窄的蠢汉，这一点你和我懂得一样清楚；你也会同我一样地感觉到，只有头脑不健全的女人才肯嫁给他。虽说这个女人就是夏绿蒂·卢卡斯，你也不必为她辩护。你千万不能为了某一个人而改变原则，破格迁就，也不要千方百计地说服我，或是说服你自己去相信，自私自利就是谨慎，糊涂胆大就等于幸福有了保障。"

"讲到这两个人，我以为你的话说得太过火，"吉英说，"但愿你日后看到他们俩幸福相处的时候，就会相信我的话不假。这件事可也谈够了，你且谈另外一件吧。你不是举出了两件事吗？我不会误解你，可是，亲爱的丽萃，我求求你千万不要以为错是错在**那个人**身上，千万不要说你瞧不起他，免得我感到痛苦。我们决不能随随便便就以为人家在有意伤害我们。我们决不可能指望一个生龙活虎的青年会始终小心周到。我们往往会因为我们自己的虚荣心，而给弄迷了心窍。女人们往往会把爱情这种东西幻想得太不切合实际。"

"因此男人们就故意逗她们那么幻想。"

"如果这桩事当真是存心安排好了的，那实在是他们不应该；可是世界上是否真如某些人所想象的那样，到处都是计谋，我可不知道。"

"我决不是说彬格莱先生的行为是事先有了计谋的，"伊丽莎白说，"可是，即使没有存心做坏事，或者说，没有存心叫别人伤心，事实上仍然会做错事情，引起不幸的后果。凡是粗心大意、看不出别人的好心好意，而且自己缺乏果断，都一样能害人。"

"你看这桩事也得归到这类原因吗？"

"当然——应该归于最后一种原因。可是，如果叫我再说下去，说出我对于你所器重的那些人是怎么看法，那也会叫你不高兴的。趁着现在我能够住嘴的时候，且让我住嘴吧。"

"那么说，你断定是他的姐妹们操纵了他啦。"

"是的，而且是跟他那位朋友共同计谋的。"

"我不相信。她们为什么要操纵他？她们只有希望他幸福；要是他果真爱我，别的女人便无从使他幸福。"

"你头一个想法就错了。她们除了希望他幸福之外，还有许多别的打算：她们会希望他更加有钱有势；她们会希望他跟一个出身高贵、亲朋显赫的阔女人结婚。"

"毫无问题，她们希望他选中达西小姐，"吉英说，"不过，说到这一点，她们也许是出于一片好心，并不如你所想象的那么恶劣。她们认识她比认识我早得多，难怪她们更喜欢她。可是，不管她们自己的愿望如何，她们总不至于违背她们兄弟的愿望吧。除非有了什么太看不顺眼的地方，哪个做姐妹的会这样冒昧？要是她们相信他爱上了我，她们决不会想要拆散我们；要是他果真爱我，她们要拆散也拆散不成。如果你一定要以为他对我真有感情，那么，她们这样的做法，便是既不近人情，又荒谬绝伦，我也就更伤心了。不要用这种想法来使我痛苦吧。我决不会因为一念之差而感到羞耻——即使感到羞耻也极其轻微，倒是一想起他或他的姐妹们无情无义，我真不知道要难受多少倍呢。让我从最好的方面去想吧,从合乎人情事理的方面去想吧。"

伊丽莎白无法反对她这种愿望,从此以后,她们就不大提起彬格莱先生的名字。

班纳特太太见他一去不回,仍然不断地纳闷,不断地抱怨,尽管伊丽莎白几乎没有哪一天不给她解释个清楚明白,然而始终无法使她减少些忧烦。女儿尽力说服她,尽说一些连她自己也不相信的话给母亲听,说是彬格莱先生对于吉英的钟情,只不过是出于一时高兴,根本算不上什么,一旦她不在他眼前,也就置之度外了。虽然班纳特太太当时也相信这话不假,可是事后她又每天旧事重提,最后只有想出了一个聊以自慰的办法,指望彬格莱先生来年夏天一定会回到这儿来。

班纳特先生对这件事可就抱着两样的态度。有一天他对伊丽莎白说:"嘿,丽萃,我发觉你的姐姐失恋了。我倒要祝贺她。一个姑娘除了结婚以外,总喜欢不时地尝点儿失恋的滋味。那可以使她们有点儿东西去想想,又可以在朋友们面前出点风头。几时轮到你头上来呢?你也不大愿意让吉英赶在前面太久吧。现在你的机会来啦。麦里屯的军官们很多,足够使这个村子里每一个年轻的姑娘失意。让韦翰做你的对象吧。他是个有趣的家伙,他会用很体面的办法把你遗弃呢。"

"多谢您,爸爸,差一些的人也能使我满意了。我们可不能个个都指望交上吉英那样的好运气。"

"不错,"班纳特先生说,"不管你交上了哪一种运气,你那位好心的妈妈反正会尽心竭力来成全的,你只要想到这一点,就会感到安慰了。"

浪搏恩府上因为近来出了几件不顺利的事，好些人都闷闷不乐，多亏有韦翰先生跟他们来往来往，把这阵闷气消除了不少。她们常常看到他，对他赞不绝口，又说他坦白爽直。伊丽莎白所听到的那一套话——说什么达西先生有多少地方对他不起，他为达西先生吃了多少苦头——大家都公认了，而且公开加以谈论。每个人一想到自己远在完全不知道这件事情时，早就十分讨厌达西先生，便不禁非常得意。

只有班纳特小姐以为这件事里面一定有些蹊跷，还不曾为哈福德郡的人们弄清楚。她是个性子柔和、稳重公正的人，总是要求人家多多体察实情，以为事情往往可能给弄错，可惜别人全把达西先生看作天下再混账不过的人。

第二十五章

谈情说爱,筹划好事,就这样度过了一星期,终于到了星期六,柯林斯先生不得不和心爱的夏绿蒂告别。不过,他既已做好接新娘的准备,离别的愁苦也就因此减轻了,他只等下次再来哈福德郡,订出佳期,使他成为天下最幸福的男子。他像上次一样隆重其事地告别了浪搏恩的亲戚们,祝贺表妹们健康幸福,又答应给她们的父亲再来一封谢函。

下星期一,班纳特太太的弟弟和弟妇照例到浪搏恩来过圣诞节,班纳特太太很是欣喜。嘉丁纳先生是个通情达理、颇有绅士风度的人物,无论在个性方面,在所受的教育方面,都高出他姐姐很多。他原是出身商界,见闻不出货房堆栈之外,竟会这般有教养,这般讨人喜爱,要是叫尼日斐花园的太太小姐们看见了,实在难以相信。嘉丁纳太太比班纳特太太以及腓力普太太,都要小好几岁年纪,也是个和蔼聪慧而又很文雅的女人,浪搏恩的外甥女儿们都很喜欢她,两个大外甥女儿跟她特别亲切。她们常常进城去在她那儿待一阵子。

嘉丁纳太太刚到这里,第一件事就是分发礼物,讲述最时新的服装式样。这件事做过以后,她便坐在一旁,静听班纳特太太跟她说话。班纳特太太有多少牢骚要发,又有多少苦要诉。自从上年她弟妇走了以后,她家里受了人家欺负。两个女儿本来快要出嫁了,到头来只落得一场空。

"我并不怪吉英,"她接下去说,"因为吉英要是能够嫁给彬格莱先生,她早就嫁了。可是丽萃——唉,弟妇呀!要不是她自己那么拗性子,说不定她已做了柯林斯先生的夫人了。他就在这间房子里向她求婚的,她却把他拒绝了。结果倒让卢卡斯太太有个女儿比我的女儿先嫁出去,浪搏恩的财产从此就得让人家来继承。的确,卢卡斯一家人手腕才高明呢,弟妇。他们都是为了要捞进这一笔财产。我本来也不忍心这样编派他们,不过事实的确是如此。我在家里既然过得这样不称心,又偏偏碰到这些只顾自己不顾别人的邻舍,真弄得我神经也坏了,人也病了。你可来得正是时候,给了我极大的安慰,我非常喜欢听你讲的那些……长袖子的事情①。"

嘉丁纳太太远在跟吉英以及伊丽莎白通信的时候,大体上就已经知道了她们家里最近发生的这些事情,又为了体贴外甥女儿们起见,只稍微敷衍了班纳特太太几句,便把这个话题岔开了。

后来伊丽莎白跟她两人在一起的时候,又谈到了这件事。她说:"这倒也许是吉英的一门美满亲事,只可惜吹了。可是这种

---

① 班纳特太太最后想要说句话敷衍敷衍她弟妇,可是一时气急败坏,说了上半句又接不上下半句,便顺口说出了"你讲的那些……长袖子",意思是指她弟妇刚刚说的时装样式方面的事情。

情形往往难免！像你所说的彬格莱先生这样的青年，往往不消几个星期的工夫，就会爱上一位美丽的姑娘，等到有一件偶然的事故把他们分开了，他也就很容易把她忘了，这种见异思迁的事情多的是。"

"你这样的安慰完全是出于一片好心，"伊丽莎白说，"可惜安慰不了**我们**。我们吃亏并不是吃在偶然的事情上面。一个独立自主的青年，几天以前刚刚跟一位姑娘打得火热，现在遭到了他自己朋友们的干涉，就把她丢了，这事情倒不多见。"

"不过，所谓'打得火热'，这种话未免太陈腐，太笼统，太不切合实际，我简直抓不住一点儿概念。这种话通常总是用来形容男女一见钟情的场面，也用来形容一种真正的热烈感情。请问，彬格莱先生的爱情**火热**到什么程度？"

"我从来没有看见过像他那样的一往情深：他越来越不去理会别人，把整个的心都放在她身上。他们俩每见一次面，事情就愈显得明朗，愈惹人注目。在他自己所开的一次跳舞会上，他得罪了两三位年轻的小姐，没有邀请她们跳舞；我找他说过两次话，他也没有理我。这还不能算是尽心尽意吗？宁可为了一个人而得罪大家，这难道还不是恋爱场上最可贵的地方？"

"噢，原来如此！这样看来，他的确对她情深意切。可怜的吉英！我真替她难受，照她的性子看来，决不会一下子就把这件事情淡忘。丽萃，要是换了你，倒要好些，你自会一笑置之，要不了多少时候就会淡忘。不过，你看我们能不能劝她到我们那里去稍住一阵？换换环境也许会有好处；再说，离开了家，松口气，也许比什么都好。"

伊丽莎白非常赞成这个建议，而且相信姐姐也会赞成。

嘉丁纳太太又说："我希望她不要因为怕见到这位青年小伙子而拿不定主意。我们虽然和彬格莱先生同住在一个城里，可不住在同一个地区，来往的亲友也不一样，而且，你知道得很清楚，我们很少外出，因此，除非他上门来看她，他们俩就不大可能见到面。"

"**那**是绝对不可能的，因为他现在被朋友们软禁着，达西先生也不能容忍他到伦敦的**这样**一个地区去看吉英！亲爱的舅母，你怎么会想到这上面去了？达西先生也许**听到过**天恩寺街这样一个地方，可是，如果他当真到那儿去一次，他会觉得花上一个月的工夫也洗不净他身上所染来的污垢；请你放心好了，他绝不会让彬格莱先生单独行动。"

"那就更好。我希望他们俩再也不要见面。可是，吉英不还是在跟他妹妹通信吗？彬格莱**小姐**也许难免要来拜望呢。"

"她决不会跟她再来往了。"

伊丽莎白虽然嘴上说得这么果断，认为彬格莱先生一定被他的姐妹朋友挟制住了，不会让他见到吉英，这事情实在可笑，可是她心里想来想去，还是觉得事情未必已经完全绝望。她有时候甚至认为彬格莱先生非常可能对吉英旧情重燃，他朋友们的影响也许敌不过吉英的感情所加给他身上的天然影响。

班纳特小姐乐意地接受了舅母的邀请，她心里并没有怎么想到彬格莱一家人，只希望珈罗琳不和她哥哥同住一宅，那么她就可以偶尔到珈罗琳那儿去玩上一个上午，而不至于撞见她的哥哥。

嘉丁纳夫妇在浪搏恩待了一个星期，没有哪一天不赴宴会，有时候在腓力普府上,有时候在卢卡斯府上,有时候又在军官们那儿。班纳特太太小心周到地为她的弟弟和弟妇安排得十分热闹,以致他们夫妇不曾在她家里吃过一顿便饭。家里有宴会的日子,必定就有几位军官到场,每次总是少不了韦翰。在这种场合下,伊丽莎白总是热烈地赞扬韦翰先生,使得嘉丁纳太太起了疑心,仔细注意起他们两人来。从她亲眼看到的情形来说,她并不以为他们俩真正地爱上了,不过相互之间显然已经发生了好感,这叫她很是不安,她决定在离开哈福德郡以前,要把这件事和伊丽莎白谈个明白,并且要解释给她听,让这样的关系发展下去,实在太莽撞。

可是韦翰讨好起嘉丁纳太太来,另有一套办法,这和他吸引别人的本领完全不同。远在十多年以前嘉丁纳太太还没有结婚的时候,曾在德比郡他所出生的那个地区住过好些时候,因此她跟他有许多共同的朋友,虽说自从五年前达西先生的父亲去世以后,韦翰就不大到那地方去,可是他却能报道给嘉丁纳太太一些有关她从前的朋友们的消息,比她自己打听得来的还要新鲜。

嘉丁纳太太曾经亲眼看到过彭伯里,对于老达西先生也是久闻大名,光是这件事,就是个谈不完的话题。她把韦翰先生所详尽描写的彭伯里和她自己记忆中的彭伯里比较了一下,又把彭伯里故主人的德行称赞了一番,谈的人和听的人都各得其乐。她听到他谈起现在这位达西先生对他的亏待,便竭力去回想那位先生小时候的个性如何,是否和现在相符,她终于有自信地记起了从前确实听人说过,费茨威廉·达西先生是个脾气很坏又很高傲的孩子。

第二十六章

嘉丁纳太太一碰到有适当的机会和伊丽莎白单独谈话，就是善意地对外甥女儿进行忠告，把心里的话老老实实讲了出来，然后又接下去说：

"你是个非常懂事的孩子，丽萃，你不至于因为人家劝你谈恋爱要当心，你就偏偏要谈；因此我才敢向你说个明白。说正经话，你千万要小心。跟这种没有财产作为基础的人谈恋爱，实在非常莽撞，你千万别让自己坠入情网，也不要费尽心机使他坠入情网。我并不是说他的坏话——他倒是个再有趣不过的青年；要是他得到了他应当得到的那份财产，那我就会觉得你这门亲事再好也没有了。事实既是如此，你大可不必再对他想入非非。你很聪明，我们都希望你不要辜负了自己的聪明。我知道你父亲信任你品行好，又有决断，你切不可叫他失望。"

"亲爱的舅母，你真是郑重其事。"

"是呀，我希望你也能够郑重其事。"

"唔，你用不到着急。我自己会当心，也会当心韦翰先生。只要我避免得了，我决不会叫他跟我恋爱。"

"伊丽莎白,你这话可就不郑重其事啦。"

"请原谅。让我重新讲讲看。目前我可并没有爱上韦翰先生;我的确没有。不过在我所看见的人当中,他的确是最可爱的一个,任谁也比不上他;如果他真会爱上我——我相信他还是不要爱上我的好。我看出了这件事很莽撞。噢!达西先生那么可恶!父亲这样器重我,真是我最大的荣幸,我要是辜负了他,一定会觉得遗憾。可是我父亲对韦翰也有成见。亲爱的舅母,总而言之,我决不愿意叫你们任何人为了我而不快活;不过,青年人一旦爱上了什么人,决不会因为暂时没有钱就肯撒手。要是我也给人家打动了心,我又怎能免俗?甚至我又怎么知道拒绝他是不是上策?因此,我只能答应你不仓促从事就是了。我决不会一下子就认为我自己是他最中意的人。我虽然和他来往,可是决不会存这种心思。总而言之,我一定尽力而为。"

"假如你不让他来得这么勤,也许会好些;至少你不必**提醒**你母亲邀他来。"

伊丽莎白羞怯地笑笑说:"就像我那天的做法一样,的确,最好是不要**那样**。可是你也不要以为他是一直来得这么勤。这个星期倒是为了你才常常请他来的。你知道妈的主意,她总以为她自己的朋友非得经常有人陪着不可。可是请你相信我好了,我总会想出最聪明的办法去应付的;我希望这一下你总该满意了吧。"

舅母告诉她说,这一下满意了;伊丽莎白谢谢她好心的指点,于是二人就分别了——在这种问题上给人家出主意而没受抱怨,这次倒可算是一个稀罕的例子。

嘉丁纳夫妇和吉英刚刚离开了哈福德郡,柯林斯先生就回到哈福德郡去。他住在卢卡斯府上，因此班纳特太太并没有多大的不方便。他的婚期已经迫近，因此班纳特太太不但终于死了心，认为这门亲事是免不了的，甚至还几次三番恶意地说："但愿他们会幸福吧。"星期四就是佳期，卢卡斯小姐星期三到班府上来辞行。当夏绿蒂起身告别的时候，伊丽莎白一方面由于母亲那些死样怪气的吉利话，使她听得不好意思，另一方面自己也委实有动于衷，便不由得送她走出房门。下楼梯的时候，夏绿蒂说：

"我相信你一定会常常给我写信的，伊丽莎。"

"**这**你放心好啦。"

"我还要你赏个脸。你愿意来看看我吗？"

"我希望我们能够常常在哈福德郡见面。"

"我可能暂时不会离开肯特郡①。还是答应我上汉斯福来吧。"

伊丽莎白虽然预料到这种拜望不会有什么乐趣，可又没法推辞。

夏绿蒂又说："我的父母三月里要到我那儿去，我希望你跟他们一块儿来。真的，伊丽莎，我一定像欢迎他们一样地欢迎你。"

结好了婚，新郎新娘从教堂门口直接动身往肯特郡去，大家总是照例你一句我一句的要说上多少话。伊丽莎白不久就收到了她朋友的来信，从此她们俩的通信便极其正常，极其频繁！不

---

① 英格兰东南部海滨之一郡，富有历史意义。坎特伯雷大教堂及路彻斯特大教堂均在此郡。玛丽女王及伊丽莎白女王均出生于此郡，爱德华六世及拿破仑三世死于此郡。彼得大帝曾在此郡学习造船业。此郡又为大文豪狄更斯之故乡。

过,要像从前一样地畅所欲言,毫无顾忌,那可办不到了。伊丽莎白每逢写信给她,都免不了感觉到过去那种推心置腹的快慰已经不复存在;虽说她也下定决心,不要把通信疏懒下来,不过,那与其说是为了目前的友谊,倒不如说是为了过去的交情。她对于夏绿蒂开头的几封信都盼望得很迫切,那完全是出于一种好奇心,想要知道夏绿蒂对于她的新家庭观感如何,她是不是喜欢咖苔琳夫人,是不是觉得自己幸福,不过读了她那几封信以后,伊丽莎白就觉得夏绿蒂所说的话,处处都和她自己所预料的完全一样。她的信写得充满了愉快的情调,讲到一件事总要赞美一句,好像她真有说不尽的快慰。凡是住宅、家具、邻居、道路,样样都叫她称心,咖苔琳夫人待人接物又是那么友善,那么亲切。她只不过把柯林斯先生所夸耀的汉斯福和罗新斯的面貌,稍许说得委婉一些罢了;伊丽莎白觉得,一定要等到亲自去那儿拜访,才能了解底蕴。

吉英早已来了一封短简给伊丽莎白,信上说,她已经平安抵达伦敦;伊丽莎白希望她下次来信能够讲一些有关彬格莱家的事。

第二封信真等得她焦急,可是总算没有白等。信上说,她已经进城一个星期,既没有看见珈罗琳,也没有收到珈罗琳的信。她只得认为她上次从浪搏恩寄给珈罗琳的那封信,一定是在路上失落了。

她接下去写道:"明天舅母要上那个地区去,我想趁这个机会到格鲁斯汶纳街去登门拜访一下。"

吉英拜望过彬格莱小姐并且和她见过面以后,又写了一封信来。她写道:"我觉得珈罗琳精神不大好,可是她见到我却很高兴,而且怪我这次到伦敦来为什么事先不通知她一下。我果然没有猜错,我上次给她的那封信,她真的没有收到。我当然问起她们的兄弟。据说他近况很好,不过同达西先生过从太密,以致姐妹兄弟很少机会见面。听说达西小姐要上她们那儿去吃饭,我但愿能和她见见面。我这一次拜望的时间并不太久,因为珈罗琳和赫斯脱太太都要出去。也许她们马上就会上我这儿来看我。"

伊丽莎白读着这封信,不由得摇头。她相信,除非有什么偶然的机会,彬格莱先生决不会知道吉英来到了伦敦。

四个星期过去了,吉英还没有见到彬格莱先生的影子。她竭力宽慰自己说,她并没有因此而觉得难受;可是彬格莱小姐的冷淡无情,她到底看明白了。她每天上午都在家里等彬格莱小姐,一直白等了两个星期,每天晚上都替彬格莱小姐编造一个借口,最后那位贵客才算上门来了,可是只待了片刻工夫便告辞而去,而且她的态度也前后判若两人,吉英觉得再不能自己骗自己了。她把这一次的情形写了封信告诉她妹妹,从这封信里可以看出她当时的心情:

> 我最最亲爱的丽萃妹妹:现在我不得不承认,彬格莱小姐对我的关注完全是骗我的。我相信你的见解比我高明,而且你看到我伤心,还会引为得意。亲爱的妹妹,虽然如今事实已经证明你的看法是对的,可是,我如果从她过去的态度来看,我依旧认为,我对她的信任以及你对她的怀疑,同样都是合情合理,请你不要以为我固执。我到现在还不明白她

从前为什么要跟我要好；如果再有同样的情况发生，我相信我还会受到欺骗。珈罗琳一直到昨天才来看我，她未来以前不曾给我片纸只字的讯息，既来之后又显出十分不乐意的样子。她只是照例敷衍了我一句，说是没有早日来看我，很是抱歉，此外根本就没有提起她想要再见见我的话。她在种种方面都前后判若两人，因此，当她临走的时候，我就下定决心和她断绝来往，虽说我禁不住要怪她，可是我又可怜她。只怪她当初不该对我另眼看待；我可以问心无愧地说，我和她的交情都是由她主动一步一步进展起来的。可是我可怜她，因为她一定会感觉到自己做错了，我断定她所以采取这种态度，完全是由于为她哥哥担心的缘故。我用不着为自己再解释下去了。虽然**我们**知道这种担心完全不必要，不过，倘若她当真这样担心，那就足以说明她为什么要这样对待我了。既然他确实值得他妹妹珍惜，那么，不管她替他担的是什么忧，那也是合情合理，亲切可喜。不过，我简直不懂她到现在还要有什么顾虑，要是他当真有心于我，我们早就会见面了。听她的口气，我肯定他是知道我在伦敦的；然而从她谈话的态度看来，就好像她拿稳他是真的倾心于达西小姐似的。这真叫我弄不明白。要是我大胆地下一句刻薄的断语，我真忍不住要说，其中一定大有蹊跷。可是我一定会竭力打消一切苦痛的念头，只去想一些能使我高兴的事——譬如想想你的亲切以及亲爱的舅父母对我始终如一的关切。希望很快就收到你的信。彬格莱小姐说起他再也不会回到尼日斐花园来，说他打算放弃那幢房子，可是说得并不怎么肯定。我们最好不必再提起这件事。你从汉斯福我们那些朋友那儿听到了许多令人愉快的事,这使我很高兴。请你跟威廉爵士和玛丽亚一块儿去看看他们吧。我相信你在那里一定会过得很舒适。——你的……

这封信使伊丽莎白感到有些难受;不过,一想到吉英从此不会再受到他们的欺蒙,至少不会再受到那个妹妹的欺蒙,她又高兴起来了。她现在已经放弃了对那位兄弟的一切期望。她甚至根本不希望他再来重修旧好。她越想越看不起他;她倒真的希望他早日跟达西先生的妹妹结婚,因为照韦翰说来,那位小姐往后一定会叫他后悔,后悔当初不该把本来的意中人丢了,这一方面算是给他一种惩罚,另一方面也可能有利于吉英。

大约就在这时候,嘉丁纳太太把上次伊丽莎白答应过怎样对待韦翰的事,又向伊丽莎白提醒了一下,并且问起最近的情况如何;伊丽莎白回信上所说的话,虽然自己颇不满意,可是舅母听了却很满意。原来他对她的显著的好感已经消失,他对她的殷勤也已经过去——他爱上别的人了。伊丽莎白很留心地看出了这一切,可是她虽然看出了这一切,在信上也写到这一切,却并没有感到什么痛苦,她只不过稍许有些感触。她想,如果她有些财产,早就成为他唯一的意中人了——想到这里,她的虚荣心也就得到了满足。拿他现在所倾倒的那位姑娘来说,她的最显著的魅力就是使他可以获得一万金镑的意外巨款;可是伊丽莎白对自己这件事,也许不如上次对夏绿蒂的事那么看得清楚,因此并没有因为他追求物质享受而怨怪他。她反而以为这是再自然不过的事;她也想象到他舍弃她一定颇费踌躇,可又觉得这对于双方都是一种既聪明而又理想的办法,并且诚心诚意地祝他幸福。

她把这一切都对嘉丁纳太太说了。叙述了这些事以后,她接下去这样写道:"亲爱的舅母,我现在深深相信,我根本没有怎样爱他,假如我当真有了这种纯洁而崇高的感情,那我现在一听到他的名字都会觉得讨厌,而且巴不得他倒尽了霉。可是我情绪上不仅对他没有一些芥蒂,甚至对金小姐也毫无成见。我根本不觉得恨她,并且极其愿意把她看作一个很好的姑娘。这桩事完全算不上恋爱。我的小心提防并不是枉然的;要是我狂恋着他,亲友们就一定会把我看作一个更有趣的话柄了,我决不因为人家不十分器重我而竟会感到遗憾。太受人器重有时候需要付出很大的代价。吉蒂和丽迪雅对他的缺点计较得比我厉害。她们在人情世故方面还幼稚得很,还不懂得这样一个有失体统的信条:美少年和凡夫俗子一样,也得有饭吃,有衣穿。"

第二十七章

浪搏恩这家人家除了这些事以外,再没有别的大事;除了到麦里屯去散散步以外,再没有别的消遣。时而雨水泥泞、时而风寒刺骨的正月和二月,就这样过去了。三月里伊丽莎白要上汉斯福去。开头她并不是真想去;可是她立刻想到夏绿蒂对于原来的约定寄予了很大的期望,于是她也就带着比较乐意和比较肯定的心情来考虑这个问题了。离别促进了她想和夏绿蒂重逢的愿望,也消除了她对柯林斯先生的厌恶。这个计划多少总有它新奇的地方;再说,家里有了这样的母亲和这样几位不能融洽的妹妹,自难完美无缺,换换环境也好。趁着旅行的机会也可以去看看吉英;总之,时日迫近了,她反而有些等不及了。好在一切都进行得很顺利,最后依旧照了夏绿蒂原先的意思,跟威廉爵士和他的第二个女儿一块儿去做一次客。以后这计划又补充了一下,决定在伦敦住一夜,这一来可真是个十全十美的计划了。

只有和父亲离别使她感到痛苦,父亲一定会记挂她。说起来,他根本就不愿意让她去,既是事情已经决定,只得叫她常常写信给他,而且几乎答应亲自给她写回信。

她跟韦翰先生告别时，双方都十分客气，韦翰比她还要客气。他目前虽然在追求别人，却并没有因此就忘了伊丽莎白是第一个引起他注目的人，第一个值得他注目的人，第一个听他倾诉衷情，第一个可怜他，第一个博得了他爱慕的人；他向她告别，祝她万事如意，又对她说了一遍德·包尔夫人是怎样的一个人，他相信他们俩对那位老夫人的评价，对每一个人的评价，一定完全吻合。他说这话的时候，显得很是热诚，很是关切，这种盛情一定会使她对他永远怀着极其深挚的好感。他们分手以后，她更相信不管他结婚也罢，单身也罢，他在她的心目中将会始终是一个极其和蔼可亲而又讨人喜欢的人。

第二天和她同路的那些人，也并没有使韦翰在她心目中相形见绌。威廉爵士简直说不出一句中听的话，他那位女儿玛丽亚虽然脾气很好，脑子却像她父亲一样空洞，也说不出一句中听的话。听他们父女俩说话，就好像听到车辆的辘辘声一样无聊。伊丽莎白本来爱听无稽之谈，不过威廉爵士那一套她实在听得腻了。他谈来谈去总不外乎觐见皇上以及荣膺爵士头衔之类的奇闻，翻不出什么新花样来；他那一套礼貌举止，也像他的出言吐语一样，已经陈腐不堪。

这段旅程不过二十四英里路[①]，他们启程很早，为的是要在正午赶到天恩寺街。他们走近嘉丁纳先生的大门时，吉英正在会客室的窗口望着他们。他们走进过道时，吉英正等在那儿接他

[①] 按在奥斯丁时代，英国交通虽比18世纪初叶较为便利，但仍道路崎岖，旅程艰苦。

们,伊丽莎白真挚地仔细望了望吉英的脸,只见那张脸蛋儿还是像往常一样地健康美丽,她觉得很高兴。男男女女的孩子们为了急于要见到表姐,在客厅里等不及,又因为一年没见面,不好意思下楼去,便都待在楼梯口。到处是一片欢乐与和善的气氛。这一天真过得极其愉快:上午乱哄哄地忙作一团,又要出去买东西;晚上上戏院去看戏。

伊丽莎白在舅母身旁坐下来。她们俩首先就谈到她姐姐。她仔仔细细问了许多话,舅母回答她说,吉英虽然竭力提着精神,还免不了有情绪低落的时候,她听了并不十分诧异,却很忧郁。好在这种情绪低落的现象不会继续多久。嘉丁纳太太也跟伊丽莎白谈起彬格莱小姐过访天恩寺街的一切情形,又把吉英跟她好几次的谈话重述了一遍给她听,这些话足以说明吉英的确打算再不和彬格莱小姐来往了。

嘉丁纳太太然后又谈起韦翰抛弃伊丽莎白的话,把她外甥女儿笑话了一番,同时又赞美她的忍耐功夫。

她接着又说:"可是,亲爱的伊丽莎白,金小姐是怎么样的一个姑娘?我可不愿意把我们的朋友看作一个见不得钱的人啊。"

"请问你,亲爱的舅母,拿婚姻问题来讲,见钱眼红与动机正当究竟有什么不同?做到什么地步为止就算知礼,打哪儿起就要算是贪心?去年圣诞节你还生怕我跟他结婚,怕的是不郑重其事,而现在呢,他要去跟一个只不过有一万镑财产的姑娘结婚,你就要说他见不得钱啦。"

"只要你告诉我,金小姐是怎么样一个姑娘,我就知道该怎么说话了。"

"我相信她是个好姑娘。我说不出她有什么坏处。"

"可是韦翰本来完全不把她放在眼睛里,为什么她祖父一去世,她做了这笔家产的主人,他就会看上了她呢?"

"没有的事,他为什么要那样?要是说,他不愿意跟我相爱,就是因为我没有钱,那么,他一向不关心的一个姑娘,一个同样穷的姑娘,他又有什么理由要去跟她谈恋爱呢?"

"不过,她家里一发生这件变故,他就去向她献殷勤,这未免不像话吧。"

"一个处境困难的人,不会像一般人那样有闲,去注意这些繁文缛节。只要**她**不反对,**我们**为什么要反对?"

"**她**不反对,并不说明**他**就做得对。那只不过说明了她本身有什么缺陷,不是见识方面有缺陷,就是感觉方面有缺陷。"

"哦,"伊丽莎白叫道,"你爱怎么说就怎么说吧,说**他**贪财也好,说**她**傻也好。"

"不,丽萃,我**才不**这么说呢。你知道,在德比郡住了这么久的一个青年,我是不忍心说他坏话的。"

"噢,要是光光就凭这点理由,我才看不起那些住在德比郡的青年人呢,他们住在哈福德郡的那批知己朋友们,也好不了多少。他们全都叫我讨厌。谢谢老天爷!明天我就要到一个地方去,我将要在那儿见到一个一无可取的人,他无论在风度方面,在见解方面,都不见长。说到头来,只有那些傻瓜值得你去跟他们来往来往。"

"当心些,丽萃;这种话未免说得太消沉了些。"

她们看完了戏,刚要分手的时候,舅父母又邀请她参加他们的夏季旅行，这真是一种意外的快乐。

嘉丁纳太太说："至于究竟到什么地方去，我们还没有十分决定，也许到湖区①去。"

对伊丽莎白说来，随便什么计划也不会比这个计划更中她的意了，她毫不犹豫地接受了这个邀请，而且非常感激。"我的好舅母，亲舅母，"她欢天喜地叫了起来，"多高兴，多幸福！你给了我新的生命和活力。我再也不沮丧和忧郁了。人比起高山大石来，算得了什么？我们将要度过一些多么快乐的时日啊！等到我们回来的时候，一定不会像一般游人那样，什么都是浮光掠影。我们**一定**会知道到过什么地方——我们看见过的东西**一定**会记得住。湖泊山川决不会在我们脑子里乱七八糟地混作一团；我们要谈到某一处风景的时候，决不会连位置也弄不明白，彼此争论不休。但愿我们一回来叙述起游踪浪迹的时候，不要像一般旅客那样陈腔滥调，叫人听不入耳。"

---

① 指英国北部的名湖区，风景优美，19世纪的湖上诗人华兹华斯、骚塞、柯勒律治即居住此地。华兹华斯所著《湖上行》一书，对该处风景名胜有极其详尽优美的描写。

第二十八章

第二天旅途上的每一样事物，伊丽莎白都感到新鲜有趣；她精神很愉快，因为看到姐姐气色那么好，可以不用再为她的健康担心，加上一想到去北方的旅行，她就越发高兴。当他们离开了大路，走上一条通往汉斯福的小径时，每一只眼睛都在寻找着那幢牧师住宅；每拐一个弯，都以为就要看到那幢房子。他们沿着罗新斯花园的栅栏往前走。伊丽莎白一想到外界所传闻的那家人家的种种情形，不禁好笑。

终于看到那幢牧师住宅了。大路斜对面的花园、花园里的房子、绿的栅栏以及桂树围篱——每一样东西好像都在宣布他们快到了。柯林斯先生和夏绿蒂走到门口来了。在宾主频频点头脉脉微笑中，客人们在一道小门跟前停下了车，从这里穿过一条短短的鹅卵石铺道，便能直达正屋。一眨眼工夫，他们都下了车，宾主相见，无限欢欣。柯林斯太太笑容满面地欢迎自己的朋友，伊丽莎白受到这么亲切的欢迎，就越发满意这次的做客了。她立刻看到她表兄并没有因为结了婚而改变态度，他还是完全和以往一样地拘泥礼节，在门口耽搁了她好几分钟，问候她全家大小的起居安好。听到她一一回答了之后,他才满意。于是他就没有再耽搁他们,只指给他们看看门口是多么整洁,便把客人们带进了屋子;等到客人一走进客厅,他又对他们做了第二次的欢迎,极其客气地说,这次承蒙诸位光临寒舍,真是不胜荣幸,并且一次又一次把他太太送上来的点心敬给客人。

伊丽莎白早就料到他会那样得意非凡,因此当他夸耀那屋子的优美结构、式样以及一切陈设的时候,她禁不住想到他是特地讲给她听的,好像要叫她明白,她当初拒绝了他,是多么大的一个损失。虽说样样东西的确都那么整洁和舒适,她可千万不能流露出一点点后悔的痕迹来叫他得意;她甚至带着诧异的目光看着夏绿蒂,她弄不明白夏绿蒂和这样的一位伴侣相处,为什么还会那么高兴。柯林斯先生有时竟会说些很不得体的话,叫他自己的太太听了也不免难为情,而且这类话又说得并不太少,每逢这种场合,伊丽莎白就不由自主地要向夏绿蒂望一眼。夏绿蒂有一两次被她看得微微脸红了,不过一般总是很聪明地装作没有听见。大家在屋里坐了好一会儿,欣赏着每一件家具,从食器橱一直欣赏到壁炉架,又谈了谈一路上的情况以及伦敦的一切情形,然后柯林斯先生就请他们到花园里去散散步。花园很大,布置得也很好,一切都是由他亲手料理的。他的最高尚的娱乐就是收拾花园。夏绿蒂说,这种操作有益于健康,她尽可能鼓励他这样做;她讲起这件事的时候,非常镇定自若,真叫伊丽莎白佩服。他领着他们走遍了花园里的曲径小道,看遍了每一处景物,每看一处都得琐琐碎碎地讲一阵,美不美倒完全不在他心上,看的人即使想要凑合他,赞美几句,也插不上嘴。他数得出每一个方向有多少田园,连最远的树丛里有多少棵树他也讲得出来,可是,不论是他自己花园里的景物也好,或者是这整个乡村甚至全国的名胜古迹也好,都万万比不上罗新斯花园的景色。罗新斯花园差不多就在他住宅的正对面,四面是树,从树林的空隙处可以望见里面。那是一幢漂亮的近代建筑,耸立在一片高地上。

柯林斯先生本来想把他们从花园里带去看看他的两块草坪,但是太太小姐们的鞋子抵挡不住那残余的白霜,于是全都走回去了,只剩下威廉爵士陪伴着他。夏绿蒂陪着自己的妹妹和朋友参观住宅,这一下她能够撇开丈夫的帮忙,有机会让她自己显显身手,真是高兴极了。房子很小,但是建筑结实,使用也很方便;一切都布置得很精巧,安排得很协调,伊丽莎白对夏绿蒂夸奖备至。只要不想起柯林斯先生,便真正有了一种非常舒适的气氛。伊丽莎白看见夏绿蒂那样得意,便不由得想到她平常一定不把柯林斯先生放在心上。

伊丽莎白已经打听到咖苔琳夫人还在乡下。吃饭的时候又谈起了这桩事,当时柯林斯先生立即插嘴说:

"正是,伊丽莎白小姐,星期日晚上你就可以荣幸地在教堂里见到咖苔琳・德・包尔夫人,你一定会喜欢她的。她为人极其谦和,丝毫没有架子,我相信那天做完礼拜之后,你就会很荣幸地受到她的注目。我可以毫不犹豫地说,只要你待在这儿,每逢她赏脸请我们做客的时候,总少不了要请你和我的小姨子玛丽亚。她对待我亲爱的夏绿蒂真是好极了。我们每星期去罗新斯吃两次饭,她老人家从来没有哪一次让我们步行回家,总是打发自己的马车送我们——我应该说,是打发她老人家的某一辆马车,因为她有好几辆车子呢。"

夏绿蒂又说："咖苔琳夫人的确是个可尊敬的、通达情理的女人,而且是位极其殷勤的邻居。"

"说得很对,亲爱的,你真说到我心上去了。像她这样一位夫人,你无论对她怎样尊敬,依旧会感到有些欠缺。"

这一晚主要就谈论哈福德郡的新闻,又把以前信上所说的话重新再提一遍。大家散了以后,伊丽莎白孤单单地在房间里,不由得默默想起了夏绿蒂对于现状究竟满意到什么程度,驾驭丈夫的手腕巧妙到什么程度,容忍丈夫的肚量又大到什么程度。她不由得承认,一切都安排得非常好。她又去想象着这次做客的时间将如何度过,无非是:平淡安静的日常起居,柯林斯先生那种惹人讨厌的插嘴打岔,再加上跟罗新斯的酬酢来往等等。她那丰富的想象力马上解决了整个问题。

大约在第二天晌午的时候,她正在房间里准备出去散散步,忽听得楼下一阵喧哗,马上这整个住宅里的人好像都慌乱了起来;一会儿工夫,只听得有人急急忙忙飞奔上楼来,大声叫她。她开了门,在楼梯口遇见了玛丽亚,只见她激动得气都喘不过来,嚷道:

"噢,亲爱的伊丽莎呀,请你赶快到餐室里去,那儿有了不起的场面值得看呢!我可不告诉你是怎么回事。赶快呀,马上下楼来。"

伊丽莎白一遍遍问,也问不出一个究竟来;玛丽亚多一句也不肯跟她说;于是她们俩便奔进那间面临着大路的餐室,去看个究竟。原来来了两位女客,乘着一辆低低的四轮马车,停在花园门口。

伊丽莎白连忙嚷道:"就是这么回事吗?我还以为是猪猡闯进了花园呢,原来只不过是咖苔琳夫人母女俩。"

玛丽亚听她说错了,不禁大吃一惊:"瞧你,亲爱的,那不是咖苔琳夫人。那位老夫人是姜金生太太,她跟她们住在一起的;另外一位是德·包尔小姐。你且瞧瞧她那副模样儿吧。她真是个非常纤小的人儿。谁会想到她会这么单薄,这么小!"

"她真太没有礼貌,风这样大,却让夏绿蒂待在门外。她为什么不进来?"

"噢,夏绿蒂说,她真难得进来。德·包尔小姐要是进来一次,那可真是天大的面子。"

"她那副模样儿真够人瞧的,"伊丽莎白一面说,一面又突然起了别的种种念头,"她看上去身体不好,脾气又坏。她配他①真是再好不过呢。她做他的太太极其相称。"

柯林斯先生和夏绿蒂都站在门口跟那两位女客谈话。伊丽莎白觉得最好笑的是,威廉爵士正毕恭毕敬地站在门口,虔诚地瞻仰着面前的蔚然大观,每当德·包尔小姐朝着他这边望的时候,他总是一鞠躬。

后来他们的话全说完了,两位女客驱车而去,别人都回到屋里。柯林斯一看到两位小姐,就恭贺她们走了鸿运;夏绿蒂把他的意思解释给她们听,原来罗新斯明天又要请他们全体去吃饭了。

---

① 指达西。

第二十九章

罗新斯这一次请客,真使得柯林斯先生感到百分之百的得意。他本来一心要让这些好奇的宾客去观光一下他那女施主的堂皇气派,看看老夫人对待他们夫妇俩多么礼貌周全。他竟会这么快就得到了如愿以偿的机会,这件事足以说明咖苔琳夫人的礼贤下士,使得他不知如何景仰是好。

"说老实话,"他说,"她老人家邀请我们星期日去吃茶点,在罗新斯消磨一个下午,我一点也不觉得意外。她一贯为人和蔼,我倒以为她真要这样招待一番的,可是谁料想得到会像这次这样情意隆重?谁会想到你们刚刚到这里,就被请到那边去吃饭(而且全体都请到了)?"

威廉爵士说:"刚才的事我倒不怎么觉得稀奇,大人物的为人处世实在都是如此,像我这样有身份的人,就见识得很多。在显宦贵族们当中,这类风雅好客的事不足为奇。"

这一整天和第二天上午,简直只谈到去罗新斯的事。柯林斯先生预先仔仔细细地一样样告诉他们,到那边去将要看到些什么东西,免得他们看到了那样宏伟的屋子,那样众多的仆从,那样丰盛的菜肴，会造成临时慌乱，手足失措。

当娘儿们正要各自去打扮的时候，他又对伊丽莎白说：

"不要为衣装担心思，亲爱的表妹。咖苔琳夫人才不会要我们穿得华丽呢，这只有她自己和她的女儿才配。我劝你只要在你自己的衣服里面，拣一件出色的穿上就行，不必过于讲究。咖苔琳夫人决不会因为你衣装朴素就瞧你不起。她喜欢各人守着自己的本分，分得出一个高低。"

娘儿们整装的时候，他又到各个人的房门口去了两三次，劝她们快一点，因为咖苔琳夫人请人吃饭最恨客人迟到。玛丽亚·卢卡斯听说她老人家的为人处事这样可怕，不由得吓了一跳，因为她一向不大会应酬。她一想起要到罗新斯去拜望，就诚惶诚恐，正如她父亲当年进宫觐见一样。

天朗气清，他们穿过花园，做了一次差不多半英里的愉快的散步。一家家的花园都各有美妙，伊丽莎白纵目观赏，心旷神怡，可是并不如柯林斯先生所预期的那样，被那眼前的景色陶醉得乐而忘形。尽管他数着屋前一扇扇窗户说，光是这些玻璃，当初曾一共花了刘威斯·德·包尔爵士多大一笔钱，她可并不为这些话动心。

他们踏上台阶走进穿堂的时候，玛丽亚一分钟比一分钟来得惶恐，连威廉爵士也不能完全保持镇定。倒是伊丽莎白毫不畏缩。无论是论才论德，她都没有听到咖苔琳夫人有什么了不起的地方足以引起她敬畏，光凭着有钱有势，还不会叫她见到了就胆战心惊。

进了穿堂，柯林斯先生就带着一副喜极欲狂的神气，指出这屋子的堂皇富丽，然后由用人们带着客人走过前厅，来到咖苔琳夫人母女和姜金生太太的起坐间。夫人极其谦和地站起身来迎接他们。根据柯林斯太太事先跟她丈夫商量好的办法，当场由太太出面替宾主介绍，因此介绍得很得体，凡是柯林斯先生认为必不可少的那些道歉和感激的话，都一概免了。

威廉爵士虽说当年也曾进宫觐见过皇上，可是看到四周围这般的富贵气派，也不禁完全给吓住了，只得弯腰一躬，一声不响，坐了下来；再说他的女儿，简直吓得丧魂失魄一般，兀自坐在椅子边上，眼睛也不知道往哪里看才好。伊丽莎白倒是完全安然自若，而且从容不迫地细细瞧着那三位女主人。咖苔琳夫人是位高大的妇人，五官清楚，也许年轻时很好看。她的样子并不十分客气，接待宾客的态度也不能使宾客忘却自己身份的低微。她吓人的地方倒不是默不作声，而是她出言吐语时声调总是那么高高在上，自命不凡，这叫伊丽莎白立刻想起了韦翰先生的话。经过了这一整天的察言观色之后，她觉得咖苔琳夫人的为人，果然和韦翰所形容的完全一样。

她仔细打量了她一眼，立刻就发觉她的容貌有些像达西先生，然后她就把目光转到她的女儿身上，只见她女儿长得那么单薄，那么瘦小，这使她几乎和玛丽亚一样感到惊奇。母女二人无论体态面貌，都没有相似之处。德·包尔小姐脸色苍白、满面病容，五官虽然长得不算难看，可是并不起眼；她不大说话，除非是低声跟姜金生太太嘀咕几句。姜金生太太的相貌没有一点特出的地方，她只是全神贯注地听着小姐说话，并且挡在她面前，不让人家把她看得太清楚。

坐了几分钟以后，客人们都被打发到窗口去欣赏外面的风景。柯林斯先生陪着他们，一处处指给他们看，咖苔琳夫人和善地告诉他们说，到了夏天还要好看。

酒席果然特别体面，侍候的仆从以及盛酒菜的器皿，也跟柯林斯先生所形容过的一模一样，而且正如他事先所料到的那样，夫人要他和她对席而坐，看他那副神气，好像人生没有比这更得意的事了。他边切边吃，又兴致淋漓地赞不绝口；每一道菜都由他先来夸奖，然后由威廉爵士加以吹嘘，原来威廉爵士现在已经完全消除了惊恐，可以做他女婿的应声虫了。伊丽莎白看到那种样子，不禁担心咖苔琳夫人怎么受得了。可是咖苔琳夫人对这些过分的赞扬好像倒非常满意，总是显露出仁慈的微笑，尤其是端上一道客人们没见过的菜到桌上来的时候，她便格外得意。宾主们都没有什么可谈的，伊丽莎白却只要别人开个头，总还有话可说，可惜她坐的地方不对头，一边是夏绿蒂，她正在用心听咖苔琳夫人谈话；另一边是德·包尔小姐，整个吃饭时间不跟她说一句话。姜金生太太主要在注意德·包尔小姐，她看到小姐东西吃得太少，便逼着她吃了这样再吃那样，又怕她不受用。玛丽亚根本不想讲话，男客们只顾一边吃一边赞美。

女客们回到会客室以后，只是听咖苔琳夫人谈话。夫人滔滔不绝地一直谈到咖啡端上来为止。随便谈到哪一桩事，她总是那么斩钉截铁、不容许别人反对的样子。她毫不客气地仔细问着夏绿蒂的家常，又给她提供了一大堆关于料理家务的意见。她告诉夏绿蒂说，像她这样的一个小家庭，一切事情都应该精密安排，又指教她如何照料母牛和家禽。伊丽莎白发觉这位贵妇人只要有机会支配别人，随便怎么小的事情也决不肯轻易放过。夫人同柯林斯太太谈话的时候，也间或向玛丽亚和伊丽莎白问几句话，特别向伊丽莎白问得多。她不大清楚伊丽莎白和她们是什么关系，不过她对柯林斯太太说，她是个很斯文、很标致的姑娘。她好几次问伊丽莎白有几个姐妹，她们比她大还是比她小，她们中间有没有哪一个就要结婚，她们长得好看不好看，在哪里读书，她们的父亲有什么样的马车，她母亲的娘家姓什么。伊丽莎白觉得她这些话问得唐突，不过还是心平气和地回答了她。于是咖苔琳夫人说：

"你父亲的财产得由柯林斯先生继承吧，我想？"说到这里，她又掉过头来对夏绿蒂说，"为你着想，我倒觉得高兴；否则我实在看不出有什么理由不让自己的女儿们来继承财产，却要给别人。刘威斯·德·包尔家里就觉得没有这样做的必要。——你会弹琴唱歌吗，班纳特小姐？"

"略知一二。"

"噢，几时我们倒想要听一听。我们的琴非常好，说不定比——你哪一天来试一试看吧。你的姐妹们会弹琴唱歌吗？"

"有一个会。"

"为什么不大家都学呢？你们应该个个都学。魏伯家的小姐们就个个都会，她们父亲的收入还比不上你们父亲呢。你们会画吗？"

"不，一点儿不会。"

"怎么说，一个也不会吗？"

"没有一个会。"

"这倒很稀奇。我猜想你们是没有机会学吧。你们的母亲应该每年春天带你们上城里来投投名师才对。"

"我妈是不会反对的,可是我父亲厌恶伦敦。"

"你们的女家庭教师走了吗?"

"我们从来就没有请过女家庭教师。"

"没有女家庭教师!那怎么行?家里教养着五个姑娘,却不请个女家庭教师!我从来没听到过这样的事!你妈简直是做奴隶似的教育你们啦。"

伊丽莎白禁不住笑起来了,一面告诉她说,事实并不是那样。

"那么谁教导你们呢?谁服侍你们呢?没有一个女家庭教师,你们不就是没人照管了吗?"

"同别的一些人家比较起来,我们家里待我们可以算是比较懈怠;可是姐妹们中间,凡是好学的,决不会没有办法。家里经常鼓励我们好好读书,必要的教师我们都有。谁要是存心偷懒,当然也可以。"

"那是毫无疑问的;不过,女家庭教师的任务也就是为了防止这种事情;要是我认识你们的母亲,我一定要竭力劝她请一位。我总以为缺少了按部就班的指导,教育就不会有任何成绩,而按部就班的指导就只有女家庭教师办得到。说起来也怪有意思,多少人家都是由我介绍女家庭教师的。我一贯喜欢让一个年轻人得到很好的安插。姜金生太太的四个侄女儿都由我给她们介绍了称心如意的位置;就在前几天,我又推荐了一个姑娘,她不过是人家偶然在我面前提起的,那家人家对她非常满意。——柯林斯太太,我有没有告诉过你,麦特卡尔夫夫人昨天来谢我?我觉得蒲白小姐真是件珍宝呢。她跟我说:'咖苔琳夫人,你给了我一件珍宝。'——你的妹妹们有没有哪一个已经出来交际了,班纳特小姐?"

"有,太太,全都出来交际了。"

"全都出来交际了!什么,五个姐妹同时出来交际?真奇怪!你不过是第二个!姐姐还没有嫁人,妹妹就出来交际了!你的妹妹们一定还很小吧?"

"是的;最小的一个才十六岁。或许她还太小,不适宜多交朋友。不过,太太,要是因为姐姐无法早嫁,或是不想早嫁,做妹妹的就不能有社交和娱乐,那实在太苦了她们。最小的和最大的同样有消受青春的权利。怎么能为了**这样的**缘由,就叫她们死守在家里!我以为那样做就不可能促进姐妹之间的情感,也不可能养成温柔的性格。"

"真想不到,"夫人说,"你这么小的一个人,倒这样有主见。请问你几岁啦?"

"我已经有了三个成人的妹妹,"伊丽莎白笑着说,"你老人家总不会再要我说出年纪来了吧。"

咖苔琳夫人没有得到直截了当的回答,显得很惊奇;伊丽莎白觉得敢于和这种没有礼貌的富贵太太开玩笑,恐怕要推她自己为第一个人。

"你不会超过二十岁,所以你也不必瞒年纪啦。"

"我不到二十一岁。"

等到喝过了茶,男客们都到她们这边来了,便摆起牌桌来。

咖苔琳夫人、威廉爵士和柯林斯夫妇坐下来打"夸锥";德·包尔小姐要玩"卡西诺"①,因此两位姑娘就很荣幸地帮着姜金生太太,给她凑足了人数。她们这一桌真是枯燥无味,除了姜金生太太问问德·包尔小姐是否觉得太冷或太热,是否感到灯光太强或太弱以外,就没有一句话不是说到打牌方面的。另外一桌可就有声有色得多了。咖苔琳夫人差不多一直都在讲话,不是指出另外三个人的错处,就是讲些自己的趣闻轶事。她老人家说一句,柯林斯先生就附和一句,他赢一次要谢她一次,如果赢得太多,还得向她道歉。威廉爵士不大说话,只顾把一桩桩轶事和一个个高贵的名字装进脑子里去。

等到咖苔琳夫人母女俩玩得不想再玩的时候,两桌牌就散场了,打发马车送柯林斯太太回去,柯林斯太太很感激地接受了,于是马上叫人去套马。大家又围着火炉,听咖苔琳夫人断定明天的天气怎么样。等到马车来了,叫他们上车,他们方始停止受教。柯林斯先生说了许多感激的话,威廉爵士鞠了多少躬,大家方才告别。马车一走出门口,柯林斯先生就要求伊丽莎白发表她对于罗新斯的感想,她看在夏绿蒂面上,便勉强敷衍了他几句。她虽然勉为其难地说出了一大篇好话,却完全不能叫柯林斯先生满意,柯林斯没有办法,只得立刻亲自开口,把老夫人大大地重新赞扬了一番。

---

① 一种牌戏,类似21点。

第三十章

　　威廉爵士在汉斯福只待了一个星期，可是经过了这一次短短的拜访，他大可以放心了：女儿实在是嫁得极其称心如意，而且有了这样不可多得的丈夫和难能可贵的邻居。威廉爵士在这儿做客的时候，柯林斯先生总是每天上午同他乘着双轮马车，带他到郊野里去漫游；他走了以后，家里又恢复了日常生活。伊丽莎白真要谢天谢地，因为这一次做客，跟她表兄柯林斯朝夕相见的次数并不多。原来他从吃早饭到吃午饭那一段时间里，不是在收拾花园，就是在自己那间面临着大路的书房里看书写字，凭窗远眺，而女客的起坐间又在后面那一间。伊丽莎白开头很奇怪：这里的餐厅比较大，地位光线也比较好，为什么夏绿蒂不愿意把餐厅兼作起居室？可是她立刻看出了她朋友所以要这样做，的确非常有理由，因为假如女客也在一间同样舒适的起坐间里，那么柯林斯先生待在自己房间里的时间就要比较少了；她很赞赏夏绿蒂这样的安排。

　　她们从会客室里根本看不见外面大路上的情形，幸亏每逢有什么车辆驶过，柯林斯先生总是要告诉她们；特别是德·包尔小姐常常乘着小马车驶过，差不多天天驶过，他没有哪一次不告诉她们的。小姐常在牧师住宅的门前停下车来，跟夏绿蒂闲谈几分钟，可是主人从来不请她下车。

柯林斯先生差不多每天要到罗新斯去一趟，他的太太也是隔不了几天就要去一次。伊丽莎白总以为他们还有些别的应得的俸禄要去处理一下，否则她就不懂得为什么要牺牲那么多时间。有时候夫人也光临他们的住宅，来了以后就把屋子里无论什么事都看在眼里。她查问他们的日常生活，察看他们的家务，劝他们换个方式处置；又吹毛求疵地说，他们的家具摆得不对，或者是他们的用人在偷懒；要是她肯在这里吃点东西，那好像只是为了要看看柯林斯太太是否持家节俭，不滥吃滥用。

伊丽莎白立刻就发觉，这位贵妇人虽然没有担任郡里的司法职使，可是事实上她等于是她自己这个教区里最积极的法官，一点点芝麻大的事都由柯林斯先生报告给她；只要哪一个穷苦人在吵架，闹意气，或是穷得活不下去，她总是亲自到村里去调解处理，镇压制服，又骂得他们一个个相安无事，不再叫苦叹穷。

罗新斯大约每星期要请她们吃一两次饭；尽管缺少了威廉爵士，而且只有一桌牌，不过每有一次这样的宴会，都依照第一次如法炮制。他们简直没有别的宴会，因为附近一般人家的那种生活派头，柯林斯还高攀不上。不过伊丽莎白并不觉得遗憾，因为她在这里大体上是过得够舒服的了：经常和夏绿蒂做半个钟点愉快的交谈，加上这个季节里又是天气晴朗，可以常常到户外去舒畅一下。别人去拜访咖苔琳夫人的时候，她总是爱到花园旁边那座小林子里去散散步，那儿有一条很美的绿荫小径，她觉得那地方只有她一个人懂得欣赏,而且到了那儿,也就可以免得惹起咖苔琳夫人的好奇心。

她开头两个星期的做客生涯,就这样安静地过去了。复活节快到了,节前一星期,罗新斯府上要添一个客人。在这么一个小圈子里,这当然是件大事。伊丽莎白一到那儿,便听说达西先生在最近几个星期里就要到来,虽然她觉得在她所认识的人里面,差不多没有一个像达西这样讨厌,不过他来了却能给罗新斯的宴会上添一个面貌比较新鲜的人,同时可以从他对他表妹的态度看出彬格莱小姐在他身上的打算要完全落空,那更有趣极了。咖苔琳夫人显然已经把他安排给他的表妹,一谈到他要来,就得意非凡,对他赞美备至,可是一听说卢卡斯小姐和伊丽莎白早就跟他认识,又时常见面,就几乎好像生起气来。

不久,柯林斯家里就知道达西来了;因为牧师先生那天整个上午都在汉斯福路旁的门房附近走动,以便尽早获得确凿的消息;等到马车驶进花园,他就鞠了一个躬,连忙跑进屋去报告这重大的新闻。第二天上午,他赶快到罗新斯去拜会。他一共要拜会咖苔琳夫人的两位姨侄,因为达西先生还带来了一位费茨威廉上校,是达西的舅父(某某爵士)的小儿子。柯林斯先生回家来的时候,把那两位贵宾也带来了,大家很是吃惊。夏绿蒂从她丈夫的房间里看到他们一行三人从大路那边走过来,便立刻奔进另外一个房间,告诉小姐们说,她们马上就会有贵客降临,接着又说:

"伊丽莎,这次的贵客光临,我得感谢你呀。否则达西先生才不会一下子就来拜望我呢。"

伊丽莎白听到这番恭维话，还没有来得及申辩，门铃就响了，宣布贵宾光临。不大一会儿工夫，宾主三人一同走进屋来。带头的是费茨威廉上校，大约三十岁左右，人长得不漂亮，可是从仪表和谈吐看来，倒是个地道的绅士。达西先生完全是当初在哈福德郡的那副老样子，用他往常一贯的矜持态度，向柯林斯太太问好。尽管他对她的朋友伊丽莎白可能另有一种感情，然而见到她的时候，神色却极其镇定。伊丽莎白只对他行了个屈膝礼，一句话也没说。

费茨威廉上校立刻就跟大家攀谈起来，口齿伶俐，像个有教养的人，并且谈得颇有风趣；可是他那位表兄，却只跟柯林斯太太把房子和花园稍许评赏了几句，就坐在那儿没有跟任何人说话。过了一会儿，他重新想到了礼貌问题，便向伊丽莎白问候她和她全家人的安好。伊丽莎白照例敷衍了他几句；停了片刻，她又说：

"我姐姐最近三个月来一直在城里。你从来没有碰到过她吗？"

其实她明明知道他从来没有碰到过吉英，只不过为了想要探探他的口气，看看他是否知道彬格莱一家人和吉英之间的关系。他回答说，不幸从来未曾碰到过班纳特小姐，她觉得他回答这话时神色有点慌张。这件事没有再谈下去，两位贵宾立刻就告辞了。

第三十一章

费茨威廉的风度大受牧师家里人的称道，女眷们都觉得他会使罗新斯的宴会平添上不少情趣。不过，他们已经有好几天没有受到罗新斯那边的邀请，因为主人家有了客人，用不着他们了；一直到复活节那一天，也就是差不多在这两位贵宾到达一星期以后，他们才蒙受到被邀请的荣幸，那也不过是大家离开教堂时，主人家当面约定他们下午去玩玩而已。上一个星期他们简直就没有见到咖苔琳夫人母女。在这段时间里，费茨威廉到牧师家来拜望过好多次，但是达西先生却没有来过，他们仅仅在教堂里才见到他。

他们当然都接受了邀请，准时到达了咖苔琳夫人的会客室。夫人客客气气地接待了他们，不过事实很明显，他们并不像请不到别的客人时那样受欢迎；而且夫人的心几乎都在两位姨侄身上，只顾跟他们说话，特别是跟达西说话比跟房间里任何人都说得多。

倒是费茨威廉上校见到他们好像很高兴，因为罗新斯的生活实在单调无味，他很想要有点调剂，而且柯林斯太太的这位漂亮朋友更使他十分喜欢。他就坐到她身边去，那么有声有色地谈到肯特郡，谈到哈福德郡，谈到旅行和家居，谈到新书和音乐，直谈得伊丽莎白感觉到在这个房间里从来没有受到过这样的款待；他们俩谈得那么兴致淋漓，连咖苔琳夫人和达西先生也注意起来了。达西的一对眼睛立刻好奇地一遍遍在他们俩身上打溜转；过了一会儿工夫，夫人也有了同感，而且显得更露骨，她毫不犹豫地叫道：

"你们说的什么？你们在谈些什么？你跟班纳特小姐在说些什么话？说给我听听看。"

"我们谈谈音乐，姑母。"费茨威廉迫不得已地回答了一下。

"谈音乐！那么请你们说得响一些吧。我最喜爱音乐。要是你们谈音乐，就得有我的份儿。我想，目前在英国，没有几个人能像我一样真正欣赏音乐，也没有人比我趣味更高。我要是学了音乐，一定会成为一个名家。安妮要是身体好，也一定会成为一个名家的。我相信她演奏起来，一定动人。乔治安娜现在学得怎么样啦，达西？"

达西先生极其恳切地把他自己妹妹的成就赞扬了一番。

"听到她弹得这样好，我真高兴，"咖苔琳夫人说，"请你替我告诉她，要是她不多多练习，那她也好不到哪里去。"

"姨母，你放心吧，"达西说，"她用不着你这样的劝告。她经常在练习。"

"那就更好。练习总不怕太多，我下次有空写信给她，一定要嘱咐她无论如何不得偷懒。我常常告诉年轻的小姐们说，要想在音乐上出人头地，就非要经常练习不可。我已经告诉过班纳特小姐好几次,除非她再多练习练习,她永远不会好到哪里去;我常常对她说,柯林斯太太那里虽然没有琴,我却很欢迎她每天到罗新斯来,在姜金生太太房间里那架钢琴上弹奏。你知道,在那间房间里,她不会妨碍什么人的。"

达西先生看到姨母这种无礼的态度,觉得有些丢脸,因此没有去理她。

喝过了咖啡,费茨威廉上校提醒伊丽莎白说,她刚刚答应过弹琴给他听,于是她马上坐到琴边去。他拖过一把椅子来坐在她身旁。咖苔琳夫人听了半支歌,便像刚才那样又跟这一位姨侄谈起话来,直谈得这位姨侄终于避开了她,从容不迫地走到钢琴跟前站住,以便把演奏者的美丽的面貌看个清楚明白。伊丽莎白看出了他的用意,弹到一个段落,便停下来,回过头来对他俏俏地一笑,说道:

"达西先生,你这样走过来听,莫不是想吓唬我?尽管你妹妹**的确**演奏得很好,我也不怕。我性子倔强,决不肯让别人把我吓倒。人家越是想来吓倒我,我的胆子就越大。"

达西说:"我决不会说你讲错了,因为你不会真以为我存心吓你;好在我认识你很久了,知道你就喜欢说一些并不是你自己心里想说的话。"

伊丽莎白听到人家这样形容她,便高兴地笑了起来,于是对费茨威廉说道:"你表兄竟在你面前把我说成一个多糟糕的人,教你对我的话一句也不要相信。我真晦气,我本来想在这里骗骗人,叫人相信我多少有些长处,偏偏碰上了一个看得穿我真正性格的人。——真的,达西先生,你把我在哈福德郡的一些倒霉事儿都一股脑儿说了出来，你这是不厚道的——而且，请允许我冒昧说一句，你这也是不聪明的——因为你这样做，会引起我的报复心，我也会说出一些事来，叫你的亲戚们听了吓一跳。"

"我才不怕你呢。"他微笑地说。

费茨威廉连忙叫道："我倒要请你说说看，他有什么不是。我很想知道他跟陌生人一起的时候，行为怎么样。"

"那么我就讲给你听吧；我先得请你不要骇怕。你得明白，我第一次在哈福德郡看见他，是在一个跳舞会上；你知道他在这个跳舞会上做些什么？他一共只跳了四次舞！我不愿意叫你听了难受，不过事实确是这样。虽说男客很少，他却只跳了四次，而且我知道得很清楚，当时在场的女客中间，没有舞伴而闲坐在一旁的可不止一个人呢——达西先生，你可不能否认有这件事哟。"

"说来遗憾，当时舞场上除了我自己人以外，一个女客也不认识。"

"不错；跳舞场里是不兴请人家介绍女朋友的。——唔，费茨威廉上校，再叫我弹什么呢？我的手指在等着你吩咐。"

达西说："也许我当时最好请人介绍一下，可是我又不配去向陌生人自我推荐。"

"我们要不要问问你表兄，这究竟是什么缘故？"伊丽莎白仍然对着费茨威廉上校说话，"我们要不要问问他，一个有见识、有阅历，而又受过教育的人，为什么不配把自己介绍给陌生人？"

费茨威廉说："我可以回答你的问题，用不着请教他。那是因为他自己怕麻烦。"

达西说："我的确不像人家那样有本领，遇到向来不认识的人也能任情谈笑。我也不会像人家那样随声附和，假意关切。"

伊丽莎白说："我弹起钢琴来，手指不像许多妇女技巧那么熟练，也不像她们那么有力和灵活，也没有她们弹得那么有表情。我一直认为这是我自己的缺点，是我自己不肯用功练习的缘故。我可不信**我的**手指不及那些比我弹奏得高明的女人。"

达西笑了笑说："你说得完全对。你花的时间并不多，可见你的成绩要好得多。凡是有福分听过你演奏的人，都觉得你毫无欠缺的地方。我们两人都不愿意在陌生人面前表演。"

说到这里，咖苔琳夫人大声地问他们谈些什么，打断了他们的话。伊丽莎白立刻重新弹起琴来。咖苔琳夫人走近前来，听了几分钟以后，就对达西说：

"班纳特小姐如果再多练习练习，能够请一位伦敦名师指点指点，弹起来就不会有毛病了。虽说她的趣味比不上安妮，可是她很懂得指法。安妮要是身体好，能够学习的话，一定会成为一位令人满意的演奏者。"

伊丽莎白望着达西，要看看他听了夫人对他表妹的这番夸奖，是不是竭诚表示赞同，可是当场和事后都看不出他对她有一丝一毫爱的迹象；从他对待德·包尔小姐的整个态度看来，她不禁替彬格莱小姐感到安慰：要是彬格莱小姐跟达西是亲戚的话，达西一定也会跟**她**结婚。

咖苔琳夫人继续对伊丽莎白的演奏发表意见，还给了她许多关于演奏和鉴赏方面的指示。伊丽莎白只得极有忍耐地虚心领教。她听从了两位男客的请求，一直坐在钢琴旁边，弹到夫人备好了马车送他们大家回家。

第三十二章

第二天早晨,柯林斯太太和玛丽亚到村里有事去了,伊丽莎白独自坐在家里写信给吉英,这时候她突然吓了一跳,因为门铃响了起来,准是有客人来了。她并没有听到马车声,心想,可能是咖苔琳夫人来了,于是她就疑虑不安地把那封写好一半的信放在一旁,免得她问些鲁莽的话。就在这当儿,门开了,她大吃一惊,万万想不到走进来的是达西先生,而且只有达西先生一个人。

达西看见她单独一个人,也显得很吃惊,连忙道歉说,他原以为太太小姐们全没有出去,所以才冒昧闯进来。

他们俩坐了下来,她向他问了几句关于罗新斯的情形以后,双方便好像都无话可说,大有陷于僵局的危险。因此,非得想点儿什么说说不可;正当这紧张关头,她想起了上次在哈福德郡跟他见面的情况,顿时便起了一阵好奇心,想要听听他对那次匆匆的离别究竟有些什么意见,于是她便说道:

"去年十一月你们离开尼日斐花园多么突然呀,达西先生!彬格莱先生看见你们大家一下子都跟着他走,一定相当惊奇吧;

我好像记得他比你们只早走一天。我想,当你离开伦敦的时候,他和他的姐妹们一定身体都很好吧?"

"好极了,谢谢你。"

她发觉对方没有别的话再回答她了,隔了一会儿便又说道:"我想,彬格莱先生大概不打算再回到尼日斐花园来了吧?"

"我从来没有听到他这么说过;不过,可能他不打算在那儿久住。他有很多朋友,像他这样年龄的人,交际应酬当然一天比一天多。"

"如果他不打算在尼日斐花园久住,那么,为了街坊四邻着想,他最好干脆退租,让我们可以得到一个固定的邻居,不过彬格莱先生租那幢房子,说不定只是为了他自己方便,并没有顾念到邻舍,我看他那幢房子无论是保留也好,退租也好,他的原则都是一样。"

达西先生说:"我料定他一旦买到了合适的房子,马上就会退租。"

伊丽莎白没有回答。她唯恐再谈到他那位朋友身上去;既然没有别的话可说,她便决定让他动动脑筋,另外找个话题来谈。

他领会了她的用意,隔了一忽儿便说道:"柯林斯先生这所房子倒好像很舒适呢。我相信他初到汉斯福的时候,咖苔琳夫人一定在这上面费了好大一番心思吧。"

"我也相信她费了一番心思,而且我敢说,她的好心并没有白费,因为天下再也找不出一个比他更懂得感恩报德的人了。"

"柯林斯先生娶到了这样一位太太,真是福气。"

"是呀,的确是福气;他的朋友们应当为他高兴,难得有这样一个头脑清楚的女人肯嫁给他，嫁了他又能使他幸福，我这位女朋友是个绝顶聪明的人，不过她跟柯林斯先生结婚，我可并不认为是上策。她倒好像极其幸福，而且，用普通人的眼光来看，她这门婚姻当然攀得很好。"

"她离开娘家和朋友都这么近，这一定会使她很满意的。"

"你说很近吗？快五十英里呢。"

"只要道路方便，五十英里能算远吗？只消大半天就到得了。我认为很近。"

伊丽莎白嚷道："我从来没有认为道路的远近，也成了这门婚姻的有利条件之一，我决不会说柯林斯太太住得离家很近。"

"这说明你自己太留恋哈福德郡。我看你只要走出浪搏恩一步，就会嫌远。"

他说这话的时候，不禁一笑，伊丽莎白觉得自己领会他这一笑的深意：他一定以为她想起了吉英和尼日斐花园吧，于是她红了脸回答道：

"我并不是说，一个女人家就不许嫁得离娘家太近。远近是相对的，还得看各种不同的情况来决定。只要你出得起盘缠，远一些又何妨。**这儿的情形却不是这样**。柯林斯夫妇虽然收入还好，可也经不起经常旅行；即使把目前的距离缩短到一小半，我相信我的朋友也不会以为离娘家近的。"

达西先生把椅子移近她一些，说道："你可不能有这么重的乡土观念。你总不能一辈子待在浪搏恩呀。"

伊丽莎白有些神色诧异。达西也觉得心情有些两样，便把椅子拖后一点，从桌子上拿起一张报纸看了一眼，用一种比较冷静的声音说：

"你喜欢肯特吗？"

于是他们俩把这个村庄短短地谈论了几句，彼此都很冷静，措辞也颇简洁。一会儿工夫，夏绿蒂跟她妹妹散步回来了，谈话就此终止。夏绿蒂姐妹俩看到他们促膝谈心，都觉得诧异。达西先生把他方才误闯进来遇见班纳特小姐的原委说了一遍，然后稍许坐了几分钟就走了，跟谁也没有多谈。

他走了以后，夏绿蒂便说："这是什么意思？亲爱的伊丽莎，他一定爱上你啦，否则他决不会这样随随便便来看我们的。"

伊丽莎白把他刚才那种说不出话的情形告诉了她，夏绿蒂便觉得自己纵有这番好意，看上去又不像是这么回事。她们东猜西猜，结果只有认为他这次是因为闲来无聊，所以才出来探亲访友，这种说法倒还算讲得过去，因为到了这个季节，一切野外的活动都过时了，待在家里虽然可以和咖苔琳夫人谈谈，看看书，还可以打打弹子，可是男人们总不能一直不出房门；既然牧师住宅相隔很近，顺便散散步荡到这儿来玩玩，也很愉快，况且那家人家又很有趣味，于是两位表兄弟在这段做客时期，差不多每天都禁不住要上这儿来走一趟。他们总是上午来，迟早没有一定，有时候分头去，有时候同道去，间或姨母也跟他们一起来。女眷们看得非常明白，费茨威廉来访，是因为他喜欢跟她们在一起——这当然使人家愈加喜欢他，伊丽莎白跟他在一起就觉得很满意，他显然也爱慕伊丽莎白，这两重情况使伊丽莎白想起了她以前的心上人乔治·韦翰；虽说把这两个人比较起来，她觉得费茨威廉的风度没有韦翰那么温柔迷人，然而她相信他也许知识面更广。

可是达西先生为什么常到牧师家里来，这仍然叫人不容易明白。他不可能是为了要热闹，因为他老是在那儿坐上十分钟一句话也不说，说起话来也好像是迫不得已的样子，而不是真有什么话要说——好像是在礼貌上委曲求全，而不是出于内心的高兴。他很少有真正兴高采烈的时候。柯林斯太太简直弄他不懂。费茨威廉有时候笑他呆头呆脑，可见他平常并不是这样，柯林斯太太当然弄不清其中的底蕴。她但愿他这种变化是恋爱所造成的，而且恋爱的对象就是她的朋友伊丽莎白，于是她一本正经地动起脑筋来，要把这件事弄个明白。每当她们去罗新斯的时候，或是他来到汉斯福的时候，她总是注意着他，可是毫无效果。他的确常常望着她的朋友，可是他那种目光究竟深意何在，还值得商榷。他一股劲儿望着她，的确很诚恳，可是柯林斯太太还是不敢断定他的目光里面究竟含有多少爱慕的情意，而且有时候那种目光简直是完全心不在焉的样子。

　　她曾经有一两次向伊丽莎白提示过，说他可能倾心于她，可是伊丽莎白老是一笑置之；柯林斯太太觉得不应该尽在这个问题上唠叨不休，不要撩得人家动了心，到头来却只落得一个失望；照她的看法，只要伊丽莎白自己觉得已经把他抓在手里，那么，毫无问题，一切厌恶他的情绪自然都会消失的。

　　她好心好意地处处为伊丽莎白打算，有时候也打算把她嫁给费茨威廉。他真是个最有风趣的人，任何人也比不上他；他当然也爱慕她，他的社会地位又是再适当也没有了；不过，达西先生在教会里有很大的权力，而他那位表兄弟却根本没有，相形之下，表兄弟这些优点就无足轻重了。

"My dear Mr. Bennet, how can you be so tiresome!"

"我的好老爷,"太太回答道,"你怎么这样叫人讨厌!"

——第一章 002 页

"来吧,达西,"彬格莱说,"我一定要你跳。"

——第三章 011 页

"You must allow me to present this young lady to you as a very desirable partner."

"达西先生,让我把这位年轻的小姐介绍给你,这是位最理想的舞伴。"

——第六章 029 页

"Well, Jane, who is it from? What is it about?"

"嘿,吉英,谁来的信?信上说些什么?"
——第七章 034 页

They solaced their wretchedness by duets after supper.

吃过晚饭以后,她们俩总算合奏了几支歌来消除了一些烦闷。

——第八章 047 页

He was full of joy and attention.

彬格莱先生才算得上情深意切,满怀欢欣。

——第十一章 064 页

"She had even vouchsafed to suggest some shelves in the closets upstairs"

蒙她亲自赐予指示,叫他把楼上的壁橱添置几个架子。

——第十四章 080 页

"I think him very disagreeable."

"觉得他很讨厌。"
——第十六章 093 页

"对不起,请原谅我好管闲事;不过我是出于一片好意。"
——第十八章 112 页

"I am persuaded……my proposals will not fail of being acceptable."

"你始终都那么可爱!我相信只要令尊令堂做主应承了我,你就决不会拒绝。"

——第十九章 127 页

Sent by his daughter to announce her engagement

他是受了女儿的拜托,前来班府上宣布她订婚的消息。

——第二十三章 147 页

夫人极其谦和地站起身来迎接他们。
——第二十九章 185 页

"请你赏个脸,看看这封信,好不好?"
——第三十五章 220 页

"这多么好？"
——第三十九章 244 页

Mrs Reynolds informed them that it had been taken in his father's lifetime.

雷诺奶奶告诉他们说,这张画像还是他父亲在世的时候画的。

——第四十三章 277 页

This formidable introduction took place.

大家郑重其事地介绍了一番。
——第四十四章 287 页

Her affections had been— —never without an object.

她平常的情感极不专一,可是从来没有缺少过谈情说爱的对象。

——第四十六章 307 页

"Oh, papa, what news— what news?"

"爸爸,有了什么消息?"
——第四十九章 331 页

I talked to her repratrdly in the most serious manner.

我几次三番一本正经地跟她说。
——第五十二章 356 页

Oh! how heartily did she grieve——over every saucy speech she had ever directed towards him.

她一想起自己以前竟会那样厌恶他,竟会对他那样出言唐突,真是万分伤心!

——第五十二章 358 页

As they hastily turned round—

那般慌慌张张转过身去。
——第五十五章 381 页

Gave him to understand that her sentiments had undergone so material a change—

自从他刚刚提起的那个时期到现在,她的心情已经起了很大的变化。

——第五十八章 403 页

"Lizzy," said he...."are you out of your senses to be accepting this man?"

"丽萃,你在闹些什么?你疯了吗,你怎么会要这个人?"

——第五十九章 414 页

第三十三章

　　伊丽莎白在花园里散步的时候,曾经好多次出乎意料地碰见达西先生。别人不来的地方他偏偏会来,这真是不幸,她觉得好像是命运在故意跟她闹别扭。她第一次就对他说,她喜欢独自一人到这地方来溜达,当时的用意就是不让以后再有这种事情发生。如果会有第二次,那才叫怪呢。然而毕竟有了第二次,甚至还有了第三次。看上去他好像是故意跟她过不去,否则就是有心要来赔不是;因为这几次他既不是跟她敷衍几句就哑口无言,也不是稍隔一会儿就走开,而是当真掉过头来跟她一块儿走走。他从来不多说话,她也懒得多讲,懒得多听;可是第三次见面,她觉得他问了她几个稀奇古怪、不相连续的问题。他问她住在汉斯福快活不快活,问她为什么喜欢孤单单一个人散步,又问起她是不是觉得柯林斯夫妇很幸福。谈起罗新斯,她说她对于那家人家不大了解,他倒好像希望她以后每逢有机会再到肯特来,也会去**那儿**小住一阵,从他的出言吐语里面听得出他有这层意思。难道他在替费茨威廉上校转念头吗?她想,如果他当真话里有音,那他一定是暗示那个人对她有些动心。她觉得有些痛苦,好在已经走到牧师住宅对过的围墙门口，因此又觉得很高兴。

有一天，她正在一面散步，一面重新读着吉英上一次的来信，把吉英心灰意冷时所写的那几段仔细咀嚼着，这时候又让人吓了一跳，可是抬头一看，只见这次并不是达西，而是费茨威廉上校正在迎面走来。她立刻收起了那封信，勉强做出一副笑脸，说道：

"没想到你也会到这儿来。"

费茨威廉回答道："我每年都是这样，临走以前总得要到花园里各处去兜一圈，最后上牧师家来拜望。你还要往前走吗？"

"不，我马上就要回去了。"

于是她果真转过身来，两人一同朝着牧师住宅走去。

"你真的星期六就要离开肯特吗？"她问。

"是的，只要达西不再拖延。不过我得听他调遣。他办起事情来只是凭他自己高兴。"

"即使不能顺着他自己的意思去安排，至少也要顺着他自己的意思去选择一下。我从来没有看见过哪一个人，像达西先生这样喜欢当权做主，为所欲为。"

"他太任性了，"费茨威廉上校回答道，"可是我们全都如此。只不过他比一般人有条件，可以那么做，因为他有钱，一般人穷。我是说的真心话。你知道，一个小儿子可就不得不克制自己，仰仗别人[①]。"

[①] 按在封建社会中，财产都由长子继承，其他的小儿子既无职业，又无生活资源，只得仰仗兄长或朋友资助。

"在我看来,一个伯爵的小儿子,对这两件事简直就一点儿不懂。再说,我倒要问你一句正经话,你又懂得什么叫作克制自己和仰仗别人呢?你有没有哪一次因为没有钱,想去什么地方去不成,爱买一样东西买不成?"

"你问得好,或许我在这方面也是不知艰苦。可是遇到重大问题,我可能就会因为没有钱而吃苦了。小儿子往往有了意中人而不能结婚。"

"除非是爱上了有钱的女人,我认为这种情形他们倒往往会碰到。"

"我们花钱花惯了,因此不得不依赖别人,像我这样身份的人,结起婚来能够不讲钱,那可数不出几个了。"

"这些话都是对我说的吗?"伊丽莎白想到这里,不禁脸红。可是她立刻恢复了常态,用一种很活泼的声调说道:"请问,一位伯爵的小儿子,通常值多少身价?我想,除非哥哥身体太坏,你讨起价来总不能超过五万镑。"

他也用同样的口吻回答了她,这事便不再提。可是她又怕这样沉默下去,他会以为她是听了刚才那番话心里难受,因此隔了一会儿,她便说道:

"我想,你表兄把你带来待在他身边,主要就是为了要有个人听他摆布。我不懂他为什么还不结婚,结了婚不就是可以有个人一辈子听他摆布了吗?不过,目前他有个妹妹也许就行了;既然现在由他一个人照管她,那他就可以爱怎么对待她就怎么对待她了。"

"不,"费茨威廉上校说,"这份好处还得让我分享。我也是达西小姐的保护人。"

"你真是吗？请问，你这位保护人当得怎么样？你们这位小姐相当难侍候吧？像她那样年纪的小姐，有时候真不大容易对付；假若她的脾气也和达西一模一样，她自然也会样样事都凭她自己高兴。"

她说这话的时候，只见他在情恳意切地望着她。他马上就问她说，为什么她会想到达西小姐可能使他们感到棘手。她看他问这句话的神态，就越发断定自己果真猜想得很接近事实。她立刻回答道：

"你不必慌张。我从来没有听到过她有什么坏处；而且我敢说，她是世界上最听话的一位姑娘。我的女朋友们中有几个人，譬如赫斯脱太太和彬格莱小姐，都喜欢得她了不得。我好像听你说过，你也认识她们的。"

"我和她们不大熟。她们的兄弟是个富有风趣的绅士派人物，是达西的好朋友。"

"噢，是呀，"伊丽莎白冷冷地说，"达西先生待彬格莱先生特别好，也照顾得他十二万分周到。"

"照顾他！是的，我的确相信，凡是他拿不出办法的事情，达西先生**总是**会替他想出办法。我们到这儿来，路上他告诉了我一些事情，我听了以后，便相信彬格莱先生确实多亏他帮了些忙。可是我得请他原谅，我没有权利猜想他所说的那个人就是彬格莱。那完全是瞎猜罢了。"

"你这话是什么意思？"

"这件事达西先生当然不愿意让大家知道，免得传到那位小姐家里去，惹得人家不痛快。"

"你放心好了，我不会说出去的。"

"请你记住，我并没有足够的理由猜想他所说的那个人就是彬格莱。他只不过告诉我，他最近使一位朋友没有结成一门冒昧的婚姻，免却了许多麻烦，他觉得这件事值得自慰，可是他并没有提到当事人的姓名和其中的细节。我所以会疑心到彬格莱身上，一则因为我相信像他那样的青年，的确会招来这样的麻烦；二则因为我知道，他们在一起度过了整整一个夏天。"

"达西先生有没有说他为了什么理由要管人家闲事？"

"我听说那位小姐有些条件太不够格。"

"他用什么手段把他们俩拆开的？"

费茨威廉笑了笑说："他并没有说明他用的是什么手段，他讲给我听的，我刚才全都讲给你听了。"

伊丽莎白没有回答，继续往前走，她心里气透了。费茨威廉望了她一下，问她为什么这样思虑重重。

她说："我在回想你刚才说给我听的话，我觉得你那位表兄的做法不大好。凭什么要他做主？"

"你认为他的干涉完全是多管闲事吗？"

"我真不懂，达西先生有什么权利断定他朋友的恋爱合适不合适；凭着他一个人的意思，他怎么就能指挥他的朋友要怎样去获得幸福。"她说到这里，便平了一下气，然后继续说下去，"可是，既然我们不明白其中的底细，那么，我们要指责他，也就难免不公平。也许这一对男女中间根本就没有什么爱情。"

"这种推断倒不能说不合情理。"费茨威廉说，"我表兄本来是一团高兴，给你这样一说，他的功劳可要大大地打折扣啦。"

他这句话本是说着打趣的，可是她倒觉得，这句话正好是达西先生的一幅逼真的写照，她因此不便回答，便突然改变了话题，尽谈些无关紧要的事，边谈边走，不觉来到了牧师住宅的门前。客人一走，她就回到自己房里闭门独坐，把刚才所听来的一番话仔细思量。他刚刚所提到的那一对男女，一定跟她有关。世界上决不可能有第二个人会这样无条件服从达西先生。提到用尽手段拆散彬格莱先生和吉英的好事，一定少不了有他的份，她对于这一点从来不曾怀疑过；她一向认为主要是彬格莱小姐的主意和摆布。如果达西先生本人并没有给虚荣心冲昏头脑，那么，吉英目前所受的种种痛苦，以及将来还要受下去的痛苦，都得归罪于他，归罪于他的傲慢和任性。世界上一颗最亲切、最慷慨的心，就这样让他一手把幸福的希望摧毁得一干二净；而且谁也不敢说，他造下的这个冤孽何年何月才能了结。

"这位小姐有些条件太不够格。"这是费茨威廉上校说的；这些太不够格的条件也许就是指她有个姨爹在乡下当律师，还有个舅舅在伦敦做生意。

她想到这里，不禁大声嚷了起来："至于吉英本身，根本就不可能有什么缺陷，她真是太可爱太善良了——她见解高，修养好，风度又动人，我父亲也没有什么可指摘的，他虽然有些怪癖，可是他的能力是达西先生所不能藐视的，说到他的品德，达西先生也许永远赶不上。"当然，当她想到她母亲的时候，她的信心不免稍有动摇；可是她不相信**那方面**的弱点对达西先生会有什么大不了的影响。最伤害他自尊心的莫过于让他的朋友跟门户低微的人家结亲,至于跟没有见识的人家结亲,他倒不会过分计较。她最后完全弄明白了:达西一方面是被这种最恶劣的傲慢心理支配着,另一方面是为了想要把彬格莱先生配给他自己的妹妹。

她越想越气,越气越哭,最后弄得头痛起来了,晚上痛得更厉害,再加上她不愿意看到达西先生,于是决定不陪她的表兄嫂上罗新斯去赴茶会。柯林斯太太看她确实有病,也就不便勉强她去,而且尽量不让丈夫勉强她去;但是柯林斯先生禁不住有些慌张,生怕她不去会惹起咖苔琳夫人生气。

第三十四章

伊丽莎白等柯林斯夫妇走了以后，便把她到肯特以来所收到的吉英的信，全都拿出来一封封仔细阅读，好像是为了故意要跟达西做冤家做到底似的。信上并没有写什么真正埋怨的话，既没有提起过去的事情，也没有诉说目前的痛苦。她素性娴静，心肠仁爱，因此她的文笔从来不带一些阴暗的色彩，总是欢欣鼓舞的心情跃然纸上，可是现在，读遍了她所有的信，甚至读遍了她每一封信的字里行间，也找不出这种欢欣的笔调。伊丽莎白只觉得信上每一句话都流露着不安的心情，因为她这一次是用心精读的，比上一次仔细多了，所以没有注意到这种地方。达西先生恬不知耻地夸口说，叫人家受罪是他的拿手好戏，这使她越发深刻地体会到姐姐的痛苦。好在达西后天就要离开罗新斯，她总算稍觉安慰，而更大的安慰是，不到两个星期，她又可以和吉英在一起了，而且可以用一切感情的力量，去帮助她重新振作起精神来。

一想起达西就要离开肯特，便不免记起了他的表兄弟也要跟着他一起走；可是费茨威廉已经表明他自己决没有什么意图，因此,他虽然挺叫人喜欢,她却不至于为了他而不快活。

她正在转着这种念头,突然听到门铃响,她以为是费茨威廉来了,心头不由得跳动起来,因为他有一天晚上就是来得很晚的,这回可能是特地来问候她。但是她立刻就知道猜错了,出乎她的意料,走进屋来的是达西先生,于是她情绪上又是另一种感觉。他立刻匆匆忙忙地问她身体好了没有,又说他是特地来听她的复原的好消息的。她客客气气地敷衍了他一下。他坐了几分钟,就站起身来,在房间里踱来踱去。伊丽莎白心里很奇怪,可是嘴上一言未发。沉默了几分钟以后,他带着激动的神态走到她跟前说:

"我实在没有办法死挨活撑下去了。这怎么行。我的感情再也压制不住了。请允许我告诉你,我多么敬慕你,多么爱你。"

伊丽莎白真是说不出的惊奇。她瞪着眼,红着脸,满腹狐疑,闭口不响。他一看这情形,便认为她是在怂恿他讲下去,于是立刻把目前和以往对她的种种好感全都和盘托出。他说得很动听,除了倾诉爱情以外,又把其他种种的感想也原原本本说出来了。他一方面滔滔不绝地表示深情蜜意,但是另一方面却又说了许许多多傲慢无礼的话。他觉得她出身低微,觉得自己是迁就她,而且家庭方面的种种障碍,往往会使得他的见解和他的心愿不能相容并存——他这样热烈地倾诉,虽然显得他这次举动的慎重,却未必能使他的求婚受到欢迎。

尽管她对他的厌恶之心是根深蒂固,她究竟不能对这样一个男人的一番盛情,漠然无动于衷;虽说她的意志不曾有过片刻的动摇,可是她开头倒也体谅到他将会受到痛苦,因此颇感不安,然而他后来的那些话却引起了她的怨恨，她那一片怜惜之心便完全化成了愤怒。不过，她还是竭力镇定下来，以便等他把话说完，耐心地给他一个回答。末了，他跟她说，他对她的爱情是那么强烈，尽管他一再努力克服，结果还是克服不了；他又向她表明自己的希望，说是希望她肯接受他的求婚。她一下子就看出他说这些话的时候，显然自认为她毫无问题会给他满意的回答。他虽然**口里说**他自己又怕又急，可是表情上却是一副万无一失的样子。这只有惹得她更加激怒；等他讲完话以后，她就红着脸说：

"遇到这一类的事情，通常的方式是这样的：人家对你一片好心好意，你即使不能给以同样的报答，也得表示一番感激。照人情事理说来，感激之心是应该有的，要是我果真**觉得**感激，我现在就得向你表示谢意。可惜我没有这种感觉。我从来不稀罕你的抬举，何况你抬举我也是十分勉强。我从来不愿意让任何人感到痛苦，纵使惹得别人痛苦，也是根本出于无心，而且我希望很快就会时过境迁。你跟我说，以前你顾虑到种种方面，因此没有能够向我表明你对我的好感，那么，现在经过我这番解释之后，你一定很容易把这种好感克制下来。"

达西先生本是斜倚在壁炉架上，一双眼睛盯住了她看，听到她这番话，好像又是气愤又是惊奇。他气得脸色铁青，从五官的每一个部位都看得出他内心的烦恼。他竭力装出镇定的样子，一直等到自以为已经装像了，然后才开口说话。这片刻的沉默使伊丽莎白心里非常害怕。最后达西才勉强沉住了气说道：

"我很荣幸，竟得到你这样一个回答！也许我可以请教你一下，为什么我竟会遭受到这样没有礼貌的拒绝？不过这也无关紧要。"

"我也可以请问一声,"她回答道,"为什么你明明白白存心要触犯我,侮辱我,嘴上却偏偏要说什么为了喜欢我,竟违背了你自己的意志,违背了你自己的理性,甚至违背了你自己的性格?要是我**果真**没有礼貌,那么,这还不够作为我没有礼貌的理由吗?可是我还有别的气恼。你也知道我有的。就算我对你没有反感,就算我对你毫无芥蒂,甚至就算我对你有好感吧,那么请你想一想,一个毁了我最亲爱的姐姐的幸福,甚至永远毁了她的幸福的人,怎么会打动我的心去爱他呢?"

达西先生听了她这些话,脸色大变;不过这种感情的激动,只有一会儿就过去了,他听着她继续说下去,没有打岔。

"我有足够的理由对你怀着恶感。你对待**那件事**完全无情无义,不论你是出于什么动机,都叫人无可原谅。说起他们俩的分离,即使不是你一个人造成的,也是你主使的,这你可不敢否认,也不能否认。你使得男方被大家指责为朝三暮四,使女方被大家嘲笑为奢望空想,你叫他们俩受尽了苦痛。"

她说到这里,只见他完全没有一点儿悔恨的意思,真使她气得非同小可。他甚至还假装出一副不相信的神气在微笑。

"你能否认你这样做过吗?"她又问了一遍。

他故作镇静地回答道:"我不想否认。我的确用尽了一切办法,拆散了我朋友和你姐姐的一段姻缘;我也不否认,我对自己那一次的成绩觉得很得意。我对**他**总算比对我自己多尽了一份力。"

伊丽莎白听了他这篇文雅的辞令,表面上并不愿意显出很注意的样子。这番话的用意她当然明白,可是再也平息不了她的气愤。

"不过,我还不止在这一件事情上面厌恶你,"她继续说道,"我很早就厌恶你,对你有了成见。好几个月以前听了韦翰先生说的那些话,我就明白了你的品格。这件事你还有什么可说的?看你再怎样来替你自己辩护,把这件事也异想天开地说是为了维护朋友?你又将怎么样来颠倒是非,欺世盗名?"

达西先生听到这里,脸色变得更厉害了,说话的声音也不像刚才那么镇定,他说:"你对于那位先生的事的确十分关心。"

"凡是知道他的不幸遭遇的人,谁能不关心他?"

"他的不幸的遭遇!"达西轻蔑地重说了一遍,"是的,他的确太不幸啦。"

"这都是你一手造成的,"伊丽莎白使劲叫道,"你害得他这样穷——当然并不是太穷。凡是指定由他享有的利益,你明明知道,却不肯给他。他正当年轻力壮,应该独立自主,你却剥夺了他这种权利。这些事都是你做的,可是人家一提到他的不幸,你还要鄙视和嘲笑。"

"这就是你对我的看法!"达西一面大声叫嚷,一面向屋子那头走去。"你原来把我看成这样的一个人!谢谢你解释得这样周到。这样看来,我真是罪孽深重!不过,"他住了步,转过身来对她说,"只怪我老老实实地把我以前一误再误、迟疑不决的原因说了出来,所以伤害了你的自尊心,否则你也许就不会计较我得罪你的这些地方了。要是我要一点儿手段,把我内心的矛盾掩藏起来,一味恭维你,叫你相信我无论在理智方面、思想方面,以及种种方面，都是对你怀着无条件的、纯洁的爱，那么，你也许就不会有这些苛刻的责骂了。可惜无论是什么样的装假，我都痛恨。我刚才所说出的这些顾虑，我也并不以为可耻。这些顾虑是自然的，正确的。难道你指望我会为你那些微贱的亲戚而欢欣鼓舞吗？难道你以为，我要是攀上了这么些社会地位远不如我的亲戚，倒反而会自己庆幸吗？"

伊丽莎白愈来愈愤怒，然而她还是尽量平心静气地说出了下面这段话：

"达西先生，倘若你有礼貌一些，我拒绝了你以后也许会觉得过意不去，除此以外，倘若你以为这样向我表白一下，会在我身上起别的作用，那你可想错了。"

他听到这番话，吃了一惊，可是没有说什么，于是她又接着说下去：

"你用尽一切办法，也不能打动我的心，叫我接受你的求婚。"

他又显出很惊讶的样子，他带着痛苦和诧异的神气望着她。她继续说下去：

"从开头认识你的时候起，几乎可以说，从认识你的那一刹那起，你的举止行动，就使我觉得你十足狂妄自大、自私自利、看不起别人，我对你不满的原因就在这里，以后又有了许许多多事情，使我对你深恶痛绝；我还没有认识你一个月，就觉得像你这样一个人，在天下的男人中我最不愿意和他结婚的就是你。"

"你说得够了，小姐。我完全理解你的心情，现在我只有对我自己那些顾虑感到羞耻。请原谅我耽搁了你这么多时间，请允许我极其诚恳地祝你健康和幸福。"

他说了这几句话，便匆匆走出房间。隔了一忽儿，伊丽莎白就听到他打开大门走了。她心里纷乱无比。她不知道怎样撑住自己，她非常软弱无力，便坐在那儿哭了半个钟头。她回想到刚才的一幕，越想越觉得奇怪。达西先生竟会向她求婚，他竟会爱上她好几个月了！竟会那样地爱她，要和她结婚，不管她有多少缺点，何况她自己的姐姐正是由于这些缺点而受到他的阻挠，不能跟他朋友结婚，何况这些缺点对他至少具有同样的影响——这真是一件不可思议的事！一个人能在不知不觉中博得别人这样热烈的爱慕，也足够自慰了。可是他的傲慢，他那可恶的傲慢，他居然恬不知耻地招认他自己是怎样破坏了吉英的好事，他招认的时候虽然并不能自圆其说，可是叫人难以原谅的是他那种自以为是的神气，还有他提到韦翰先生时那种无动于衷的态度，他一点儿也不打算否认对待韦翰的残酷——一想到这些事，纵使她一时之间也曾因为体谅到他一番恋情而触动了怜悯的心肠，这时候连丝毫的怜悯也完全给抵消了。

她这样回肠百转地左思右想，直到后来听得咖苔琳夫人的马车声，她才感觉到自己这副模样儿见不得夏绿蒂，便匆匆回到自己房里去了。

第三十五章

伊丽莎白昨夜一直沉思默想到合上眼睛睡觉为止,今天一大早醒来,心头又涌起了这些沉思默想。她仍然对那桩事感到诧异,无法想到别的事情上去;她根本无心做事,于是决定一吃过早饭就出去好好地透透空气,散散步。她正想往那条心爱的走道上走去,忽然想到达西先生有时候也上那儿来,于是便住了步。她没有进花园,却走上那条小路,以便和那条有栅门的大路隔得远些。她仍旧沿着花园的围栅走,不久便走过了一道园门。

她沿着这一段小路来回走了两三趟,禁不住被那清晨的美景吸引得在园门前停住了,朝园里望望。她到肯特五个星期以来,乡村里已经有了很大的变化,早青的树一天比一天绿了。她正要继续走下去,忽然看到花园旁边的小林子里有一个男人正朝这儿走来;她怕是达西先生,便立刻往回走。但是那人已经走得很近,可以看得见她了;只见那人急急忙忙往前跑,一面还叫着她的名字。她本来已经掉过头来走开,一听到有人叫她的名字,虽然明知是达西先生,也只得走回到园门边来。达西这时候也已经来到园门口,拿出一封信递给她,她不由自主地收下了。他带着一脸傲慢而从容的神气说道:"我已经在林子里踱了好一会儿,希望碰到你。请你赏个脸,看看这封信,好不好?"于是他微微鞠了一躬,重新踅进草木丛中,立刻就不见了。

伊丽莎白拆开那封信;这是为了好奇,并不是希望从中获得什么愉快。使她更惊奇的是,信封里装着两张信纸,以细致的笔迹写得密密麻麻。信封上也写满了字。她一面沿着小路走,一面开始读信。信是早上八点钟在罗新斯写的,内容如下:

小姐:接到这封信时,请你不必害怕。既然昨天晚上向你诉情和求婚,结果只有使你极其厌恶,我自然不会又在这封信里旧事重提。我曾经衷心地希望我们双方会幸福,可是我不想在这封信里再提到这些,免得使你痛苦,使我自己受委屈。我所以要写这封信,写了又要劳你的神去读,这无非是拗不过自己的性格,否则便可以双方省事,免得我写你读。因此你得原谅我那么冒昧地亵渎你的清神,我知道你决不会愿意劳神的,可是我要求你心平气和一些。

你昨夜曾把两件性质不同、轻重不等的罪名加在我头上。你第一件指责我拆散了彬格莱先生和令姐的好事,完全不顾他们俩之间如何情深意切,你第二件指责我不顾体面,丧尽人道,蔑视别人的权益,毁坏了韦翰先生那指日可期的富贵,又断送了他美好的前途。我竟无情无义,抛弃了自己小时候的朋友,一致公认的先父生前的宠幸,一个无依无靠的青年,从小起就指望我们施恩——这方面的确是我的一种遗憾;至于那一对青年男女,他们不过只有几星期的交情,就算我拆散了他们,也不能同这件罪过相提并论。现在请允许我把我自己的行为和动机一一剖白一下,希望你弄明白了其中的原委以后,将来可以不再像昨天晚上那样对我严词苛责。在解释这些必要的事情时,如果我迫不得已,要述一述我自己的情绪,因而使你情绪不快,我只得向你表示歉意。既是出于迫不得已,那么,再道歉未免就嫌可笑了。我到哈福德郡不久,就和别人一样,看出了彬格莱先生在当地所有的少女中偏偏看中了令姐。但是一直等到在尼日斐花园开跳舞会的那个晚上,我才顾虑到他当真对令姐有了爱恋之意。说到他的恋爱方面,我以前也看得很多。在那次跳舞会上,当我很荣幸地跟你跳舞时,我才听到威廉·卢卡斯偶然说起彬格莱先生对令姐的殷勤已经弄得满城风雨,大家都以为他们就要谈到嫁娶问题。听他说起来,好像事情已经千稳万妥,只是迟早问题罢了。从那时起,我就密切注意着我朋友的行为,于是我看出了他对班纳特小姐的钟情,果然和他往常的恋爱情形大不相同。我也注意着令姐。她的神色和风度依旧像平常那样落落大方,和蔼可亲,并没有钟情于任何人的迹象。根据我那一个晚上仔细观察的情形看来,我确实认为她虽然乐意接受他的殷勤,可是她并没有用深情蜜意来报答他。要是这件事你没有弄错,那么错处一定在**我**;你对于令姐既有透辟的了解,那么当然可能是我错了。倘若事实果真如此,倘若果真是我弄错了,以致造成令姐的痛苦,那当然难怪你气愤。可是我可以毫不犹豫地说,令姐当初的风度极其洒脱,即使观察力最敏锐的人,也难免以为:她尽管性情柔和，可是她的心不容易打动。我当初确实希望她无动于衷，可是我敢说，我虽然主观上有我的希望，有我的顾虑，可是我的观察和我的推断并不会受到主观上的影响。我认为，令姐决不会因为我希望她无动于衷，她就当真无动于衷；我的看法大公无私，我的愿望也合情合理。我昨天晚上说，遇到这样门户不相称的婚姻，轮到我自己身上的时候，我必须用极大的感情上的力量加以压制，至于说到他们俩这一门婚姻，我所以要反对，还不光光是为了这些理由，因为关于门户高低的问题，我朋友并不像我那么重视。我所以反对这门婚姻，还有别的一些叫人嫌忌的原因——这些原因虽然到现在还存在，而且在两桩事里面同样存在着，可是我早就尽力把它忘了，因为好在眼不见为净。这里必须把这些原因说一说，即使简单地说一说也好。你母亲的娘家亲族虽然叫人不太满意，可是比起你们自己家里人那种完全没有体统的情形来，便简直显得无足轻重。你三个妹妹都是始终一贯地做出许多没有体统的事情来，有时候甚至连你父亲也难免。请原谅我这样直言无讳，其实得罪了你，也使我自己感到痛苦。你的骨肉至亲有了这些缺点，当然会使你感到难受，我这样一说，当然会叫你更不高兴，可是你只要想一想，你自己和你姐姐举止优雅，人家非但没有责难到你们俩头上，而且对你们褒奖备至，还赏识你们俩的见识和个性，这对于你究竟还不失为一种安慰吧。我还想跟你说一说：我那天晚上看了那种种情形，不禁越发确定了我对各个人的看法，越发加深了我的偏见，觉得一定要阻止我的朋友，不让他缔结这门最不幸的婚姻。他第二天就离开尼日斐花园到伦敦去了,我相信你一定记得,他本来打算去一下便立刻回来。我得在这里把我当初参与这件事的经过说明一下。原来他的姐妹们当时跟我一样,深为这件事感到不安。我们立刻发觉了彼此有同感,都觉得应该赶快到伦敦去把她们这位兄弟隔离起来,于是决定立刻动身。我们就这样走了。到了那里,便由我负责向我朋友指出,他如果攀上了这门亲事,必定有多少多少坏处。我苦口婆心,再三劝说。我这一番规劝虽然动摇了他的心愿,使他迟疑不决,可是,我当时要不是那么十拿九稳地说,你姐姐对他并没有什么倾心,那么这番规劝也许不会发生这样大的效力,这门婚姻到头来也许终于阻挡不住。在我没有进行这番劝说以前,他总以为令姐即使没有以同样的钟情报答他,至少也是在竭诚期待着他。但是彬格莱先生天性谦和,遇到任何事情,只要我一出主意,他总是相信我胜过相信他自己。我轻而易举地说服了他,使他相信这事情是他自己一时糊涂。他既然有了这个信念,我们便进一步说服他不要回到哈福德郡去,这当然不费吹灰之力。我这样做,自己并没觉得有什么不对。今天回想起来,我觉得只有一件事做得不能叫自己安心,那就是说,令姐来到城里的时候,我竟不择手段,把这个消息瞒住了他。这件事不但我知道,彬格莱小姐也知道,然而她哥哥一直到现在还蒙在鼓里。要是让他们俩见了面,可能也不会有坏的后果,可是我当时认为他并没有完全死心,见到她未必能免于危险。我这样隐瞒,这样欺蒙,也许失掉了我自己的身份。

然而事情已经做了，而且完全是出于一片好意。关于这件事，我没有什么可以再说的了，也无用再道歉，如果我伤了令姐的心，也是出于无意；你自然会以为我当初这样做，理由不够充足，可是我到现在还没有觉得有什么不对。现在再谈另外一件更重的罪名：毁损了韦翰先生的前途。关于这件事，我唯一的驳斥办法，只有把他和我家的关系全部说给你听，请你评判一下其中的是非曲直。我不知道他**特别**指责我的是哪一点；但是我要在这里陈述的事实真相，可以找出不少信誉卓著的人出来做见证。韦翰先生是个值得尊敬的人的儿子。他父亲在彭伯里管了好几年产业，极其尽职，这自然使得先父愿意帮他的忙；因此先父对他这个教子乔治·韦翰恩宠有加。先父供给他上学，后来还供给他进剑桥大学——这是对他最重要的一项帮助，因为他自己的父亲被他母亲吃光用穷，无力供给他受高等教育。先父不仅因为这位年轻人风采翩翩而喜欢和他来往，而且非常器重他，希望他从事教会职业，并且一心要替他安插一个位置。至于说到我自己所以对他印象转坏，那已经是好多好多年的事了。他为人放荡不羁，恶习重重，他虽然十分小心地把这些恶习遮掩起来，不让他最好的朋友觉察，可是究竟逃不过一个和他年龄相仿佛的青年人的眼睛，他一个不提防就给我瞧见了漏洞，机会多的是——当然老达西先生决不会有这种机会。这里我不免又要引起你的痛苦了，痛苦到什么地步，只有你自己知道。不论韦翰先生已经引起了你何等样的感情，我却要怀疑到这些感情的本质，因而我也就不得不对你说明他真正的品格。

这里面甚至还难免别有用心。德高望重的先父大约去世于五年前；他宠爱韦翰先生始终如一，连遗嘱上也特别向我提到他，要我斟酌他的职业情况，极力提拔他，要是他受了圣职①，俸禄优厚的位置一有空缺，就让他替补上去。另外还给了他一千镑遗产。他自己的父亲不久也去世了；这几桩大事发生以后，不出半年工夫，韦翰先生就写信跟我说，他已最后下定决心，不愿意去受圣职；他既然不能获得那个职位的俸禄，便希望我给他一些直接的经济利益，不要以为他这个要求不合理。他又说，他倒有意学法律，他叫我应该明白，要他靠了一千镑的利息去学法律，当然非常不够。与其说，我**相信**他这些话靠得住，不如说，我**但愿**他这些话靠得住。不过，我无论如何还是愿意答应他的要求。我知道韦翰先生不适宜当牧师。因此这件事立刻就谈妥条件，获得解决：我们拿出三千镑给他，他不再要求我们帮助他获得圣职，算是自动放弃权利，即使将来他有资格担任圣职，也不再提出请求。从此我和他之间的一切关系，便好像一刀两断。我非常看他不起，不再请他到彭伯里来玩，在城里也不和他来往。我相信他大半都住在城里，但是他所谓学法律，只不过是一个借口罢了；现在他既然摆脱了一切羁绊，便整天过着浪荡挥霍的生活。我大约接连三年简直听不到他的消息，可是后来有个牧师逝世了，这份俸禄本来是可以由他接替的，于是他又写信给我，要我荐举他。他说他境遇窘得不能再窘，这一点我当然不难相信。他又说研究法律毫无出

---

① 受圣职是一种仪式，誓愿终生为上帝服务。

息,现在已下定决心当牧师,只要我肯荐举他去接替这个位置就行了。他自以为我一定会推荐他,因为他看准我没有别的人可以补缺,况且我也不能疏忽先父生前应承他的一片好意。我没有答应他的要求,他再三请求,我依然拒绝,这你总不见得会责备我吧。他的境遇愈困苦,怨愤就愈深。毫无问题,他无论在我背后骂我,当面骂我,都是一样狠毒。从这个时期以后,连一点点面子账的交情都完结了。我不知道他是怎样生活的,可是说来痛心之至,去年夏天他又引起了我的注意。我得在这里讲一件我自己也不愿意记起的事。这件事我本来不愿意让任何人知道,可是这一次却非得说一说不可。说到这里,我相信你一定能保守秘密。我妹妹比我小十多岁,由我母亲的内侄费茨威廉上校和我做她的保护人。大约在一年以前,我们把她从学校里接回来,把她安置在伦敦居住;去年夏天,她跟管家的那位杨吉太太到拉姆斯盖特①去了。韦翰先生跟着也赶到那边去,显然是别有用意,因为他和杨吉太太早就认识,我们很不幸上了她的当,看错人了。仗着杨吉太太的纵容和帮忙,他向乔治安娜求爱。可惜乔治安娜心肠太好,还牢牢记着小时候他对待她的亲切,因此竟被他打动了心,自以为爱上了他,答应跟他私奔。她当时才十五岁,我们当然只能原谅她年幼无知。她虽然糊涂胆大,可是总算幸亏她亲口把这件事情告诉了我。原来在他们私奔之前,我出乎意料地来到他们那里;乔治安娜一贯把我这样一个哥哥当作父亲般看待,她不忍叫我伤心

---

① 英格兰肯特郡一港口。

受气，于是把这件事向我和盘托出。你可以想象得到，我当时是怎样的感触，又采取了怎样的行动。为了顾全妹妹的名誉和情绪，我没有把这件事公开揭露出来；可是我写了封信给韦翰先生，叫他立刻离开那个地方，杨吉太太当然也给打发走了。毫无问题，韦翰先生主要是看中了我妹妹的三万镑财产，可是我也不禁想到，他也很想借这个机会大大地报复我一下。他差一点儿就报仇报成了。小姐，我在这里已经把所有与我们有关的事，都老老实实地谈过了；如果你并不完全认为我撒谎，那么，我希望从今以后，你再也不要认为我对待韦翰先生残酷无情。我不知道他是用什么样的胡说，什么样的手段，来欺骗你的；不过，你以前对于我们的事情一无所知，那么，他骗取了你的信任，也许不足为奇。你既无从探听，又不喜欢怀疑。你也许不明白为什么我昨天晚上不把这一切当面告诉你。可是当时我自己也捉摸不住自己，不知道哪些话可以讲，哪些话应该讲。这封信中所说的一切，是真是假，我可以特别请你问问费茨威廉上校，他是我们的近亲，又是我们的至交，而且是先父的遗嘱执行人之一，他对于其中的一切详情自然都十分清楚，他可以来做证明。假使说，你因为厌恶我，竟把我的话看得一文不值，你不妨把你的意见说给我的表弟听；我所以要想尽办法找机会把这封信一大早就交到你手里，就是为了让你可以去和他商量一下。我要说的话都说完了，愿上帝祝福你。

费茨威廉·达西

第三十六章

当达西先生递给伊丽莎白那封信的时候,伊丽莎白如果并没有想到那封信里是重新提出求婚,那她就根本没想到信里会写些什么。既然一看见这样的内容,你可想而知,她当时想要读完这封信的心情是怎样迫切,她的感情上又给引起了多大的矛盾。她读信时的那种心情,简直无法形容。开头读到他居然还自以为能够获得人家原谅,她就不免吃惊;再读下去,又觉得他处处都是自圆其说,而处处都流露出一种欲盖弥彰的羞惭心情。她一读到他所写的关于当日发生在尼日斐花园的那段事情,就对他的一言一语都存着极大的偏见。她迫不及待地读下去,因此简直来不及细细咀嚼;她每读一句就急于要读下一句,因此往往忽略了眼前一句的意思。他所谓她的姐姐对彬格莱本来没有什么情意,这叫她立刻断定他在撒谎;他说那门亲事确确实实存在着那么些糟糕透顶的缺陷,这使她简直气得不想把那封信再读下去。他对于自己的所作所为,并没有觉得过意不去,这当然使她无从满意。他的语气真是盛气凌人,丝毫没有悔悟的意思。

接下去读到他关于韦翰先生那一段事情的剖白,她才多少比刚才神志清明一些,其中许多事情和韦翰亲口自述的身世十分相同,假如这些都是真话,那就会把她以前对韦翰的好感一笔勾销,这真是使她更加痛苦,更加心乱。她感到十分惊讶和疑虑,甚至还有几分恐怖。她恨不得把这件事全都当作他捏造出来的,她一次次嚷着:"一定是他在撒谎!这是不可能的!这是荒谬绝伦的谎话!"——她把全信读完以后,几乎连最后的一两页也记不起说些什么了,连忙把它收拾起来,而且口口声声发誓说,决不把它当作一回真事,也决不再去读那封信。

她就这样心烦意乱地往前走,真是千头万绪,不知从哪里想起才好。可是不到半分钟工夫,她又按捺不住,从信封里抽出信来,聚精会神地忍痛读着写述韦翰的那几段,逼着自己去玩味每一句话的意思。其中讲到韦翰跟彭伯里的关系的那一段,简直和韦翰自己所说的毫无出入;再说到老达西先生生前对他的好处,信上的话也和韦翰自己所说的话完全符合,虽说她并不知道老达西先生究竟对他好到什么地步。到这里为止,双方所述的情况都可以互相印证,但是当她读到遗嘱问题的时候,两个人的话就大不相同了。韦翰说到牧师俸禄的那些话,她还记得清清楚楚;她一想起他那些话,就不免感觉到,他们两个人之间总有一个人说的是假话,于是她一时之间,倒高兴起来了,以为自己这种想法不会有错。接着她又极其仔细地一读再读,读到韦翰借口放弃牧师俸禄从而获得了三千镑一笔款项等等情节的时候,她又不由得犹豫起来。她放下那封信,把每一个情节不偏不倚地推敲了一下,把信中每一句话都仔仔细细考虑了一下,看看是否真有其事,可是这样做也毫无用处。双方都是各执一词。她只得再往下读。可是愈读愈糊涂:她本以为这件事任凭达西先生怎样花言巧语,颠倒是非,也丝毫不能减轻他自己的卑鄙无耻,哪里想得到这里面大有文章可做,只要把事情改变一下说法,达西先生就可以把责任推卸得一干二净。

达西竟毫不迟疑地把骄奢淫逸的罪名加在韦翰先生身上,这使她极其惊骇——何况她又提不出反证,于是就越发惊骇。在韦翰先生参加某某郡的民兵团之前,伊丽莎白根本没有听到过他这个人。至于他所以要参加民兵团,也只是因为偶然在镇上遇见了以前一个泛泛之交的朋友,劝他加入的。讲到他以前的为人处世,除了他自己所说的以外,她完全一无所知。至于他的真正的人品,她即使可以打听得到,也并没有想要去追根究底。他的仪态音容,叫人一眼看去就觉得他身上具备了一切美德。她竭力要想起一两件足以说明他品行优良的事实,想起他一些为人诚实仁爱的特性,使达西先生对他的诽谤可以不攻自破,至少也可以使他的优点遮盖得住他偶然的过失。她所谓他的偶然过失,都是针对达西先生所指责的连年来的懒惰和恶习而说的,可惜她就想不出他这样的一些好处来。她眨下眼睛就可以看到他出现在她面前,风采翩翩,辞令优雅,但是,除了邻里的赞赏之外,除了他用交际手腕在伙伴之间赢得的敬慕之外,她可想不起他有什么更具体的优点。她思考了好一会儿以后,又继续读信。可是天哪!接下去就读到他对达西小姐的企图,这只要想一想昨天上午她跟费茨威廉上校的谈话,不就是可以证实了吗?信上最后要她把每一个细节都问问费茨威廉上校本人,问问他是否真有其事。以前她就曾经听费茨威廉上校亲自说起过,他对他表兄达西的一切事情都极其熟悉,同时她也没有理由去怀疑费茨威廉的人格。她一度几乎下定了决心要去问他,但是问起这件事不免又要有多少别扭,想到这里,她便把这个主意暂时搁了下来。后来她又想到,如果达西先生拿不准他表弟的话会和他自己完全一致,那他决不会冒冒失失提出这样一个建议,于是她就干脆打消了这个主意。

那个下午她跟韦翰先生在腓力普先生家里第一次见面所谈的话,现在都能一五一十地记得清清楚楚。他许许多多话到现在还活灵活现地出现在她的记忆里。于是她突然想到他跟一个陌生人讲这些话是多么冒昧,她奇怪自己以前为什么这样疏忽。她发觉他那样自称自赞,是多么有失体统,而且他又是多么言行不符。她记起了他曾经夸称他自己并不是怕看到达西先生,又说达西先生要走就走,他可决不肯离开此地;然而,下一个星期在尼日斐花园开的舞会,他毕竟没有敢去。她也还记得在尼日斐花园那家人家没有搬走以前,他从来没跟另外一个人谈起过他自己的身世,可是那家人家一搬走以后,这件事就到处议论纷纷了。虽然他曾经向她说过,为了尊重达西先生的先父,他老是不愿意揭露那位少爷的过错,可是他毕竟还是肆无忌惮,毫不犹疑地在破坏达西先生的人格。

凡是有关他的事情,怎么这样前后悬殊!他向金小姐献殷勤一事,现在看来,也完全是从金钱着眼,这实在可恶;金小姐的钱并不多,可是这并不能说明他欲望不高,却只能证实他一见到钱就起贪心。他对待她自己的动机也不见得好:不是他误会她很有钱,就是为了要博得她的欢心来满足他自己的虚荣;只怪她不小心,竟让他看出了她对他有好感。她越想就越觉得他一无可取，她禁不住又想起当初吉英向彬格莱先生问起这事时，彬格莱先生说，达西先生在这件事情上毫无过失，于是她更觉得达西先生有理了。尽管达西的态度傲慢可厌，可是从他们认识以来（特别是最近他们时常见面，她对他的行为作风也更加熟悉），她从来没有见过他有什么品行不端或是蛮不讲理的地方，没有看见过他有任何违反教义或是伤风败俗的恶习；他的亲友们都很尊敬他，器重他，连韦翰也承认他不愧为一个好哥哥，她还常常听到达西爱抚备至地说起他自己的妹妹，这说明他还是具有亲切的情感。假使达西的所作所为当真像韦翰说的那样坏，那么，他种种胡作非为自难掩尽天下人的耳目；以一个为非作歹到这样地步的人，竟会跟彬格莱先生那样一个好人交成朋友，真是令人不可思议。

她越想越惭愧得无地自容。不论想到达西也好，想到韦翰也好，她总是觉得自己以往未免太盲目，太偏心，对人存了偏见，而且不近情理。

她不禁大声叫道："我做得多么卑鄙！我一向自负有知人之明！我一向自以为有本领！一向看不起姐姐那种宽大的胸襟！为了满足我自己的虚荣心，我待人老是不着边际地猜忌多端，而且还要做得使我自己无懈可击。这是我多么可耻的地方！可是，这种耻辱又是多么活该！即使我真的爱上了人家，也不该盲目到这样该死的地步。然而我的愚蠢，并不是在恋爱方面，而是在虚荣心方面。开头刚刚认识他们两位的时候，一个喜欢我，我很高兴，一个怠慢我，我就生气，因此造成了我的偏见和无知，遇到与他们有关的事情，我就不能明辨是非。我到现在才算有了自知之明。"

她从自己身上想到吉英身上,又从吉英身上想到彬格莱身上,她的思想连成了一条直线,使她立刻想起了达西先生对这件事的解释非常不够;于是她又把他的信读了一遍。第二遍读起来效果就大不相同了。她既然在一件事情上不得不信任他,在另一件事上又怎能不信任他呢?他说他完全没想到她姐姐对彬格莱先生有意思,于是她不禁想起了从前夏绿蒂一贯的看法。她也不能否认他把吉英形容得很恰当。她觉得吉英虽然爱心炽烈,可是表面上却不露形迹,她平常那种安然自得的神气,实在叫人看不出她的多愁善感。

当她读到他提起她家里人的那一段时,其中措辞固然伤人感情,然而那一番责难却也入情入理,于是她越发觉得惭愧。那真是一针见血的指责,使她否认不得;他特别指出,尼日斐花园那次舞会上的种种情形,是第一次造成他反对这门婚姻的原因——老实说,那种种情形不仅使他难以忘怀,自己也同样难以忘怀。

至于他对她自己和对她姐姐的恭维,她也不是无动于衷。她听了很舒服,可是她并没有因此而感到安慰,因为她家里人不争气,招来他的訾议,并不能从恭维中得到补偿。她认为吉英的失望完全是自己的至亲骨肉一手造成的,她又想到,她们两姐妹的优点也一定会因为至亲骨肉的行为失检而受到损害,想到这里,她感到从来没有过的沮丧。

她沿着小路走了两个钟头,前前后后地左思右想,又把好多事情重新考虑了一番,判断一下是否确有其事。这一次突然的变更,实在事关紧要,她得尽量面对事实。她现在觉得疲倦了,又想到出来已久，应该回去了；她希望走进屋子的时候脸色能像平常一样愉快，又决计把那些心思抑制一下，免得跟人家谈起话来态度不自然。

　　回到屋子里，人家立刻告诉她说，在她出外的当儿，罗新斯的两位先生都来看过她了，达西先生是来辞行的，只待了几分钟就走了，费茨威廉上校却跟她们在一起坐了足足一个钟头，盼望着她回来，几乎想要跑出去找到她才肯罢休。伊丽莎白虽然表面上**装出**很惋惜的样子，内心里却因为没有见到这位访客而感到万分高兴。她心目中再也没有费茨威廉了，她想到的只有那封信。

第三十七章

那两位先生第二天早上就离开了罗新斯；柯林斯先生在门房附近等着给他们送行，送行以后，他带了一个好消息回家来，说是这两位贵客虽然刚刚在罗新斯满怀离愁，身体却很健康，精神也很饱满。然后他又赶到罗新斯去安慰咖苔琳夫人母女；回家来的时候，他又得意非凡地把咖苔琳夫人的口信带回来——说夫人觉得非常沉闷，极希望他们全家去同她一块吃饭。

伊丽莎白看到咖苔琳夫人，就不禁想起：要是自己愿意跟达西要好，现在已经成了夫人的没有过门的侄媳妇了；而且她想到夫人那时将会怎样气愤，就不禁好笑。她不断地想出这样一些话来跟自己打趣："她将会说些什么话呢？她将会有些什么举动呢？"

他们一开头就谈到罗新斯佳宾星散的问题。咖苔琳夫人说："告诉你，我真十分难受。我相信，谁也不会像我一样，为亲友的离别而伤心得这么厉害。我特别喜欢这两个年轻人，我知道他们也非常喜欢我。他们临去的时候真舍不得走。他们一向都是那样。那位可爱的上校到最后才算打起了精神；达西看上去最难过，我看他比去年还要难受，他对罗新斯的感情真是一年比一年来得深。"

说到这里，柯林斯先生插进了一句恭维话，又举了个例子，母女俩听了，都粲然一笑。

吃过中饭以后，咖苔琳夫人看到班纳特小姐好像不大高兴的样子；她想，班小姐一定是不愿意马上就回家去，于是说道：

"你要是不愿意回去的话，就得写封信给你妈妈，请求她让你在这儿多待些时候。我相信柯林斯太太一定非常乐意跟你在一起的。"

伊丽莎白回答道："多谢你好心的挽留，可惜我不能领受盛情。我下星期六一定要进城去。"

"哎哟，这么说来，你在这儿只能住六个星期啦。我本来指望你待上两个月的。你没有来以前，我就这样跟柯林斯太太说过。你用不着这么急于要走。班纳特太太一定会让你再待两个星期的。"

"可是我爸爸不会让我的。他上星期就写信来催我回去。"

"噢，只要妈妈让你，爸爸自然会让你的。做爸爸的决不会像妈妈一样，把女儿当作宝贝看待。我六月初要去伦敦待一个星期；要是你能再住满一个月，我就可以把你们两个人当中顺便带一个去，涛生①既不反对驾四轮马车，那自然可以宽宽敞敞地带上你们一个；要是天气凉快，我当然不妨把你们两个都带去，好在你们个儿都不大。"

---

① 按涛生系咖苔琳夫人的侍仆。

"你真是太好心啦，太太；可惜我们要依照原来的计划行事。"

咖苔琳夫人不便强留，便说道："柯林斯太太，你得打发一个用人送她们。我说话一向心直口快，我不放心让两位年轻的小姐赶远路。这太不像话了，我最看不惯的就是这种事，你千万得派一个人送送她们。对于年轻的小姐们，我们总得照着她们的身份好好照顾她们，侍候她们。我的姨侄女儿乔治安娜去年夏天上拉姆斯盖特去的时候，我非得要她有两个男用人伴送不可。要知道，她身为彭伯里的达西先生和安妮夫人的千金小姐，不那样便难免有失体统。我对于这一类的事特别留意。你得打发约翰送送这两位小姐才好，柯林斯太太。幸亏我发觉了这件事，及时指出，否则让她们孤零零地自个儿走，把你的面子也丢光了。"

"我舅舅会打发人来接我们的。"

"噢，你的舅舅！他真有男用人吗？我听了很高兴，总算有人替你想到这些事。你们打算在哪儿换马呢？当然是在白朗莱啦。你们只要在驿站上提一提我的名字，就会有人来招待你们。"

提到她们的旅程，咖苔琳夫人还有许多话要问，而且她并不完全都是自问自答，因此你必须留心去听，伊丽莎白倒觉得这是她的运气，否则，她这么心事重重，一定会忘了自己的做客身份呢。有心事应该等到单独一个人的时候再去想。每逢没有第二个人跟她在一起的时候，她就翻来覆去地想个痛快；她没有哪一天不独个儿散步，一边走一边老是回想着那些不愉快的事情。

达西那封信，她简直快要背得出了。她把每一句话都反复研究过，她对于这个写信人的感情，一忽儿热了起来，一忽儿又冷了下去。记起他那种笔调口吻,她到现在还是说不尽的气愤;可是只要一想到以前怎样错怪了他,错骂了他,她的气愤便转到自己身上来了。他那沮丧的情绪反而引起了她的同情。他的爱恋引起了她的感激,他的性格引起了她的尊敬;可是她无法对他发生好感,她拒绝他以后,从来不曾有过片刻的后悔,她根本不想再看到他。她经常为自己以往的行为感到苦恼和悔恨,家庭里面种种不幸的缺陷更叫她苦闷万分。这些缺陷是无法补救的。她父亲对这些缺陷只是一笑置之,懒得去约束他那几个小女儿的狂妄轻率的作风;至于她母亲,她本身既是作风失检,当然完全不会感觉到这方面的危害。伊丽莎白常常和吉英合力同心,约束咖苔琳和丽迪雅的冒失,可是,母亲既然那么纵容她们,她们还会有什么长进的机会?咖苔琳意志薄弱,容易气恼,她完全听凭丽迪雅指挥,一听到吉英和伊丽莎白的规劝就要生气;丽迪雅却固执任性,粗心大意,她听也不要听她们的话。这两个妹妹既无知,又懒惰,又爱虚荣,只要麦里屯来了一个军官,她们就去跟他勾搭。麦里屯跟浪搏恩本来相隔不远,她们一天到晚往那儿跑。

　　她还有一桩大心事,那就是替吉英担忧;达西先生的解释固然使她对彬格莱先生恢复了以往的好感,同时也就越发感觉到吉英受到的损失太大。彬格莱对吉英一往情深,他的行为不应该受到任何指责,万一要指责的话,最多也只能怪他过分信任朋友。吉英有了这样理想的一个机会,既可以得到种种好处,又可望获得终身的幸福,只可惜家里人愚蠢失检,把这个机会断送了,叫人想起来怎不痛心!

　　每逢回想起这些事情,难免不连带想到韦翰品格的变质,于是，以她这样一个向来心情愉快而难得消沉沮丧的人，心里也受到莫大的刺激，连强颜为笑也几乎办不到了，这是可想而知的。

她临走前的一个星期里面，罗新斯的宴会还是和她们刚来时一样频繁。最后一个晚上也是在那儿度过的，老夫人又仔仔细细问起她们旅程的细节，指示她们怎么样收拾行李，又再三再四说到长衣服应当怎么样安放。玛丽亚听了这番话之后，一回去就把早上整理好的箱子完全翻了开来，重新收拾一遍。

她们告别的时候，咖苔琳夫人屈尊降贵地祝她们一路平安，又邀请她们明年再到汉斯福来。德·包尔小姐甚至还向她们行了个屈膝礼，伸出手来跟她们两个人一一握别。

第三十八章

星期六吃早饭时,伊丽莎白和柯林斯先生在饭厅里相遇,原来他们比别人早来了几分钟。柯林斯先生连忙利用这个机会向她郑重话别,他认为这是决不可少的礼貌。

他说:"伊丽莎白小姐,这次蒙你光临敝舍,我不知道内人有没有向你表示感激;不过我相信她不会不向你表示一番谢意就让你走的。老实告诉你,你这次来,我们非常领情。我们自知舍下寒伧,无人乐意光临。我们生活清苦,居处局促,侍仆寥寥无几,再加我们见识浅薄,像你这样一位年轻小姐,一定会觉得汉斯福这地方极其枯燥乏味,不过我们对于你这次赏脸,实在感激万分,并且竭尽绵薄,使你不至于过得兴味索然,希望你能见谅。"

伊丽莎白连声道谢,说是这次做客,非常快活,这六个星期来真是过得高兴极了,跟夏绿蒂待在一起真有乐趣,加上主人家对待她又那么殷勤恳切,实在叫她感激。柯林斯先生一听此话,大为满意,立刻显出一副笑容可掬的样子,郑重其事地回答道:

"听到你并没有过得不称心,我真满意到极点。我们总算尽了心意，而且感到最幸运的是，能够介绍你跟上流人来往。寒舍虽然毫不足道，但幸亏高攀了罗新斯府上，使你住在我们这种苦地方，还可以经常跟他们来往来往，可以免得单调，这一点倒使我可以聊以自慰，觉得你这次到汉斯福来不能算完全失望。咖苔琳夫人府上对我们真是特别优待，特别爱护，这种机会是别人求之不得的。你也可以看出我们是处于何等样的地位。你看我们简直无时无刻不在他们那边做客。老实说，我这所牧师住宅虽然异常简陋，诸多不便，可是，谁要是住到里边来，就可以和我们共享罗新斯的盛情厚谊，这可不能说是没有福分吧。"

他满腔的高兴实在非言语所能形容；伊丽莎白想出了几句简简单单、真心真意的客气话来奉承他，他听了以后，简直快活得在屋子里打转。

"亲爱的表妹，你实在大可以到哈福德郡去给我们传播传播好消息。我相信你一定办得到。咖苔琳夫人对内人真是殷勤备至，你是每天都亲眼看到的。总而言之，我相信你的朋友并没有失算——不过这一点不说也好。请你听我说，亲爱的伊丽莎白小姐，我从心底里诚恳地祝你将来的婚姻也能同样的幸福。我亲爱的夏绿蒂和我真是同心合意，无论遇到哪一件事莫不是意气相投，心心相印。我们这一对夫妇真是天造地设。"

伊丽莎白本来可以放心大胆地说，他们夫妇这样相处，的确是很大的幸福，而且她还可以用同样诚恳的语气接下去说，她完全认为他们家里过得很舒适，她亦叨了一份光。不过话才说到一半，被说到的那位太太走了进来，打断了她的话。她倒并不觉得遗憾。夏绿蒂好不可怜！叫她跟这样的男人朝夕相处，实在是一种痛苦。可是这毕竟是她自己睁大了眼睛挑选的。她眼看着客人们就要走了，不免觉得难过，可是她好像并不要求别人怜悯。操作家务，饲养家禽，教区里的形形色色，以及许许多多附带的事，都还没有使她感到完全乏味。

马车终于来了，箱子给系上车顶，包裹放进车厢，一切都准备好了，只准备出发。大家恋恋不舍地告别以后，便由柯林斯先生送伊丽莎白上车。他们从花园那儿走出去，他一路托她回去代他向她全家请安，而且没有忘了感谢他去年冬天在浪搏恩受到的款待，还请她代为问候嘉丁纳夫妇，其实他根本就不认识他们。然后他扶她上车，玛丽亚跟着走上去，正当车门快要关上的时候，他突然慌慌张张地提醒她们说，她们还忘了给罗新斯的太太小姐留言告别呢。

"不过，"他又说，"你们当然想要向她们传话请安，还要感谢她们这许多日子来的殷勤款待。"

伊丽莎白没有表示反对，车门这才关上，马车就开走了。

沉默了几分钟以后，玛丽亚叫道："天啊！我们好像到这儿来才不过一两天，可是事情倒发生了不少啊！"

她的同伴叹了口气说："实在不少。"

"我们在罗新斯一共吃了九次饭，另外还喝了两次茶！我回去有多少事要讲啊！"

伊丽莎白心里说："可是我回去有多少事要瞒啊！"

她们一路上没有说什么话，也没有受什么惊，离开汉斯福不到四个钟头，就到了嘉丁纳先生家里。她们要在那儿耽搁几天。

伊丽莎白看到吉英气色很好，只可惜没有机会仔细观察一下她的心情是不是好，因为多蒙她舅母一片好心，早就给她们安排好了各色各样的节目。好在吉英就要跟她一块儿回去，到了浪搏恩，多的是闲暇的时间，那时候再仔细观察观察吧。

不过，她实在等不及到了浪搏恩以后，再把达西先生求婚的事情告诉吉英，她好容易才算耐住了性子。她知道她自己有本领说得吉英大惊失色，而且一说以后，还可以大大地满足她自己那种不能从理智上加以克服的虚荣心。她真恨不得把它说出来，只是拿不定主意应该怎样跟吉英说到适可而止，又怕一谈到这个问题，就免不了多多少少要牵扯到彬格莱身上去，也许会叫她姐姐格外伤心。

第三十九章

五月已经到了第二个星期,三位年轻小姐一块儿从天恩寺街出发,到哈福德郡的某某镇去;班纳特先生事先就为她们约定了一个小客店,打发了马车在那儿接她们,刚一到那儿,她们就看到吉蒂和丽迪雅从楼上的餐室里望着她们,这表明车夫已经准时到了。这两位姑娘已经在那儿待了一个多钟头,高高兴兴地光顾过对面的一家帽子店,看了看站岗的哨兵,又调制了一些胡瓜色拉。

她们欢迎了两位姐姐之后,便一面得意洋洋地摆出一些菜来(都是小客店里常备的一些冷盆),一面嚷道:"这多么好?你们想也没想到吧?"

丽迪雅又说:"我们存心做东道,可是要你们借钱给我们,我们自己的钱都在那边铺子里花光了。"说到这里,她便把买来的那些东西拿给她们看:"瞧,我买了这顶帽子。我并不觉得太漂亮;可是我想,买一顶也好。一到家我就要把它拆开来重新做过,你们看我会不会把它收拾得好一些。"

姐姐们都说她这顶帽子很难看,她却毫不在乎地说:"噢,那家铺子里还有两三顶,比这一顶还要难看得多;待我去买点儿颜色漂亮的缎子来,把它重新装饰一下,那就过得去了。再说,某某郡的民兵团,两星期之内就要开走了,他们一离开麦里屯之后,夏季随便你穿戴些什么都无所谓。"

"他们就要开走了,真的吗?"伊丽莎白极其满意地嚷道。

"他们就要驻扎到白利屯①去;我真希望爸爸带我们大家到那儿去消暑!这真是个妙透了的打算,或许还用不着花钱。妈妈也一定非要去不可!你想,否则我们这一个夏天多苦闷呀!"

"话说得是,"伊丽莎白想道,"**这**真是个好打算,马上就会叫我们忙死了。老天爷啊!光是麦里屯一个可怜的民兵团和每个月开几次跳舞会,就弄得我们神魂颠倒了,怎么当得起白利屯和那整营整营的官兵!"

大家坐定以后,丽迪雅说:"现在我有点儿消息要报告你们,你们猜猜看是什么消息?这是个好透了的消息,头等重要的消息,说的是关于我们大家都喜欢的某一个人。"

吉英和伊丽莎白面面相觑,便打发那个堂倌走开。于是丽迪雅笑笑说:

"嗐,你们真是太规矩小心。你们以为一定不能让堂倌听到,好像他存心要听似的!我相信他平常听到的许多话,比我要说的这番话更是不堪入耳。不过他是个丑八怪!他走开了,我倒也高兴。我生平没有见到过他那样长的下巴。唔,现在我来讲新闻啦——这是关于可爱的韦翰的新闻;堂倌不配听,是不是?韦翰

---

① 在英格兰海滨,是一个幽美的游憩疗养之地。

再不会有跟玛丽·金结婚的危险了——真是个了不起的消息呀!那位姑娘上利物浦①她叔叔那儿去了——一去不回来了。韦翰安全了。"

"应该说玛丽·金安全了!"伊丽莎白接着说,"她总算逃过了一段冒失的姻缘。"

"要是她喜欢他而又走开,那真是个大傻瓜呢。"

"我但愿他们双方的感情都不十分深。"吉英说。

"我相信他这方面的感情是不会深的。"

"我可以担保,他根本就没有把她放在心上。谁看得上这么一个满脸雀斑的讨厌的小东西?"

伊丽莎白心想,她自己固然决不会有这样粗鲁的**谈吐**,可是这种粗鲁的**见解**,正和她以前执迷不悟的那种成见一般无二,她想到这里,很是惊愕。

吃过了饭,姐姐们会了账,便吩咐着手准备马车;经过了好一番安排,几位小姐,连带自己的箱子、针线袋、包裹以及吉蒂和丽迪雅所买的那些不受欢迎的东西,总算都放上了马车。

"我们这样挤在一起,多够劲!"丽迪雅叫道,"我买了顶帽子,真是高兴,就算特地添置了一只帽盒,也很有趣!好吧,且让我们再偎紧来舒服舒服,有说有笑地回到家里去。首先,请你们讲一讲,你们离家以后遇到了些什么事情。你们见到过一些中意的男人吗?跟人家有过勾搭没有?我真希望你们哪一位带了个

---

① 按在奥斯丁那个时代,利物浦虽然居民尚不足10万人,却已成为英格兰一个极大的港口。

丈夫回来呢。我说,吉英马上就要变成一个老处女了。她快二十三岁啦!天哪!我要是不能在二十三岁以前结婚,那多么丢脸啊!腓力普姨妈要你们赶快找丈夫,你们可没有想到吧。她说,丽萃要是嫁给柯林斯先生就好了,我可不觉得那会有多大的趣味。天哪!我真巴不得比你们哪一个都先结婚!我就可以**领着**你们上各式各样的跳舞会去。我的老天爷!那天在弗斯脱上校家里,我们那个玩笑真开得大啊!吉蒂和我那天都准备在那儿玩个整天,弗斯脱太太答应晚上开个小型的跳舞会(说起来,弗斯脱太太跟我是**多么**要好的朋友!);她于是请哈林顿家的两位都来参加。可是海丽病了,因此萍不得不独个赶来;这一来,你们猜我们怎么办?我们把钱柏伦穿上了女人衣服,让人家当他是个女人。你们且想想看,多有趣啊!除了上校、弗斯脱太太、吉蒂和我以及姨妈等人以外,谁也不知道,说到姨妈,那是因为我们向她借件长衣服,她才知道的。你们想象不到他扮得多么像啊!丹尼、韦翰、普拉特和另外两三个人走进来的时候,他们根本认不出是他。天哪!我笑得好厉害,弗斯脱太太也笑得好厉害。我简直要笑死了。**这**才叫那些男人们起了疑心,他们不久就识穿了。"

丽迪雅就这样说说舞会上的故事,讲讲笑话,另外还有吉蒂从旁给她添油加酱,使得大家一路上很开心。伊丽莎白尽量不去听它,但是总免不了听到一声声提起韦翰的名字。

家里人极其亲切地接待她们。班纳特太太看到吉英姿色未减,十分快活;吃饭的时候,班纳特先生不由自主地一次又一次跟伊丽莎白说:

"你回来了,我真高兴,丽萃。"

他们饭厅里人很多,卢卡斯府上差不多全家人都来接玛丽亚,顺便听听新闻,还问到各种各样的问题。卢卡斯太太隔着桌子向玛丽亚问起她大女儿日子过得好不好,鸡鸭养得多不多;班纳特太太格外忙,因为吉英正坐在她下手,她便不断向她打听一些时下的风尚,然后再去传给卢卡斯家几位年轻小姐去听;丽迪雅的嗓子比谁都高,她正在把当天早上的乐趣一件件说给爱听的人听。

"噢,曼丽,"她说,"你要是跟我们一块儿去了多有趣!我们一路去的时候,吉蒂和我放下了车帘,看上去好像是空车,要是吉蒂没有晕车,就会这样一直到达目的地。我们在乔治客店实在做得够漂亮,我们用世界上最美的冷盘款待她们三位;假使你也去了,我们也会款待你的。我们临走的时候,又是那么有趣!我以为这样一挂车子无论如何也装不下我们。我真要笑死啦。回家来一路上又是那么开心作乐!我们有说有笑,声音大得十英里路以外都能听见!"

曼丽听到这些话,便一本正经地回答道:"我的好妹妹,并不是我故意要杀你们的风景,老实说,你们这些乐趣当然会投合一般女子的爱好,可动不了我的心,我觉得读读书要有趣得多。"

可是她这番话丽迪雅一个字也没有听进去。别人说话她很少听满半分钟,对于曼丽,她就从来没有认真听过。

到了下午,丽迪雅硬要姐姐们陪她上麦里屯去,看看那边的朋友们近况如何,可是伊丽莎白坚决反对,为的是不让别人说闲话,说班纳特家的几位小姐在家里待不上半天,就要去追逐军官们。她所以反对,还有一个理由。她怕再看到韦翰。她已经下定决心，能够和他避而不见就尽量避而不见。那个民兵团马上就要调走了，她真是感觉到说不出的快慰。不出四个星期，他们就要走了，她希望他们一走以后，从此平安无事，使她不会再为韦翰受到折磨。

　　她到家没有几个小时，就发觉父母在反复讨论上白利屯去玩的计划，也就是丽迪雅在客店里给她们提到过的那个计划。伊丽莎白看出她父亲丝毫没有让步的意思，不过他的回答却是模棱两可，因此她母亲虽然惯常碰钉子，可是这一次却并没有死心，还希望最后能如她的愿。

第四十章

伊丽莎白非把那桩事告诉吉英不可了，再也忍耐不住了，于是她决定把牵涉到姐姐的地方，都一概不提，第二天上午就把达西先生跟她求婚的那一幕，拣主要情节说了出来。她料定吉英听了以后，一定会感到诧异。

班纳特小姐对伊丽莎白手足情深，觉得她妹妹被任何人爱上了都是理所当然的事情，因此开头虽然吃惊，过后便觉得不足为奇了。她替达西先生惋惜，觉得他不应该用那种很不得体的方式来倾诉衷情；但她更难过的是，她妹妹的拒绝会给他造成怎样的难堪。

她说："他那种十拿九稳会成功的态度实在要不得，他至少千万不应该让你看出这种态度，可是你倒想一想，这一来他会失望到什么地步啊。"

伊丽莎白回答道："我的确万分替他难过；可是，他既然还有那么些顾虑，他对我的好感可能不久就会完全消失。你总不会怪我拒绝了他吧？"

"怪你！噢，不会的。"

"可是我帮韦翰说话帮得那么厉害，你会怪我吗？"

"不怪你，我看不出你那样说有什么错。"

"等我把下一天的事告诉了你，你就一定看得出有错了。"

于是她就说起那封信，把有关乔治·韦翰的部分，都一点一滴讲了出来。可怜的吉英听得多么惊奇！她即使走遍天下，也不会相信人间竟会有这许多罪恶，而现在这许多罪恶竟集中在这样一个人身上。虽说达西的剖白使她感到满意，可是既然发现了其中有这样一个隐情，她也就不觉得安慰了。她诚心诚意地想说明这件事可能与事实有出入，竭力想去洗清这一个的冤屈，又不愿叫另一个受到委屈。

伊丽莎白说："这怎么行，你绝对没有办法两全其美。两个里面你只能拣一个。他们**两**个人一共只有那么多优点，勉强才够得上一个好人的标准，近来这些优点又在两个人之间移来动去，移动得非常厉害。对我来讲，我比较偏向于达西先生，觉得这些优点都是他的，你可以随你自己的意思。"

过了好一会儿，吉英脸上才勉强露出笑容。

她说："我生平最吃惊的事莫过于此，韦翰原来这样坏！这几乎叫人不能相信。达西先生真可怜！亲爱的丽萃，你且想想，他会多么痛苦。他遭受到这样的一次失望！而且他又知道了你看不起他！还不得不把他自己妹妹的这种私事都讲出来！这的确叫他太痛苦了，我想你也会有同感吧。"

"没有的事；看到你对他这样惋惜和同情，我反而心安理得了。我知道你会竭力帮他讲话，因此我反而越来越不把它当一回事。你的宽宏大量造成了我的感情吝啬；要是你再为他叹惜，我就会轻松愉快得要飞起来了。"

"可怜的韦翰!他的面貌那么善良,他的风度那么文雅。"

"那两位年轻人在教养方面,一定都有非常欠缺的地方。一个的好处全藏在里面,一个全在表面上。"

"你以为达西先生**仪表**方面有所欠缺,我可从来不这么想。"

"可是我倒以为你这样对他深恶痛绝,固然说不上什么理由,却是非常聪明。这样的厌恶,足以激励人的天才,启发人的智慧。例如,你不断地骂人,当然说不出一句好话;你要是常常取笑人,倒很可能偶然想到一句妙语。"

"丽萃,你第一次读那封信的时候,我相信你对待这件事的看法一定和现在不同。"

"当然不同,我当时十分难受。我非常难受——可以说是很不快活。我心里有许多感触,可是找不到一个人可以倾诉,也没有个吉英来安慰安慰我,说我并不像我自己所想象的那样懦弱、虚荣和荒诞!噢,我真少不了你啊!"

"你在达西先生面前说到韦翰的时候,语气那么强硬,这真是多么不幸啊!现在看起来,那些话**实在**显得不怎么得体。"

"的确如此。我确实不应该说得那么刻毒,可是我既然事先存了偏见,自然难免如此。有件事我要请教你。你说我应该不应该把韦翰的品格说出去,让朋友们都知道?"

班纳特小姐想了一会儿才说道:"当然用不着叫他太难堪。你的意见如何?"

"我也觉得不必如此。达西先生并没有允许我把他所说的话公开向外界声张。他反而吩咐我说,凡是牵涉到他妹妹的事,都要尽量保守秘密；说到韦翰其他方面的品行，我即使尽量对人家说老实话，又有谁会相信？一般人对达西先生都存着那么深的成见，你要叫别人对他有好感，麦里屯有一半人死也不愿意。我真没有办法。好在韦翰马上就要走了，他的真面目究竟怎样，与任何人都无关。总会有一天真相大白，那时候我们就可以讥笑人们为什么那么蠢，没有早些知道。目前我可绝口不提。"

"你的话对极了。要揭露他的错误，可能就会断送了他的一生。也许他现在已经后悔，痛下决心，重新做人。我们千万不要弄得他走投无路。"

这番谈话以后，伊丽莎白的烦乱的心境平静了下来。两星期来，这两件秘密心思一直压在她的心头，如今总算放下了一块大石头，她相信以后要是再谈起这两件事来，不论其中哪一件，吉英都会愿意听。可是这里面还有些蹊跷，为了谨慎起见，她可不敢说出来。她不敢谈到达西先生那封信的另外一半，也不敢向姐姐说明：他那位朋友对姐姐是多么竭诚器重。这件事是不能让任何人知道的，她觉得除非把各方面的情况里里外外都弄明白了，这最后的一点秘密才可以揭露。她想："这样看来，如果那件不大可能的事一旦居然成了事实，我便可以把这件秘密说出来，不过到那时候，彬格莱先生自己也许会说得更动听。要说出这番隐情，不等到事过境迁，才轮不到我呢！"

现在既然到了家，她就有闲暇的时间来观察姐姐的真正心情。吉英心里并不快活。她对彬格莱仍然未能忘情。她先前甚至没有幻想到自己会对他钟情，因此她的柔情蜜意竟像初恋那么热烈,而且由于她的年龄和品性的关系,她比初恋的人们还要来得坚贞不移。她痴情地盼望着他能记住她,她把他看得比天下任何男人都高出一等,幸亏她很识时务,看出了他朋友们的心思,这才没有多愁多恨,否则一定会毁了她的健康,扰乱了她心境的安宁。

有一天,班纳特太太这么说:"喂,丽萃,**这一下**你对于吉英这件伤心事怎么看法呢?我可已经下定决心,再也不在任何人面前提起。我那天就跟我妹妹说过,我知道吉英在伦敦连他的影子也没有见到,唔,他是个不值得钟情的青年,我看她这一辈子休想嫁给他了。也没有听人谈起他夏天会回到尼日斐花园来,凡是可能知道些消息的人,我都一一问过了。"

"我看他无论如何不会再住到尼日斐花园来。"

"哎哟,听他的便吧。谁也没有要他来;我只是觉得他太对不起我的女儿,要是我做吉英,我才受不了这口气。好吧,我也总算有个安慰:我相信吉英一定会伤心得把命也送掉,到那时候,他就会后悔当初不该那么狠心了。"

伊丽莎白没有回答,因为这种想入非非的指望,并不能使她得到安慰。

没有多大工夫,她母亲又接下去说:"这么说来,丽萃,柯林斯夫妇日子过得很舒服啊,可不是吗?好极好极,但愿他们天长地久。他们每天的饭菜怎么样?夏绿蒂一定是个了不起的管家婆。她只要有她妈妈一半那么精明,就够省俭的了。他们的日常生活决不会有什么浪费。"

"当然,**丝毫**也不浪费。"

"他们一定是管家管得好极了。不错，不错。**他们**会小心谨慎，不让他们的支出超过收入，他们是永远不愁没有钱的。好吧，愿上帝保佑他们吧！据我猜想，他们一定会常常谈到你父亲去世以后，来接收浪搏恩。要是这一天到了，我看他们真会把它看作他们自己的财产呢。"

"这件事，他们当然不便当着我的面提。"

"当然不便，要是提了，那才叫怪呢。可是我相信，他们自己一定会常常谈到的。唔，要是他们拿了这笔非法的财产能够心安理得，那是再好也没有了。倘若叫我来接受这笔法庭硬派给他的财产，我才会害臊呢。"

第四十一章

她们回得家来,眨下眼睛就过了一个星期,现在已经开始过第二个星期。过了这个星期,驻扎在麦里屯的那个民兵团就要开拔了,附近的年轻小姐们立刻一个个垂头丧气起来。几乎处处都是心灰意冷的气象。只有班纳特家的两位大小姐照常饮食起居,照常各干各的事。可是吉蒂和丽迪雅已经伤心到极点,便不由得常常责备两位姐姐冷淡无情。她们真不明白,家里怎么竟会有这样没有心肝的人!

她们老是无限悲痛地嚷道:"老天爷呀!我们这一下还成个什么样子呢?我们该怎么办呢?你还好意思笑得出来,丽萃?"她们那位慈祥的母亲也跟了她们一块儿伤心;她记起二十五年以前,自己也是为着差不多同样的事情,忍受了多少苦痛。

她说:"我一点儿没记错,当初米勒上校那一团人调走的时候,我整整哭了两天。我简直心碎了。"

"我相信**我的**心是一定要碎的。"丽迪雅说。

"要是我们能上白利屯去,那多么好!"班纳特太太说。

"对啊——如果能上白利屯去多么好!可是爸爸偏偏要

作对。"

"洗一洗海水浴就会使我一辈子身体健康。"

"腓力普姨母也说,海水浴一定会对我的身体大有好处。"吉蒂接着说。

浪搏恩这家人家的两位小姐,就是这样没完没结地长吁短叹。伊丽莎白想把她们笑话一番,可是羞耻心打消了她一切的情趣。她重新又想到达西先生的确没有冤枉她们,他指出她们的那些缺陷确是事实,她深深感觉到,实在难怪他要干涉他朋友和吉英的好事。

但是丽迪雅的忧郁不多一会就烟消云散,因为弗斯脱团长的太太请她陪她一块儿到白利屯去。这位贵友是位很年轻的夫人,新近才结婚的。她跟丽迪雅都是好兴致,好精神,因此意气相投:虽然才只三个月的友谊,却已经做了两个月的知己。

丽迪雅这时候是怎样欢天喜地,她对于弗斯脱太太是怎样敬慕,班纳特太太又是怎样高兴,吉蒂又是怎样难受,这些自然都不在话下。丽迪雅根本没有注意到姐姐的心情,只顾自己手舞足蹈。在屋子里跳来蹦去,叫大家都来祝贺她,大笑大叫,比往常闹得越发厉害;倒运的吉蒂却只能继续在小客厅里怨天尤命,怪三怪四。

"我不明白弗斯脱太太为什么不叫**我**和丽迪雅一同去,"她说,"即使我不是她特别要好的朋友,又何妨也邀我一同去。照说我比她大两岁,面子也得大些呢。"

伊丽莎白把道理讲给她听,吉英也劝她不必生气,她都不理睬。再说伊丽莎白,她对于这次邀请,完全不像她母亲和丽迪雅那样兴高采烈,她只觉得丽迪雅纵然还没有糊涂到那种地步,这一去可算完全给毁了。于是她只得暗地里叫她父亲不许丽迪雅去,也顾不得事后让丽迪雅知道了,会把她恨到什么地步。她把丽迪雅日常行为举止失检的地方,都告诉了父亲,说明和弗斯脱太太这样一个女人做朋友毫无益处,跟这样的一个朋友到白利屯去,也许会变得更荒唐,因为那边的诱惑力一定比这里大。父亲用心听她把话讲完,然后说道:

"丽迪雅非到公共场所之类的地方去出一出丑,是决不肯罢休的。她这次要去出丑,既不必花家里的钱,又用不着家里麻烦,真难得有这样的机会呢。"

伊丽莎白说:"丽迪雅那样轻浮冒失,一定会引起外人注目,会使我们姐妹吃她的大亏——事实上已经吃了很大的亏——你要是想到了这一点,那你对这桩事的看法就会两样了。"

"已经使你们吃了大亏!"班纳特先生重复了一遍,"这话怎么说:她把你们的爱人吓跑了不成?可怜的小丽萃呀,甭担心。那些经不起一点儿小风浪的挑三剔四的小伙子,不值得你去惋惜。我倒要问问你:究竟有过多少傻小子,因为看见了丽迪雅的放荡行为,而不敢向你们问津?"

"你完全弄错了我的意思。我并不是因为吃了亏才来埋怨。我也说不出我究竟是在埋怨哪一种害处,只觉得害处很多。丽迪雅这种放荡不羁、无法无天的性格,确实对我们体面攸关,一定会影响到我们的社会地位。我说话爽直,千万要请你原谅。好爸爸,你得想办法管教管教她这种撒野的脾气,叫她明白,不能够一辈子都这样到处追逐,否则她马上就要无可救药了。一旦她的性格定型以后，就难得改过来。她才不过十六岁，就成了一个十足的浪荡女子，弄得她自己和家庭都惹人笑话，而且她还轻佻浪荡到极端下贱无耻的地步。她只不过年纪还轻，略有几分姿色，此外就一无可取。她愚昧无知，头脑糊涂，只知道博得别人爱慕，结果到处叫人看不起。吉蒂也有这种危险。丽迪雅要她东就东，西就西。她既无知，又爱虚荣，生性又懒惰，完全是没有一点家教的样子！哎哟，我的好爸爸呀，她们随便走到什么地方，只要有人认识她们，她们就会受人指责，受人轻视，还时常连累到她们的姐姐们也丢脸，难道你还以为不会这样吗？"

班纳特先生看到她钻进了牛角尖，便慈祥地握住她的手说：

"好孩子，放心好了。你和吉英两个人，随便走到什么有熟人的地方，人家都会尊敬你们，器重你们；你们决不会因为有了两个——甚至三个傻妹妹，就失掉了体面。这次要是不让丽迪雅到白利屯去，我们在浪搏恩就休想安静。还是让她去吧。弗斯脱上校是个有见识的人，不会让她闯出什么祸事来的；幸亏她又太穷，谁也不会看中她。白利屯跟这儿的情形两样，她即使去做一个普通的浪荡女子，也不够资格。军官们会找到更中意的对象。因此，我们但愿她到了那儿以后，可以得到些教训，知道她自己没有什么了不起。无论如何，她再坏也坏不到哪里去，我们总不能把她一辈子关在家里。"

伊丽莎白听到父亲这样回答，虽然并没有因此改变主张，却也只得表示满意，闷闷不乐地走开了。以她那样性格的人，也不会尽想着这些事自寻烦恼。她相信她已经尽了自己的责任，至于要她为那些无法避免的害处去忧闷，或者是过分焦虑，那她可办不到。

倘若丽迪雅和她母亲知道她这次跟父亲谈话的内容，她们一定要气死了，即使她们两张利嘴同时夹攻，滔滔不绝地大骂一阵，也还消不了她们的气。在丽迪雅的想象中，只要到白利屯去一次，人间天上的幸福都会获得。她幻想着在那华丽的浴场附近，一条条街道上都挤满了军官。她幻想着几十个甚至几百个素昧生平的军官，都对她献殷勤。她幻想着堂皇富丽的营帐，帐幕整洁美观，里面挤满了血气方刚的青年小伙子，都穿着灿烂夺目的大红军服。她还幻想到一幅最美满的情景，幻想到自己坐在一个帐篷里面，同时跟好多个军官在柔情蜜意地卖弄风情。

倘若她知道了她姐姐竟想妨害她，不让她去享受到这些美妙的远景和美妙的现实，那叫她怎么受得了？只有她母亲才能体谅她这种心境，而且几乎和她有同感。她相信丈夫决不打算到白利屯去，她感到很痛苦，因此，丽迪雅能够去一次，对她这种痛苦实在是莫大的安慰。

可是她们母女俩完全不知道这回事，因此，到丽迪雅离家的那一天为止，她们一直都是欢天喜地，没有受到半点儿打岔。

现在轮到伊丽莎白和韦翰先生最后一次会面了。她自从回家以后，已经见过他不少次，因此不安的情绪早就消失了；她曾经为了从前对他有过情意而感到不安，这种情绪现在更是消失得无影无踪。他以往曾以风度文雅而博得过她的欢心，现在她看出了这里面的虚伪做作，陈腔滥调，觉得十分厌恶。他目前对待她的态度，又造成了她不愉快的一个新的根源；他不久就流露出要跟她重温旧好的意思，殊不知经过了那一番冷暖之后，却只会使她生气。她发觉要跟她谈情说爱的这个人，竟是一个游手好闲的轻薄公子，因此就不免对他心灰意冷；而他居然还自以为只要能够重温旧好，便终究能够满足她的虚荣，获得她的欢心，不管他已经有多久没有向她献过殷勤，其中又是为了什么原因，都不会对事情本身发生任何影响。她看到他那种神气，虽然表面上忍住了气不作声，可是心里却正在对他骂不绝口。

民团离开麦里屯的前一天，他跟别的一些军官都到浪搏恩来吃饭；他问起伊丽莎白在汉斯福那一段日子是怎么度过的，伊丽莎白为了不愿意和他好声好气地分手，便趁机提起费茨威廉上校和达西先生都在罗新斯消磨了三个星期，而且还问他认识不认识费茨威廉。

他顿时气急败坏，大惊失色，可是稍许镇定了一下以后，他便笑嘻嘻地回答她说，以前常常见到他的。他说费茨威廉是个很有绅士风度的人，又问她喜欢不喜欢他。她热情地回答他说，很喜欢他。他立刻又带着一副满不在乎的神气说道："你刚刚说他在罗新斯待了多久？"

"差不多有三个星期。"

"你常常和他见面吗？"

"常常见面，差不多每天见面。"

"他的风度和他表兄大不相同。"

"的确大不相同；可是我想，达西先生跟人家处熟了也就好了。"

只见韦翰顿时显出吃惊的神气，大声嚷道："那可怪啦，对不起，我是否可以请问你一下——"说到这里，他又控制住了自己，把说话的声调变得愉快些，然后接下去说："他跟人家说话时，语气是否好了些？他待人接物是否比以前有礼貌些？因为我实在不敢指望他——"他的声调低下去了，变得更严肃了，"指望他从本质上变好过来。"

"没那回事！"伊丽莎白说，"我相信他的本质还是和过去一样。"

韦翰听到她这一番话，不知道应该表示高兴，还是应该表示不相信。韦翰见她说话时脸上有种形容不出的表情，心中不免有些害怕和焦急。她又接下去说：

"我所谓达西先生跟人家处熟了也就好了，并不是说他的思想和态度会变好，而是说，你同他处得愈熟，你就愈了解他的个性。"

韦翰一听此话，不禁心慌起来，顿时便红了脸，神情也十分不安。他沉默了好几分钟以后，才收敛住了那副窘相，转过身来对着她，用极其温和的声调说：

"你很了解我心里对达西先生是怎样一种感觉，因此你也很容易明白：我听到他居然也懂得在**表面上**装得像个样子了，这叫我多么高兴。那种骄傲即使对他自己没有什么益处，对别人也许倒有好处，因为他既有这种骄傲，就不会有那种恶劣行为，使我吃那么大的亏了。我只怕他虽然收敛了一些（你大概就是说他比较收敛了一些吧），事实上只不过为了要在他姨母面前做做幌子，让他姨母看得起他，说他的好话。我很明白，每逢他和他姨母在一起的时候，他就免不了战战兢兢，这多半是为了想和德·包尔小姐结婚，我敢说，这是他念念不忘的一件大事。"

伊丽莎白听到这些话，不由得微微一笑，她只稍微点了一下头，并没有作声。她看出他又想在她面前把那个老问题拿出来发一通牢骚，她可没有兴致去怂恿他。这个晚上就这样过去了，他表面上还是装得像平常一样高兴，可没有打算再逢迎伊丽莎白；最后他们俩客客气气地分了手，也许双方都希望永远不再见面了。

他们分手以后，丽迪雅便跟弗斯脱太太回到麦里屯去。他们打算明天一早从那儿动身。丽迪雅和家里分别的时候，与其说是有什么离愁别恨，还不如说是热闹了一场。只有吉蒂流了眼泪，可是她这一场哭泣却是为了烦恼和嫉妒。班纳特太太口口声声祝她女儿幸福，又千叮万嘱地叫她不要错过了及时行乐的机会——这种嘱咐，女儿当然会去遵命办理；她得意非凡地对家里人大声叫着再会，于是姐妹们低声细气地祝她一路平安的话，她听也没有听见。

第四十二章

倘若叫伊丽莎白根据她自己家庭的情形，来说一说什么叫作婚姻的幸福，什么叫作家庭的乐趣，那她一定说不出好话来。她父亲当年就因为贪恋青春美貌，为的是青春美貌往往会给人带来很大的情趣，因此娶了这样一个智力贫乏而又小心眼儿的女人，以致结婚不久，他对太太的深挚的情意便完结了。夫妇之间的互敬互爱和推心置腹，都永远消失得无影无踪；他对于家庭幸福的理想也完全给推翻了。换了别的人，凡是因为自己的冒失而招来了不幸，往往会以荒唐或是不正当的逸乐来安慰自己，可是班纳特先生却不喜欢这一套。他喜爱乡村景色，喜爱读书自娱，这就是他最大的乐趣。说到他的太太，除了她的无知和愚蠢倒可以供他开心作乐之外，他对她就再没有别的恩情了。一般男人照理总不希望在妻子身上去找这一种乐趣，可是大智大慧的人既然没有法儿去找别的乐趣，那也只好将就现成的了。

不过，伊丽莎白并不是看不出父亲这方面的缺德。她看到这情况，老是觉得痛苦；可是她尊重他的才能，又感谢他对自己的宠爱，因此，本来忽略不了的地方，她也想忘掉算了，而且，纵使父亲大不该叫孩子们看不起妈妈，以致使他们老夫妇一天比一天不能够互敬互爱地相处，她也尽量不去想它。但是，说到不美满的婚姻给儿女们带来的不利，她从前决没有像现在体验得这样深刻；再说，父亲的才能使用得不得当因而造成种种害处，这一点她也从来没有像现在这样看得透彻。要是父亲的才能运用得适当，即使不能够扩展母亲的见识，至少也可以保存女儿们的体面。

韦翰走了固然使伊丽莎白感到快慰，然而，这个民兵团开拔以后，并没有什么别的地方叫她满意。外面的宴会不像以前那样多那样有趣了，在家里又是成天只听到母亲和妹妹口口声声埋怨生活沉闷，使家里笼罩上了一层阴影；至于吉蒂，虽说那些闹得她心猿意马的人已经走了，她不久就会恢复常态；可是还有那另外一个妹妹，秉性本就不好，加上现在又处身在那兵营和浴场的双重危险的环境里，自然会更加大胆放荡，闯出更大的祸事来。因此从大体上说来，她发觉到（其实以前有一度她早就发觉到）她眼巴巴望着到来的一件事，等到真正到来了，总不像她预期的那么满意。因此她不得不把真正幸福的开端期诸来日，找些别的东西来寄托她的希望和心愿，在期待的心情中自我陶醉一番，暂时安慰自己一下，准备再遭受到失望。她现在心里最得意的一件事便是不久就可以到湖区去旅行，因为既然母亲和吉蒂心里不快活，吵得家里鸡犬不宁，当然一想起出门便使她获得了最大的安慰；如果吉英也能参加这次旅行，那就十全十美了。

她心里想："总还算幸运，我还可以存些指望。假使处处都安排得很完满，我反而要感到失望了。姐姐不能够一同去，我自会时时刻刻都感到遗憾,不过也反而可以使我存着一分希望,因此我所期待的愉快也可能会实现。十全十美的计划总不会成功;只有稍许带着几分苦恼,才可以大体上防止得了失望。"

丽迪雅临走的时候,答应常常给母亲和吉蒂写信来,详详细细地告诉她们一路上的情形,可是她走了以后,家里老是等了好久才接到她一封信,而每封信又往往只是寥寥数行。她给她母亲写的那些信,无非说说她们刚刚从图书馆回来,有许多军官陪着她们一起去,她们在那里看到许多漂亮的装饰品,使她眼红极了,或者说是她买了一件新的长衣服,一把阳伞,她本来可以把这些东西详详细细地描写一番,可是弗斯脱太太在叫她了,她们马上就要到兵营里去,等等。至于她写给吉蒂的信,虽然要长得多,可是也很空洞,因为有许多重要的话不便于写出来。

她走了两三个星期以后,浪搏恩又重新恢复了愉快欢乐的气象。一切都欣欣向荣。上城里过冬的那些人家都搬回来了,人们都穿起了夏天的新装,到处是夏天的约会。班纳特太太又像往常一样动不动就发牢骚。到了六月中旬,吉蒂完全恢复了常态,到麦里屯去完全可以不掉眼泪了,伊丽莎白看到真高兴,她希望到了圣诞节,吉蒂会变得相当有理智,不至于每天三番五次地提到军官们,除非作战部不管人家死活,又来一次恶作剧,重新调一团人驻扎到麦里屯来。

他们北上旅行的日期已经迫近,只剩下两个星期了,不料这时候嘉丁纳太太却寄来了一封信,使行期耽搁了下来,旅行范围也得缩小。信上说,因为嘉丁纳先生有事,行期必须延迟两个星期，到七月里才能动身，又因为他只能出外旅行一个月便得回到伦敦，日期很短促，不能照原来的计划作长途旅行，饱餐山川景色，至少不能照原来所安排的那样悠闲自在地去游览，湖区必须放弃，旅程必须缩短，只能到德比郡为止。其实德比郡也就足够供他们游览，足够他们消磨短短三星期的旅行日程，而且嘉丁纳太太非常向往那个地方。她以前曾在那儿住过几年，现在能够旧地重游，盘桓数日，便不禁对于马特洛克①、恰滋华斯②、鸽谷③、秀阜④的风景名胜，心醉神往。

这封信使伊丽莎白非常失望。她本来一心想去观赏湖区风光，到现在还觉得时间很充裕。不过，她既没有权利可以反对，她的心境又很洒脱，不多一会，便又觉得好受了。

一提到德比郡，就免不了勾起许多联想。她看到这个地名，就不禁想到彭伯里和彭伯里的主人。她说："我一定可以大摇大摆地走进他的故乡，趁他不知不觉的时候，攫取几块透明的晶石⑤。"

行期一延再延。舅父母还得过四个星期才能来。可是四个星

---

① 德比郡一教区，多温泉及钟乳石洞穴。
② 德比郡一名胜地区，以图书馆、美术及雕刻闻名。此间花园亦极其美丽，仅次于凡尔赛。
③ 在恰滋华斯附近，是一个美丽无比的小山谷，布满着精巧绮丽的岩石和绿叶成荫的树木。
④ 德比郡西北部的丘陵地带，鸽谷之水流经此处。面积约为30英尺乘22英尺。此处有秀阜洞，纵深约达750码。
⑤ 一名"德比郡莹石"，系德比郡的一种著名矿产。

期毕竟过去了，嘉丁纳夫妇终于带着他们的四个孩子来到浪搏恩。四个孩子中间有两个女孩子，一个六岁，一个八岁，另外两个男孩子年纪还小。孩子们都将留在这儿，由他们的表姐吉英照管，因为他们都喜欢吉英，加上吉英举止稳重，性情柔和，无论是教孩子们读书，跟他们游戏，以及照顾他们，都非常适合。

嘉丁纳夫妇只在浪搏恩住了一夜，第二天一大早就带着伊丽莎白去探新猎异，寻欢作乐。这几个旅伴确实非常适当，所谓适当，就是说大家身体健壮，性子随和，路上遇到不方便的地方可以忍受得了，这实在叫人称心如意。他们一个个都生气勃勃，这自然可以促进愉快，而且他们感情丰富，人又聪明，万一在外地碰到了什么扫兴的事情，互相之间仍然可以过得很快活。

本书不打算详细描写德比郡的风光，至于他们的旅程所必须经过的一些名胜地区，例如牛津、布楞恩①、沃里克②、凯尼尔沃思③、伯明翰④等，大家都知道得够多了，也不打算写。现在只讲一讲德比郡的一小部分。且说有个小镇名叫蓝白屯，嘉丁纳夫妇

---

① 原系德国巴伐利亚州一村庄。1704年，因西班牙王位继承问题所引起之战争，进展至此地，8月3日，英国马包罗公爵击败法国人与巴伐利亚人于此，安妮女王为纪念此次胜利，遂以50万镑之巨资在牛津郡建立马包罗城堡，中有130英尺高之圆柱一根，其上塑马包罗像，极其宏伟。
② 英格兰中部一郡名，其森林地带风景之美丽甲于全英国，并有沃里克男爵之城堡，颇为宏伟。
③ 沃里克郡一市镇，以凯尼尔沃思城堡著称。1563年，伊丽莎白女王将此城堡赐予其情人勒西斯特伯爵，伯爵于1575年6月在此城堡中款待女王18日，详见司各特所著《坠楼记》。
④ 沃里克郡一城市，以钢铁及五金业著称。

从前曾在那儿住过,她最近听说还有些熟人依旧住在那边,于是看完了乡间的一切名胜古迹之后,便绕道到那儿去看看。伊丽莎白听见舅母说,离开蓝白屯不到五英里路就是彭伯里,虽然不是路过必经之处,可是也不过弯了一两英里路。前一个晚上讨论旅程的时候,嘉丁纳太太说是想到那边再去看看。嘉丁纳先生表示愿意,于是他们便来征求伊丽莎白同意。

舅母对她说:"亲爱的,那个地方你是久闻大名的,愿意去看看吗?你的许多朋友都跟那地方有关系。韦翰的整个少年时代都是在那儿度过的,你知道。"

伊丽莎白给说得窘极了。她觉得不必到彭伯里去,便只得说不想去。她但说高楼大厦、锦毡绣帏,已经见识得够多了,实在无意再去浏览。

嘉丁纳太太骂她蠢,她说:"要是光光只有一幢富丽堂皇的房子,我也不会把它摆在心上;可是那儿的庭园景色实在可爱,那儿的树林是全国最美丽的树林。"

伊丽莎白不作声了,可是她心里仍旧不敢赞同。她立刻想到,如果到那儿去欣赏风景,很可能碰到达西先生,那多糟糕!她想到这里就羞红了脸,自以为还不如把事情跟舅母开诚布公地说个明白,免得要担这么大的风险。可是这也不妥当;她最后决定先去暗地里打听一下达西先生家里有没有人,如果有人,那么,她再来用这最后一着还不为迟。

晚上临睡的时候,她便向侍女打听彭伯里地方好不好,主人姓甚名谁,又心惊胆战地问起主人家是否要回来消暑。她这最后一问,竟得到了她所求之不得的回答:他们不回来。她现在用不到再怕什么了,可是又逐渐产生了极大的好奇心,想亲眼去看看那幢房子;第二天早上旧话重提,舅母又来征求她的同意,她便带着一副毫不在乎的神气马上回答说,她对于这个计划没有什么不赞成,于是他们就决计上彭伯里去了。

第四十三章

他们坐着车子一直向前去。彭伯里的树林一出现在眼前,伊丽莎白就有些心慌;等到走进了庄园,她更加心神不定。

花园很大,只见里边高阜低洼,气象万千。他们拣一个最低的地方走进了园,在一座深邃辽阔的美丽的树林里坐着车子走了好久。

伊丽莎白满怀感触,无心说话,可是看到了每一处、每一角的美景,她都叹赏不止。他们沿着上坡路慢慢儿走了半英里光景,最后来到了一个相当高的山坡上,这也就是树林子尽头的地方,彭伯里大厦马上映入眼帘。房子在山谷那边,有一条相当陡斜的路曲曲折折地通到谷中。这是一幢很大很漂亮的石头建筑物,屹立在高垄上,屋子后面枕着一连片树林茂密的高高的小山冈;屋前一泓颇有天然情趣的溪流正在涨潮,没有一丝一毫人工的痕迹。两岸的点缀既不呆板,也不做作。伊丽莎白高兴极了。她从来不曾看到过一个比这里更富于自然情趣的地方,也没有见过任何地方的自然之美能像这儿一样的不受到庸俗趣味的玷损。大家都热烈地赞赏不已,伊丽莎白顿时不禁觉得:在彭伯里当个主妇也还不错吧。

他们下了山坡，过了桥，一直驶到大厦门前，欣赏那附近一带的景物，伊丽莎白这时候不免又起了一阵疑惧，生怕闯见主人。她担心旅馆里的侍女弄错了。他们请求进去参观，立刻便被让进客厅；大家都在等着管家奶奶，这时候伊丽莎白方才想起身在何处。

管家奶奶来了，是一个态度端庄的老妇人，远不如她想象中那么有风姿，可是礼貌的周到倒出乎她的想象。他们跟着她走进了餐室。那是一间宽敞舒适的大屋子，布置得很精致。伊丽莎白稍许看了一下，便走到窗口欣赏风景。他们望着刚才下来的那座小山，只见丛林密布，从远处望去益发显得陡峭，真是个美丽的地方。处处都收拾得很美观。她纵目四望，只见一弯河道，林木夹岸，山谷蜿蜒曲折，真看得她心旷神怡。他们再走到别的房间里去看，每换一个房间，景致总会两样，可是不管你走到哪个窗口，都自有秀色可餐。一个个房间都高大美观，家具陈设也和主人的身价颇为相称，既不俗气，又不过分侈丽，比起罗新斯来，可以说是豪华不足，风雅有余，伊丽莎白看了，很佩服主人的情趣。

她心里想："我差一点儿就做了这儿的主妇呢！这些房间也许早就让我走熟了！我非但不必以一个陌生人的身份来参观，而且还可以当作自己的住宅来受用，把舅父母当作贵客欢迎。可是不行，"她忽然想了起来，"这是万万办不到的事：那时候我就见不到舅父母了，他决不会允许我邀他们来。"

她幸亏想起了这一点，才没有后悔当初的事。

她真想问问这位管家奶奶,主人是否真不在家,可是她没有勇气,只得作罢。不过她舅父终于代她问出了这一句话,使她大为慌张,连忙别转头去,只听见雷诺奶奶回答道,他的确不在家。接着又说:"可是他明天会回家,还要带来许多朋友。"伊丽莎白听了真高兴,幸亏他们没有迟一天到这儿来。

她的舅母叫她去看一张画像。她走近前去,看见那是韦翰的肖像,和另外几张小型画像夹在一起,挂在壁炉架的上方。舅母笑嘻嘻地问她觉得好不好。管家奶奶走过来说,画像上这位年轻人是老主人的账房的儿子,由老主人一手把他栽培起来的。她又说道:"他现在到军队里去了,我怕他已经变得很浪荡了。"

嘉丁纳太太笑吟吟地对她外甥女儿望了一眼,可是伊丽莎白实在笑不出来。

雷诺奶奶指着另一张画像说:"这就是我的小主人,画得像极了。跟那一张是同时画的,大约有八年了。"

嘉丁纳太太望着那张画像说:"我常常听人家说,你的主人堂堂一表人才,他这张脸蛋的确漂亮。——可是,丽萃,你倒说说看,画得像不像。"

雷诺奶奶听到伊丽莎白跟她主人相熟,便好像益发敬重她。

"这位小姐原来跟达西先生相熟?"

伊丽莎白脸红了,只得说:"不太熟。"

"你觉得他是位很漂亮的少爷吗,小姐?"

"是的,很漂亮。"

"我敢说,我没见过这样漂亮的人;楼上画室里还有一张他的画像,比这张大,画得也比这张好。老主人生前最喜爱这间屋子,这些画像的摆法,也还是照从前的老样子。他很喜欢这些小型画像。"

伊丽莎白这才明白为什么韦翰先生的像也放在一起。

雷诺奶奶接着又指给他们看达西小姐的一张画像,那还是她八岁的时候画的。

"达西小姐也跟她哥哥一样漂亮吗?"嘉丁纳先生问道。

"噢,那还用说——从来没见过这样漂亮的小姐,又那么多才多艺!她成天弹琴唱歌。隔壁房间里就是刚刚替她买来的一架新钢琴,那是我主人给她的礼物,她明天会跟他一块儿回来。"

那位管家奶奶看见嘉丁纳先生为人那么随和,便跟他有问有答。雷诺奶奶非常乐意谈到她主人兄妹俩,这或者是由于为他们感到骄傲,或者是由于和他们感情深厚。

"你主人每年在彭伯里待的日子多吗?"

"并没有我所盼望的那么多,先生,他每年大概可以在这儿待上半年;达西小姐总是在这儿歇夏。"

伊丽莎白心想:"除非到拉姆斯盖特去就不来了。"

"要是你主人结了婚,你见到他的时候就会多些。"

"是的,先生;不过我不知道这件事几时才能如愿。我也不知道哪家小姐配得上他。"

嘉丁纳夫妇都笑了。伊丽莎白不由得说:"你会这样想,真使他太有面子了。"

管家奶奶说:"我说的全是真话,认识他的人都是这样说。"伊丽莎白觉得这话实在讲得有些过分。只听得那管家奶奶又说道:"我一辈子没听过他一句重话,从他四岁起,我就跟他在一起了。"伊丽莎白听得更是惊奇。

这句褒奖的话说得最出人意料,也叫她最难想象。她早就断定达西是个脾气不好的人,今日乍听此话,不禁引起了她深切的注意。她很想再多听一些。幸喜她舅舅又开口说道:

"当得起这样恭维的人,实在没有几个。你真是运气好,碰上了这样一个好主人。"

"你真说得是,先生,我自己也知道运气好。我就是走遍天下,再也不会碰到一个更好的主人。我常说,小时候脾气好,长大了脾气也会好;他从小就是个脾气最乖、肚量最大的孩子。"

伊丽莎白禁不住瞪起眼来看她。她心里想:"达西先生当真是这样一个人吗?"

"他父亲是个了不起的人。"嘉丁纳太太说。

"太太,你说得是,他的确是个了不起的人;他儿子完全像他一样——也像他那样体贴穷苦人。"

伊丽莎白一直听下去,先是奇怪,继而怀疑,最后又极想再多听一些,可是雷诺奶奶再也想不出别的话来引起她的兴趣。她谈到画像,谈到房间的大小,谈到家具的价格,可是她都不爱听。嘉丁纳先生觉得,这个管家奶奶所以要过甚其辞地夸奖她自己的主人,无非是出于家人的偏爱,这倒也使他听得很有趣,于是马上又谈到这个话题上来了。她一面起劲地谈到他的许多优点,一面领着他们走上大楼梯。

"他是个开明的庄主,又是个最好的主人,"她说,"他不像目前一般撒野的青年,一心只为自己打算。没有一个佃户或用人不称赞他。有些人说他傲慢;可是我从来没看到过他有哪一点傲慢的地方。据我猜想，他只是不像一般青年人那样爱说话罢了。"

"他被你说得多么可爱！"伊丽莎白想道。

她舅母一边走，一边轻轻地说："只听到说他的好话，可是他对待我们那位可怜的朋友却是那种样子，好像与事实不大符合。"

"我们可能是受到蒙蔽了。"

"这不大可能，我们的根据太可靠了。"

他们走到楼上那个宽敞的穿堂，就给领进一间漂亮的起坐间，这起坐间新近才布置起来，比楼下的许多房间还要精致和清新，据说那是刚刚收拾起来专供达西小姐享用的，因为去年她在彭伯里看中了这间屋子。

"他千真万确是一个好哥哥。"伊丽莎白一面说，一面走到一个窗户跟前。

雷诺奶奶估计达西小姐一走进这间屋子，将会怎样高兴。她说："他一向就是这样，凡是能使他妹妹高兴的事情，他马上就办到。他从来没有一桩事不依她。"

剩下来只有画室和两三间主要的寝室要指给他们看了。画室里陈列着许多优美的油画，可惜伊丽莎白对艺术方面完全是外行，但觉这些画好像在楼下都已经看到过，于是她宁可掉过头去看看达西小姐所画的几张粉笔画，因为这些画的题材一般都比较耐人寻味，而且比较容易看得懂。

画室里都是家族的画像，陌生人看了不会感到兴趣。伊丽莎白走来走去，专门去找那个面熟的人的画像；她终于看到了有张画像非常像达西先生，只见他脸上的笑容正像他从前看起她来的时候那种笑容。她在这幅画像跟前站了几分钟，欣赏得出了神，临出画室之前，又走回去看了一下。雷诺奶奶告诉他们说，这张画像还是他父亲在世的时候画的。

伊丽莎白不禁对画里那个人立刻起了一阵亲切之感，即使从前她跟他见面最多的时候，她对他也从来没有过这种感觉。我们不应当小看了雷诺奶奶对她主人的这种称赞。什么样的称赞会比一个聪明的下人的称赞更来得宝贵呢？她认为他无论是作为一个兄长，一个庄主，一个家主，都一手操纵着多少人的幸福；他能够给人家多少快乐，又能够给人家多少痛苦；他可以行多少善，又可以作多少恶。那个管家奶奶所提出的每一件事情，都足以说明他品格的优良。她站在他的画像面前，只觉得他一双眼睛在盯着她看，她不由得想起了他对她的钟情，于是一阵从来没有过的感激之情油然而生，她一记起他钟情的殷切，便不再去计较他求爱的唐突了。

凡是可以公开参观的地方，他们都走遍了，然后走下楼来，告别了管家奶奶，管家奶奶便吩咐一个园丁在大厅门口送他们。

他们穿过草地，走向河边，伊丽莎白这时候又掉过头来看了一下，舅父母也都停住了脚步，哪知道她舅舅正想估量一下这房子的建筑年代，忽然看到屋主人从一条通往马厩的大路上走了过来。

他们只相隔二十码路光景，他这样突然出现，叫人家简直来不及躲避。顷刻之间，四只眼睛碰在一起，两个人脸上都涨得血红。只见主人吃惊非凡，竟愣住在那儿一动不动，但是他立刻定了定心，走到他们面前来，跟伊丽莎白说话，语气之间即使不能算是十分镇静，至少十分有礼貌。

伊丽莎白早就不由自主地走开了，可是见他既然已经走上前来，她便不得不停住脚步，又窘又羞地接受他的问候。再说舅父母，他们即使一见了他还认不出是他，或是明明看出他和刚才那幅画像有相似的地方，却还看不出他就是达西先生，只消看看那个园丁眼见主人归来而惊奇万状的神气，也应该立刻明白了。舅父母看到他在跟他们的外甥女儿谈话，便稍稍站得远一点。他客客气气地问候她家里人的平安，她却诧异慌张得不敢抬起眼睛来朝他脸上看一眼，简直不知道自己回答了他几句什么话。他的态度跟他们俩上一次分手的时候完全两样，这使她感到惊奇，因此他每说一句话都使她越发觉得窘；她脑子里左思右想，觉得闯到这儿来被人家发现，真是有失体统，这短短的几分钟竟成了她生平最难挨的一段光阴。他也不见得比她从容，说话的声调也不像往常那么镇定。他问她是几时从浪搏恩出发，在德比郡待了多久，诸如此类的话问了又问，而且问得很是慌张，这足以说明他是怎样的心神错乱。

最后他好像已经无话可说，默默无言地站了几分钟，突然又定了一下心，告辞而去。

舅父母这才走到她跟前，说他的仪表叫他们很是仰慕，伊丽莎白满怀心事，一个字也没听进去，只是默默无言地跟着他们走。她真是说不出的羞愧和懊恼。她这次上这儿来，真是天下最不幸、最失算的事。他会觉得多么奇怪！以他这样傲慢的一个人，又会怎样瞧不起这件事！她这次好像是重新自己送上门来。天哪，她为什么要来？或者说，他怎么偏偏就出人意料地早一天赶回家来？他们只要早走十分钟，就会走得远远的叫他看不见了；他显然是刚巧来到，刚巧跳下马背或是走出马车。想起了方才见面时那种别扭的情形，她脸上不禁红了又红。他的态度完全和从前两样了——这是怎么回事呢？他居然还会走上前来跟她说话，光是这一点，就叫人够惊奇的了；何况他出言吐语，以及问候她家里人的平安，又是那么彬彬有礼！这次邂逅而遇，他的态度竟这般谦恭，谈吐竟这般柔和，她真是从来也没有见过。上次他在罗新斯花园里交给她那封信的时候，他那种措词跟今天成了怎样的对比！她不知道如何想法才好，也不知道怎样去解释这种情景。

　　他们现在已经走到河边一条美丽的小径上，地面逐渐低下去，眼前的风光便越发显得壮丽，树林的景色也越发显得幽雅，他们慢慢地向前走，舅父母沿途一再招呼伊丽莎白欣赏如此这般的景色，伊丽莎白虽然也随口答应，把眼睛朝着他们指定的方向张望一下，可是她好久都辨别不出一景一物，简直无心去看。她一心只想着彭伯里大厦的一个角落里，不管是哪一个角落，只要是达西先生现在待在那儿的地方。她真想知道他这时候在想些什么，他心目中怎样看待她，尽管发生了那么一连串事情，他是否依旧对她有好感。他也许只是自以为心头一无牵挂，所以对她特别客气，可是听他说话的声调，自有一种说不出的**意味**，又不像是一无牵挂的样子。她不知道他见了她是痛苦多于快乐，还是快乐多于痛苦，可是看他那副样子，决不像是心神镇定。

　　后来舅父母怪她怎么心不在焉，这才提醒了她，觉得应该装得像个样子。

他们走进树林，踏上山坡，跟这一湾溪流暂时告别。从树林的空隙间望出去，可以看到山谷中各处的景色。对面一座座的小山，有些小山上都长满了整片的树林，蜿蜒曲折的溪流又不时映入眼帘。嘉丁纳先生想在整个园林里兜个圈子，可是又怕走不动。园丁带着得意的笑容告诉他们说，兜一圈有十英里路呢。这事情只得作罢，他们便沿着平常的途径东兜西转，过了好一会工夫，才在悬崖上的小林子里下了坡，又来到河边，这是河道最狭的一部分。他们从一座简陋的小桥上过了河，只见这座小桥和周围的景色很是调和。这地方比他们所到过的地方要朴素些，山谷到了这儿也变成了一条小夹道，只能容纳这一湾溪流和一条小径，小径上灌木夹道，参差不齐。伊丽莎白满想循着曲径去探幽寻胜；可是一过了桥，眼见得离开住宅已经那么远，不长于走路的嘉丁纳太太已经走不动了，一心只想快一些上马车。外甥女只得依从她，大家便在河对岸抄着近路向住宅那边走。他们走得很慢，因为嘉丁纳先生很喜欢钓鱼，平常却很少能够过瘾，这会儿看见河面上常常有鳟鱼出现，便又跟园丁谈鱼谈上了劲，因此时常站着不动。他们就这样慢慢溜达，不料又吃了一惊，尤其是伊丽莎白，她几乎诧异得跟刚才完全没有两样。原来他们又看见达西先生向他们这边走来，而且快要来到跟前了。这一带的小路不像对岸那样隐蔽，因此他们隔得很远便可以看见他。不过伊丽莎白不管怎么诧异，至少比刚刚那次见面有准备得多，因此她便下定决心：如果他当真要来跟他们碰头，她便索性放得镇定些，跟他攀谈一番。她开头倒以为他也许会转到别的一条小道上去。她所以会有这种想法，只因为道儿拐弯的时候，他的身影被遮住了，他们看不见他。可是刚一拐弯，他马上便出现在他们面前。她偷偷一看，只见他正像刚才一样，没有一点儿失礼的地方，于是她也仿效着他那彬彬有礼的样子，开始赞赏这地方的美丽风光，可是她刚刚开口说了几声"动人""妩媚"，心里又起了一个不愉快的念头。她想，她这样赞美彭伯里，不是会叫人家曲解吗？想到这里，她不禁又红了脸，一声不响。

嘉丁纳太太站在稍微后面一点；正当伊丽莎白默不作声的时候，达西却要求她赏个脸，把她这两位亲友给他介绍一下。他这样的礼貌周到，真是完全出乎她的意料；想当初他向她求婚的时候，他竟那样傲慢，看不起她的某些亲友，而他现在所要求介绍的却正是这些亲友，相形之下，她简直忍不住要笑出来。她想："要是他知道了这两位是什么样的人，他不知会怎样吃惊呢！他现在大概把他们错看作上流人了。"

不过她还是立刻替他介绍了；她一面跟他说明这两位是她的至亲，一面偷偷地瞟了他一眼，看他是不是受得了。她想他也许会撒腿就跑，避开这些丢脸的朋友。他弄明白了他们的亲戚关系以后，**显然很吃惊**。不过他总算没给吓坏，非但不走开，反而陪了他们一块儿走回去，又跟嘉丁纳先生攀谈起来。伊丽莎白自然又是高兴，又是得意。她可以让他知道，她也有几个不丢脸的亲戚，这真叫她快慰。她十分留心地听着他跟嘉丁纳先生谈话，幸喜他舅父的举止谈吐，处处都足以叫人看出他颇有见识，趣味高尚，风度优雅。

他们不久就谈到钓鱼，她听见达西先生非常客气地跟他说，他既然住在邻近，只要不走，随时都可以来钓鱼，同时又答应借钓具给他，又指给他看，这条河里通常哪些地方鱼最多。嘉丁纳太太跟伊丽莎白挽着手走，对她做了个眼色，表示十分惊奇。伊丽莎白没有说什么，可是心里却得意极了，因为这番殷勤当然都是为了讨好她一个人。不过她还是极端诧异；她一遍遍地问自己："他的为人怎么变得这么快？这是由于什么原因？他不见得是为了**我**，看在**我的**面上，才把态度放得这样温和吧？不见得因为我在汉斯福骂了他一顿，就会使他这样面目一新吧？我看他不见得还会爱我。"

他们就这样两个女的在前，两个男的在后，走了好一会儿。后来为了要仔细欣赏一些稀奇的水草，便各各分开，走到河边，等到恢复原来位置的时候，前后次序就改变了。原来嘉丁纳太太因为一上午走累了，觉得伊丽莎白的臂膀支持不住她的重量，还是**挽着自己丈夫走舒服些**。于是达西先生便代替了她的位置，和她外甥女儿并排走。两人先是沉默了一阵，后来还是小姐先开口说话。她想跟他说明一下，这一次他们是事先打听他不在家然后再到这儿来游览的，因此她头一句话就谈起他这次回来非常出人意料。她接下去说："因为你的管家奶奶告诉我们，你一定要到明天才会回来；我们离开巴克威尔以前，就打听到你不会一下子回到乡下来。"他承认这一切都是事实，又说，因为要找账房有事，所以比那批同来的人早来了几个钟头。他接着又说："他们明天一大早就会和我见面，他们中间也有你认识的人，彬格莱先生和他的姐妹们都来了。"

伊丽莎白只稍微点了一下头。她立刻回想到他们俩上一次提到彬格莱时的情形；从他的脸色看来，他心里这时候也在想着上一回的情形。

歇了片刻，他又接下去说："这些人里面，有个人特别想要认识你，那就是舍妹。我想趁你在蓝白屯的时候，介绍她跟你认识认识，不知道你是否肯赏脸，是否认为我太冒昧？"

这个要求真使她受宠若惊；她不知道应该怎样答应才好。她立刻感觉到，达西小姐所以要认识她，无非是出于她哥哥的怂恿；只要想到这一点，就足够叫她满意了。她看到他虽然对她不满，可是并没有因此就真的对她怀着恶感，心里觉得很快慰。

他们俩默不作声地往前走，各人在想各人的心思。伊丽莎白感到不安；这一切好像不大可能；可是她觉得又得意，又高兴。他想要把妹妹介绍和她认识，这真是她了不起的面子。他们立刻就走到嘉丁纳夫妇前头去了；当他们走到马车跟前的时候，嘉丁纳夫妇还离开他们好一段路呢。

他请她到屋子里去坐坐，她说并不累，两个人便一块儿站在草地上。在这种时候，双方应当有多少话可以谈，不作声可真不像样。她想要说话，可是什么话都想不起来。最后她想起了自己正在旅行，两个人便大谈其马特洛克和鸽谷的景物。然而时间过得真慢，她舅母也走得真慢，这场知心的密谈还没结束，她却早已心也慌了，话也完了。嘉丁纳夫妇赶上来的时候，达西先生再三请大家一块儿进屋子里去休息一下，可是客人们谢绝了，大家极有礼貌地告辞分手。达西先生扶着两位女客上了车。直到马车开驶，伊丽莎白还目送他慢慢儿走进屋去。

舅父母现在开始评长论短了；夫妇俩都说他的人品比他们所料想的不知要好多少。舅父说："他的举止十分优雅，礼貌也极其周到，而且丝毫不搭架子。"

舅母说："他**的确**有点儿高高在上的样子，不过只是风度上稍微有这么一点儿罢了，并不叫人讨厌。现在我真觉得那位管家奶奶的话说得一点不错：虽然有些人说他傲慢，我可完全看不出来。"

"他竟那样款待我们，真是万万料想不到。这不仅是客气，而是真正的殷勤；其实他用不到这样殷勤，他跟伊丽莎白的交情是很浮浅的。"

舅母说："丽萃，他当然比不上韦翰那么漂亮，或者可以说，他不像韦翰那样谈笑风生，因为他的容貌十分端庄。可是你怎么会跟我们说他十分讨厌呢？"

伊丽莎白竭力为自己辩解，她说她那次在肯特郡遇见他时，就比以前对他有好感，又说，她从来没有看见过他像今天上午那么和蔼可亲。

舅父说："不过，他那么殷勤客气，也许靠不大住，这些贵人大都如此；他请我常常去钓鱼，我也不能信他的话，也许有一天他会变了主意，不许我进他的庄园。"

伊丽莎白觉得他们完全误解了他的性格，可是并没说出口来。

嘉丁纳太太接着说："从我们看到他的一些情形来说，我真想象不出，他竟会那样狠心地对待可怜的韦翰。这人看上去心地不坏。他说起话来，嘴上的表情倒很讨人喜欢。至于他脸上的表情，的确有些尊严，不过人家也不会因此就说他心肠不好。只有带我们去参观的那个管家奶奶，倒真把他的性格说得天花乱坠。

有几次我几乎忍不住要笑出声来。不过,我看他一定是位很慷慨的主人;在一个用人的眼睛里看来,一切的德性就在于**这一点**上面。"

伊丽莎白听到这里,觉得应该替达西说几句公道话,辩明他并没有亏待韦翰;她便小心翼翼地把事情的原委说给舅父母听。她说,据达西在肯特郡的有些亲友,他们曾告诉她,他的行为和人家所传说的情形大有出入;他的为人决不像哈福德郡的人们所想象的那么荒谬,韦翰的为人也决不像哈福德郡的人们所想象的那么厚道。为了证实这一点,她又把他们两人之间银钱往来上的事情,一五一十地讲了出来,虽然没有指明这话是谁讲出来的,可是她断定这些话很可靠。

这番话使嘉丁纳太太听得既感惊奇,又极担心,只是大家现在已经走到从前她喜爱的那个地方,于是她一切的心思都云散烟消,完全沉醉在甜蜜的回忆里面。她把这周围一切有趣的处所一一指给她丈夫看,根本无心想到别的事上面去。虽然一上午的步行已经使她感到疲倦,可是一吃过饭,她又动身去探访故友旧交。这一晚过得真有意思,正所谓:连年怨阔别,一朝喜重逢。

至于伊丽莎白,白天里所发生的种种事情对她来说实在太有趣了,她实在没有心思去结交任何新朋友;她只是一心一意地在想,达西先生今天为什么那样礼貌周全,尤其使她诧异的是,他为什么要把他妹妹介绍给她。

第四十四章

　　伊丽莎白料定达西先生的妹妹一到彭伯里，达西先生隔天就会带着她来拜访她，因此决定那天整个上午都不离开旅馆，至多在附近走走。可是她完全猜错了，原来她跟舅父母到达蓝白屯的当天上午，那批客人就到了彭伯里。他们到了蓝白屯，便跟着几个新朋友到各处去溜达了一转，刚刚回到旅馆去换衣服，以便到一家朋友那里去吃饭，忽然听到一阵马车声，他们便走到窗口，只见一男一女，坐着一辆双轮马车，从大街上往这边来。伊丽莎白立刻就认出了马车夫的号衣，心里有了数目，于是告诉舅父母说，她就要有贵客光临。舅父母听了都非常惊讶。他们看见她说起话来那么窘，再把眼前的事实和昨天种种情景前前后后想一想，便对这件事有了一种新的看法。他们以前虽然完全蒙在鼓里，没有看出达西先生爱上了他们的外甥女儿，可是他们现在觉得一定是这么回事，否则他这百般的殷勤就无法解释了。他们脑子里不断地转着这些新的念头，伊丽莎白本人也不禁越来越心慌意乱。她奇怪自己怎么会这样坐立不安。她前思后想，很是焦急，怕的是达西先生为了爱她的缘故，会在他妹妹面前把她捧得太过分；她愈是想要讨人喜欢，便愈是怀疑自己没有讨人喜欢的本领。

　　她为了怕让舅父母看见，便打从窗前退缩回来，在房间里踱来踱去，竭力装出心神镇定的样子，只见舅父母神色诧异，这可更糟了。

　　达西兄妹终于走进了旅馆，大家郑重其事地介绍了一番。伊丽莎白看到达西小姐也和自己同样显得不好意思，不禁颇感惊奇。自从她来到蓝白屯以来，总是听说达西小姐为人非常傲慢，可是这会儿她只观察了她几分钟工夫，就断定她不过是过分羞怯畏缩。达西小姐除了简单地回答一两个字外，此外你休想再逼得出她一句话来。

　　达西小姐个子很高，身材比伊丽莎白大一号，她虽然才十六岁，可是已经发育完全，一举一动都像个大人，端庄大方。她抵不上她哥哥漂亮，可是她的脸蛋儿长得聪明有趣，仪表又谦和文雅。伊丽莎白本以为她看起人来也像达西一样尖酸刻薄，不留情面，现在见她并不如此，倒放下了心。

　　他们见面不久，达西先生就告诉伊丽莎白说，彬格莱也要来拜候她；她正要说一声不胜荣幸，可是话未出口，就听见彬格莱先生上楼梯的急促的脚步声，一刹那工夫，他就进来了。伊丽莎白本来已经对他心平气和，纵使余怒未消，只要看他这次来访，情恳意切，对重逢表示喜悦，这般情景便使得她有气也变成无气了。他亲亲切切地问候她全家安好，虽然只说了几句寻常话，可是他的容貌谈吐，却完全和从前一样安详愉快。

　　嘉丁纳夫妇也和她有同感，认为他是个耐人寻味的人物。他们早就想见见他。眼前这些人确实引起了他们极大的兴趣。他们因为怀疑达西先生跟他们外甥女儿的关系，便禁不住偷偷地仔细观察双方的情形，观察的结果，他们立刻确定两个人中间至少有一个已经尝到了恋爱的滋味。小姐的心思一时还不能断定，可是先生方面显然是情意绵绵。

伊丽莎白忙于应付。她既想弄清在场宾客中每个人对她观感如何，又要确定她自己对人家的观感如何，还要博得大家的好感。她最怕不能博得大家的好感，可是效果偏偏非常好，因为她要讨好的那些人，未来之前都已对她怀着好感。彬格莱存心要和她交好，乔治安娜极想和她要好，达西非要讨她的好不可。

看到了彬格莱，她一切的念头自然都转到自己姐姐身上去了，她多么想要知道他是不是也同她一样，会想到她姐姐！她有时候觉得他比从前说话说得少了，不过有一两次，当他看着她的时候，她又觉得他竭力想在她身上看出一点和她姐姐相似的地方。这也许是她自己的凭空假想，不过有一件事她可看得很真切：人家都说达西小姐是吉英的情敌，其实彬格莱先生对达西小姐并没有什么情意。他们两人之间看不出有什么特别钟情的地方。无论什么地方，都不能证明彬格莱小姐的愿望一定会实现。伊丽莎白立刻就觉得自己这种想法颇近情理。宾客们临走以前，又发生了两三件小事，伊丽莎白因为爱姐心切，便认为这两三件小事足以说明彬格莱先生对吉英依然旧情难忘，而且他还想多攀谈一会儿，以便谈到吉英身上去，只可惜他胆量甚小，未敢如此。他只有趁着别人在一起谈话时，才用一种万分遗憾的语气跟她说："我和她好久不曾相见，真是福薄缘浅。"她还没有来得及回他的话，他又说道："有八个多月不见面了。我们是十一月二十六日分别的，那一次我们大家都在尼日斐花园跳舞。"

伊丽莎白见他对往事记得这么清楚，很是高兴；后来他又趁着别人不在意的时候，向她问起她的姐妹们现在是不是全在浪搏恩。这前前后后的一些话，本身并没有什么深意，可是说话人的神情态度，却大可玩味。

她虽然不能常常向达西先生顾盼，可是她只消随时瞥他一眼，就看见他脸上总是那么亲切，她听他谈吐之间既没有丝毫的高傲习气，也没有半点蔑视她亲戚的意味，于是她心里不由得想道：昨天亲眼看到他作风大有改进，那即使是一时的改变，至少也保持到了今天。几个月以前他认为和这些人打交道有失身份，如今他却这样乐于结交他们，而且要博得他们的好感；她看到他不仅对她自己礼貌周全，甚至对那些他曾经声言看不入眼的亲戚们，礼貌也颇周全。上次他在汉斯福牧师家里向她求婚的那一幕，还历历如在目前，如今对比起来，真是前后判若两人。这种种情形，实在使她激动得太厉害，使她几乎禁不住把心里的惊奇流露到脸上来。她从来没见过他这样一心要讨好别人，无论是在尼日斐花园和他那些好朋友在一起的时候，或是在罗新斯跟他那些高贵的亲戚在一起的时候，也不曾像现在这样虚怀若谷，有说有笑，何况他这样的热情并不能增进他自己的体面，何况他现在殷勤招待的这些人，即使跟他攀上了交情，也只会落得尼日斐花园和罗新斯的太太小姐们嘲笑指摘。

这些客人在他们这儿待了半个多钟头；临走的时候，达西先生叫他妹妹跟他一起向嘉丁纳夫妇和班纳特小姐表示，希望他们在离开这儿以前,上彭伯里去吃顿便饭。达西小姐虽然对于邀请客人还不大习惯,显得有些畏缩不前,可是她却立刻照做了。于是嘉丁纳太太望着外甥女儿,看她是不是愿意去,因为这次请客主要是为了**她**,不料伊丽莎白转过头去不响。嘉丁纳太太认为这样故意回避是一时的羞怯,而不是不喜欢这次邀请;她又看看自己的丈夫:他本来就是个爱交际的人,这会儿更显得完全愿意去的样子,于是她就大胆答应了,日期定在后天。

彬格莱表示十分高兴,因为他又可以多一次看到伊丽莎白的机会,他还有许多话要和她谈,还要向她打听哈福德郡某些朋友的情况。伊丽莎白认为这一切都只是因为,他想从她嘴里探听她姐姐的消息,因此心里很快活。凡此种种,虽然她当时倒并不怎么特别欢欣,可是客人们走了以后,她一想起刚才那半个钟头的情景,就不禁得意非凡。她怕舅父母追三问四,很想走开,所以她一听完他们把彬格莱赞扬了一通以后,便赶快去换衣服。

可是她没有理由害怕嘉丁纳夫妇的好奇心,因为他们并不想强迫她讲出心里的话。她跟达西先生的交情,显然不是他们以前所猜想的那种泛泛之交,他显然爱上了她,舅父母发现了许多蛛丝马迹,可又实在不便过问。

他们现在一心只想到达西先生的好处。他们和他认识到现在为止,从他身上找不出半点儿错处。他那样的客气,使他们不得不感动。要是他们光凭着自己的感想和那个管家奶奶的报道来称道他的为人,而不参考其他人的意见,那么,哈福德郡那些认识他的人,简直辨别不出这是讲的达西先生。大家现在都愿意去相信那个管家奶奶的话,因为她在主人四岁的那年就来到他家,当然深知主人的为人，加上她本身的举止也令人起敬，那就决不应该贸贸然把她的话置若罔闻，何况根据蓝白屯的朋友们跟他们讲的情形来看，也觉得这位管家奶奶的话没有什么不可靠的地方。达西除了傲慢之外，人家指摘不出他有任何错处。说到傲慢，他也许果真有些傲慢，纵使他并不傲慢，那么，那个小镇上的居民们见他全家终年足迹不至，自然也要说他傲慢。不过大家都公认他是个很大方的人，济苦救贫，慷慨解囊。

再说到韦翰，他们立刻就发觉他在这个地方并不十分受人器重；虽然大家不大明了他和他恩人的儿子之间的主要关系，可是大家都知道他离开德比郡时曾经欠下了多少债务，后来都是由达西先生替他偿还的。

伊丽莎白这个晚上一心一意只想到彭伯里，比昨天晚上还要想得厉害。这虽然是一个漫漫的长夜，可是她还是觉得不够长，因为彭伯里大厦里**那个人**弄得她心里千头万绪，她在床上整整躺了两个钟头睡不着觉，左思右想，还弄不明白对他究竟是爱是憎。她当然不会恨他。决不会的；恨早就消了。如果说她当真一度讨厌过他，她也早就为当初这种心情感到惭愧。她既然认为他具有许多高尚的品质，自然就尊敬起他来，尽管她开头还不大愿意承认，事实上早就因为尊敬他而不觉得他有丝毫讨厌的地方了。她现在又听到大家都说他的好话，昨天她又亲眼看到了种种情形，看出他原来是个性格很柔顺的人，于是尊敬之外又添上了几分亲切，但是问题的关键还不在于她对他尊敬和器重，而在于她还存着一片好心好意，这一点可不能忽略。她对他颇有几分感激之心。她所以感激他，不仅因为他曾经爱过她，而且因为当初她虽然那么意气用事，斩钉截铁地拒绝过他，错怪过他，如今他却决不计较，反而依旧爱她。她本以为他会恨她入骨，决不会再理睬她，可是这一次邂逅而遇，他却好像急不待缓地要跟她重修旧好。提到他们两人本身方面的事情，他虽然旧情难忘，可是语气神态之间，却没有粗鄙怪癖的表现，只是竭力想要获得她亲友们的好感，而且真心诚意地要介绍她和他的妹妹认识。这么傲慢的一个男人，会一下子变得这样谦虚，这不仅叫人惊奇，也叫人感激，这不能不归根于爱情，浓烈的爱情。她虽然不能千真万确地把这种爱情说出一个所以然来，可是她决不觉得讨厌，而且还深深地给打动了心，觉得应该让这种爱情滋长下去。她既然尊敬他，器重他，感激他，便免不了极其关心到他的幸福。她问她自己究竟是否愿意放心大胆地来操纵他的幸福；她相信自己依旧有本领叫他再来求婚，问题只在于她是否应该放心大胆地施展出这副本领，以便达到双方的幸福。

晚上她和舅母商谈，觉得达西小姐那么客气，回到彭伯里已经是吃早饭的时候，却还当天就赶来看她们，她们即使不能像她那样礼貌周全，至少也应该稍有礼貌，去回拜她一次。最后她们认为，最好是明天一大早就上彭伯里去拜候她。她们决定就这么办。伊丽莎白很是高兴，不过她只要问问自己为什么这样高兴，却又答不上来了。

吃过早饭以后，嘉丁纳先生马上就出去了，因为上一天他又重新跟人家谈到了钓鱼的事，约定今天中午到彭伯里去和几位绅士碰头。

第四十五章

伊丽莎白现在认为,彬格莱小姐所以一向厌恶她,原因不外乎和她吃醋。她既然有了这种想法,便不禁觉得这次到彭伯里去,彬格莱小姐一定不会欢迎她;尽管如此,她倒想看看这一次旧雨重逢,那位小姐是否会多少顾全一些大体。

到了彭伯里大厦,家人们就带着她们走过穿堂,进入客厅,只见客厅北面景色非常动人,窗户外边是一片空地,屋后树林茂密,冈峦耸叠,草地上种满了美丽的橡树和西班牙栗树,真是好一派赏心悦目的夏日风光。

达西小姐在这间屋子里接待她们,跟她一同来接她们的还有赫斯脱太太、彬格莱小姐,以及那位在伦敦跟达西小姐住在一起的太太。乔治安娜对她们礼貌非常周全,只是态度颇不自然,这固然是因为她有几分羞怯,生怕有失礼的地方,可是在那些自以为身份比她低的人看来,便容易误会她为人傲慢矜持,幸亏嘉丁纳太太和她外甥女决不会错怪她,反而还同情她。

赫斯脱太太和彬格莱小姐只对她们行了个屈膝礼。她们坐定以后,宾主之间许久不曾交谈,实在别扭。后来还是安涅斯雷太太第一个开口说话。这位太太是个和蔼可亲的大家闺秀，你只要瞧她竭力想出话来攀谈，便可以知道她确实比另外两位有教养得多。全靠她同嘉丁纳太太先攀谈起来，再加上伊丽莎白不时地插几句嘴助助兴，谈话才算没有冷场。达西小姐好像想说话而又缺乏勇气，只是趁着人家听不见的时候支吾一两声，也总算难得。

　　伊丽莎白立刻发觉彬格莱小姐在仔细地看着她，注意她的一言一语，特别注意她跟达西小姐攀谈。如果伊丽莎白跟达西小姐的座位隔得很近，攀谈起来很方便，她决不会因为畏忌彬格莱小姐而就不和达西小姐攀谈，可是既然无须多谈，再加她自己也正心思重重，所以也并不觉得遗憾。她时时刻刻都盼望着会有几位男客走进来，而且盼望这一家的主人也会跟着男客们一同进来，可是她虽然盼望，却又害怕，她究竟是盼望得迫切，还是害怕得厉害，她自己也几乎说不上来。伊丽莎白就这样坐了一刻钟之久，没有听到彬格莱小姐发表一言半语，后来忽然之间吓了一跳，原来是彬格莱小姐冷冰冰地问候她家里的人安好。她也同样冷冷淡淡简简单单地敷衍了她几句，对方便也就不再开口。

　　她们来了不久，用人们便送来了冷肉、点心以及各种应时鲜果。本来达西小姐一直忘了叫人端来，幸亏安涅斯雷太太频频向她做着眼色，装着微笑，方才提醒了她做主人的责任。这一下大家都有事情可做了。虽然不是每个人都健谈，可是每个人都会吃；大家一看见那大堆大堆美丽的葡萄、油桃和桃子，一下子就聚拢来围着桌子坐下。

　　吃东西的时候，达西先生走了进来，伊丽莎白便趁此辨别一下自己的心情，究竟是希望他在场，还是害怕他在场。辨别的结果，虽然自以为盼望的心情多于害怕的心情，可是他进来了不到一分钟，她却又认为他还是不进来的好。

且说达西原先同自己家里两三个人陪着嘉丁纳先生在河边钓鱼，后来一听到嘉丁纳太太和她外甥女儿当天上午就要来拜望乔治安娜，便立刻离开了他们，回到家里来。伊丽莎白见他走进来，便临机应变，下定决心，促使自己千万要表现得从容不迫，落落大方。她下定这个决心，确实很必要，只可惜事实上不大容易做到，因为她看到全场的人都在怀疑他们俩；达西一走进来，几乎没有一只眼睛不在注意着他的举止。虽然人人都有好奇心，可是谁也不像彬格莱小姐那么露骨，好在她对他们两人中间随便哪一个谈起话来，还是满面笑容，这是因为她还没有嫉妒到不择手段的地步，也没有对达西先生完全死心。达西小姐看见哥哥来了，便尽量多说话；伊丽莎白看出达西极其盼望她跟他妹妹处熟起来，他还尽量促进她们双方多多攀谈。彬格莱小姐把这些情形看在眼里，很是气愤，也就顾不得唐突，顾不得礼貌，一有机会便冷言冷语地说：

"请问你，伊丽莎白小姐，麦里屯的民兵团不是开走了吗？**府上**一定觉得这是一个很大的损失吧。"

她只是不敢当着达西的面明目张胆地提起韦翰的名字，可是伊丽莎白立刻懂得她指的就是那个人，因此不禁想起过去跟他的一些来往，一时感到很难过。这是一种恶意的攻击，伊丽莎白非要狠狠地还击她一下不可，于是她立刻用一种满不在乎的声调回答了她那句话。她一面说，一面不由自主地对达西望了一眼，只见达西涨红了脸，恳切地望着她，达西的妹妹更是万分慌张，低头无语。彬格莱小姐如果早知道这种不三不四的话会使得她自己的意中人这样苦痛，她自然就决不会说出口了。她只是存心要打乱伊丽莎白的心思，她以为伊丽莎白过去曾倾心于那个男人，便故意说了出来，使她出出丑，让达西看不起她，甚至还可以让达西想起她几个妹妹曾经为了那个民兵团闹出多少荒唐的笑话。至于达西小姐想要私奔的事情，她一点也不知情，因为达西先生对这件事一向尽量保守秘密，除了伊丽莎白小姐以外，没有向任何人透露过。他对彬格莱的亲友们隐瞒得特别小心，因为他认为以后要和他们攀亲，这也是伊丽莎白意料中的事。他的确早就有了这个打算；也许就是为了这个原因，便对彬格莱的幸福更加关心，可并不是因此而千方百计地去拆散彬格莱和班纳特小姐的好事。

达西看到伊丽莎白不动声色，方才安下心来。彬格莱小姐苦恼失望之余，不敢再提到韦翰，于是乔治安娜也很快恢复了正常的神态，只不过一时之间还不好意思开口说话。她害怕看到她哥哥的眼睛，事实上她哥哥倒没有留意她也牵涉在这件事情里面。彬格莱小姐这次本来已经安排好神机妙算，要使得达西回心转意，不再眷念伊丽莎白，结果反而使他对伊丽莎白更加念念难忘，更加有情意。

这一问一答以后，客人们没有隔多久就告辞了。当达西先生送她们上马车的时候，彬格莱小姐便趁机在他妹妹面前大发牢骚，把伊丽莎白的人品、举止和服装都一一编派到了。乔治安娜可并没有接嘴，因为她哥哥既然那么推崇伊丽莎白，她当然便也对她有了好感。哥哥的看法绝不会错；他把伊丽莎白捧得叫乔治安娜只觉得她又亲切又可爱。达西回到客厅里来的时候,彬格莱小姐又把刚才跟他妹妹说的话,重新说了一遍给他听。

她大声说道:"达西先生,今天上午伊丽莎·班纳特小姐的脸色多难看!从去年冬天以来,她真变得太厉害了,我一辈子也没看见过哪个人像她这样。她的皮肤变得又黑又粗糙,露薏莎和我简直不认识她了。"

这种话尽管不投合达西的心意,他却还是冷冷地敷衍了她一下,说是他看不出她有什么变化,只不过皮肤黑了一点,这是夏天旅行的结果,不足为奇。

彬格莱小姐回答道:"老实说,我觉得根本看不出她有什么美。她的脸太瘦,皮肤没有光泽,眉目也不清秀。她的鼻子也很平常,线条一些不突出。她一口牙齿勉强还过得去,可是也不过普普通通;讲到她的眼睛,人家有时候都把它说得多么美,我可看不出有什么大不了。她那双眼睛有些尖刻相,又有些恶毒相,我才不喜欢呢;而且拿她的整个风度来说,完全是自命不凡,其实却不登大雅之堂,真叫人受不了。"

彬格莱小姐既然早已断定达西爱上了伊丽莎白,又要用这种办法来博得他的喜欢,实在不太高明;不过人们在一时气愤之下,往往难免有失算的时候。她看到达西终于给弄得多少有些神色烦恼,便自以为如意算盘打成功了。达西却咬紧牙关,一声不响,她为了非要他说几句话不可,便又往下说:

"我还记得我们第一次在哈福德郡认识她的时候,听人家说她是个有名的美人儿,我们都觉得十分奇怪;我特别记得有一个晚上,她们在尼日斐花园吃过晚饭以后,你说:'她也算得上一个美人！那么她妈妈也算得上一个天才了！'可是你以后就对她印象好起来了，你也有一个时期觉得她很好看。"

达西真是忍无可忍了，只得回答道："话是说得不错，可是，那是我刚认识她的时候的事情；最近好几个月以来，我已经把她看作我认识的女朋友当中最漂亮的一个。"

他这样说过以后，便走开了，只剩下彬格莱小姐一个人。她逼着他说出了这几句话，本以为可以借此得意一番，结果只落得自讨没趣。

嘉丁纳太太和伊丽莎白回到寓所以后，便把这次做客所遇到的种种事情详细谈论了一番，只可惜大家都感到兴趣的**那件事**却偏偏没有谈到；凡是她们所看到的人，她们都拿来一个个评头论足，又一一谈到各人的神情举止，只可惜她们特别留意的那个人却没有谈到。她们谈到了他的妹妹、他的朋友、他的住宅、他请客人们吃的水果——样样都谈到了，只是没有谈到他本人，其实外甥女儿真希望舅母大人谈谈对那个人印象如何，舅母大人也极其希望外甥女儿先扯到这个话题上来。

第四十六章

伊丽莎白到蓝白屯的时候,因为没有立即接到吉英的来信,感到非常失望;第二天早上又感到同样的失望。可是到了第三天,她就再也不用焦虑了,再也不埋怨她的姐姐了,因为她这一天收到了姐姐两封信,其中一封注明曾经送错了地方。伊丽莎白并不觉得诧异,因为吉英确实把地址写得很潦草。

那两封信送来的时候,他们刚刚要出去溜达;舅父母只管自己走了,让她一个人去静静地读信。误投过的那封信当然要先读,那还是五天前写的。信上先讲了一些小规模的宴会和约会之类的事,又报道了一些乡下的新闻;后一半却报道了重要消息,而且注明是下一天写的,显见得写信人提笔时心绪很乱。后半封内容如下:

亲爱的丽萃,写了上半封信之后,发生了一件极其出人意料、极其严重的事;可是我又怕吓坏了你。请放心吧,家里人都好,我这里要说的是关于可怜的丽迪雅的事。昨天晚上十二点钟,我们正要睡觉的时候,突然接到弗斯脱上校一封快信，告诉我们说，丽迪雅跟他部下的一个军官到苏格兰去了；老实说，就是跟韦翰私奔了！你想象我们当时多么惊奇。不过吉蒂却以为这件事并非完全出人意料。我真难受。这两个男女就这样冒冒失失地配成了一对！可是我还是愿意从最好的方面去着想，希望别人都是误解了他的人品。我固然认为他为人轻率冒昧，不过他这次的举动未必就是存心不良（让我们但愿如此吧）。至少他选中这个对象不是为了有利可图，因为他一定知道父亲没有一个钱给她。可怜的母亲伤心得要命。父亲总算还支持得住。谢天谢地，好在我们从来没有让两位老人家知道外界对他的议论，我们自己也不必把它放在心上。据大家猜想，他们大概是星期六晚上十二点钟走的，但是一直到昨天早上八点钟，才发现这两个人失踪了。于是弗斯脱上校连忙写信告诉我们。亲爱的丽萃，他们所经过的地方离开我们一定不满十英里。弗斯脱上校说，他一定立刻就到我们这里来。丽迪雅留了一封短信给弗斯脱太太，把他们两人的意图告诉了她。我不得不停笔了，因为我不能离开母亲太久。我怕你一定会觉得莫名其妙吧，我自己也简直不知道在写些什么。

伊丽莎白读完了这封信以后，几乎说不出自己是怎样的感觉，想也没有想一下，便连忙抓起另外一封信，迫不及待地拆开就看。这封信比第一封信迟写一天。

亲爱的妹妹，你现在大概收到了我那封匆促草成的信了吧。

我希望这封信会把问题说得明白些；不过，时间虽然并不急促，我的头脑却糊里糊涂，因此并不能担保这封信一定会写得有条有理。我的亲丽萃，我简直不知道该写些什么，但是我总得把坏消息报道给你，而且事不宜迟。尽管韦翰先生和我们可怜的丽迪雅的婚姻是多么荒唐，可是我们却巴不得听到他们已经结婚的消息，因为我们非常担心他们并没有到苏格兰去。弗斯脱上校前天寄出那封快信以后，稍隔数小时即由白利屯出发到我们这儿来，已于昨日抵达此间。虽然丽迪雅给弗太太的那封短信里说，他们俩要到格利那草场①去，可是根据丹尼透露出来的口风，他相信韦决不打算到那儿去，也根本不打算跟丽迪雅结婚。弗上校一听此话，大为骇异，便连忙从白出发，希望能追到他们。他一路追踪觅迹，追到克拉普汗，这倒还不费什么事，可是再往前追便不容易，因为他们两人到达此地后，便把从艾普桑②雇来的马车打发走了，重新雇了出租马车。以后的行踪去迹便颇难打听，只听见有人说，看见他们继续往伦敦那方面去。我不知道应该怎样想法。弗上校在伦敦竭力仔细打听了一番以后，便来到哈福德郡，在沿路的关卡上以及巴纳特和帽场两地所有的旅馆里，统统探寻了一遍，可是不得要领而返。大家都说没有看见这样的人走过。

---

① 在苏格兰邓弗里斯郡。自1754年以后，秘密结婚者多逃往该地，每年多达200起，盖以当时适用于英格兰之婚姻法不适用于苏格兰。自1756年以后，凡男女结婚，必须在该地居住三星期以上始得举行婚礼。
② 伦敦附近一小镇，18世纪时是一个游览休憩的名胜地方，现在以跑马场著称。

他无限关切地来到了浪搏恩，把他的种种疑虑全都诚心诚意地告诉了我们。我实在替他和弗太太难过；谁也不能怪他们夫妇俩。亲爱的丽萃，我们真是痛苦到极点。父亲和母亲都以为，这事情的下场势必糟透坏极，可是我却不忍心把他看作那么坏。也许为了种种关系，他们觉得在城里私下结婚，比较合适，故未按照原来计划进行；纵使他欺侮丽迪雅年幼无知，没有显亲贵戚，因而对她存心不良，难道丽迪雅自己也会不顾一切吗？这件事绝对不可能！不过，听到弗上校不大相信他们俩会结婚，我又不免伤心。我把我的心愿说给他听，他只是频频摇头，又说韦恐怕是个靠不住的人。可怜的妈真要病倒了，整天不出房门。要是她能勉强克制一下，事情也许要好些，可惜她无法办到。讲到父亲，我一辈子也没见过他这样难受。可怜的吉蒂也很气愤，她怪她自己没有把他们俩的亲密关系预先告诉家里人；但是他们俩既然信任她能够保守秘密，我也不便怪她没有早讲。最亲爱的丽萃，我真替你高兴，这些痛苦的场面对你说来，真是眼不见为净。不过，开头一场惊险既已过去，我很希望你回来，你不会觉得我这是不合情理吧？如果你不方便，自然我也不会太自私，非要逼你回来不可。再见吧！刚刚才告诉过你，我不愿意逼你回来，现在我又要拿起笔来逼你了，因为照目前情况看来，我不得不诚恳地请求你们尽可能快些回来。舅父母和我相知颇深，决不会见怪，我因此才大胆提出要求，而且我还有别的事要求舅父帮忙。父亲马上就要跟弗斯脱上校到伦敦去想办法找她。他的具体打算我无从知道，可是看他那么痛苦万状,就知道他办起事来决不会十分稳妥,而弗斯脱上校明天晚上就得回白利屯。情况如此紧急,万万非请舅父前来协助指示不可。我相信他一定会体谅我此刻的心情,我相信他一定肯来帮忙。

伊丽莎白读完信以后,不禁失声叫道:"舅父上哪儿去啦?"她连忙从椅子上跳起来,急急去找寻舅父。时间太宝贵,一分钟也不能错过。她刚走到门口,恰逢用人把门打开,达西先生走了进来。他看见她脸色苍白,神情仓皇,不由得吃了一惊。他还没有定下心来说一句话,她却因为一心只想到丽迪雅的处境,却连忙叫起来了:"对不起,不能奉陪。我有紧要的事要去找嘉丁纳先生,一分钟也不能耽搁。"

他抑制不住一时的感情冲动,便也顾不得礼貌,大声嚷道:"老天爷啊,这究竟是怎么回事?"他让自己定了一下心,然后接下去说:"我不愿意耽搁你一分钟;不过还是让我去替你找嘉丁纳先生夫妇吧,或是让用人去也好。你身体不好,你不能去。"

伊丽莎白犹豫不定,但是她已经双膝发抖,也觉得自己没有办法去找他们。她只得叫用人来,打发他去把主人和主妇立刻找回来。她说话的时候上气不接下气,几乎叫人家听不清楚。

用人走出去以后,她便坐下来,达西见她身体已经支持不住,脸色非常难看,简直不放心离开她,便用了一种温柔体贴的声调跟她说:"让我把你的女用人叫来吧。你能不能吃点东西,叫你自己好过一些?要我给你弄一杯酒吗?你好像有病呢。"

她竭力保持镇静,回答他道:"不要,谢谢你。我没有什么。

我很好；只是刚刚从浪搏恩传来了一个不幸的消息，使我很难受。"

她说到这里，不禁哭了起来，半天说不出一句话。达西一时摸不着头脑，只得含含糊糊说了些慰问的话，默默无言地望着她，心里很是同情。后来她便向他吐露实情："我刚刚收到吉英一封信，告诉了我一个非常不幸的消息，反正这也瞒不住任何人。告诉你，我那最小的妹妹丢了她所有的亲友——私奔了——落入了韦翰先生的圈套。他们俩是从白利屯逃走的。你深知他的为人，下文也就不必提了。她没钱没势，没有任何地方足以使他要——丽迪雅一生完了。"

达西给吓呆了。伊丽莎白又用一种更激动的声调接下去说："我本来是可以阻止这一件事的！我知道他的真面目！我只要把那件事的一部分——我所听到的一部分，早讲给家里人听就好了，要是大家都知道了他的品格，就不会出这一场乱子了，但现在事已太迟。"

达西叫道："我真痛心，又痛心又惊吓。但是这消息靠得住吗，完全靠得住吗？"

"当然靠得住！他们是星期日晚上从白利屯出奔的，人家追他们一直追到伦敦，可是无法再追下去。他们一定没有去苏格兰。"

"那么，有没有想什么办法去找她呢？"

"我父亲到伦敦去了，吉英写信来，要舅父立刻回去帮忙，我希望我们在半个钟头之内就能动身。可是事情毫无办法，我认为一定毫无办法。这样的一个人，有什么办法对付得了？又想得出什么办法去找他们？我实在不敢存一线的希望。想来想去真可怕。"

达西摇摇头，表示默认。

"**我**当初本已看穿了他的人品，只怪我一时缺乏果断，没有大着胆子去办事。我只怕做得太过火，这真是千不该万不该！"

达西没有回答。他好像完全没有听到她的话，只是在房间里踱来踱去，煞费苦心地在沉思默想。他双眉紧蹙，满脸忧愁。伊丽莎白立刻看到了他这副面容，而且随即明白了他的心思。她对他的魔力一步步在消退了；家庭这样不争气，招来了这样的奇耻大辱，自然处处都会惹得人家一天比一天看不起。她丝毫不觉得诧异，也不怪别人。她即使姑且认为他愿意委曲求全，也未必就会感到安慰，未必就会减轻痛苦。这反而足以使她懂得了自己的心事。现在千恩万爱都已落空，她倒第一次感觉到真心真意地爱他。

她虽然难免想到自己，却并不是完全只想到自己。只要一想到丽迪雅给大家带来的耻辱和痛苦，她立刻就打消了一切的个人顾虑。她用一条手绢掩住了脸，便一切都不闻不问了。过了好一会儿，她听到她朋友的声音，这才神志清醒过来。只听得达西说话的声调里满含着同情，也带着一些拘束："我恐怕你早就希望我走开了吧，我实在没有理由待在这儿，不过我无限地同情你，虽然这种同情无济于事。天哪，我但愿能够说几句什么话，或是尽我一份力量，来安慰安慰你这样深切的痛苦！可是我不愿意说些空洞的漂亮话，让你受罪，这样做倒好像是我故意要讨你的好。我恐怕这桩不幸的事，会使得你们今天不能到彭伯里去看我妹妹了。"

"哦！是呀，请你替我们向达西小姐道个歉吧。就说我们有紧要的事，非立刻回家不可。请你把这一桩不幸的事尽可能多隐瞒一些时候。不过我也知道隐瞒不了多久。"

他立刻答应替她保守秘密，又重新说他非常同情她的苦痛，希望这一件事会得到比较圆满的结局，不至于像现在所想象的这样糟糕，又请她代为问候她家里人，然后郑重地望了她一眼，便告辞了。

他一走出房门，伊丽莎白就不禁想到：这一次居然能和他在德比郡见面，而且好几次见面都蒙他竭诚相待，这简直是出人意料。她又回想了一下他们整个一段交情，真是矛盾百出，千变万化，她以前曾经巴不得断绝这一段交情，如今却又希望能继续下去，想到这种颠三倒四的地方，不由得叹了口气。

如果说，大凡一个人爱上一个人，都是因为先有了感激之心，器重之意，那么，伊丽莎白这次感情的变化当然既合情理，又叫人无可非议。反而言之，世人有所谓一见倾心的场面，也有双方未曾交谈三言两语就相互倾心的场面，如果说，由感激和器重而产生的爱情，比起一见倾心的爱情来，就显得不近人情事理，那我们当然就不能够再袒护伊丽莎白，不过还有一点可以替她交待清楚一下：当初韦翰使她动心的时候，她也许多少就采用了一些一见倾心的办法，结果事情不妙，她只得退而求其次，采用了另一种比较乏味的恋爱方式。这且不提，却说她看见达西走了，真是十分惆怅；丽迪雅这次的丑行，一开头就造成了这样不良的后果，再想起这件糟糕的事，她心里更加痛苦。自从她读了吉英的第二封信以后，她再也不指望韦翰会存心和丽迪雅结婚了。她想，只有吉英会存这种希望，此外谁都不会。关于这件事的发展趋势，她丝毫不觉得奇怪。当她只读到第一封信的时候，她的确觉得太奇怪，太惊讶——韦翰怎么会跟这样一个无利可图的姑娘结婚？丽迪雅又怎么会爱上他？实在叫人不可理解。可是现在看来，真是再自然也没有了。像这一类的苟合，丽迪雅的风流妩媚可能也就足够了。她虽然并不以为丽迪雅会存心跟人家私奔而不打算结婚，可是丽迪雅无论在品德方面或见识方面，的确都很欠缺，当然经不起人家勾引，这也是她意料中事。

民兵团驻扎在哈福德郡的时候，她完全没有看出丽迪雅对韦翰有什么倾心的地方，可是她深深认识到丽迪雅只要随便哪个人勾引一下，就会上钩。她今天喜欢这个军官，明天又喜欢那个军官，只要你对她献殷勤，她就看得中你。她平常的情感极不专一，可是从来没有缺少过谈情说爱的对象。这只怪一向没有家教，对她任意纵容，结果使这样的一个姑娘落得这般下场。天哪！她现在实在体会得太深刻啦！

她非回家不可了——要亲自去听听清楚，看看明白，要赶快去给吉英分担一份忧劳。家里给弄得那么糟，父亲不在家，母亲撑不起身，又随时要人侍候，千斤重担都压在吉英一个人身上。关于丽迪雅的事，她虽然认为已经无法可想，可是她又认为舅父的帮助是极其重要的，她等他回来真等得万分焦急。且说嘉丁纳夫妇听了仆人的话，还以为是外甥女儿得了急病，便连忙慌慌张张赶回来。伊丽莎白见到他们，马上说明并非得了急病，他们方才放心。她又连忙讲清楚找他们回来的原因，把那两封信读出来，又气急败坏地念着第二封信后面补写的那一段话。虽然舅父母平常并不喜爱丽迪雅，可是他们却不得不感到深切的忧虑，因为这件事不单是牵涉到丽迪雅，而是对于大家都体面攸关。嘉丁纳先生开头大为骇异，连声慨叹，然后便一口答应竭尽一切力量帮忙到底。伊丽莎白虽然并没有觉得事出意外，可还是感激涕零。于是三个人协力同心，一刹那工夫就样样收拾妥帖，只等上路。他们要走得越快越好。"可是怎样向彭伯里交待呢？"嘉丁纳太太大声地说，"约翰①跟我们说，当你在找我们的时候，达西先生正在这儿。这是真的吗？"

"是真的；我已经告诉过他，我们不能赴约了。**这件事算是交待清楚了。**"

"这件事算是交待清楚了，"舅母一面重说了一遍，一面跑回房间去准备，"难道他们两人的交情已经好到这步田地，她可以把事实真相都说给他听了吗？哎唷，我真想弄明白这究竟是怎么回事！"

可惜她这个愿望落空了，最多不过在这匆匆忙忙、慌慌乱乱的一个钟头里面，宽慰了一下她自己的心。纵使伊丽莎白能够偷闲摸空跟她谈谈，在这种狼狈不堪的情况下，哪里还会有闲情逸致来谈这种事，何况她也和她舅母一样，有多少事情要料理：别的且不说，蓝白屯所有的朋友们就得由她写信去通知，捏造一些借口，说明他们为什么要突然离去。好在一小时以后，样样事情都已经料理妥帖，嘉丁纳先生也和旅馆里算清了账，只等动身。伊丽莎白苦闷了整整一个上午，想不到在极短的时间里，居然坐上马车，向浪搏恩出发了。

---

① 约翰指男用人。

第四十七章

他们离开那个城镇的时候,舅父跟伊丽莎白说:"我又把这件事想了一遍,认真地考虑了一番,越发觉得你姐姐的看法很对。我认为无论是哪个青年,决不会对这样一位姑娘存着这样的坏心眼,她又不是无亲无靠,何况她就住在他自己的上校家里,因此我要从最好的方面去着想。难道他以为她的亲友们不会挺身而出吗?难道他还以为这一次冒犯弗斯脱上校以后,还好意思回到民兵团里去吗?我看他不见得会痴情到冒险的地步。"

伊丽莎白的脸色立刻显得高兴起来,连忙嚷道:"你果真这样想吗?"

嘉丁纳太太接嘴说:"你相信我好了,我也开始赞成你舅舅的看法了。这件事太不顾羞耻,太不顾名誉和利害关系了,他不会这样胆大妄为。我觉得韦翰未必会这样坏。丽萃,你竟这样把他完全看透了,相信他会做出这种事吗?"

"他也许不会不顾全自己的利害关系。除此以外,我相信他全不在乎。但愿他能有所顾忌。我可不敢存这个奢望。要是真像你所想的那样,那他们干吗不到苏格兰去呢?"

嘉丁纳先生回答道:"第一,现在并不能完全证明他们没有到苏格兰去。"

"哎哟!可是他们把原来的马车打发走,换上了出租的马车,光是凭这一点就可想而知!此外,到巴纳特去的路上,也找不到他们的踪迹。"

"那么就假定他们在伦敦吧。他们到那儿去也许是为了暂时躲避一下,不会别有用心。他们两个人都没有多少钱;也许他们都会想到,在伦敦结婚虽然比不上在苏格兰结婚来得方便,可是要省俭些。"

"可是为什么要这样秘密?为什么怕给人家发觉?为什么结婚要偷偷摸摸?哦,不,不,你这种想法不切合实际。你不是看到吉英信里说吗——连他自己最要好的朋友也相信他不会跟她结婚。韦翰绝不会跟一个没有钱的女人结婚的。他根本办不到。丽迪雅除了年轻、健康、爱开玩笑之外,有什么办法、有什么吸引力,可以叫他为了她而放弃掉结婚致富的机会?至于他会不会怕这次羞耻的私奔使他自己在部队里丢面子,便把行为检点一下,那我就无法判断了,因为我无从知道他这一次的行为究竟会产生什么样的后果。但是你说的另外一点,我恐怕不大靠得住。丽迪雅的确没有个亲兄弟为她出头,他又看到我父亲平日为人懒散,不管家事,便以为**他**遇到这类事情,也会跟人家做父亲的一样,不肯多管,也不肯多想。"

"可是你以为丽迪雅为了爱他,竟会不顾一切,可以不跟他结婚而跟他同居吗?"

伊丽莎白眼睛里涌起了眼泪说道:"说起来真是骇人听闻,

一个人居然怀疑到自己亲妹妹会不顾体面，不顾贞操！可是我的确不知道该怎么说才好。也许是我冤枉了她。她很年轻，又从来没有人教她应该怎样去考虑这些重大的问题；半年以来——不，整整一年以来——她只知道开心作乐，爱好虚荣。家里纵容她，让她尽过些轻浮浪荡的日子，让她随便遇到什么事情都是轻信盲从。自从民兵团驻扎到麦里屯以后，她一脑子只想到谈情说爱，卖弄风情，勾搭军官。她先天就已经足够多情，再加上老是想这件事，谈这件事，想尽办法使自己的感情更加——我应该说更加怎么呢？——更加容易被人家诱惑。我们都知道韦翰无论在仪表方面，辞令方面，都有足够的魅力可以迷住一个女人。"

"可是你得明白，"她的舅母说，"吉英就不把韦翰看得那么坏，她认为他不会存这种心肠。"

"吉英何尝把任何人看作坏人？不管是什么样的人，无论他过去的行为怎样，除非等到事实证明了那个人确实是坏，她怎么会相信人家会存这种心肠？可是说到韦翰的底细，吉英却和我一样明白。我们俩都知道他是个不折不扣的淫棍，他既没有人格，又不顾体面，一味虚情假意，柔声媚气。"

这番话使嘉丁纳太太起了极大的好奇心，想要弄明白外甥女儿怎么知道这些事情的，便大声问道："这些情形你真的都了解吗？"

伊丽莎白红着脸回答道："我当然了解，那一天我已经把他对待达西先生的无耻行为说给你听过。人家待他那么宽宏大量，可是你上次在浪搏恩的时候，曾经亲耳听到过他是以怎样的态度谈到人家。还有许多事情我不便于说，也不值得说，可是他对于彭伯里府上造谣中伤的事实,真是数说不尽。他把达西小姐说成那样一个人,使得我开头完全把她当作一位骄傲冷酷、惹人讨厌的小姐。然而他自己也知道事实完全相反。他心里一定明白,达西小姐正像我们所看到的那样和蔼可亲,一些也不装腔作势。"

"难道丽迪雅完全不知道这些事吗?既然你和吉英都了解得那么透彻,她自己怎么会完全不晓得?"

"糟就糟在这里。我自己也是到了肯特郡以后,常常跟达西先生和他的亲戚费茨威廉上校在一起,才知道真相。等我回得家来,某某郡的民兵团已经准备在一两个星期以内就要离开麦里屯了。当时我就把这情形在吉英面前和盘托出,吉英和我都觉得不必向外面声张,因为街坊四邻既然都对韦翰有好感,如果叫大家对他印象转坏,这会对谁有好处?甚至于临到决定让丽迪雅跟弗斯脱太太一块儿走的时候,我还不想叫丽迪雅了解他的人品。我从来没想到**她**竟会被他欺骗。你可以相信,我万万想不到会造成**这样**的后果。"

"那么说,他们开拔到白利屯去的时候,你还是毫不在意,没想到他们俩已经爱上了吧?"

"根本没有想到。我记得他们谁都没有流露出相爱的意思,要知道,当初只要看出了一点形迹,在我们那样的一个家庭里是不会不谈论的。他刚到部队里来的时候,她就对他十分爱慕,当时我们大家都是那样。在开头一两个月里面,麦里屯一带的姑娘们没有哪一个不为他神魂颠倒;可是他对她却不曾另眼相看。后来那一阵滥爱狂恋的风气过去了,她对他的幻想也就消失了,因为民兵团里其他的军官们更加看重她,于是她的心又转到他们身上去了。"

他们一路上把这个有趣的话题翻来覆去地谈论，谈到哪些地方值得顾虑，哪些地方还可以寄予希望；揣想起来又是如何如何；实在再也谈不出什么新花样来了，只得暂时住口。可是隔了不多一会儿，又谈到这件事上面来了；这是可想而知的。伊丽莎白的脑子里总是摆脱不开这件事。她为这件事自怨自艾，没有一刻能够安心，也没有一刻能够忘怀。

他们匆匆忙忙赶着路，在中途住宿了一夜，第二天吃中饭的时候就到了浪搏恩。伊丽莎白感到快慰的是，总算没有让吉英等得心焦。

他们进了围场，嘉丁纳舅舅的孩子们一看见一辆马车，便赶到台阶上来站着；等到马车赶到门口的时候，孩子们一个个惊喜交集，满面笑容，跳来蹦去，这是大人们回来时第一次受到的愉快热诚的欢迎。

伊丽莎白跳下马车，匆匆忙忙把每个孩子亲吻了一下，便赶快向门口奔去，吉英这时候正从母亲房间里跑下楼来，在那儿迎接她。

伊丽莎白热情地拥抱着她，姐妹两人都热泪滚滚。伊丽莎白一面又迫不及待地问她是否听到那一对私奔的男女有什么下落。

"还没有听到什么下落，"吉英回答道，"好在亲爱的舅舅回来了，我希望从此以后一切都会顺利。"

"爸爸进城去了吗？"

"进城去了，他是星期二走的，我信上告诉过你了。"

"常常收到他的信吗？"

"只收到他一封信。是星期三寄来的,信上三言两语,只说他已经平安抵达,又把他的详细地址告诉了我,这还是他临走时我特别要求他写的。另外他只说,等到有了重要消息,再写信来。"

"妈好吗?家里人都好吗?"

"我觉得妈还算好,只不过精神上受了很大的挫折。她在楼上;她看到你们回来,一定非常快活。她还在她自己的化妆室里呢。谢天谢地,曼丽和吉蒂都非常好。"

"可是你好吗?"伊丽莎白又大声问道,"你脸色苍白。你一定担了多少心思啊!"

姐姐告诉她完好无恙。姐妹俩趁着嘉丁纳夫妇忙于应付孩子们的时候,刚刚谈了这几句话,只见他们一大群男女老幼都走过来了,于是谈话只得终止。吉英走到舅父母跟前去表示欢迎和感谢,笑一阵又哭一阵。

大家都走进会客室以后,舅父母又把伊丽莎白刚才问过的那些话重新问了一遍,立刻就发觉吉英没有什么消息可以奉告。吉英因为心肠慈善,总是从乐观的方面去着想,即使事到如今,她还没有心灰意冷,她还在指望着一切都会有圆满的结局:总有哪一天早上她会收到一封信,或者是父亲写来的,或者是丽迪雅写来的,信上会把事情进行的经过详细报道一番,或许还会宣布那一对男女的结婚消息。

大家谈了一会儿以后,都到班纳特太太房里去了。果然不出所料,班纳特太太见到他们便眼泪汪汪,长吁短叹。她先把韦翰的卑劣行为痛骂了一顿,又为自己的病痛和委屈抱怨了一番,她几乎把每个人都骂到了,只有一个人没骂到,而那个人却正是盲目溺爱女儿,使女儿铸成大错的主要原因。

她说:"要是当初能够依了我的打算,让全家人都跟着到白利屯去,那就不会发生**这种事**了。丽迪雅真是又可怜又可爱。毛病就出在没有人照应。弗斯脱夫妇怎么竟放心让她离开他们跟前呢?我看,一定是他们太怠慢了她。像她那样一个姑娘,要是有人好好地照料她,她是决不会做出那种事来的。我一直觉得他们不配照管她;可是我一直要受人家摆布。可怜的好孩子呀!班纳特先生已经走了,他一碰到韦翰,一定会跟他拼个死活,他一定会给韦翰活活打死,那叫我们大家可怎么办?他尸骨未寒,柯林斯一家人就要把我们撵出去;兄弟呀,要是你不帮帮我们的忙,我就真不知道怎么是好啦。"

大家听到她这些可怕的话,都失声大叫;嘉丁纳先生先告诉她说,无论对她本人,对她家里人,他都会尽心照顾,然后又告诉她说,他明天就要到伦敦去,尽力帮助班纳特先生去找丽迪雅。

他又说:"不要过分焦急,虽说也应该从最坏的方面去着想,可也不一定会落得最坏的下场。他们离开白利屯还不到一个星期。再过几天,我们可能会打听到一些有关他们的消息。等我们把事情弄明白了:要是他们真的没有结婚,而且不打算结婚,那时候才谈得上失望。我一进城就会到姐夫那里去,请他到天恩寺街我们家里去住,那时候我们就可以一块儿商量出一个办法来。"

班纳特太太回答道:"噢,好兄弟,这话正讲在我心上。你一到城里,千万把他们找到,不管他们在哪里也好;要是他们还没有结婚,一定叫他们结婚。讲到结婚的礼服,叫他们用不着等了,只告诉丽迪雅说,等他们结婚以后,她要多少钱做衣服我就给她多少钱。千万要紧的是,别让班纳特先生跟他打架。还请你告诉他,我真是在活受罪,简直给吓得神经错乱了,遍身发抖,东倒西歪,腰部抽搐,头痛心跳,从白天到夜里,没有一刻儿能够安心。请你跟我的丽迪雅宝贝儿说,叫她不要自作主张做衣服,等到和我见了面再说,因为她不知道哪一家衣料店最好。噢,兄弟,你真是一片好心!我知道你会想出办法来把样样事情都办好。"

嘉丁纳先生虽然又重新安了她一下心,说他一定会认真尽力地去效劳,可是又叫她不要过分乐观,也不要过分忧虑。大家跟她一直谈到吃中饭才走开,反正女儿们不在她跟前的时候,有管家妇侍候她,她还可以去向管家妇发牢骚。

虽然她弟弟和弟妇都以为她大可不必和家里人分开吃饭,可是他们并不打算反对她这样做,因为他们考虑到她说话不谨慎,如果吃起饭来让好几个用人一起来侍候,那么她在用人们面前把心里的话全说了出来,未免不大好,因此最好还是只让一个**用人**——一个最靠得住的用人侍候她,听她去叙述她对这件事是多么担心,多么牵挂。

他们走进饭厅不久,曼丽和吉蒂也来了,原来这两姐妹都在自己房间里忙着各人自己的事,一个在读书,一个在化妆,因此没有能够早一些出来。两人的脸色都相当平静,看不出有什么变化,只是吉蒂讲话的声调比平常显得暴躁一些,这或者是因为她丢了一个心爱的妹妹而感到伤心,或者是因为这件事也使她觉得

气愤。至于曼丽,她却自有主张,等大家坐定以后,她便摆出一副严肃的面孔,跟伊丽莎白低声说道:

"家门不幸,遭此惨祸,很可能会引起外界议论纷纷。人心恶毒,我们一定要及时防范,免得一发不可收拾。我们要用姐妹之情来安慰彼此创伤的心灵。"

她看到伊丽莎白不想回答,便又接下去说:"此事对于丽迪雅固属不幸,但亦可以作为我们的前车之鉴。大凡女人家一经失去贞操,便无可挽救,这真是一失足成千古恨。美貌固然难于永葆,名誉亦何尝容易保全。世间多的是轻薄男子,岂可不寸步留神?"①

伊丽莎白抬起眼睛来,神情很是诧异;她心里实在太郁闷,所以一句话也答不上来。可是曼丽还在往下说,她要从这件不幸的事例中阐明道德的精义,以便聊以自慰。

到了下午,两位年纪最大的小姐有了半个钟头的时间可以在一起谈谈心。伊丽莎白不肯错过机会,连忙向吉英问东问西,吉英也连忙一一加以回答,好让妹妹放心。两姐妹先把这件事的不幸的后果共同叹息了一番。伊丽莎白认为一定会发生不幸的后果,吉英也认为难免。于是伊丽莎白继续说道:"凡是我不知道的情节,请你全部说给我听。请你谈得再详细一些。弗斯脱上校怎么说的?他们俩私奔之前,难道看不出一点形迹可疑的地方吗?照理应该常常看到他们两人在一起呀。"

---

① 曼丽颇有女学究气,她说的这两段话在原文中用字造句都十分矫揉造作,故译文亦尽力保持原来的风格。

"弗斯脱上校说,他也曾怀疑过他们俩有情感,特别是怀疑丽迪雅,可是他并没有看出什么形迹,因此没有及时留意。我真为他难受。他为人极其殷勤善良。远在他想到他们两人并没有到苏格兰去的时候,他就打算上我们这儿来慰问我们。等到人心惶惶的时候,他连忙便赶来了。"

"丹尼认为韦翰不会跟她结婚吗?他是否知道他们存心私奔?弗斯脱上校有没有见到丹尼本人?"

"见到的;不过他问到丹尼的时候,丹尼绝口否认,说是根本不知道他们私奔的打算,也不肯说出他自己对这件事究竟怎样看法。丹尼以后便没有再提起他们俩不会结婚之类的话,照**这样**看来,但愿上一次是我听错了他的话。"

"我想,弗斯脱上校没有到这儿以前,你们谁都没有怀疑到他们不会正式结婚吧?"

"我们的脑子里怎么会有这种念头呢!我只是觉得有些不安心,有些顾虑,怕妹妹跟他结婚不会幸福,因为我早就知道他的品行不太端正。父亲和母亲完全不知道这种情形,他们只觉得这门亲事非常冒昧。吉蒂当时十分好胜地说,她比我们大家都熟悉内幕情形,丽迪雅给她的最后一封信上就已经隐隐约约透露出了一些口风,准备来这一着。看吉蒂那副神气,她好像远在好几个星期以前,就知道他们俩相爱了。"

"总不见得在他们俩去到白利屯以前就看出了吧?"

"不见得,我相信不见得。"

"弗斯脱上校是不是显出看不起韦翰的样子?他了解韦翰的真面目吗?"

"这我得承认,他不像从前那样器重他了。他认为他行事荒唐,又爱奢华,这件伤心的事发生以后,人们都传说他离开麦里屯的时候,还欠下了好多债,我但愿这是谣言。"

"哎哟,吉英,要是我们当初少替他保守一点秘密,把他的事情照直说出来,那也许就不会发生这件事了!"

吉英说:"说不定会好些,不过,光是揭露人家过去的错误,而不尊重人家目前的为人,未免亦有些说不过去。我们待人接物,应该完全好心好意。"

"弗斯脱上校能不能把丽迪雅留给他太太的那封短信逐字逐句背出来?"

"那封信他是随身带来给我们看的。"

于是吉英从口袋里掏出那封信,递给伊丽莎白。全文如下:

亲爱的海丽①:

明天一大早你发现我失踪了,一定会大为惊奇;等你弄明白了我上什么地方去,你一定又会发笑。我想到这里,自己也禁不住笑出来了。我要到格利那草场去。如果你猜不着我是跟谁一起去,那我真要把你看成一个大傻瓜,因为这世界上只有一个男人是我心爱的,他真是一个天使。没有了他,我决不会幸福,因此,你别以为我这次去会惹出什么祸来。如果你不愿意把我出走的消息告诉浪搏恩我家里人,那你不告诉也罢。我要使他们接到我信的时候,看到我的签名

---

① 海丽是弗斯脱太太的名字。

是"丽迪雅·韦翰",让他们更觉得事出意外。这个玩笑真开得太有意思!我几乎笑得无法写下去了!请你替我向普拉特道个歉,我今天晚上不能赴约,不能和他跳舞了。我希望他知道了这一切情形以后,能够原谅我;请你告诉他,下次在跳舞会上相见的时候,我一定乐意同他跳舞。我到了浪搏恩就派人来取衣服,请你告诉莎蕾一声,我那件细洋纱的长衣服裂了一条大缝,叫她替我收拾行李的时候把它补一补。再见。请代问候弗斯脱上校。愿你为我们的一路顺风而干杯。

你的好朋友丽迪雅·班纳特

伊丽莎白读完了信以后叫道:"好一个没有脑子的丽迪雅!遇到这样重大的事,竟会写出这样一封信来!但是至少可以说明,**她**倒是把这一次旅行看成一件正经事。不管他以后会诱惑她走到哪一步田地,她可没有**存心**要做出什么丢脸的事来。可怜的爸爸!他对这件事会有多少感触啊!"

"他当时惊骇得那种样子,我真是一辈子也没见过。他整整十分钟说不出一句话来。妈一下子就病倒了,全家都给弄得鬼神不安!"

"噢,吉英,"伊丽莎白叫道,"岂不是所有的用人当天都知道了这件事的底细吗?"

"我不清楚,但愿他们并没有全都知道。不过在这种时候,即使你要当心,也很难办到。妈那种歇斯底里的毛病又发作了,我虽然尽了我的力量去劝慰她,恐怕还是有不够周到的地方。我只怕会出什么意外，因此吓得不知如何是好。"

"你这样待候她，真够你累的。我看你脸色不怎么好。样样事都让你一个人操心烦神，要是我跟你在一起就好了！"

"曼丽和吉蒂都非常好心，愿意替我分担疲劳，可是我不好意思让她们受累，因为吉蒂很纤弱，曼丽又太用功，不应该再去打扰她们休息的时间。好在星期二那天，父亲一走，腓力普姨妈就到浪搏恩来了，蒙她那么好心，一直陪我到星期四才走。她帮了我们不少的忙，还安慰了我们。卢卡斯太太待我们也好，她星期三早上来慰问过我们，她说，如果我们需要她们帮忙，她和她女儿们都乐意效劳。"

伊丽莎白大声说道："还是让她待在自己家里吧，她也许真是出于一片好意，但是遇到了这样一件不幸的事，谁还乐意见到自己的邻居？他们帮我们忙帮不成功，慰问我们反而会叫我们难受。让她们在我们背后去高兴得意吧。"

然后她又问起父亲这次到城里去，打算采用什么方法去找到丽迪雅。

吉英说："我看他打算到艾普桑去，因为他们俩是在那儿换马车的，他要上那儿去找找那些马车夫，看看能不能从他们嘴里探听出一点消息。他的主要目的就是要去查出他们在克拉普汗所搭乘的那辆出租马车的号码。那辆马车本来是从伦敦搭乘客人来的；据他的想法，一男一女从一辆马车换上另一辆马车，一定会引起人家注目，因此他准备到克拉普汗去查问。他只要查出那个马车夫在哪家门口卸下先前那位客人，他便决定上那儿去查问一下，也许能够查问得出那辆马车的号码和停车的地方。至于他有什么别的打算，我就不知道了。他急急忙忙要走，心绪非常紊乱，我能够从他嘴里问出这么些话来，已经算是不容易了。"

第四十八章

第二天早上,大家都指望班纳特先生会寄信来,可是等到邮差来了,却没有带来他的片纸只字。家里人本来知道他一向懒得写信,能够拖延总是拖延;但是在这样的时候,她们都希望他能够勉为其难一些。既是没有信来,她们只得认为他没有什么愉快的消息可以报道,但即使如此,她们也希望把事情弄个清楚明白。嘉丁纳先生也希望在动身以前能够看到几封信。

嘉丁纳先生去了以后,大家都认为,今后至少可以经常听到一些事情进行的经过情形。他临走的时候,答应一定去劝告班纳特先生尽可能马上回来。她们的母亲听了这话,很是安慰,她认为只有这样,才能保证她丈夫不会在决斗中被人打死。

嘉丁纳太太和她的孩子们还要在哈福德郡多待几天,因为她觉得,待在这里可以让外甥女儿们多一个帮手。她可以帮着她们侍候班纳特太太,等她们空下来的时候,又大可以安慰安慰她们。姨妈也常常来看她们,而且据她自己说,她来的目的是为了让她们高兴高兴,好振作起来,不过,她没有哪一次来不谈到韦翰的奢侈淫逸,每次都可以举出新的事例。她每次走了以后,总是叫她们比她没有来以前更加意气消沉。

三个月以前，差不多整个麦里屯的人们都把这个男人捧到天上；三个月以后，整个麦里屯的人都说他的坏话。他们说，他在当地每一个商人那里都欠下了一笔债；又给他加上了诱骗妇女的头衔，又说每个商人家里都受到过他的糟蹋。每个人都说他是天下最坏的青年；每个人都开始发觉自己一向就不信任他那伪善的面貌。伊丽莎白虽然对这些话只是半信半疑，不过她早就认为妹妹会毁在他手里，这一来当然更是深信无疑。吉英本来连半信半疑也谈不上，这一来也几乎感到失望——因为时间已经过了这么久，如果他们两人真到苏格兰去了，现在也应该有消息了，这样一想，纵使她从来没有觉得完全失望，现在当然也难免要感到失望。

嘉丁纳先生是星期日离开浪搏恩的。星期二他太太接到他一封信。信上说，他一到那里就找到了姐夫，把他劝到天恩寺街去。又说，他没有到达伦敦以前，班纳特先生曾到艾普桑和克拉普汗去过，可惜没有打听到一点儿满意的消息；又说他决定到城里各大旅馆去打听一下，因为班纳特先生认为，韦翰和丽迪雅一到伦敦，可能先住旅馆，然后再慢慢寻找房子。嘉丁纳先生本人并没有指望这种办法会获得什么成绩；既是姐夫非要那样做不可，也只有帮助他着手进行。信上还说，班纳特先生暂时根本不想离开伦敦，他答应不久就会再写一封信来。这封信上还有这样的一段附言：

我已经写信给弗斯脱上校，请他尽可能在民兵团里把那个年轻小伙子的要好朋友找几个来打听一下,韦翰有没有什么亲友知道他躲藏在这个城里的哪一个区域。要是我们有这样的人可以请教,得到一些线索,那是大有用处的。目前我们还是无从捉摸。也许弗斯脱上校会尽量把这件事做得使我们满意。但是,我又想了一下,觉得丽萃也许比任何人都了解情况,会知道他现在还有些什么亲戚。

伊丽莎白究竟为什么会受到这样的推崇,她自己完全知道,只可惜她提供不出什么令人满意的材料,所以也就受不起这样的恭维。

她除了听到韦翰谈起过他自己的父母以外,从来不曾听到他有什么亲友,况且他父母也都已去世多年。某某郡民兵团里他的一些朋友们,可能提供得出一些材料,她虽说并不能对此存着过分的奢望,但究竟不妨试一试。

浪搏恩一家人每天都过得非常心焦,最焦急的时间莫过于等待邮差的那一段时间。大家每天早上所急的第一件大事,就是等着邮差送信来。不管信上报道的是好消息还是坏消息,总是要讲给大家听,还盼望着第二天会有重要的消息传来。

嘉丁纳先生虽然还没有给她们寄来第二封信,可是她们却收到了别的地方寄来的一封信,原来是柯林斯先生寄来了一封信给她们的父亲。吉英事前曾受到父亲的嘱托,代他拆阅一切信件,于是她便来拜读这一封信。伊丽莎白也知道柯林斯先生的信总是写得奇奇怪怪,便也挨在吉英身旁一同拜读。信是这样写的:

长者先生赐鉴：

　　昨接哈福德郡来信，借悉先生目前正值心烦意乱，不胜苦悲。不佞与拙荆闻之，无论对先生个人或尊府老幼，均深表同情。以不佞之名分职位而言，自当聊申悼惜之意，何况与尊府忝为葭莩，益觉责无旁贷。夫揆诸情理，此次不幸事件自难免令人痛心疾首，盖家声一经败坏，便永无清洗之日，伤天下父母之心，孰有甚于此者？早知如此，但冀其早日夭亡为幸耳。不佞唯有曲尽言辞，备加慰问，庶几可以聊宽尊怀。据内人夏绿蒂言，令嫒此次淫奔，实系由于平日过分溺爱所致，此尤其可悲者也。唯不佞以为令嫒年方及笄，竟而铸成大错，亦足见其本身天性之恶劣，先生固不必过于引咎自责也。日前遇咖苔琳夫人及其千金小姐，曾以此事奉告，夫人等亦与不佞夫妇有所同感。多蒙夫人与愚见不谋而合，认为令嫒此次失足，辱没家声，遂使后之攀亲者望而却步，殃及其姐氏终生幸福，堪虑堪虑。念言及此，不禁忆及去年十一月间一事，则又深为庆幸，否则木已成舟，势必自取其辱，受累不浅。敬祈先生善自宽慰，任其妄自菲薄，自食其果，不足怜惜也。（下略）

　　嘉丁纳先生一直挨到接得弗斯脱上校的回信以后，才写第二封信到浪搏恩来。信上并没有报道一点喜讯。大家都不知道韦翰是否还有什么亲戚跟他来往，不过倒知道他确确实实已经没有一个至亲在世。他以前交游颇广，只是自从进了民兵团以后，看来跟他们都已疏远，因此找不出一个人来可以报道一些有关他的消息。他这次所以要保守秘密，据说是因为他临走时拖欠了一大笔赌债，而他目前手头又非常拮据，无法偿还，再则是因为怕让丽迪雅的亲友发觉。弗斯脱上校认为，要清偿他在白利屯的债务，需要有一千多英镑才够。他在本镇固然欠债很多，但赌债则更可观。嘉丁纳先生并不打算把这些事情瞒住浪搏恩这家人家。吉英听得心惊肉跳，不禁叫道："好一个赌棍！这真是完全出人意料；我想也不曾想到。"

嘉丁纳先生的信上又说，她们的父亲明天（星期六）就可以回家来了。原来他们两人再三努力，毫无成绩，情绪十分低落，因此班纳特先生答应了他舅爷的要求，立刻回家，一切事情都留给嘉丁纳相机而行。女儿们本以为母亲既是那样担心父亲会被人打死，听到这个消息，一定会非常得意，谁知并不尽然。

班纳特太太嚷道："什么！他没有找到可怜的丽迪雅，就这样一个人回来吗？他既然没有找到他们俩，当然不应该离开伦敦。他一走，还有谁去跟韦翰决斗，逼着他跟丽迪雅结婚？"

嘉丁纳太太也开始想要回家了，决定在班纳特先生动身回浪搏恩的那一天，她就带着孩子们回伦敦去。动身的那天可以由这里打发一部马车把她送到第一站，然后趁便接主人回来。

嘉丁纳太太走了以后，对伊丽莎白和德比郡她那位朋友的事，还是糊里糊涂，从当初在德比郡的时候起，就一直弄不明白。外甥女儿从来没有主动在舅父母面前提起过他的名字。她本以为回来以后，那位先生就会有信来，可是结果并没有。伊丽莎白一直没有收到过从彭伯里寄来的信。

她看到外甥女儿情绪消沉；可是，家里既然出了这种不幸的事情，自然难免如此，不必把**这种现象**牵扯到别的原因上面去。因此她还是摸不着一点边际。只有伊丽莎白自己明白自己的心思，她想，要是不认识达西，那么丽迪雅这件丢脸的事也许会叫她多少好受些，也许可以使她减少几个失眠之夜。

班纳特先生回到家里，仍然是那一副乐天安命的样子。他还是像平常一样不多说话，根本不提起他这次外出是为了什么事情，女儿们也过了好久才敢提起。

一直到下午，他跟她们一块儿喝茶的时候，伊丽莎白才大胆地谈到这件事。她先简单地说到他这次一定吃了不少的苦，这使她很难过，他却回答道："别说这种话吧。除了我自己之外，还有谁该受罪呢？我自己做的事应该自己承担。"

伊丽莎白劝慰他说："你千万不要过分埋怨自己。"

"你劝我也是白劝。人的本性就是会自怨自艾！不，丽萃，我一辈子也不曾自怨自艾过，这次也让我尝尝这种滋味吧。我不怕忧郁成病。这种事一下子就会过去的。"

"你以为他们会在伦敦吗？"

"是的，还有什么别的地方能让他们藏得这样好呢？"

吉蒂又在一旁补说了一句："而且丽迪雅老是想要到伦敦去。"

父亲冷冷地说："那么，她可得意啦，她也许要在那儿住一阵子呢。"

沉默了片刻以后，他又接下去说："丽萃，五月间你劝我的那些话的确没有劝错，我决不怪你，从目前这件事看来，你的确有见识。"

班纳特小姐送茶进来给她母亲,打断了他们的谈话。

班纳特先生大声叫道:"这真所谓享福,舒服极了;居然倒霉也不忘风雅!哪一天我也要来学你的样子,坐在书房里,头戴睡帽,身穿寝衣,尽量找人麻烦;要不就等到吉蒂私奔了以后再说。"

吉蒂气恼地说:"我不会私奔的,爸爸,要是我上白利屯去,我一定比丽迪雅规矩。"

"你上白利屯去!你即使要到东搏恩那么近的地方去,叫我跟人家打五十镑的赌,我也不敢!不,吉蒂,我至少已经学会了小心,我一定要让你看看我的厉害。今后随便哪个军官都不许上我的门,甚至不许从我们村里经过。绝对不许你们去参加跳舞会,除非你们姐妹们之间自己跳跳;也不许你走出家门一步,除非你在家里每天至少有十分钟规规矩矩,像个人样。"

吉蒂把这些威吓的话看得很认真,不由得哭了起来。

班纳特先生连忙说道:"得啦,得啦,别伤心吧。假使你从今天起,能做上十年好姑娘,那么,等到十年期满的时候,我一定带你去看阅兵典礼。"

第四十九章

班纳特先生回来两天了。那天吉英和伊丽莎白正在屋后的矮树林里散步,只见管家奶奶朝她俩跟前走来,她们以为是母亲打发她来叫她们回去的,于是迎面走上前去。到了那个管家奶奶跟前,才发觉事出意外,原来她并不是来叫她们的。她对吉英说:"小姐,请原谅我打断了你们的谈话,不过,我料想你们一定获得了从城里来的好消息,所以我来大胆地问一问。"

"你这话怎么讲,希尔?我们没有听到一点儿城里来的消息。"

希尔奶奶惊奇地嚷道:"亲爱的小姐,嘉丁纳先生打发了一个专差给主人送来一封信,难道你们不知道吗?他已经来了半个钟头啦。"

两位小姐拔脚就跑,急急忙忙跑回家去,话也来不及说了。她们俩跑进大门口,来到起坐间,再从起坐间来到书房,两处地方都没有见到父亲,正要上楼到母亲那儿去找他,又碰到了厨子,厨子说:

"小姐,你们是在找主人吧,他正往小树林里去散步呢。"

她们听到这话，又走过穿堂，跑过一片草地，去找父亲，只见父亲正在从容不迫地向围场旁边的一座小树林走去。

吉英没有伊丽莎白那么玲珑，也没有她那么会跑，因此一下子就落后了，只见妹妹已经上气不接下气地跑到了父亲跟前，迫不及待地嚷道：

"爸爸，有了什么消息？什么消息？你接到舅父的信了吗？"

"是的，他打发专人送了封信来。"

"唔，信里说些什么消息呢——好消息还是坏消息？"

"哪来好消息？"他一面说，一面从口袋里掏出信来，"也许你倒高兴看一看。"

伊丽莎白性急地从他手里接过信来。吉英也赶上来了。

"念出来吧，"父亲说，"我几乎也不知道信上讲些什么。"

亲爱的姐夫：

　　我终于能够告诉你一些有关外甥女儿的消息了，希望这个消息大体上能叫你满意。总算侥幸，你星期六走了以后，我立刻打听出他们俩在伦敦的住址。详细情况等到见面时再告诉你。你只要知道我已经找到了他们就够啦。我已经看到了他们俩——

吉英听到这里，不禁嚷了起来："那么这一下我可盼望到了！他们结婚了吧！"

伊丽莎白接着读下去：

我已经看到了他们俩。他们并没有结婚，我也看不出他们有什么结婚的打算；可是我大胆地向你提出条件来，要是你愿意照办的话，他们不久就可以结婚了。我要求你的只有一点。你本来已经为你女儿们安排好五千镑遗产，准备在你和姐姐归天以后给她们，那么请你立刻就把这位外甥女儿应得的一份给她吧。你还得和她订定一个契约，在你生前每年再津贴她一百镑。这些条件我已经再三考虑，自以为有权力可以代你做主，因此便毫不迟疑地答应了。我特派专人前来送给你这封信，以便可以马上得到你的回音。你了解了这些详情以后，就会明白韦翰先生并不如一般人所料想的那么生计维艰，一筹莫展。一般人都把这件事弄错了。甥女除了自己名下的钱以外，等韦翰把债务偿清以后，还可得到些剩余的钱，这使我很高兴。你如果愿意根据我所说的情况，让我全权代表你处理这件事，那么，我立刻就吩咐哈斯东去办理财产过户的手续。你不必再进城，大可以安心地待在浪搏恩。请你放心，我办起事来既勤快又小心。请赶快给我回信，还得费你的神，写得清楚些。我们以为最好就让外甥女儿从这所屋子里出嫁，想你也会同意。她今天要上我们这儿来。倘有其他情形，容当随时奉告。余不多及。

　　　　　　　　　　　　　爱德华·嘉丁纳　八月二日，
　　　　　　　　　　　　　　星期一，写于天恩寺街

　　伊丽莎白读完了信问道："这事情可能吗？他竟会同她结婚？"

她姐姐说:"那么,韦翰倒并不像我们所想象的那样不成器啦。亲爱的爸爸,恭喜你。"

"你写了回信没有?"伊丽莎白问。

"没有写回信,可是立刻就得写。"

于是她极其诚恳地请求他马上就回家去写,不要耽搁。

她嚷道:"亲爱的爸爸,马上就回去写吧。你要知道,这种事情是一分钟一秒钟也不能耽搁的。"

吉英说:"要是你怕麻烦,让我代你写好了。"

父亲回答道:"我的确不大愿意写,可是不写又不行。"

他一边说,一边转过身来跟她们一同回到屋里去。

伊丽莎白说:"我可以问你一句话吗?我想,他提出的条件你一定都肯答应吧?"

"一口答应!他要得这么少,我倒觉得不好意思呢。"

"他们俩非结婚不可了!然而他却是**那样的**一个人。"

"是啊!怎么不是,他们非结婚不可。没有别的办法。可是有两件事我很想弄个明白——第一件,你舅舅究竟拿出了多少钱,才使这件事有了个着落;第二件,我以后有什么办法还他这笔钱?"

吉英嚷道:"钱!舅舅!你这是什么意思,爸爸?"

"我的意思是说,一个头脑清楚的人是不会跟丽迪雅结婚的,因为她没有哪一点地方可以叫人家看中。我生前每年给她一百镑,死后一共也只有五千镑。"

伊丽莎白说:"那倒是实话,不过我以前却从来没有想到过。他的债务偿清了以后,还会多下钱来!噢,那一定是舅舅代他张罗的！好一个慷慨善良的人！我就怕苦了他自己。这样一来，他得花费不少钱呢。"

父亲说："可不，韦翰要是拿不到一万镑就答应娶丽迪雅，那他才是个大傻瓜呢。我同他刚刚攀上亲戚，照理本不应该多说他的坏话。"

"一万镑！天不容！即使半数，又怎么还得起？"

班纳特先生没有回答。大家都转着念头，默不作声。回到家里，父亲到书房里去写信，女儿们都走进饭厅里去。

姐妹两人一离开父亲，妹妹便嚷道："他们真要结婚了！这真稀奇！不过我们也大可以谢天谢地。他们究竟结婚了。虽然他们不一定会过得怎么幸福，他的品格又那么坏，然而我们毕竟不得不高兴。哦，丽迪雅呀！"

吉英说："我想了一下，也觉得安慰，要不是他真正爱丽迪雅，他是决不肯跟她结婚的。好心的舅舅即使替他清偿了一些债务，我可不相信会垫付了一万镑那么大的数目。舅舅有那么多孩子，也许以后还要养男育女。就是叫他拿出五千镑，他又怎么能够拿出来？"

"我们只要知道韦翰究竟欠下了多少债务，"伊丽莎白说，"用他的名义给我们妹妹的钱有多少，那我们就会知道嘉丁纳先生帮了他们多大的忙，因为韦翰自己一个子儿也没有。舅舅和舅母的恩典今生今世也报不了。他们把丽迪雅接回家去，亲自保护她，给她争面子，这牺牲了他们自己多少利益，真是一辈子也感恩不尽。丽迪雅现在一定到了他们那儿了！要是这样一片好心还不能使她觉得惭愧，那她可真不配享受幸福。她一见到舅母，该多么难为情啊!"

吉英说:"我们应该把他们两人过去的事尽力忘掉,我希望他们还是会幸福,也相信会这样。他既然答应跟她结婚,这就可以证明他已经往正路上去想。他们能够互敬互爱,自然也都会稳重起来。我相信他们俩从此会安安稳稳、规规矩矩地过日子,到时候人们也就会把他们过去的荒唐行为忘了。"

"他们既然已经有过荒唐行为,"伊丽莎白回答道,"那么无论你我,无论任何人,都忘不了。也不必去谈这种事。"

两姐妹想到她们的母亲也许到现在还完全不知道这回事,于是便到书房里去,问父亲愿意不愿意让母亲知道。父亲正在写信,头也没抬起来,只是冷冷地对她们说:

"随你们的便吧。"

"我们可以把舅舅的信拿去读给她听吗?"

"你们爱拿什么去就拿什么,快走开。"

伊丽莎白从他的写字台上拿起那封信,姐妹俩一块儿上了楼。曼丽和吉蒂两人都在班纳特太太那里,因此只要传达一次,大家就都知道了。她们稍微透露出了一点好消息,便把那封信念出来。班纳特太太简直喜不自禁。吉英一读完丽迪雅可能在最近就要结婚的那一段话,她就高兴得要命,越往下读她越高兴。她现在真是无限欢喜,极度兴奋,正如前些时候是那样的无限烦恼,坐立不安。只要听到女儿快要结婚,她就心满意足。她并没有因为顾虑到女儿得不到幸福而心神不安,也并没有因为想起了她的行为失检而觉得丢脸。

"我的丽迪雅宝贝儿呀!"她嚷起来了,"这太叫人高兴啦!

她就要结婚了!我又可以和她见面了!她十六岁就结婚!多亏我那好心好意的弟弟!我早就知道事情不会弄糟——我早就知道他有办法把样样事情都办好。我多么想要看到她,看到亲爱的韦翰!可是衣服,嫁妆!我要立刻写信跟弟妇谈谈。丽萃,乖宝贝,快下楼去,问问你爸爸愿意给她多少陪嫁。等一会儿,等一会儿;还是我自己去吧。吉蒂,去拉铃叫希尔来。我马上就会把衣服穿好。丽迪雅我的心肝呀!等我们见面的时候,多么高兴啊!"

大女儿见她这样得意忘形,便谈起她们全家应该怎样感激嘉丁纳先生,以便让她分分心,让她精神上轻松一下。

吉英又接下去说:"全靠他一片好心,才会有这样圆满的结局。我们都认为是他答应拿出钱来帮韦翰先生的忙。"

"哎哟,"母亲叫道,"这真是好极了。要不是亲舅父,谁肯帮这种忙?你要知道,他要不是有了那么一家人,他所有的钱都是我和我的孩子们的了;他以前只送些礼物给我们,这一次我们才算真正得到他的好处。哎哟!我太高兴啦。过不了多久,我就有一个女儿出嫁了。她就要当上韦翰太太了!这个称呼多么动听!她到六月里才满十六岁。我的吉英宝贝,我太激动了,一定写不出信;还是我来讲,你替我写吧。关于钱的问题,我们以后再跟你爸爸商量,可是一切东西应该马上就去订好。"

于是她就一五一十地报出一大篇布的名目:细洋纱、印花布、麻纱,恨不得一下子就把样样货色都购置齐全,吉英好容易才劝住了她,叫她等到父亲有空的时候再商量,又说,迟一天完全无关紧要。母亲因为一时太高兴了,所以也不像平常那么固执。她又想起了一些别的花样。

"我一穿好衣服，就要到麦里屯去一次，"她说，"把这个好消息说给我妹妹腓力太太听。我回来的时候，还可以顺路去看看卢卡斯太太和郎格太太。吉蒂，快下楼去，吩咐他们给我套好马车。出去透透空气，一定会使我精神爽快得多。孩子们，有什么事儿要我替你们在麦里屯办吗？噢！希尔来了。我的好希尔，你听到好消息没有？丽迪雅小姐快要结婚了。她结婚的那天，我们大家都可以喝到一碗'朋趣酒'①欢喜欢喜。"

希尔奶奶立即表示非常高兴。她向伊丽莎白等一一道贺。后来伊丽莎白对这个蠢局实在看得讨厌透了，便躲到自己房间里去自由自在地思忖一番。

可怜的丽迪雅，她的处境再好也好不到哪里去，可是总算没有糟到不可收拾的地步，因此她还得谢天谢地。她确实要谢天谢地；虽说一想到今后的情形，就觉得妹妹既难得到应有的幸福，又难享受到世俗的富贵荣华，不过，只要回想一下，两个钟头以前还是那么忧虑重重，她就觉得目前的情形真要算是千幸万幸了。

---

① 用柠檬汁、糖和葡萄酒混合而成的一种饮料。

第五十章

班纳特先生远在好久以前,就希望每年的进款不要全部花光,能够积蓄一部分,让女儿们往后不至于衣食匮乏;如果太太比他命长,衣食便也有了着落。拿目前来说,他这个希望比以往来得更迫切。要是他在这方面早就安排好了,那么这次丽迪雅挽回面子名誉的事,自然就不必要她舅舅为她花钱;也不必让她舅舅去说服全英国最差劲的一个青年和她确定夫妇的名分。

这事情对任何人都没有好处,如今却得由他舅爷独自拿出钱来成其好事,这实在叫他太过意不去;他决定要竭力打听出舅爷究竟帮了多大的忙,以便尽快报答这笔人情。

班纳特先生刚结婚的时候,完全不必省吃俭用,因为他们夫妇自然会生儿子,等到儿子成了年,外人继承产权的这桩事就可以取消,寡妇孤女也就衣食无虑了。可是五个女儿接接连连地出世,儿子还不知道在哪里;丽迪雅出世多少年以后,班纳特太太还一直以为会生儿子。这个指望终于落了空,如今省吃俭用已经太迟了。班纳特太太不惯于节省,好在丈夫自有主张,才算没有入不敷出。

当年老夫妇的婚约①上规定了班纳特太太和子女们一共应享有五千镑遗产。至于子女们究竟怎样分享，得由父母在遗嘱上规定。关于这个问题，至少丽迪雅应享有的部分必须立刻解决，班纳特先生毫不犹豫地同意了摆在他面前的那个建议。他回信给他舅爷，多谢他一片好心。他的措辞极其简洁，只说他对一切既成事实都表示赞同，而且舅爷所提出的各项条件，他都愿意照办。原来这次说服韦翰跟他女儿结婚一事，竟安排得这样好，简直没有带给他什么麻烦，这实在是他所意料不到的。虽说他每年要付给他们俩一百镑，可是事实上他每年还损失不了十镑，因为丽迪雅在家里也要吃用开销，外加她母亲还要贴钱给她花，计算起来每年几乎也不下于一百镑。

还有一件可喜的意外，那就是办起这件事来，他自己简直可以不费什么力气，他目前最希望麻烦越少越好。他开头也曾因为一时冲动，亲自去找女儿，如今他已经气平怒消，自然又变得像往常一样懒散。他把那封回信立刻寄出去；他虽然做事喜欢拖延，可是只要他肯动手，倒也完成得很快。他在信上请他舅爷把一切代劳之处详详细细告诉他，可是说起丽迪雅，实在使他太气恼，因此连问候也没有问候她一声。

好消息立刻在全家传开了，而且很快便传到邻居们耳朵里去。四邻八舍对这件事都抱着相当超然的态度。当然，如果丽迪雅·班纳特小姐亲自上这儿来了，或者说，如果她恰恰相反，远

---

① 婚约上所载事项大都是关于财产方面的，由结婚当事人于结婚前妥为签写，以便作为结婚时授予妻子财产之根据。

隔尘嚣,住到一个偏僻的农村里去,那就可以给人家增加许多谈话的资料。不过她的出嫁问题毕竟还是使人家议论纷纷。麦里屯那些恶毒的老太婆,原先总是一番好心肠,祝她嫁个如意夫君,如今虽然眼看着情境变了,也还是在起劲地谈个不休,因为大家看到她嫁了这么一个丈夫,都认为必定会遭到悲惨的下场。

班纳特太太已经有两个星期没有下楼,遇到今天这么快乐的日子,她欢欣若狂,又坐上了首席。她并没有觉得羞耻,自然也不会扫兴。远从吉英十六岁那年起,她的第一个心愿就是嫁女儿,现在她快要如愿以偿了。她的思想言论都完全离不了婚嫁的漂亮排场:上好的细洋纱,新的马车,以及男女佣仆之类的事情。她并且在附近一带到处奔波,要给女儿找一所适当的住宅;她根本不知道他们有多少收入,也从来没有考虑到这一点。她看了多少处房子都看不中,不是为了开间太小,就是嫌不够气派。

她说:"要是戈丁家能迁走,海夜花园倒还合适;斯托克那幢大房子,要是会客室大一些,也还可以,可是阿西渥斯离这儿太远!我不忍心让她同我隔开十英里路;讲到柏卫别业,那所假三层实在太糟了。"

每当有用人在跟前的时候,她丈夫总是让她讲下去,不去岔断她的话。可是用人一出去,他可老实不客气地跟她说了:"我的好太太,你要为你的女儿和女婿租房子,不管你要租**一幢**也好,或是把所有的房子都租下来也好,都得让我们事先把问题谈谈清楚。邻近的房子,**一幢**也不许他们来住。他们不要梦想,认为我会在浪搏恩招待他们!"

这话一说出口,两人便争吵不休;可是班纳特先生说一不二，于是又吵了起来；后来班纳特太太又发觉丈夫不肯拿出一文钱来给女儿添置一些衣服，不禁大为惊骇。班纳特先生坚决声明，丽迪雅这一次休想得到他半点儿疼爱，这实在叫他太太弄不懂。他竟会气愤到这样深恶痛绝的地步，连女儿出嫁都不肯优待她一番，简直要把婚礼弄得不成体统，这确实太出乎她的意料。她只知道女儿出嫁而没有嫁妆是件丢脸的事情，至于她的私奔，她没有结婚以前就跟韦翰同居了两个星期，她倒丝毫不放在心上。

伊丽莎白目前非常后悔：当初实在不应该因为一时痛苦，竟让达西先生知道了她自己家里为她妹妹担忧的经过，因为妹妹既然马上就可以名正言顺地结婚，了却那一段私奔的风流孽债，那么，开头那一段不体面的事情，她们当然希望最好不要让局外人知道。

她并不是担心达西会把这事情向外界传开。讲到保守秘密，简直就没有第二个人比他更能使她信任；不过，这一次如果是别的人知道了她妹妹的丑行，她决不会像现在这样难受。这倒不是生怕对她本身有任何不利，因为她和达西之间反正隔着一条跨不过的鸿沟。即使丽迪雅能够体体面面地结了婚，达西先生也决不会跟这样一家人家攀亲，因为这家人家本来已经缺陷够多，如今又添上了一个一向为他所不齿的人做他的至亲，那当然一切都不必谈了。

她当然不怪他对这门亲事望而却步。她在德比郡的时候就看出他想要博得她的欢心，可是他遭受了这一次打击以后，当然不会不改变初衷。她觉得丢脸，她觉得伤心；她后悔了，可是她又几乎不知道在后悔些什么。如今她已经不想攀附他的身份地位，却又忌恨他的身份地位；如今她已经没有机会再听到他的消息，她可又偏偏希望能够听到他的消息；如今他们俩已经再也不可能见面，她可又认为，如果他们俩能够朝夕聚首，那会多么幸福。

她常常想：才不过四个月以前，她那么高傲地拒绝了他的求婚，如今可又心悦诚服地盼望他再来求婚，这要是让他知道了，他会感到怎样的得意！她完全相信他是个极其宽宏大量的男人。不过，他既然是人，当然免不了要得意。

她开始理解到，他无论在个性方面和才能方面，都百分之百是一个最适合她的男人。纵使他的见解、他的脾气，和她自己不是一模一样，可是一定能够叫她称心如意。这个结合对双方都有好处：女方从容活泼，可以把男方陶冶得心境柔和，作风优雅；男方精明通达，阅历颇深，也一定会使女方得到莫大的裨益。

可惜这件幸福的婚姻已经不可能实现，天下千千万万想要缔结真正幸福婚姻的有情人，从此也错过了一个借鉴的榜样。她家里立刻就要缔结一门另一种意味的亲事，也就是那门亲事破坏了这门亲事。

她无从想象韦翰和丽迪雅究竟怎么样独立维持生活。可是她倒很容易想象到另一方面：这种只顾情欲不顾道德的结合，实在很难得到久远的幸福。

嘉丁纳先生马上又写了封信给他姐夫。他先对班纳特先生信上那些感激的话简捷地应酬了几句，再说到他极其盼望班纳特府上的男女老幼都能过得舒舒服服，末了还要求班纳特先生再也不要提起这件事。他写这封信的主要目的是，要把韦翰先生已经决定脱离民兵团的消息告诉他们。

他这封信接下去是这样写的：

> 我非常希望他婚事一定夺之后就这样办。我认为无论为他自己着想，为外甥女儿着想，离开民兵团确是一个非常高明的措施，我想你一定会同意我的看法。韦翰先生想参加正规军，他从前的几个朋友都愿意协助他，也能够协助他。驻扎在北方的某将军麾下的一个团，已经答应让他当旗手。他离开这一带远些，只会有利于他自己。他前途颇有希望，但愿他们到了人地生疏的地方能够争点面子，行为稍加检点一些。我已经写了信给弗斯脱上校，把我们目前的安排告诉了他，又请他在白利屯一带通知一下韦翰先生所有的债主，就说我一定信守诺言，马上就偿还他们的债务。是否也可以麻烦你就近向麦里屯的债主们通知一声？随信附上债主名单一份，这都是他自己说出来的。他把全部债务都讲了出来；我希望他至少没有欺骗我们。我们已经委托哈斯东在一星期以内将所有的事统统办好。那时候你如果不愿意请他们上浪搏恩来，他们就可以直接到军队里去。听见内人说，外甥女儿很希望在离开南方之前跟你们见见面。她近况很好，还请我代她向你和她母亲请安。
>
> 爱·嘉丁纳

班纳特先生和他的女儿们都和嘉丁纳先生同样地看得明明白白，认为韦翰离开某某郡有许多好处。只有班纳特太太不甚乐意。她正在盼望着要跟丽迪雅痛痛快快、得意非凡地过一阵，不料她却要住到北方去，这真叫她太失望。到现在为止，她还是决计要让女儿和女婿住到哈福德郡来。再说，丽迪雅刚刚在这个民兵团里和大家处熟了，又有那么多人喜欢她，如今远去他方，未免太可惜。

她说："她那么喜欢弗斯脱太太，把她送走可太糟了！而且还有好几个年轻小伙子，她也很喜欢。某某将军那个团里的军官们未必能够这样讨她喜欢呢。"

她女儿要求（其实应该算作她自己的要求）在去北方之前，再回家来看一次，不料开头就遭到她父亲的断然拒绝。幸亏吉英和伊丽莎白顾全到妹妹的心绪和身份，一致希望她的婚姻会受到父母的重视，再三要求父亲，让妹妹和妹婿一结婚之后，就到浪搏恩来。她们要求得那么恳切，那么合理，又那么婉转，终于把父亲说动了心，同意了她们的想法，愿意照着她们的意思去办。母亲这一下可真得意：她可以趁着这个嫁出去的女儿没有充军到北方去之前，把她当作宝贝似的显给街坊四邻看看。于是班纳特写回信给他舅爷的时候，便提到让他们俩回来一次，讲定让他们行过婚礼就立刻到浪搏恩来。不过伊丽莎白倒冷不防地想到韦翰会不会同意这样的做法；如果单是为她自己着想，那么，跟韦翰见面实在是万不得已的事。

第五十一章

妹妹的婚期到了,吉英和伊丽莎白都为她担心,恐怕比妹妹自己担心得还要厉害。家里打发了一部马车到某某地方去接新夫妇,吃中饭时他们就可以来到。两位姐姐都怕他们来,尤其是吉英怕得厉害。她设身处地地想:要是丽迪雅这次的丑行发生在她自己身上,她一定会感触万千,再想到妹妹心里的难受,便越发觉得不好过。

新夫妇来了。全家都集合在起居室里迎接他们。当马车停在门前的时候,班纳特太太满面堆着笑容,她丈夫却板着脸。女儿们又是惊奇又是焦急,而且十分不安。

只听得门口已经有了丽迪雅说话的声音,一会儿,门给打开了,丽迪雅跑进屋来。母亲高兴得要命,连忙走上前来欢迎她,拥抱她,一面又带着亲切的笑容把手伸给韦翰(他走在新妇后面),祝他们夫妇俩快活。班太太的话讲得那么响亮,说明了她相信他们俩一定会幸福。

然后新夫妇转身走到班纳特先生跟前,他对他们可没有他太太那么热诚。只见他的脸色显得分外严峻,连嘴也不张一下。这一对年轻夫妇那种安然自得的样子，实在叫他生气。伊丽莎白觉得厌恶，连吉英也禁不住感到惊骇。丽迪雅还是丽迪雅——不安分，不害羞，撒野吵嚷，天不怕地不怕的。她从这个姐姐跟前走到那个姐姐跟前，要她们一个个恭喜她。最后大家都坐下来了，她连忙扫视了一下这间屋子，看到里面稍许有些改变，便笑着说，好久不曾到这儿来了。

韦翰更没有一点难受的样子。他的仪表一向亲切动人，要是他为人正派一些，娶亲合乎规矩一些，那么，这次来拜见岳家，他那笑容可掬、谈吐安详的样子，自然会讨大家欢喜。伊丽莎白从来不相信他竟会这样厚颜无耻，她坐下来思忖道：一个人不要起脸来可真是漫无止境。她不禁红了脸，吉英也红了脸；可是那两位当事人，别人都为他们难为情，他们自己却面不改色。

这个场合确实是不愁没有话谈。新娘和她母亲只觉得有话来不及说；韦翰凑巧坐在伊丽莎白身旁，便向她问起附近一带的熟人近况如何，问得极其和悦从容，弄得她反而不能对答如流。这一对夫妇俨然心安理得，毫无羞耻之心。他们想起过去的事，心里丝毫不觉得难受；丽迪雅又不由自主地谈到了许多事情——要是换了她姐姐们，这种事情是无论如何也说不出口的。

只听得丽迪雅大声说道："且想想看，我已经走了三个月了！好像还只有两个星期呢；可是时间虽短，却发生了多少事情。天啊！我走的时候，的确想也没想到这次要结了婚再回来，不过我也想到：如果真就这样结了婚，倒也挺有趣的。"

父亲瞪着眼睛。吉英很难受，伊丽莎白啼笑皆非地望着丽迪雅；可是丽迪雅，凡是她不愿意知道的事，她一概不闻不问，她仍然得意洋洋地说下去:"噢,妈妈,附近的人们都知道我今天结婚了吗?我怕他们还不见得都知道;我们一路来的时候,追上了威廉·戈丁的双轮马车,我为了要让他知道我结婚了,便把我自己车子上的一扇玻璃窗放了下来,又脱下手套,把手放在窗口,好让他看见我手上的戒指,然后我又对他点点头,笑得什么似的。"

伊丽莎白实在忍无可忍了,只得站起身来跑到屋外去,一直听到她们走过穿堂,进入饭厅,她才回来。来到她们这里,又见丽迪雅急急匆匆大摇大摆地走到母亲右边,一面对她的大姐姐说:"喂,吉英,这次我要坐你的位子了,你得坐到下手去,因为我已经是出了嫁的姑娘。"

丽迪雅既然从开头起就完全不觉得难为情,这时候当然更是若无其事。她反而越来越不在乎,越来兴头越高。她很想去看看腓力普太太,看看卢卡斯全家人,还要把所有的邻居都统统拜访一遍,让大家都叫她韦翰太太。吃过中饭,她立刻把结婚戒指显给希尔奶奶和其他两个女用人看,夸耀她自己已经结了婚。

大家都回到起坐间以后,她又说道:"妈妈,你觉得我丈夫怎么样?他不是挺可爱吗?姐姐们一定都要羡慕我。但愿她们有我一半运气就好啦。谁叫她们不到白利屯去。那里才是个找丈夫的地方。真可惜,妈妈,我们没有大家一起去!"

"你讲得真对;要是照我的意见,我们早就应该一起都去。可是,丽迪雅宝贝儿,我不愿意你到那么远的地方去。你难道非去不可吗?"

"天啊!当然非去不可,那有什么关系。我真高兴极了。你和爸爸,还有姐姐们,一定要来看我们呀。我们整个冬天都住在纽卡斯尔①,那儿一定会有很多舞会,而且我一定负责给姐姐们找到很好的舞伴。"

"那我真是再喜欢也没有了!"母亲说。

"等你动身回家的时候,你可以让一两个姐姐留在那儿;我担保在今年冬天以内就会替她们找到丈夫。"

伊丽莎白连忙说:"谢谢你的关怀,可惜你这种找丈夫的方式,我不太欣赏。"

新夫妇只能和家里人相聚十天。韦翰先生在没有离开伦敦之前就已经受到了委任,必须在两星期以内就到团部里去报到。

只有班纳特太太一个人惋惜他们行期太匆促,因此她尽量抓紧时间,陪着女儿到处走亲访友,又常常在家里宴客。这些宴会大家都欢迎:没有心思的人固然愿意赴宴,有心思的人更愿意借这个机会出去解解闷。

果然不出伊丽莎白所料,韦翰对丽迪雅的恩爱比不上丽迪雅对韦翰那样深厚。从一切事实上都可以看出来,他们的私奔多半是因为丽迪雅热爱韦翰,而不是因为韦翰热爱丽迪雅,这在伊丽莎白看来,真是一件显而易见的事。至于说,他既然并不十分爱她,为什么还要跟她私奔,伊丽莎白一点也不觉得奇怪,因为她断定韦翰这次为债务所逼,本来非逃跑不可;那么,像他这样一个青年,路上有一个女人陪陪他,他当然不肯错过机会。

丽迪雅太喜欢他了,她每说一句话就要叫一声亲爱的韦翰。

---

① 英格兰一港口,英国所产的煤大都由此处运往世界各国。

谁也比不上他。他无论做什么事都是天下第一。她相信到了九月一日那一天，他射到的鸟一定比全国任何人都要多。

他们来到这儿没有多少时候，有一天早晨，丽迪雅跟两位姐姐坐在一起，对伊丽莎白说：

"丽萃，我还没有跟你讲起过我结婚的情形呢。我跟妈妈和别的姐姐们讲的时候，你都不在场。你难道不想要听听这场喜事是怎么办的吗？"

"不想听，真不想听，"伊丽莎白回答道，"我认为这桩事谈得不算少了。"

"哎呀！你这个人太奇怪！我一定要把经过情形告诉你。你知道，我们是在圣克利门教堂结婚的，因为韦翰住在那个教区里面。大家约定十一点钟到那儿。舅父母跟我一块儿去的，别的人都约定在教堂里碰头。唔，到了星期一早上，我真是慌张得要命。你知道，我真怕会发生什么意外，把婚期耽搁了，那我可真要发狂了。我在打扮，舅母一直不住嘴地讲呀，说呀，好像是在传道似的。她十句话我最多听进一句，你可以想象得到，我那时一心在惦记着我亲爱的韦翰。我一心想要知道，他是不是穿着他那件蓝衣服去结婚。

"唔，像平常一样，我们那天是十点钟吃早饭的。我只觉得一顿饭老是吃不完，说到这里，我得顺便告诉你，我待在舅父母那儿的一段时期，他们一直很不高兴。说来你也许不信，我虽在那儿待了两个星期，却没有出过家门一步。没有参加过一次宴会，没有一点儿消遣，真过得无聊透顶。老实说，伦敦虽然并不太热闹,不过那个小戏院①还是开着。言归正传,那天马车来了,舅父却让那个名叫史桐先生的讨厌家伙叫去有事。你知道,他们俩一碰头,就不想分手。我真给吓坏了,不知道怎么是好,因我需要舅父主婚;要是我们误了钟点,那天就结不成婚。幸亏他不到十分钟就回来了,于是我们一块儿动身。不过我后来又想起来了,要是他真被缠住了不能分身,婚期也不会延迟,因为还有达西先生可以代劳。"

伊丽莎白大惊失色,又把这话重复了一遍:"达西先生!"

"噢,是呀!他也要陪着韦翰上教堂去呢。天哪,我怎么完全给弄糊涂了!这件事我应该一字不提才对。我早已在他们面前保证不说的!不知道韦翰会怎样怪我呢?这本来应该严格保守秘密的呀!"

"如果是秘密,"吉英说,"那么,就请你再也不要说下去了。你放心,我决不会再追问你。"

"噢,一定不追问你,"伊丽莎白嘴上虽是这样说,心里却非常好奇,"我们决不会盘问你。"

"谢谢你们,"丽迪雅说,"要是你们问下去,我当然会把底细全都告诉你们,这一来就会叫韦翰生气。"

她这话明明是怂恿伊丽莎白问下去,伊丽莎白便只得跑开,

---

① 小戏院可能系指朱瑞巷戏院。该戏院旧址原系斗鸡场,至詹姆斯一世时改为戏院,于1663年开幕,1672年被焚,1674年重新开设,由德莱顿致开幕词。1809年又被焚,1812年重新开幕,由拜伦朗诵揭幕诗。在该院演出之名演员计有波士、加里克等人,肯波曾于1782年9月3日在该院初次登台演出《汉姆莱特》。该院于1908年3月25日三度被焚。又海马克剧院亦称小戏院。

让自己要问也无从问起。

但是,这件事是不可能不闻不问的,至少也得去打听一下。达西先生竟会参加了她妹妹的婚礼!那样一个场面,那样两个当事人,他当然万万不愿意参与,也绝对没有理由去参与。她想来想去,把各种各样古怪的念头都想到了,可还是想不出一个所以然来。她当然愿意从最好的方面去想,认为他这次是胸襟宽大,有心表示好意,可是她这种想法又未免太不切合实际。她无论如何也摸不着头脑,实在难受,于是连忙拿起一张纸,写了封短短的信给舅母,请求她把丽迪雅刚才无意中泄露出来的那句话解释一下,只要与原来保守秘密的计划能够并行不悖就是了。

她在信上写道:"你当然很容易了解到,他跟我们非亲非眷,而且跟我们家里相当陌生,竟会跟你们一同参加这次婚礼,这叫我怎么能够不想打听一下底细呢?请你立刻回信,让我把事情弄明白。如果确实如丽迪雅所说,此事非保守秘密不可,那我也只得不闻不问了。"

写完了信以后,她又自言自语地说:"亲爱的舅母,如果你不老老实实告诉我,我迫不得已,便只有千方百计地去打听了。"

且说吉英是个十二万分讲究信用的人,她无论如何也不肯把丽迪雅嘴里漏出来的话暗地里去说给伊丽莎白听。伊丽莎白很满意她这种作风。她既然已经写信去问舅母,不管回信能不能使她满意,至少在没有接到回信以前,最好不要向任何人透露心事。

第五十二章

伊丽莎白果然如愿以偿,很快就接到了回信。她一接到信,就跑到那清静的小树林里去,在一张长凳上坐下来,准备读个痛快,因为她看到信写得那么长,便断定舅母没有拒绝她的要求。

亲爱的甥女:

刚刚接到你的来信,我便决定以整个上午的时间来给你写回信,因为我估料三言两语不能够把我要跟你讲的话讲个明白。我得承认,你所提出的要求很使我诧异,我没有料到提出这个要求的竟会是**你**,请你不要以为我这是生气的话,我不过说,我实在想象不到**你**居然还要来问。如果你一定装作听不懂我的话,那只有请你原谅我失礼了。你舅父也跟我同样地诧异,我们都认为,达西所以要那样做,完全是为了你的缘故。如果你当真一点也不知道,那也只好让我来跟你说说明白了。就在我从浪搏恩回家的那一天,有一个意想不到的客人来看你舅父。那人原来就是达西先生,他跟你舅父关起门来,密谈了好几个钟头。等我到家的时候,事情已经过去了,我当时倒并没有像你现在这样好奇。他是因为发觉了你妹妹和韦翰的下落,特地赶来告诉嘉丁纳先生一声。他说,他已经看到过他们,而且跟他们谈过话——跟韦翰谈过好多次,跟丽迪雅谈过一次。据我看,我们离开德比郡的第二天,达西就动身赶到城里来找他们了。他说,事情弄到如此地步,都怪他不好,没有及早揭露韦翰的下流品格,否则就不会有哪一位正派姑娘会把他当作知心,会爱上他了。他慨然引咎自责,认为这次的事情都得怪他当初太傲慢,因为他以前认为韦翰的品格自然而然会让别人看穿,不必把他的私人行为都一一揭露出来,免得使他自己有失体统,他认为这都是他自己一手造成的罪恶,因此他这次出面调停,设法补救,实在是义不容辞。他自己承认他要干预这件事的动机就是如此。如果他当真**别有用心**,也不会使他丢脸。他在城里待了好几天才找到他们;可是他有线索可找,**我们**可没有。他也是因为自信有这点把握,才下定决心紧跟着我们而来。好像有一位杨吉太太,她早先做过达西小姐的家庭教师,后来犯了什么过错(他没有讲明),被解雇了,便在爱德华街弄了一幢大房子,分租过活。达西知道这位杨吉太太跟韦翰极其相熟,于是他一到城里,便上她那儿去打听他的消息。他花了两三天工夫,才从她那儿把事情探听明白。我想,杨吉太太早就知道韦翰的下落,可是不给她贿赂她决不肯讲出来。他们俩确实是一到伦敦便到她那里去,要是她能够留他们住,他们早就住在她那儿了。我们这位好心的朋友终于探听出了他们在某某街的住址,于是他先去看韦翰,然后他又非要看到丽迪雅不可。据他说,他第一件事就是劝丽迪雅改邪归正,一等到和家里人说通了,就赶快回去,还答应替她帮忙到底,可是他发觉丽迪雅坚决要那样搞下去,家里人一个都不在她心上。她不要他帮助,她无论如何也不肯丢掉韦翰。她断定他们俩迟早总要结婚,早一天迟一天毫无关系。于是他想,他第一次跟韦翰谈话的时候,明明发觉对方毫无结婚的打算,如今既是丽迪雅存着这样的念头,当然只有赶快促成他们结婚。韦翰曾经亲口承认,他当初所以要从民兵团里逃出来,完全是由于为赌债所逼,至于丽迪雅这次私奔所引起的不良后果,他竟毫不犹豫地把它完全归罪于她自己的愚蠢。他说他马上就要辞职。讲到事业前途,他简直不堪设想。他应该到一个什么地方去找份差事,可是又不知道究竟去哪儿,他知道他快要没有钱生活下去了。达西先生问他为什么没有立刻跟你妹妹结婚,虽然班纳特先生算不上什么大阔人,可是也能够帮他一些忙,他结婚以后,境况一定会有利一些。但是他发觉韦翰回答这话的时候,仍然指望到别的地方去另外攀门亲,以便扎扎实实地赚进一笔钱。不过,他目前的情况既是如此,如果有救急的办法,他也未始不会心动。他们见了好几次面,因为有好多地方都得当面商讨。韦翰当然漫天讨价,结果总算减少到一个合理的数目。**他们**之间一切都商谈好了,达西先生的下一个步骤就是把这件事告诉你舅父,于是他就在我回家的前一天晚上,到天恩寺街来进行第一次访问。当时嘉丁纳先生不在家;达西先生打听到你父亲那天还住在这儿,不过第二天早晨就要走。他以为你父亲不是像你舅父那样一个好商量的人,因此,决定等到你父亲走了以后,再来看你舅父。他当时没有留下姓名,直到第二天,我们还只知道有位某某先生到这儿来过,找他有事。星期六他又来了。那天你父亲已经走了,你舅父在家,正如我刚才说过的,他们俩便在一起谈了许久。他们星期天又见了面,当时我也看见他的。事情一直到星期一才完全谈妥。一谈妥之后,就派专人送信到浪搏恩来。但是我们这位贵客实在太固执了。丽萃,我以为说到他的性格,唯一的缺点毕竟还是固执。人们都纷纷指责他的错处,今天说他有这个错处,明天又说他有那个错处,可是**这一**个才是他真正的错处。样样事情都非得由他亲自来办不可;其实你舅父非常愿意全盘包办(我这样说并不是为了讨你的好,所以请你不要跟别人提起)。他们为这件事争执了好久,其实对当事人来说,无论是男方女方,都不配享受这样的对待。可是你舅父最后还是不得不依从他,以致非但不能替自己的外甥女儿稍微尽点力,而且还要无劳居功,这完全和他的心愿相违;我相信你今天早上的来信一定会使他非常高兴,因为这件掠人之美的事,从此可以说个清楚明白,使那应该受到赞美的人受到赞美。不过,丽萃,这件事只能让你知道,最多只能说给吉英听。我想你一定会深刻了解到,他对那一对青年男女尽了多大的力。我相信他替他偿还的债务一定远在一千镑以上,而且除了她自己名下的钱以外,另外又给**她**一千镑,还给他买了个官职。至于这些钱为什么得由他一个人付,我已经在上面说明理由。他说这都怪他自己不好，怪他当初考虑欠妥，矜持过分，以致叫人家不明了韦翰的人品，结果使人家上了当，把他当作好人。**这番话**或许真有几分道理；不过我却觉得，这种事既不应当怪他矜持过分，也不应当怪别人矜持过分。亲爱的丽萃，你应当明白，他的话虽然说得这样动听，我们要不是鉴于他**别有苦心**，你舅父决不肯依从他。一切事情都决定了以后，他便回到彭伯里去应酬他那些朋友，大家同时说定，等到举行婚礼的那天，他还得再到伦敦来，办理一切有关金钱方面的最后手续。现在我把所有的事情都讲给你听了。这就是你所谓会使你大吃一惊的一篇叙述；我希望至少不会叫你听了不痛快。丽迪雅上我们这儿来住过，韦翰也经常来。他完全还是上次我在哈福德郡见到他时的那副老样子。丽迪雅待在我们这儿时，她的种种行为举止，的确叫我很不满，我本来不打算告诉你，不过星期三接到吉英的来信，我才知道她回家依然故态复萌，那么，告诉了你也不会使你有什么新的难过。我几次三番一本正经地跟她说，她这件事做得大错特错，害得一家人都痛苦悲伤。哪里知道，我的话她听也不要听。有几次我非常生气，但是一记起了亲爱的伊丽莎白和吉英，看在她们面上，我还是容忍着她。达西先生准时来到，正如丽迪雅所告诉你的，他参加了婚礼。他第二天跟我们在一起吃饭，星期三或星期四又要进城去。亲爱的丽萃，要是我利用这个机会说，我多么喜欢他（我以前一直没有敢这样说），你会生我的气吗？他对待我们的态度，从任何方面来说，都跟我们在德比郡的时候同样讨人喜爱。他的见识，他的言论，我都很喜欢。他没有任何缺点，只不过稍欠活泼；关于这一点，只要他结婚结得**当心**一些，娶个好太太，他也许会让她给教好的。我认为他嘴紧得很，因为他几乎没有提起过你的名字。但是嘴紧倒好像成了时下的一种风气。如果我说得太放肆了，还得请你原谅，至少不要处罚得我太厉害，将来连彭伯里也不许我去啊。我要把那个花园逛遍了，才会心满意足。我只要弄一辆矮矮的双轮小马车，驾上一对漂亮的小马就行了。我无法再写下去，孩子们已经嚷着要我要了半个钟头。

你的舅母M. 嘉丁纳九月六日写于天恩寺街

伊丽莎白读了这封信，真是百感交集。她这种心情，叫人家弄不明白她究竟是高兴多于苦痛，还是苦痛多于高兴。她本来也曾隐隐约约、疑疑惑惑地想到达西先生可能会成全她妹妹的好事，可是又不敢往这方面多想，怕他不可能好心到这个地步；另一方面她又顾虑到，如果他当真这样做了，那又未免情意太重，报答不了人家，因此她又感到痛苦。如今这些揣测却成了千真万确的事实！想不到他那天竟会跟随着她和舅父母赶到城里去。他不惜担当起一切的麻烦和艰苦，来探索这件事。他不得不向一个他所深恶痛绝、极其鄙视的女人去求情。他不得不委曲求全，同一个他极力要加以回避，而且连名字也不愿意提起的人去见面，常常见面，跟他说理规劝他，最后还不得不贿赂他。他这般仁至义尽，只不过是为了一个他既无好感又不器重的姑娘。她心里轻轻地说，他这样做，都是为了她。但是，再想到一些别的方面，她立刻就不敢再存这个希望。她马上感觉到,她本可以从虚荣心出发,认为他确实爱她,可是她哪能存着那么大的虚荣心,指望他会爱上一个已经拒绝过他的女人!他不愿意跟韦翰做亲戚,这种情绪本来也极其自然,又哪能指望他去迁就!何况是跟韦翰做连襟!凡是稍有自尊心的人,都容忍不了这种亲戚关系。毫无问题,他为这件事出了很大的力。她简直不好意思去想象他究竟出了多大的力。他所以要过问这件事,理由已经由他自己加以说明,你不必多费思索就可以深信无疑。他怪他自己当初做事欠妥,这自然讲得通;他很慷慨,而且有资格可以慷慨;虽然她不愿意认为他这次主要就是为了她,可是她也许可以相信,他对她依旧未能忘情,因此遇到这样一件与她心境攸关的事情,他还是愿意尽心竭力。一想起这样一个人对她们情意隆重,而她们却无法报答他,这真是痛苦,说不尽的痛苦。丽迪雅能够回来,能够保全了人格,这一切都得归功于他。她一想起自己以前竟会那样厌恶他,竟会对他那样出言唐突,真是万分伤心!她不胜自愧,同时又为他感到骄傲。骄傲的是,他竟会一本同情之心,崇尚义气,委曲求全。于是她把舅母信上恭维他的那段话读了又读,只觉还嫌说得不够,可是也足以叫她十分高兴。她发觉舅父母都断定她跟达西先生感情深切,推心置腹。她虽然不免因此而感到几分懊恼,却也颇为得意。

　　这时已经有人走近前来,打断了她的沉思,使她从座位上站起来;她刚要从另一条小径走过去,却见韦翰赶了上来。

　　他走到她身边说道:"我怕我打扰了你清静的散步吧,亲爱的姐姐。"

她笑着回答道:"的确是这样,不过,打扰未必就不受欢迎。"

"要是这样,我真过意不去。**我们**一向是好朋友,现在更加亲近了。"

"你说得是。他们都出来了吗?"

"不知道。妈妈和丽迪雅乘着马车到麦里屯去了。亲爱的姐姐,听舅父母说起,你当真到彭伯里去玩过了。"

她说,当真去过了。

"你这份眼福几乎叫我嫉妒,可惜我又消受不了,否则,我到纽卡斯尔去的时候,也可以顺道一访。我想,你看到了那位年老的管家奶奶吧?可怜的雷诺奶奶!她从前老是那么喜欢我。不过,她当然不会在你面前提起我的名字。"

"她倒提到了。"

"她怎么说来着?"

"她说你进了军队,就怕——就怕你情形不大好。**路隔得那么远**,传来的话十分靠不住。"

"当然啰。"他咬着嘴唇回答道。

伊丽莎白满以为这一下可以叫他住嘴了;但是过不了一会儿,他又说道:

"上个月真出乎意料,在城里碰到了达西。我们见了好几次面。我不知道他到城里有什么事。"

"或许是准备跟德·包尔小姐结婚吧,"伊丽莎白说,"他在这样的季节到城里去,一定是为了什么特殊紧要的事。"

"毫无疑问。你在蓝白屯见到过他吗?听嘉丁纳夫妇说,你见到过他的。"

"见过,他还把我们介绍给他的妹妹。"

"你喜欢她吗?"

"非常喜欢。"

"真的,我听说她这一两年来有了很大的长进。以前看到她的时候,我真觉得她没有什么出息。你喜欢她,我很高兴。但愿她能够改好得像个人样。"

"她一定会那样,她那最容易惹祸的年龄已经过去了。"

"你们经过金泊屯村的吗?"

"我记不得是否到过那个地方。"

"我所以要提到那个地方,就因为我当初应该得到的一份牧师俸禄就在那儿。那是个非常好玩的地方!那所牧师住宅也好极了!各方面都适合我。"

"你竟喜欢讲道吗?"

"喜欢极了。我本当把它看作我自己本分的职务,即使开头要费点力气,过不了多久也就无所谓了。一个人不应该后悔;可是,这的确是我的一份好差事!这样安闲清静的生活,完全合乎我幸福的理想!只可惜已经事过境迁。你在肯特郡的时候,有没有听到达西谈起过这件事?"

"**听**到过的,而且我认为他的话很**靠得住**,听说那个位置给你是有条件的,而且目前这位施主①可以自由处理。"

"你听到过!不错,这话也有些道理;我开头就告诉过你,

---

① 按指达西。

你可能还记得。"

"我还听说,你过去有一个时期,并不像现在这样喜欢讲道,你曾经郑重其事地宣布过,决计不要当牧师,于是这件事就此解决了。"

"你真听说过!这话倒不是完全没有根据。你也许还记得,我们第一次谈起这件事的时候,我也提起过的。"

他们两人现在快要走到家门口了,因为她有意走得很快,要甩脱他;不过看在妹妹分上,她又不愿意使他生气,因此她只是和颜悦色地笑了笑,回答道:

"算了吧,韦翰先生;你要知道,我们现在已是兄弟姐妹。不要再为了过去的事争论吧。但愿将来一直不会有什么冲突。"

她伸出手来,他亲切而殷勤地吻了一下。虽然这时候他表情十分尴尬。他们就这样走进了屋子。

第五十三章

韦翰先生对于这场谈话完全感到满意,从此他便不再提起这件事,免得自寻苦恼,也免得惹他亲爱的大姨伊丽莎白生气;伊丽莎白见他居然给说得不再开口,也觉得很高兴。

转眼之间,他和丽迪雅的行期来到了,班纳特太太不得不和他们分离,而且至少要分别一年,因为班纳特先生坚决不赞同她的计划,不肯让全家都搬到纽卡斯尔去。

她哭了:"哦,我的丽迪雅宝贝,我们到哪一天才能见面呢?"

"天哪!我也不知道。也可能两年三年见不着面。"

"常常写信给我吧,好孩子。"

"我尽可能常写信来。可是你知道,结了婚的女人是没有什么工夫写信的。姐妹们倒可以常常写信给**我**,反正她们无事可做。"

韦翰先生一声声的再见比他太太叫得亲切得多。他笑容满面,仪态万方,又说了多少漂亮话。

他们一走出门,班纳特先生就说:"他是我生平所看到的最漂亮的一个人。他既会假笑，又会痴笑，又会跟大家调笑。我真为他感到莫大的骄傲。我敢说，连卢卡斯爵士也未必拿得出一个更名贵的女婿。"

女儿走了以后，班纳特太太郁闷了好多天。

她说："我常常想，同自己的亲人离别，真是再难受不过的事；他们走了，我好像失去了归宿。"

伊丽莎白说："妈妈，你要明白，这就是嫁女儿的下场，好在你另外四个女儿还没有人要，一定会叫你好受些。"

"完全不是那么回事。丽迪雅并不是因为结了婚而要离开我，而是因为她丈夫的部队凑巧驻扎得那么远。要是近一点，她就用不着走得这样快了。"

且说这事虽然使班纳特太太精神颓丧，不过没有过多久也就好了，因为这时候外界正流传着一件新闻，使她的精神又振作了起来。原来风闻尼日斐花园的主人一两天内就要回到乡下来，打几个星期的猎，他的管家奶奶正在奉命收拾一切。班纳特太太听到这消息，简直坐立不安。她一会儿望望吉英，一会儿笑笑，一会儿摇摇头。

"好极了，彬格莱先生居然要来了，妹妹。"（因为第一个告诉她这消息的正是腓力普太太。）"好极了，实在太好了。不过我倒并不在乎。你知道，我们一点也不把他放在心上，我的确再也不想见到他了。不过，他既然愿意回到尼日斐花园来，我们自然还是欢迎他。谁知道会怎么样呢？反正与我们无关。你知道，妹妹，我们早就讲好，再也不提这件事。他真的会来吗？"

她的妹妹说:"你放心好了,尼可尔斯奶奶①昨儿晚上去过麦里屯。我亲眼看见她走过,便特地跑出去向她打听,是不是真有这回事;她告诉我说,的确真有这回事。他最迟星期四就会来,很可能星期三就来。她又说,她正要上肉铺子去定点儿肉,准备星期三做菜,她还有六只鸭子,已经可以宰了吃。"

班纳特小姐听到他要来,不禁变了脸色。她已经有好几个月没有在伊丽莎白面前提起过他的名字;可是这一次,一等到只有她们姐妹两人在一起的时候,她就说道:

"丽萃,今天姨母告诉我这消息的时候,我看到你直望着我,我知道我当时神色很难看;可是你千万别以为是为了这一类的傻事,只不过当时我觉得大家都在盯着我看,所以一时之间有些心乱。老实告诉你,这个消息既不使我感到愉快,也不使我感到痛苦。只有一点使我感到高兴——这次他是一个人来的,因此我们看到他的机会就会比较少。我本身并没有什么顾虑,而是怕别人闲言闲语。"

伊丽莎白对这件事不知道怎么想才好。如果她上次没有在德比郡见到他,她也许会以为他此来并非别有用心。可是她依旧认为他对吉英未能忘情。这次他究竟是得到了他朋友的允许才来的呢,还是他自己大胆跑来的?这实在叫她无从断定。

她有时候不由得这么想:"这可怜的人,回到自己租定的房子里来,却引起人家这样纷纷猜测,想起来着实令人难受。我也

---

① 按尼可尔斯奶奶是彬格莱家里的女管家,应是本书第十一章所提男管家尼可尔斯之妻子。

别去管他吧。"

不管她姐姐嘴上怎么说，心里怎么想，是否盼望他来，伊丽莎白却很容易看出了她姐姐精神上受到了影响，比往常更加心魂不定，神色不安。

大约在一年以前，父母曾经热烈地争论过这个问题，如今又要旧事重提了。

班纳特太太又对她丈夫说："我的好老爷，彬格莱先生一来，你一定要去拜访他呀。"

"不去，不去，去年你硬逼着我去看他，说什么只要我去看了他，他就会挑中我们的某一个女儿做太太，可是结果只落得一场空，我再也不干这种傻事了。"

他太太又说，那位贵人一回到尼日斐花园，邻居们都少不了要去拜候他。

他说："我恨透了这一类的**礼节**，要是他想跟我们来往，让他自己找上门来好了。他又不是不知道我们的住址。邻居们每次来来去去，都得要我来迎送，我可没有这种工夫。"

"唔，你不去拜访他，那就是太不知礼。不过，我还是可以请他到这儿来吃饭，我已经决定要请他来。我们本当早些请郎格太太和戈丁一家人来，加上我们自己家里的人，一共是十三个，所以正好留个位子给他。"

她决定了这么做，心里就觉得快慰了些，因此丈夫的无理也就叫她好受了些；然而，这样一来，结果就会使邻居们比他们先看到彬格莱先生。他来的日子迫近了。

吉英对她妹妹说："我现在反而觉得他还是不要来的好，其实也无所谓；我见到他也可以装得若无其事；只是听到人家老是谈起这件事，我实在有些受不了。妈妈是一片好心，可是她不知道（谁也不知道）她那些话使我多么难受。但愿他不要在尼日斐花园再住下去，我就满意了！"

伊丽莎白说："我真想说几句话安慰安慰你，可惜一句也说不出。你一定明白我的意思。我不愿意像一般人那样，看到人家难受，偏偏劝人家有耐性一些，因为你一向就有极大的耐性。"

彬格莱先生终于来了。班纳特太太多亏用人们加以协助，获得消息最早，因此烦神也烦得最久。既然及早去拜望他的计划已告失望，她便屈指计算着日子，看看还得再隔多少天才能送请帖。幸亏他来到哈福德郡的第三天，班纳特太太便从化妆室的窗口看见他骑着马走进围场，朝她家里走来。

她喜出望外，急急忙忙唤女儿们来分享她这种愉快。吉英毅然决然地坐在桌子边不动。伊丽莎白为了叫她母亲满意，便走到窗口望了一望，只见达西先生也跟他一同来了，于是她便走回去坐在姐姐身旁。

吉蒂说："妈妈，另外还有位先生跟他一起来了呢，那是谁呀？"

"我想，总不外乎是他朋友什么的，宝贝，我的确不知道。"

"瞧！"吉蒂又说，"活像以前跟他在一起的那个人。记不起他的名字了，就是那个非常傲慢的高个儿呀。"

"天哪，原来是达西先生！准定是的。老实说，只要是彬格莱先生的朋友，这儿总是欢迎的；要不然，我一见到这个人就讨厌。"

吉英极其惊奇、极其关心地望着伊丽莎白。她完全不知道妹妹在德比郡跟达西会面的事,因此觉得妹妹自从收到他那封解释的信以后,这回第一次跟他见面,一定会觉得很窘。姐妹俩都不十分好受。她们彼此体贴,各有隐衷。母亲依旧在唠叨不休,说她颇不喜欢达西先生,只因为看他究竟还是彬格莱先生的朋友,所以才客客气气地接待他一番。这些话姐妹俩都没有听见。其实伊丽莎白心神不安,的确还另有原因,这是吉英所不知道的。伊丽莎白始终没有勇气把嘉丁纳太太那封信拿给吉英看,也没有勇气向吉英叙述她对他感情变化的经过。吉英只知道他向她求婚,被她拒绝过,她还低估过他的长处,殊不知伊丽莎白的隐衷绝不仅如此而已,她认为他对她们全家都有莫大的恩典,她因此对他另眼看待。她对他的情意即使还抵不上吉英对彬格莱那样深切,至少也像吉英对待彬格莱一样地合情合理,恰到好处。达西这次回到尼日斐花园,并且自动到浪搏恩来重新找她,确实使她感到惊奇,几乎像她上次在德比郡看见他作风大变时一样地感到惊奇。

时间已经隔了这么久,而他的情意,他的心愿,竟始终不渝;一想到这里,她那苍白的脸便重新恢复了血色,而且显得更加鲜艳,她不禁喜欢得笑逐颜开,双目放光。可是她毕竟还是放心不下。

她想:"让我先看看他的举止行动如何,然后再存指望还不迟。"

她坐在那儿专心做针线,竭力装得镇静,连眼睛也不抬起来一下,等到用人走近房门,她才性急起来,抬起头来望望姐姐的脸色,只见吉英比平常稍微苍白了一些,可是她的端庄持重,颇出于伊丽莎白的意料。两位贵客到来的时候,她的脸涨红了;不过她还是从容不迫、落落大方地接待他们,既没有显露一丝半点怨恨的形迹,也并不做得过分殷勤。

伊丽莎白没有跟他们两人攀谈什么,只不过为了顾全礼貌,照例敷衍了几句,便重新坐下来做针线,而且做得特别起劲。她只是大胆地瞟了达西一眼,只见他的神色像往常一样严肃,不像在彭伯里时的那副神气,而是像他在哈福德郡时的那副神气。这也许是因为他在她母亲面前,不能像在她舅父母面前那样不拘礼节。她这种揣测固然是煞费苦心,但也未必不近情理。

她也望了彬格莱一眼,立即就看出他又是高兴,又是局促不安。班纳特太太待他那样礼貌周到,而对他那位朋友,却是勉强敷衍,十分冷淡,相形之下,使她两个女儿觉得很是过意不去。

其实她母亲对待这两位贵客完全是轻重倒置,因为她心爱的一个女儿多亏了达西先生的搭救,才能免于身败名裂,伊丽莎白对这事的经过知道得极其详细,所以特别觉得难受。

达西向伊丽莎白问起嘉丁纳夫妇,伊丽莎白回答起来不免有些慌张。以后达西便没有再说什么。他所以沉默寡言,也许是因为他没有坐在她身边的缘故,不过上次在德比郡,他却不是这样。记得上次他每逢不便跟她自己说话的时候,就跟她舅父母说话,可是这一次,却接连好几分钟不听见他开口。她再也抑制不住好奇心了,便抬起头来望望他的脸,只见他不时地看着吉英和她自己,大部分时间又总是对着地面发呆。可见得这一次比起他们俩上次见面的时候,他心思比较重,却不像上次那样急于博得人家的好感。她感到失望,同时又怪自己不应该失望。

她想:"怎么料得到他竟是这样?那他何必要来?"

除了他以外,她没有兴致跟别人谈话,可是她又没有勇气向他开口。

她向他问候他的妹妹,问过以后,又是无话可说。

只听得班纳特太太说:"彬格莱先生,你走了好久啦。"

彬格莱先生连忙说,的确有好久了。

"我开头还担心你一去不回。人们都说,你打算一到米迦勒节,就把房子退租,我但愿不会如此。自从你走了以后,这一带发生了好多事情。卢卡斯小姐结婚了,有了归宿了,我自己一个女儿也出了嫁。我想你已经听到过这件事,你一定在报纸上看到了吧。我知道《泰晤士报》和《快报》上都有消息,不过写得不成体统。那上面只说:'乔治·韦翰先生将于最近与班纳特小姐结婚。'关于她的父亲,她住的地方,以及诸如此类的事,一个字也没有提到。这是我弟弟嘉丁纳拟的稿,我不懂他怎么会做得这样糟糕。你看到了吗?"

彬格莱说他看到了,又向她道贺。伊丽莎白连眼睛也不敢抬起来,因此也不知道达西先生此刻表情如何。

班纳特太太接下去说:"的确,顺利地嫁出了一个女儿,真是桩开心的事,可是,彬格莱先生,她离开了我身边,我又觉得难受。他们到纽卡斯尔去了,在很远的北方,他们去了以后也不知道多久才能回来。他的部队在那儿。他已经脱离了某某民兵团,加入了正规军,你大概也知道吧。谢天谢地!他总算也有几个朋友,不过凭他的品德,他还可以多几个朋友呢。"

伊丽莎白知道她这话是有意说给达西先生听的，真是难为情得要命，几乎坐也坐不住了。不过这番话倒是比什么都有效用，使她能够勉为其难地跟客人攀谈起来。她开始问彬格莱是否打算暂时在乡下小住，他说，要住几个星期。

她母亲说："彬格莱先生，等你把你自己庄园里的鸟儿打完以后，请到班纳特先生的庄园里来，你爱打多少就打多少。我相信他一定非常乐意让你来，而且会把最好的鹧鸪都留给你。"

伊丽莎白听她母亲这样废话连篇，讨好卖乖，越发觉得难受。想起了一年以前，她们曾经满怀希望，沾沾自喜，如今虽然眼见得又是好事在即，然而只消一转眼的工夫，便会万事落空，徒感懊丧。她只觉得无论是吉英也好，她自己也好，即使今后能够终身幸福，也补偿不了这几分钟的苦痛难堪。

她心里想："我只希望今后永远不要跟他们两人来往。跟他们做朋友虽然能够获得愉快，可是实在抵偿不了这种难堪的局面。但愿再也不要见到他们！"

不过话说回来，虽然终身的幸福也抵偿不了眼前的痛苦，可是不到几分钟工夫，她看到姐姐的美貌又打动了她先前那位情人的心，于是她的痛苦便大大减轻了。彬格莱刚进来的时候，简直不大跟吉英说话，可是不久便越来越殷勤。他发觉吉英还是像去年一样漂亮，性格温顺，态度自然，只是不像去年那么爱说话。吉英一心只希望人家看不出她跟从前有什么两样，她自以为她依旧像从前一样健谈。其实她是心事太重，因此有时候沉默起来，连她自己也没有觉察到。

班纳特太太早就打算向贵客稍献殷勤，当他们告辞的时候，她记起了这件事，便立即邀请他们过几天到浪搏恩来吃饭。

于是她便说道："彬格莱先生，你还欠我一次回拜呢，你去年冬天上城里去的时候，答应一回来就上我们这儿来吃顿便饭。你要知道，我一直把这事摆在心上，你却一直没有回来赴约，真使我大失所望。"

提起这件事来，彬格莱不禁呆了半天，后来才说，因为有事情耽搁了，极为抱歉。然后两人便告辞而去。

班纳特太太本来一心一意打算当天就请他们吃饭，然而她又想到，家里平常的饭菜虽然也很不错，可是人家是个有身份的人，每年的收入达一万镑之多，她既然对人家寄存着那么深切的希望，那么，不添两道正菜，怎么好意思呢？

第五十四章

他们一走,伊丽莎白便到屋外去溜达溜达,好让自己精神舒畅一下,换句话说,也就是不停地去想那些足以使她精神更加沉闷的念头。达西先生的行为叫她惊奇,也叫她烦恼。

她想:"要是他这次来是为了要沉默寡言,庄严冷淡,那他又何必来?"

她想来想去,总是不愉快。

"他在城里的时候,对我的舅父母依旧很和气,很讨人喜欢,怎么反而对我两样?如果他见我就怕,他又何必要来?如果他已经无心于我,又何必有话不说?好一个惯会作弄人的男子!今后我再也不去想念他了。"

姐姐走近前来,使她不得不把这个念头暂时搁在一旁。她一见姐姐神色欣然,便知道这两位贵客虽使她自己失意,却使她姐姐较为得意。

姐姐说:"第一次见面总算过去了,我倒觉得非常自在。这次我既然能够应付,等他下次再来,我便不会发窘。他星期二能到这儿来吃饭,我倒很高兴,因为到那时候,大家都会看出,我和他不过是无所谓的普通朋友。"

伊丽莎白笑着说："好一个无所谓的朋友！吉英，还是当心点儿好！"

"亲爱的丽萃，你可别以为我那么软弱，到现在还会招来什么危险。"

"我看你有极大的危险，会叫他如醉如痴地爱你。"

直到星期二，她们方才又见到那两位贵客。班纳特太太因为上次看到彬格莱先生在那短短的半小时访问过程中，竟然兴致极高，礼貌又好，因此这几天来便一直在打着如意算盘。

且说那天浪搏恩来了许多客人；主人家最盼望的两位嘉宾都准时而到，作为狩猎者，他们果真做到了信守时刻。两人一走进饭厅，伊丽莎白连忙注意彬格莱先生，看他是不是在吉英身旁坐下，因为从前每逢有宴会，他都是坐在那个位子上。她那精明的母亲也有同感，因此并没有请他坐到她自己身边去。他刚走进饭厅的时候，好像颇有些犹豫，幸亏吉英凑巧回过头来，凑巧在微笑，他这才拿定主意，在她身边坐下。

伊丽莎白看得很是得意，不由得朝他那位朋友望了一眼，只见达西落落大方，若无其事。她要不是恰巧看见彬格莱先生又惊又喜地也对达西先生望了一眼，她还以为他这次之所以能够称心如意，是事先蒙到达西先生恩准的呢。

吃饭的时候，彬格莱先生果然对她姐姐流露出了爱慕之意。虽然这种爱慕表现得没有从前那样露骨，可是伊丽莎白却觉得，只要能够完全让他自己做主，吉英的幸福和他自己的幸福一定马上就可以十拿九稳。虽然她不敢过存奢望，可是看到他那样的态度，实在叫她高兴。她当时心情虽然并不十分愉快，这一来却使她精神上得到了极大的鼓舞。达西先生的座位和她隔得那么远，他和她母亲坐在一起。她觉得这无论是对于达西，对于她母亲，都是兴味索然，两不方便。座位隔得远了，她自然听不清达西跟她母亲讲些什么，可是她看得出他们俩很少谈话，谈起来又非常拘泥，非常冷淡。看看母亲对他那样敷衍应酬，再想想他对她们家里情深谊重，她当然分外难受。有几次她真恨不得能够告诉他说，她家里并不是没有人知道他的好处，并不是全家都对他忘恩负义。

她但愿这个下午彼此能够亲近一些，多谈些话，不要辜负了他这一场拜访，不要让他只是在进门时听到她照例地招呼一声，便一无所获。她感到万分焦急不安，因此在两位贵客没有走进会客室以前，她几乎厌倦沉闷得快要发脾气了。她一心盼望他们进来，因为整个下午的兴致完全在此一着。

她想：“假如**那时候**他依旧不到我跟前来，我只好永远把他放弃。”两位贵宾进来了；看他那副神情，她倒觉得他不会辜负她一片心意。可是天哪！班纳特小姐在桌子上斟茶，伊丽莎白在倒咖啡，女客们却把这张桌子团团围住，大家挤在一起，摆一张椅子的空地方也没有。他们进来以后，有一个姑娘又向伊丽莎白身边更挨近一些，跟她低声说道：

"我决计不让这般男人来把我们分开，不管哪个男人，我们都不让他来，好不好？"

达西只得走开。伊丽莎白的眼睛盯牢着他看，随便看到什么人跟他说话，她都觉得嫉妒。她几乎没有心思给客人们倒咖啡了。过了一会儿，她又埋怨自己不该这样痴心。

"他是一个被我拒绝过的男人！我怎么**蠢**到这般地步，竟会指望他重新爱上我？哪一个男人会这样没有骨气，向一个女人求第二次婚？他们决不屑做这种丢面子的事！"

这时只见他亲自把咖啡杯送回来，因此她总算稍微高兴了一些，立即抓住这个机会跟他说话：

"你妹妹还在彭伯里吗？"

"还在，她一直要在那儿待到圣诞节。"

"只有她一个人吗？她的朋友都走了没有？"

"安涅斯雷太太跟她在一起。别的人都在三个星期以前上斯卡巴勒①去了。"

她想不出别的话可说了；不过，只要**他**愿意跟她谈话，他自有办法。他默默无言地在她身旁站了几分钟，后来那位年轻的小姐又跟伊丽莎白咬起耳朵来，他又只得走开。

等到茶具撤走、牌桌全摆好以后，女客们都站起身来，这时伊丽莎白更希望他立刻就到自己身边来，但见她母亲在四处硬拉人打"惠斯脱"，他也情面难却，顷刻之间就和众宾客一同坐上牌桌，于是她一切的希望都落了空。她满怀的兴致都变成泡影。今晚她已毫无指望。两个人只得各坐牌桌一张，达西的眼睛频频向她这边看，结果两个人都打输了牌。

班纳特太太本来打算留尼日斐花园的这两位贵客吃晚饭，不

---

① 英格兰北部一个有名的消暑地区。1620年该地发现温泉后，愈加有名。又因该处环境极为幽美，故有"英国温泉之后"的称呼。

幸的是，他们吩咐用人套车比谁都先，因此她没有机会留他们。

客人们一走，班纳特太太便说："孩子们，今天过得快活吗？告诉你们，我觉得一切都非常顺利。饭菜烹调得从来没有过的那么好。鹿肉烧得恰到好处，大家都说，从来没见过这么肥的腰肉。说到汤，比起我们上星期在卢卡斯家里吃的，那可不知要好多少。连达西先生也承认鹧鸪烧得美极了，我看他自己至少用了三个法国厨子呢。再说，亲爱的吉英，我从来没有看见你比今天更美。郎格太太也这么说，因为我在她面前问过你美不美。你猜她还说了些什么？她说：'呃！班纳特太太，她少不了要嫁到尼日斐花园去的。'她真是这么说来着。我觉得郎格太太这个人真是太好了；她的侄女儿们都是些规规矩矩的好姑娘，只可惜长得一点也不好看。我真喜欢她们。"

总而言之，班纳特太太今天的确高兴极了。她把彬格莱对吉英的一举一动全看在眼里，因此相信吉英一定会把他弄到手。她一时高兴，便不禁想入非非，一心只指望这门亲事会给她家里带来多少多少好处，等到第二天不见他来求婚，她又大失所望。

班纳特小姐对伊丽莎白说："今天一天过得真有意思，来吃饭的客人都挑选得那么好，大家都很投机。我希望今后我们能够常常聚会。"

伊丽莎白笑了笑。

"丽萃，请你千万不要笑，千万不要疑心我。这会使我难受。告诉你吧，我只不过很欣赏这样一位聪明和蔼的年轻人的谈吐，并没有存别的非分之想。他的整个举止作风中间，有一点我完全感到满意，那就是他绝对没有想要博得我的欢心。只不过他的谈吐实在比别人美妙，而且他也比别人随和。"

只听得妹妹说："你真狠心，你不让我笑，又偏偏要时时刻刻引我发笑。"

"有些事是多么不容易叫人相信！"

"又有些事简直不可能叫人相信！"

"可是，你为什么偏要逼我，认为我没有把真心话全说出来呢？"

"这话可叫我无从回答了。我们都喜欢替人家出主意，可是出了主意，人家又不领情。算我对你不起。如果你再三要说你对他没有什么意思，可休想叫**我**相信。"

第五十五章

这次拜访以后,没有过几天,彬格莱先生又来了,而且只有他一个人来。他的朋友已经在当天早上动身上伦敦去,不过十天以内就要回来。他在班府上坐了一个多钟头,显然非常高兴。班纳特太太留他吃饭,他一再道歉,说是别处已经先有了约会。

班纳特太太只得说:"希望你下次来的时候,能够赏赏我们的脸。"

他说他随时都乐意来,只要她不嫌麻烦,他一有机会就来看她们。

"明天能来吗?"

能来,他明天没有约会;于是他爽爽快快地接受了她的邀请。

第二天他果然来了,来得非常早,太太小姐们都还没有打扮好。班纳特太太身穿晨衣,头发才梳好一半,连忙跑进女儿房间里去大声嚷道:

"亲爱的吉英,快些下楼去。他来了。彬格莱先生来了。他真来了。赶快,赶快。我说,莎蕾,赶快上大小姐这儿来,帮她穿衣服。你别去管丽萃小姐的头发啦。"

吉英说:"我们马上就下去,也许吉蒂比我们两个都快,因为她上楼有半个钟头了。"

"哦,别去管吉蒂吧!关她什么事?快些,快些!好孩子,你的腰带在哪儿?"

母亲走了以后,吉英再三要一个妹妹陪着她下楼去。

到了下午,显见得班纳特太太又一心要成全他们两人在一起。喝过了茶,班纳特先生照着他平常的习惯,到书房里去了,曼丽上楼弹琴去了。班太太看见五个障碍去了两个,便立即对伊丽莎白和咖苔琳挤眉弄眼,可惜她们半天都不领会她的用意,伊丽莎白看也不看她一眼,吉蒂终于很天真地说:"怎么啦,妈妈?你为什么老是对我眨眼?你要我做什么呀?"

"没什么,孩子,没什么。我没有对你眨眼。"于是她又多坐了五分钟,实在不愿意再错过这大好的机会,她便突然站起来,对吉蒂说:

"来,宝贝,我跟你说句话。"说过这话,她便把吉蒂拉了出去。吉英立刻对伊丽莎白望了一眼,意思说,她受不住这样的摆布,请求伊丽莎白不要也这样做。一眨眼工夫,只见班纳特太太打开了半边门,喊道:

"丽萃,亲爱的,我要跟你说句话。"

伊丽莎白只得走出去。

一走进穿堂,她母亲就对她说:"我们最好不要去打扰他们,吉蒂和我都上楼到我化妆室里去了。"

伊丽莎白没有跟她争辩,静静地留在穿堂里,等母亲和吉蒂走得看不见了，才又回到会客室来。

班纳特太太这一天的打算没有如愿。彬格莱样样都讨人喜爱，只可惜没有公然以她女儿的情人自居。他安然自若，神情愉快，在她们晚间的家庭聚会上，人人都喜欢他。虽然班纳特太太不知分寸，多管闲事，他却竭力忍受；尽管她讲出多少蠢话，他也一些不动声色，很有耐性地听着，这特别叫那女儿满意。

他几乎用不到主人家邀请，便自己留下来吃饭；他还没有告辞，便又顺应着班纳特太太的意思，将计就计，约定明天来跟她丈夫打鸟。

自从这一天以后，吉英再也不说对他无所谓了。姐妹两人事后一句也没有谈起彬格莱，可是伊丽莎白上床的时候，心里很是快活，觉得只要达西先生不准时赶回来，这件事很快便会有眉目。不过她又认为事到如今，达西先生一定早已表示同意。

第二天，彬格莱准时赴约，依照事先约定，跟班纳特先生在一起消磨了整个上午。班纳特先生和蔼可亲，实在远远出乎彬格莱先生的意料。这是因为，彬格莱没有什么傲慢或愚蠢的地方惹他嘲笑，或是叫他讨厌得不肯理睬他。比起彬格莱上次跟他见面的情形来，他这次更加健谈，也不像以前那样古怪。不用说，彬格莱跟他一同回来吃了中饭，晚上班纳特太太又设法把别人都遣开，让他跟她女儿在一起。伊丽莎白今晚有一封信要写，吃过茶以后便到起坐间去写信，因为她看到别人都坐下来打牌，不便再和她母亲作对。

等她写好了信回到客厅里来的时候，一看那种情景，不由得触目惊心，认为母亲果然比她聪明得多。且说她一走进门，只见姐姐和彬格莱一起站在壁炉跟前,看来正在谈话谈得起劲,如果这情形还没有什么可疑,那么,只消看看他们俩那般的脸色,那般慌慌张张转过身去,立即分开,你心里便有数了。**他们窘态毕露,可是她自己却更窘。**他们坐了下来,一言不发;伊丽莎白正待走开,只见彬格莱突然站起身来,跟她姐姐悄悄地说了几句话,便跑出去了。

吉英心里有了快活的事情,向来不瞒伊丽莎白,于是她马上抱住妹妹,极其热情地承认她自己是天下最幸福的人。

她又说:"太幸福了!实在太幸福了。我不配。哎哟,为什么不能人人都像我这样幸福呢?"

伊丽莎白连忙向她道喜,真诚热烈,欢欣异常,实在非笔墨所能形容。她每说一句亲切的话,就增加吉英一分幸福的感觉。可是吉英不能跟妹妹多纠缠了,她要说的话还没有说到一半,可不能再说下去了。

吉英说:"我得马上上妈妈那儿去,我千万不能辜负她一片好心好意,我要亲自去把这件事说给她听,不要别人转言。他已经去告诉爸爸了。噢,丽萃,你知道,家里人听到我这件事,一个个会觉得多么高兴啊!我怎么受得了这样的幸福!"

于是她就连忙到母亲那儿去,只见母亲已经特地散了牌场,跟吉蒂坐在椅上。

伊丽莎白一个人留在那儿,心想:家里人为了这件事,几个月来一直在烦神担心,如今却一下子便得到了解决,她想到这里,不禁一笑。

她说:"这就是他那位朋友处心积虑的结局!是他自己的姐

妹自欺欺人的下场！这个结果真是太幸福、太圆满、太有意思了！"

没有过几分钟，彬格莱就到她这儿来了，因为他跟她父亲谈得很简捷扼要。

他一打开门，便连忙问道："你姐姐在哪儿？"

"在楼上我妈那儿，马上就会下来。"

他于是关上了门，走到她跟前，让她亲切地祝贺姐夫。伊丽莎白真心诚意地说，她为他们俩未来的美满姻缘感到欣喜。两人亲切地握了握手。她只听得他讲他自己的幸福，讲吉英的十全十美，一直讲到吉英下楼为止。虽然这些话是出于一个情人之口，可是她深信他那幸福的愿望一定可以实现，因为吉英绝顶聪明，脾气更是好得不能再好，这便是幸福的基础，而且他们彼此的性格和趣味也十分相近。

这一晚大家都非常高兴，班纳特小姐因为心里得意，脸上也显得鲜艳娇美，光彩焕发，比平常更加漂亮。吉蒂笑笑忍忍，忍忍笑笑，一心只希望这样的幸运赶快轮到自己头上。班纳特太太同彬格莱足足谈了半个钟头之久，她满口嘉许，极力赞美，可总觉得不能够把满腔的热情充分表达出来；班纳特先生跟大家一块儿吃晚饭的时候，但看他的谈吐举止，便可以看出他也快活到极点。

不过他当时对这件事却一字不提，等到贵客一走，他又连忙转过身来对大女儿说：

"吉英，我恭喜你。你可成了一个极幸福的姑娘啦。"

吉英立刻走上前去吻他，多谢他的好意。

他说:"你是个好孩子;想到你这样幸福地解决了终身大事,我真高兴。我相信你们一定能够和好相处。你们的性格很相近。你们遇事都肯迁就,结果会弄得样样事都拿不定主张;你们那么好讲话,结果会弄得个个用人都欺负你们;你们都那么慷慨,到头来一定会入不敷出。"

"但愿不会如此。我要是在银钱问题上粗心大意,那是不可原谅的。"

他的太太叫道:"入不敷出!我的好老爷,你这是什么话?他每年有四五千镑收入,可能还不止呢。"她又对大女儿说:"我的好吉英,亲吉英,我太高兴了!我今天晚上休想睡得着觉。我早就知道会这样,我平常老是说,总有一天会这样。我一向认为你决不会白白地生得这样好看。他去年初到哈福德郡的时候,我一看到他,就觉得你们两个一定会成双配对。天哪!我一辈子也没见过像他这样漂亮的男人!"

她早把韦翰和丽迪雅忘了。吉英原是她最宠爱的女儿,现在更是谁也不在她心上了。妹妹们马上都簇拥着吉英,要她答应将来给她们多少好处。

曼丽请求使用尼日斐花园的藏书室,吉蒂硬要她每年冬天在那儿开几次跳舞会。

从此以后,彬格莱自然就成了浪搏恩家每天必来的客人。他总是早饭也没吃就赶来,一直要待到吃过晚饭才走——除非有哪一家不识大体、不怕人讨厌的邻居,再三请他吃饭,他才不得不去应酬一下。

伊丽莎白简直没有机会跟她姐姐谈话,因为只要彬格莱一来，吉英的心就想不到别人身上去。不过他们俩总还是有时候不得不分开一下。吉英不在的时候，彬格莱老爱跟伊丽莎白谈话；彬格莱回家去了，吉英也总是找她一块儿来消遣，因此她对于他们俩还是大有用处。

有一个晚上，吉英对她说："他说今年春天完全不知道我也在城里，这话叫我听了真高兴。我以前的确不相信会有这种事。"

伊丽莎白答道："我以前也疑心到这一点，他有没有说明是什么缘故？"

"那一定是他的姐妹们布置好了的，她们当然不赞成他和我要好，我也不奇怪，因为他大可以选中一个样样都比我强的人。可是，我相信她们总有一天会明白，她们的兄弟跟我在一起是多么幸福，那时候她们一定又会慢慢地回心转意，跟我恢复原来的交情，不过决不可能像从前那样知己了。"

"我生平只听到你讲了这样一句气量小的话。你真是个好心的姑娘！老实说，要是又看到你去受那假仁假义的彬格莱小姐的骗，那可真要气死我了！"

"丽萃，我希望你相信，他去年十一月里到城里去的时候，的确很爱我，他要不是信了别人的话，以为我真的不爱他，那他无论如何早就回来了！"

"他实在也有些不是，不过那都是因为他太谦虚。"

吉英听了这话，自然又赞美起他的虚心来，赞美他虽然具有许多优美的品质，可并不自以为了不起。

伊丽莎白高兴的是，彬格莱并没有把他朋友阻挡这件事的经过泄露出来，因为吉英虽然宽宏大量，不记仇隙，可是这件事如果让她知道了，她一定会对达西有成见。

吉英又大声说道："我确实是古往今来最幸福的一个人！哦，丽萃，家里这么多人，怎么偏偏是我最幸福？但愿你也会同样的幸福！但愿你也能找到这样一个人！"

"你即使给我几十个这样的人，我也决不会像你这样幸福。除非我脾气也像你这样好，人也像你这样好，我是无论如何也不会像你这样幸福的。不会，决不会，还是让我来自求多福吧，如果我运气好，到时候我也许又会碰到另外一个柯林斯。"

浪搏恩这家人家的事瞒人也瞒不了多久。先是班纳特太太得到了特许，偷偷地讲给了腓力普太太听，腓力普太太没有得到任何人的许可，就大胆地把它传遍了麦里屯的街坊四邻。

记得就在几星期以前，丽迪雅刚刚私奔，那时大家都认为班纳特府上倒尽了霉，如今这样一来，班家竟在顷刻之间成了天下最有福气的一家人家了。

第五十六章

有一天上午，大约是彬格莱和吉英订婚之后的一个星期，彬格莱正和女眷们坐在饭厅里，忽然听到一阵马车声，大家都走到窗口去看，只见一辆四马大轿车驶进园里来。这么一大早，理当不会有客人来，再看看那辆马车的配备，便知道这位访客决不是他们的街坊四邻。马是驿站上的马，至于马车本身，车前侍从所穿的号服，他们也不熟悉。彬格莱既然断定有人来访，便马上劝班纳特小姐跟他避开，免得被这不速之客缠住，于是吉英跟他走到矮树林里去了。他们俩走了以后，另外三个人依旧在那儿猜测，可惜猜不出这位来客是谁。最后门开了，客人走进屋来，原来是咖苔琳·德·包尔夫人。

大家当然都十分诧异，万万想不到会有这样出奇的事。班纳特太太和吉蒂跟她素昧生平，可是反而比伊丽莎白更其感到宠幸。

客人走进屋来的那副神气非常没有礼貌。伊丽莎白招呼她，她只稍微侧了一下头，便一屁股坐下来，一句话也不说。她走进来的时候，虽然没有要求人家介绍，伊丽莎白还是把她的名字告诉了她母亲。

班纳特太太大为惊异,不过,这样一位了不起的贵客前来登门拜访,可又使她得意非凡,因此她便极其有礼貌地加以招待。咖苔琳夫人不声不响地坐了一会儿工夫,便冷冰冰地对伊丽莎白说:

"我想,你一定过得很好吧,班纳特小姐。那位太太大概就是你母亲?"

伊丽莎白简简单单地回答了一声正是。

"那一位大概就是你妹妹吧?"

班纳特太太连忙应声回答:"正是,夫人。"她能够跟这样一位贵夫人攀谈,真是得意,"这是我第四个女儿。我最小的一个女儿最近出嫁了,大女儿正和她的好朋友在附近散步,那个小伙子不久也要变成我们自己人了。"

咖苔琳夫人没有理睬她,过了片刻才说:"你们这儿还有个小花园呢。"

"哪能比得上罗新斯,夫人,可是我敢说,比威廉·卢卡斯爵士的花园却要大得多。"

"到了夏天,这间屋子做起居室一定很不适宜,窗子都朝西。"

班纳特太太告诉她说,她们每天吃过中饭以后,从来不坐在那儿,接着又说:

"我是否可以冒昧请问您夫人一声,柯林斯夫妇都好吗?"

"他们都很好。前天晚上我还看见他们的。"

这时伊丽莎白满以为她会拿出一封夏绿蒂的信来;她认为咖

咭琳夫人这次到这里来，决不可能为了别的原因。可是并不见夫人拿信出来，这真叫她完全不明白是怎么回事了。

班纳特太太恭恭敬敬地请贵夫人随意用些点心，可是咖苔琳夫人什么也不肯吃，谢绝得非常坚决，非常没有礼貌，接着又站起来跟伊丽莎白说：

"班纳特小姐，你们这块草地的那一头，好像颇有几分荒野的景色，倒很好看。我很想到那儿去逛逛，可否请你陪我一走？"

只听得她母亲连忙大声对她说："你去吧，乖孩子，陪着夫人到各条小径上去逛逛。我想，她一定会喜欢我们这个幽静的小地方。"

伊丽莎白听从了母亲的话，先到自己房间里去拿了一把阳伞，然后下楼来侍候这位贵客。两人走过穿堂，咖苔琳夫人打开了那扇通到饭厅和客厅的门，稍稍打量了一下，说是这屋子还算过得去，然后继续向前走。

她的马车停在门口，伊丽莎白看见车子里面坐着她的侍女。两人默默无声地沿着一条通到小树林的鹅卵石铺道往前走。伊丽莎白只觉得这个老妇人比往常更其傲慢，更其令人讨厌，因此拿定主张，决不先开口跟她说话。

她仔细瞧了一下这老妇人的脸，不禁想道："她哪一点地方像她姨侄？"

一走进小树林，咖苔琳夫人便用这样的方式跟她谈话：

"班纳特小姐，我这次上这儿来，你一定知道我是为了什么原因。你心里一定有数，你的良心一定会告诉你，我这次为什么要来。"

伊丽莎白大为惊讶。

"夫人,你实在想错了,我完全不明白你这次怎么这样看得起我们,会到这种地方来。"

夫人一听此话,很是生气:"班纳特小姐,你要知道,我是决不肯让人家来跟我开玩笑的。不管你怎样不老实,**我**可不是那样。我是个有名的老实坦白的人,何况遇到现在这桩事,我当然更要老实坦白。两天以前,我听到一个极其惊人的消息。我听说不光是你姐姐将要攀上一门高亲,连你,伊丽莎白·班纳特小姐,也快要攀上我的姨侄,我的亲姨侄达西先生。虽然我明知这是无稽的流言,虽然我不会那样看不起他,相信他真会有这种事情,我还是当机立断,决定上这儿来一次,把我的意思说给你听。"

伊丽莎白又是诧异,又是厌恶,满脸涨得通红:"我真奇怪,你既然认为不会有这种事情,何必还要自找麻烦,跑到这么远的地方来?请问你老人家究竟有何见教?"

"我一定要你立刻向大家去辟谣。"

伊丽莎白冷冷地说:"要是外界真有这种传说,那么你赶到浪搏恩来看我和我家里人,反而会弄假成真。"

"要是真有这种传说!你难道存心要假痴假呆不成?这不全是你自己拼命传出去的吗?难道你不知道这个消息已经闹得满城风雨了吗?"

"我从来没有听见过。"

"你能不能说一声这是**毫无根据**?"

"我并不冒充我也像您老人家一样坦白。你尽管问好了,我可不想回答。"

"岂有此理！班纳特小姐，我非要你说个明白不可。我姨侄向你求过婚没有？"

"你老人家自己刚刚还说过，绝不会有这种事情。"

"不应该有这种事情；只要他还有头脑，那就一定不会有这种事情。可是你千方百计地诱惑他，他也许会一时痴迷，忘了他应该对得起自己，对得起家里人。你可能已经把他迷住了。"

"即使我真的把他迷住了，我也决不会说给你听。"

"班纳特小姐，你知道我是谁吗？你这种话真讲得不成体统。我差不多是他最亲近的长辈，我有权利过问他一切的切身大事。"

"你可没有权利过问**我的事**，而且你这种态度也休想把我逼供出来。"

"好好儿听我把话说明白。你好大胆子，妄想攀这门亲，那是绝对不会成功———辈子也不会成功的。达西先生早跟**我的女儿**订过婚了。好吧，你还有什么话要说？"

"只有一句话要说——如果他当真如此，那你就没有理由认为他会向我求婚。"

咖苔琳夫人迟疑了一会儿，然后回答道：

"他们的订婚，跟一般情形两样。他们从小就配好了对，双方的母亲两相情愿。他们在摇篮里的时候，我们就打算把他们配成一对；眼见他们小两口子就要结婚，老姐妹俩的愿望就要达到，却忽然来了个出身卑贱、门户低微的小妮子从中作梗，何况这小妮子跟他家里非亲非眷！难道你丝毫也不顾全他亲人的愿望？丝毫也不顾全他跟德·包尔小姐默认的婚姻？难道你一点儿没有分寸,一点儿也不知廉耻吗?难道你没有听见我说过,他一生下来,就注定了要跟他表妹成亲的吗?"

"我以前确实听到过。可是我管它做什么?如果你没有别的理由反对我跟你姨侄结婚,那么,我虽然明知他母亲和姨妈要他跟德·包尔小姐结婚,我也决不会因此却步。你们姐妹俩费尽了心思筹划这段婚姻,成功不成功可要看别人。如果达西先生既没有责任跟他表妹结婚,也不愿意跟她结婚,那他为什么不能另外挑一个?要是他挑中了我,我又为什么不能答应他?"

"无论从面子上讲,从礼节规矩上讲——不,从利害关系来讲,都不允许这么做。不错,班纳特小姐,确是为了你的利害关系着想。要是你有意跟大家都过不去,你就休想他家里人或是他的亲友们看得起你。凡是和他有关的人,都会斥责你、轻视你、厌恶你。你们的结合是一种耻辱;甚至我们连你的名字都不肯提起。"

"这倒真是大大的不幸,"伊丽莎白说,"可是做了达西先生的太太,必然会享受到莫大的幸福,因此,归根结底,完全用不到懊丧。"

"好一个不识好歹的小丫头!我都为你害臊!今年春天我待你那么殷勤,你就这样报答我吗?难道你也没有一点儿感恩之心?让我们坐下来详谈。你应该明白,班纳特小姐,我既然上这儿来了,就非达到目的不可;谁也阻不住我。任何人玩什么花巧,我都不会屈服。我从来不肯让我自己失望。"

"那只有更加使你自己难堪,可是对**我**毫无影响。"

"我说话不许人家插嘴!好好儿听我说。我的女儿和我的姨侄是天造地设的一对。他们的母系都是高贵的出身，父系虽然没有爵位，可也都是极有地位的名门世家。两家都是豪富。两家亲戚都一致认为，他们俩是前生注定的姻缘；有谁能把他们拆散？你这样一个小妮子，无论家世、亲戚、财产，都谈不上，难道光凭着你的痴心妄想，就可以把他们拆散吗？这像什么话！这真是太岂有此理！假如你脑子明白点，为你自己的利益想一想，你就不会忘了自己的出身啦。"

"我决不会为了要跟你姨侄结婚，就忘了我自己的出身。你姨侄是个绅士，我是绅士的女儿，我们正是旗鼓相当。"

"真说得对。**你的确是个绅士的女儿。**可是你妈是个什么样的人？你的姨父母和舅父母又是什么样的人？别以为我不知道他们的底细。"

"不管我亲戚是怎么样的人，"伊丽莎白说，"只要你姨侄不计较，便与你毫不相干。"

"爽爽快快告诉我，你究竟跟他订婚了没有？"

伊丽莎白本来不打算买咖苔琳夫人的情面，来回答这个问题，可是仔细考虑了一会儿以后，她不得不说了一声：

"没有。"

咖苔琳夫人显得很高兴。

"你愿意答应我，永远不跟他订婚吗？"

"我不能答应这种事。"

"班纳特小姐，我真是又惊骇又诧异。我没有料到你是这样一个不讲理的小妮子。可是你千万把头脑放清楚一些，别以为我会让步。非等到你答应了我的要求，我就不走。"

"我当然**决不会**答应你的。这种荒唐到极点的事,你休想吓得我答应。你只是一心想要达西先生跟你女儿结婚;可是,就算**我**如了你的意,答应了你,你以为**他们俩**的婚姻就靠得住了吗?要是他看中了我,就算**我**拒绝他,难道他因此就会去向他表妹求婚吗?说句你别见怪的话,咖苔琳夫人,你这种异想天开的要求真是不近情理,你说的许多话又是浅薄无聊。要是你以为你这些话能够说得我屈服,那你未免太看错人啦。你姨侄会让你把**他的**事干涉到什么地步,我不知道,可是你无论如何没有权利干涉**我的**事。因此我请求你不要再为这件事来勉强我了。"

"请你不必这样性急。我的话根本没有讲完。除了我已经说过的你那许多缺陷以外,我还要加上一件。别以为我不知道你那个小妹妹不要脸私奔的事。我完全晓得。那个年轻小伙子跟她结婚,完全是你爸爸和舅舅花了钱买来的。**这样**一个臭丫头,也配做我姨侄的小姨吗?她丈夫是他父亲生前的账房的儿子,也配和他做连襟吗?上有天下有地!你究竟是打的什么主意?彭伯里的门第能够这样给人糟蹋吗?"

伊丽莎白恨恨地回答道:"现在你该讲完了,你也把我侮辱得够了。我可要回家去啦。"

她一面说,一面便站起身来。咖苔琳夫人也站了起来,两人一同往回走去。老夫人真给气坏了。

"那么,你完全不顾全我姨侄的身份和面子啦!好一个没有心肝、自私自利的小丫头!你难道不知道,他跟你结了婚,大家都要看不起他吗?"

"咖苔琳夫人,我不想再讲了。你已经明白了我的意思。"

"那么,你非要把他弄到手不可吗?"

"我并没有说这种话。我自有主张,怎么样做会幸福,我就决定怎么样做,**你**管不了,任何像你这样的局外人也都管不了。"

"好啊。你坚决不肯依我。你完全丧尽天良,不知廉耻,忘恩负义。你决心要叫他的朋友们看不起他,让天下人都耻笑他。"

伊丽莎白说:"目前这件事情谈不到什么天良、廉耻、恩义。我跟达西先生结婚,并不触犯这些原则。要是他跟我结了婚,他家里人就厌恶他,那我毫不在乎;至于说天下人都会生他的气,我认为世界上多的是知义明理的人,不见得个个都会耻笑他。"

"这就是你的真心话!这就是你坚定不移的主张!好啊。现在我可知道该怎么应付了。班纳特小姐,别以为你的痴心妄想会达到目的。我不过是来试探试探你,没想到你竟不可理喻。等着瞧吧,我说得到一定做得到。"

咖苔琳夫人就这样一直讲下去,走到马车跟前,她又急急忙忙掉过头来说道:

"我不向你告辞,班纳特小姐。我也不问候你的母亲。你们都不识抬举。我真是十二万分不高兴。"

伊丽莎白不去理她,也没有请她回到屋子里去坐坐,只管自己不声不响地往屋里走。她上楼的时候,听到马车驶走的声音。她母亲在化妆室门口等她等得心急了,这会儿一见到她,便连忙问她,为什么咖苔琳夫人不回到屋子里来休息一会儿再走。

女儿说:"她不愿意进来,她要走。"

"她是个多么好看的女人啊!她真太客气,竟会到我们这种地方来!我想,她这次来,不过是为了要告诉我们一声,柯林斯夫妇过得很好。她或许是到别的什么地方去,路过麦里屯,顺便进来看看你。我想,她没有特别跟你说什么话吧?"

伊丽莎白不得不撒了个小谎,因为她实在没有办法把这场谈话的内容说出来。

第五十七章

这不速之客去了以后,伊丽莎白很是心神不安,而且很不容易恢复宁静。她接连好几个钟头不断地思索着这件事。咖苔琳夫人这次居然不怕麻烦,远从罗新斯赶来,原来是她自己异想天开,认为伊丽莎白和达西先生已经订了婚,所以特地赶来要把他们拆散。这个办法倒的确很好;可是,关于他们订婚的谣传,究竟有什么根据呢?这真叫伊丽莎白无从想象,后来她才想起了达西是彬格莱的好朋友,**她**自己是吉英的妹妹,而目前大家往往会因为一重婚姻而连带想到再结一重婚姻,那么,人们自然要生出这种念头来了。她自己也早就想到,姐姐结婚以后,她和达西先生见面的机会也就更多了。因此卢家庄的邻居们(她认为只有他们和柯林斯夫妇通信的时候会说起这件事,因此才会传到咖苔琳夫人那里去)竟把这件事看成十拿九稳,而且好事就在眼前,可是她自己只不过觉得这件事将来有几分希望而已。

不过,一想起了咖苔琳夫人那一番话,她就禁不住有些感到不安:如果她硬要干涉,谁也说不出会造成怎样的后果。她说她坚决要阻挡这一门亲事,从这些话看来,伊丽莎白就想到夫人准会去找她的姨侄；至于达西是不是也同样认为跟她结婚有那么多害处，那她就不敢说了。她不知道他跟他姨母之间感情如何，也不知道他是否完全听他姨母的主张，可是按情理来说，他一定会比伊丽莎白看得起那位老夫人。只要他姨妈在他面前说明他们两家门第不相当，跟这样出身的女人结婚有多少害处，那就会击中他的弱点。咖苔琳夫人说了那么一大堆理由，伊丽莎白当然觉得荒唐可笑，不值一驳，可是她那样看重门第身份，在他看来，也许会觉得见解高明，理由充足。

如果他本来就心里动摇不定（他好像时常如此），那么，只要这位至亲去规劝他一下，央求他一下，他自会立刻打消犹豫，下定决心，再不要为了追求幸福而贬低自己的身份。如果真是这样，那他一定再也不会回来。咖苔琳夫人路过城里，也许会去找他，他虽然和彬格莱先生有约在先，答应立即回到尼日斐花园来，这一下恐怕只能作罢了。

她心里又想："要是彬格莱先生这几天里就接到他的信，托辞不能践约，我便一切都明白了，不必再去对他存什么指望，不必去希求他始终如一。当我现在快要爱上他、答应他求婚的时候，如果他并不真心爱我，而只是惋惜我一下，那么，我便马上连惋惜他的心肠也不会有。"

且说她家里人听到这位贵客是谁，都惊奇不置；可是她们也同样用班纳特太太那样的假想，满足了自己的好奇心，因此伊丽莎白才没有被她们问长问短。

第二天早上，她下楼的时候，遇见父亲正从书房里走出来，手里拿着一封信。

父亲连忙叫她:"丽萃,我正要找你;你马上到我房间里来一下。"

她跟着他去了,可是不明白父亲究竟要跟她讲些什么。她想,父亲所以要找她谈话,多少和他手上那封信有关,因此她越发觉得好奇。她突然想到,那封信可能是咖苔琳夫人写来的,免不了又要向父亲解释一番,说来真是烦闷。

她跟她父亲走到壁炉边,两个人一同坐下。父亲说:

"今天早上我收到一封信,使我大吃一惊。这封信上讲的都是你的事,因此你应该知道这里面写些什么。我一直不知道我同时有两个女儿都有结婚的希望。让我恭喜你情场得意。"

伊丽莎白立刻断定这封信是那个姨侄写来的,而不是姨妈写来的,于是涨红了脸。她不知道应该为了他写信来解释而感到高兴呢,还是应该怪他没有直接把信写给她而生气,这时只听得父亲接下去说:

"你好像已经心里有数似的。年轻的姑娘们对这些事情总是非常精明;可是即使以你这样的机灵,我看你还是猜不出你那位爱人姓甚名谁。告诉你,这封信是柯林斯先生寄来的。"

"柯林斯先生寄来的!**他**有什么话可说?"

"当然说得很彻底。他开头恭喜我的大女儿快要出嫁,这消息大概是那爱管闲事的好心的卢家说给他听的。这件事我姑且不念出来,免得你不耐烦。与你有关的部分是这样写的:——'愚夫妇既为尊府此次喜事竭诚道贺以后,容再就另一事略申数言。此事消息来源同上。据云尊府一俟大小姐出阁以后,二小姐伊丽

莎白也即将出阁。且闻二小姐此次所选如意夫君,确系天下大富大贵之人。'

"丽萃,你猜得出这位贵人是谁吗?——'贵人年轻福宏,举凡人间最珍贵之事物,莫不件件具有。非但家势雄厚,门第高贵,抑且布施提拔,权力无边。唯彼虽属条件优越,处处足以打动人心,然则彼若向尊府求婚,切不可遽而应承,否则难免轻率从事,后患无穷,此不佞不得不先以奉劝先生与表妹伊丽莎白者也。'

"丽萃,你想得到这位贵人是谁吗?下面就要提到了。

"'不佞之所以不揣冒昧,戆直陈词,实因虑及贵人之姨母咖苔琳·德·包尔夫人对此次联姻之事,万难赞同故耳。'

"你明白了吧,这个人就是**达西先生**!喂,丽萃,我已经叫你感到诧异了吧。无论是柯林斯也好,是卢卡斯一家人也好,他们偏偏在我们的熟人当中挑出这么一个人来撒谎,这不是太容易给人家揭穿了吗?达西先生见到女人就觉得晦气,也许他看都没有看过**你**一眼呢!我真佩服他们!"

伊丽莎白尽量凑着父亲打趣,可是她的笑容显得极其勉强。父亲的俏皮幽默,从来没有像今天这样不讨她喜欢。

"你不觉得滑稽吗?"

"啊,当然。请你再读下去。"

"'昨夜不佞曾与夫人提及此次联姻可能成为事实,深蒙夫人本其平日推爱之忱,以其隐衷见告。彼谓此事千万不能赞同,盖以令媛门户低微,缺陷太多,若竟而与之联姻,实在有失体统。故不佞自觉责无旁贷,应将此事及早奉告表妹,冀表妹及其所爱慕之贵人皆能深明大体，以免肆无忌惮，私订终身！'——柯林斯先生还说：'丽迪雅表妹之不贞事件得以圆满解决，殊为欣慰。唯不佞每念及其婚前即与人同居，秽闻远扬，仍不免有所痛心。不佞尤不能已于言者，厥为彼等一经确定夫妇名分，先生即迎之入尊府，诚令人不胜骇异，盖先生此举实系助长伤风败俗之恶习耳。设以不佞为浪搏恩牧师，必然坚决反对。先生身为基督教徒，固当宽恕为怀，然则以先生之本分而言，唯有拒见其人，拒闻其名耳。'——这就是他所谓的基督徒宽恕精神！下面写的都是关于他亲爱的夏绿蒂的一些情形，他们快要生小孩了。怎么，丽萃，你好像不乐意听似的。我想，你不见得也有那种小姐腔，假装正经，听到这种废话就要生气吧。人生在世，要不是让人家开开玩笑，回头来又取笑取笑别人，那还有什么意思？"

伊丽莎白大声叫道："噢，我听得非常有趣。不过这事情实在古怪！"

"的确古怪——有趣的也正是**这**一点。如果他们讲的是另外一个人，那倒还说得过去。最可笑的是，那位贵人完全没有把你放在眼里，**你**对他又是厌恶透顶！我平常虽然最讨厌写信，可是我无论如何也不愿和柯林斯断绝书信往来。唔，我每次读到他的信，总觉得他比韦翰还要讨我喜欢。我那位女婿虽然又冒失又虚伪，还是及不上他。请问你，丽萃，咖苔琳夫人对这事是怎么说的？她是不是特地赶来表示反对？"

女儿听到父亲问这句话，只是笑了一笑。其实父亲这一问完全没有一点猜疑的意思，因此他问了又问，也没有使她感觉到痛苦。伊丽莎白从来没有像今天这样为难：心里想的是一套，表面上却要装出另一套。她真想哭,可是又不得不强颜为笑。父亲说达西先生没有把她放在眼里,这句话未免太使她伤心。她只有怪她父亲为什么这样糊涂,或者说,她现在心里又添了一重顾虑:这件事也许倒不能怪父亲看见得太少,而应该怪她自己幻想得太**多**呢。

第五十八章

彬格莱先生非但没有如伊丽莎白所料,接到他朋友不能履约的道歉信,而且在咖苔琳夫人来过以后没有几天,就带着达西一同来到浪搏恩。两位贵客来得很早。丽萃坐在那儿时时刻刻担心,唯恐母亲把达西的姨母来访的消息当面告诉达西,好在班纳特太太还没有来得及说这件事,彬格莱就提议出去散步,因为他要和吉英单独待在一块儿。大家都同意。班纳特太太没有散步的习惯,曼丽又从来不肯浪费时间,于是一同出去的只有五个人。彬格莱和吉英马上就让别人走在前头,自己在后边走,让伊丽莎白、吉蒂和达西三个人去相互应酬。三个人都不大说话:吉蒂很怕达西,因此不敢说话;伊丽莎白正在暗地里下最大的决心;达西或许也是一样。

他们向卢卡斯家里走去,因为吉蒂想要去看看玛丽亚;伊丽莎白觉得用不着大家都去,于是等吉蒂离开了他们以后,她就大着胆子跟他继续往前走。现在是她拿出决心来的时候了;她便立刻鼓起勇气跟他说:

"达西先生,我是个自私自利的人,我只想叫自己心里痛快,也不管是否会伤害你的情感。你对我那位可怜的妹妹情义太重，我再也不能不感激你了。我自从知道了这件事情以后，一心就想对你表示谢忱；要是我家里人全都知道了，那么，就不止我一个人要感激你了。"

"我很抱歉，我真抱歉，"达西的声调又是惊奇又是激动，"这件事要是以错误的眼光去看，也许会使你觉得不好受，想不到竟会让你知道。我没有料到嘉丁纳太太这样不可靠。"

"你不应该怪我舅母。只因为丽迪雅自己不留神，先露出了口风，我才知道你牵涉在这件事情里面；那么我不打听个清楚明白，当然不肯罢休。让我代表我全家人谢谢你，多谢你本着一片同情心，不怕麻烦，受尽委屈，去找他们。"

达西说："如果你当真要谢我，你只消表明你自己的谢忱。无用否认，我所以做得那么起劲，除了别的原因以外，也为了想要使你高兴。你家里人不用感谢我。我虽然尊敬他们，可是我当时心里只想到你一个人。"

伊丽莎白窘得一句话也说不出来。过了片刻工夫，只听得她的朋友又说："你是个爽快人，决不会开我的玩笑。请你老实告诉我，你的心情是否还是和四月里一样。**我的**心愿和情感依然如旧，只要你说一句话，我便再也不提起这桩事。"

伊丽莎白听他这样表明心迹，越发为他感到不安和焦急，便不得不开口说话。她立刻吞吞吐吐地告诉他说，自从他刚刚提起的那个时期到现在，她的心情已经起了很大的变化，现在她愿意以愉快和感激的心情来接受他这一番盛情美意。这个回答简直使他感到从来没有过的快乐，他正像一个狂恋热爱的人一样，立刻抓住这个机会,无限乖巧、无限热烈地向她倾诉衷曲。要是伊丽莎白能够抬起头来看看他那双眼睛,她就可以看出,他那满脸喜气洋洋的神气,使他变得多么漂亮;她虽然不敢看他的脸色,却敢听他的声音;只听得他把千丝万缕的感情都告诉了她,说她在他心目中是多么重要,使她越听越觉得他情感的宝贵。

他们只顾往前走,连方向也不辨别一下。他们有多少心思要想,多少情感要去体会,多少话要谈,实在无心去注意别的事情,她马上就认识到,这次双方所以会取得这样的谅解,还得归功于他姨母的一番力量,原来他姨母回去的时候,路过伦敦,**果真**去找过他一次,把她自己到浪搏恩来的经过、动机,以及和伊丽莎白谈话的内容,都一一告诉了他,特别把伊丽莎白的一言一语谈得十分详细,凡是她老人家认为嚣张乖僻、厚颜无耻的地方,都着重地说了又说,认为这样一来,纵使伊丽莎白不肯答应打消这门亲事,她姨侄一定会亲口承诺。不过,也是老夫人该倒霉,效果恰恰相反。

他说:"以前我几乎不敢奢望,这一次倒觉得事情有了希望。我完全了解你的脾气,我想,假若你当真恨我入骨,再也没有挽回的余地,那你一定会在咖苔琳夫人面前照直招认出来。"

伊丽莎白涨红了脸,一面笑,一面说:"这话不假,你知道我为人**直爽**,因此才相信我会做到**那种**地步。我既然能够当着你自己的面,深恶痛绝地骂你,自然也会在你任何亲戚面前骂你。"

"你骂我的话,哪一句不是活该?虽然你的指斥都没有根据,都是听到人家以讹传讹,可是我那次对你的态度,实在应该受到最严厉的责备。那是不可原谅的。我想起这件事来,就免不了痛恨自己。"

伊丽莎白说:"那天下午的事,究竟应该由谁多负责任,我们也用不着争论了,严格说来,双方的态度都不好,不过从那次以后,我觉得我们双方都比较有礼貌些了。"

"我心里实在过意不去。几个月以来,一想起我当时说的那些话,表现出的那种行为,那种态度,那种表情,我就觉得说不出地难过。你骂我的话,确实骂得好,叫我一辈子也忘不了。你说:'假使你表现得有礼貌一些就好了。'你不知道你这句话使我多么痛苦,你简直无从想象;不过,说老实话,我也还是过了好久才明白过来,承认你那句话骂得对。"

"我万万想不到那句话对你有那样大的影响。我完全没有料到那句话竟会叫你难受。"

"你这话我倒很容易相信。你当时认为我没有一丝一毫真正的感情,我相信你当时一定是那样想法。我永远也忘不了:当时你竟翻了脸,你说,不管我怎样向你求婚,都不能打动你的心,叫你答应我。"

"哎哟,我那些话你也不必再提,提起来未免太不像话。告诉你,我自己也早已为那件事觉得难为情。"

达西又提起那封信。他说:"那封信——你接到我那封信以后,是否立刻对我有好感一些?信上所说的那些事,你相信不相信?"

她说,那封信对她影响很大,从此以后,她对他的偏见都慢慢地消除了。

他说:"我当时就想到,你看了那封信,一定非常难受,可是我实在万不得已。但愿你早把那封信毁了。其中有些话,特别是开头那些话,我实在不愿意你再去看它。我记得有些话一定会使你恨透了我。"

"如果你认为一定要烧掉那封信,才能保持我的爱情,那我当然一定把它烧掉;不过话说回来,即使我怎样容易变心,也不会看了那封信就和你翻脸。"

达西说:"当初写那封信的时候,我自以为完全心平气和,头脑冷静;可是事后我才明白,当时确确实实是出于一股怨气。"

"那封信开头也许有几分怨气,结尾却并不是这样。结尾那句话完全是一片大慈大悲①。还是不要再去想那封信吧。无论是写信人也好,收信人也好,心情都已和当初大不相同,因此,一切不愉快的事,都应该把它忘掉。你得学学我的人生观。你要回忆过去,也只应当去回忆那些使你愉快的事情。"

"我并不认为你有这种人生观。对**你**来说,过去的事情,没有哪一件应该受到指责,因此你回忆起过去的事情来,便觉得件件满意,这与其说,是因为你人生观的关系,倒不如说,是因为你天真无邪。可是**我**的情形却是两样。我脑子里总免不了想起一些苦痛的事情,实在不能不想,也不应该不想。我虽然并不主张自私,可是事实上却自私了一辈子。从小时候起,大人就教我,为人处世应该如此这般,却不教我要把脾气改好。他们教我要学这个规矩那个规矩,又让我学会了他们的傲慢自大。不幸我是一

---

① 指第三十五章达西致伊丽莎白那封信的结尾一句:"我要说的话都说完了,愿上帝祝福你。"达西当初这句话实在含有几分怨气,伊丽莎白在这里是嘲弄他。

个独生子（有好几年，家里只有我一个孩子），从小给父母亲宠坏了。虽然父母本身都是善良人（特别是父亲，完全是一片慈善心肠，和蔼可亲），却纵容我自私自利，傲慢自大，甚至还鼓励我如此，教我如此。他们教我，除了自己家里人以外，不要把任何人放在眼里，教我看不起天下人，至少**希望**我去鄙薄别人的见识，鄙薄别人的长处，把天下人都看得不如我。从八岁到二十八岁，我都是受的这种教养，好伊丽莎白，亲伊丽莎白，要不是亏了你，我可能到现在还是如此！我哪一点不都是亏了你！你给了我一顿教训，开头我当然受不了，可是我实在得益匪浅。你羞辱得我好有道理。当初我向你求婚，以为你一定会答应。多亏你使我明白过来，我既然认定一位小姐值得我去博得她的欢心，我又一味对她自命不凡，那是万万办不到的。"

"当时你真以为会博得我的欢心吗？"

"我的确是那样想的。你一定会笑我太自负吧？我当时还以为你在指望着我、等待着我来求婚呢。"

"那一定是因为我态度不好，可是我告诉你，我并不是故意要那样。我决不是有意欺骗你，可是我往往凭着一时的兴致，以致造成大错，从那天下午起，你一定是非常恨我！"

"恨你！开头我也许很气你，可是过了不久，我便知道究竟应该气谁了。"

"我简直不敢问你，那次我们在彭伯里见面，你对我怎么看法。你怪我不该来吗？"

"不，哪儿的话；我只是觉得惊奇。"

"你固然惊奇，可是我蒙你那样抬举，恐怕比你还要惊奇。

我的良心告诉我说,我不配受到你殷勤款待,老实说,我当时的确没有料到会受到**分外**的待遇。"

达西说:"**我当时**的用意,是要尽量做到礼貌周全,让你看出我气量颇大,不计旧怨,希望你知道我已经重视了你的责备,诚心改过,能够原谅我,冲淡你对我的恶感。至于我从什么时候又起了别的念头,实在很难说,大概是在看到你以后的半个钟头之内。"

然后他又说,那次乔治安娜非常乐意跟她做朋友,不料交情突然中断,使她十分扫兴;接着自然又谈到交情中断的原因,伊丽莎白这才明白,当初他还没有离开那家旅馆以前,就已下定决心,要跟着她从德比郡出发,去找她的妹妹,至于他当时所以沉闷忧郁,并不是为了别的事操心,而是为了这件事在转念头。

她又感谢了他一次,但是提起这桩事,双方都非常痛苦,所以没有再谈下去。

他们这样悠闲自在地溜达了好几英里路,只顾忙着交谈,想不到已走了这么远,最后看看表,才发觉应该回家了。

"彬格莱和吉英上哪儿去了?"他们俩从这句话又谈到那另外一对的事情上去。达西早已知道他朋友已经和吉英订婚,觉得很高兴。

伊丽莎白说:"我得问问你,你是否觉得事出意外?"

"完全不觉得意外。我临走的时候,便觉得事情马上会成功。"

"那么说,你早就允许了他啦。真让我猜着了。"虽然他竭力声辩,说她这种说法不对,她却认为事实确是如此。

他说:"我到伦敦去的前一个晚上,便把这事情向他坦白了,其实早就应该坦白的。我把过去的事都对他说了,使他明白我当初阻挡他那件事,真是又荒谬又冒失。他大吃一惊。他从来没有想到过会有这种事。我还告诉他说,我从前以为你姐姐对他平平淡淡,现在才明白是我自己想错了;我立刻看出他对吉英依旧一往情深,因此我十分相信他们俩的结合一定会幸福。"

伊丽莎白听到他能够这样轻而易举地指挥他的朋友,不禁一笑。

她问道:"你跟他说,我姐姐爱他,你这话是自己体验出来的呢,还是春天里听我说的?"

"是我自己体验出来的。最近我到你家里去过两次,仔细观察了她一下,便看出她对他感情很深切。"

"我想,一经你说明,他也立即明白了吧。"

"的确如此。彬格莱为人极其诚恳谦虚。他因为胆怯,所以遇到这种迫切问题,自己便拿不定主张,总是相信我的话,因此这次一切都做得很顺利。我不得不向他招认了一件事,我估计他在短时期里当然难免要为这件事生气。我老实对他说,去年冬天你姐姐进城去待了三个月,当时我知道这件事,却故意瞒住了他。他果然很生气。可是我相信,他只要明白了你姐姐对他有情感,他的气愤自然会消除。他现在已经真心诚意地宽恕了我。"

伊丽莎白觉得,彬格莱这样容易听信别人的话,真是难得;她禁不住要说,彬格莱真是个太可爱的人,可是她毕竟没有把这句话说出口。她想起了目前还不便跟达西开玩笑,现在就开他的玩笑未免太早。他继续跟她谈下去,预言着彬格莱的幸福——这种幸福当然抵不上他自己的幸福。两人一直谈到走进家门,步入穿堂,方才分开。

第五十九章

  且说伊丽莎白一走进家门，吉英便问她："亲爱的丽萃，你们到什么地方去了？"等到他们两人坐下来的时候，家里所有的人都这样问她。她只得说，他们两人随便逛逛，后来她自己也不知道走到什么地方去了。她说话时涨红了脸；可是不管她神色如何，都没有引起大家怀疑到那件事上面去。

  那个下午平平静静地过去了，并没有什么特别的事情。公开了的那一对爱人有说有笑；没有公开的那一对不声不响。达西生性沉静，喜悦不形于色；伊丽莎白心慌意乱，只知道自己很幸福，却没有确切体味到究竟如何幸福，因为除了眼前这一阵别扭以外，还有种种麻烦等在前头。她预料事情公开以后，家里人有何种感觉。她知道除了吉英以外，家里没有一个人喜欢他，她甚至顾虑到家里人都会**讨厌**他，哪怕凭他的财产地位，也是无法挽救。

  晚上，她把真心话说给吉英听。虽说吉英一向并不多疑，可是对这件事却简直不肯相信。

  "你在开玩笑！丽萃。不会有这种事！跟达西先生订婚！不行，不行，你不要骗我；我知道这件事不可能。"

"一开头就这样糟糕，可真要命！我唯一的希望全寄托在你身上，要是你不相信我，就没有人会相信我了。我决不是跟你胡说。我说的都是真话。他仍然爱我，我们已经讲定了。"

吉英半信半疑地看着她："噢，丽萃，不会有这种事的。我知道你非常厌恶他。"

"你一点也不明白这里面的曲折，**这种话**不必再提。也许我一向并不像现在这样爱他。可是这一类的事，总不应该把宿怨记得太牢。我从今以后也一定要把它忘记得干干净净。"

班纳特小姐仍然显出非常诧异的样子。于是伊丽莎白更加一本正经地重新跟她说，这是事实。

吉英不禁大声叫道："老天爷呀！真有这件事吗？这一下我可应该相信你了，我的好丽萃，亲丽萃，我要恭喜你，我一定得恭喜你；可是，对不起，让我问你一声：你能不能断定——能不能百分之百地断定，嫁了他是否会幸福？"

"这当然毫无疑问。我们俩都认为我们是世界上最幸福的一对。可是你高兴吗，吉英？你愿意要这样一位妹夫吗？"

"非常非常愿意。彬格莱和我真是再高兴也没有了。这件事我们也考虑过、谈论过，都认为不可能。你当真非常爱他吗？噢，丽萃，什么事都可以随便，没有爱情可千万不能结婚。你确实感觉到你应该这样做吗？"

"的确如此！等我把详情细节都告诉了你，你只会觉得我还做得不够呢。"

"你这话是什么意思？"

"嗳，我得承认，我爱他要比爱彬格莱深切。我怕你要生气吧。"

"好妹妹，请你严肃一些。我要听你严肃地谈一谈。凡是可以对我说的话，赶快对我说个明白，你是否愿意告诉我：你爱他有多久了？"

"这是慢慢儿发展起来的，我也说不出从什么时候开始，不过我觉得，应该从看到彭伯里他那美丽的花园算起。"

姐姐又叫她严肃些，这一次总算产生了效果；她立刻依了吉英的意见，郑重其事地把自己爱他的经过讲给吉英听。班纳特小姐弄明白了这一点以后，便万事放心了。

她说："我现在真是太幸福了，因为你也会同我一样幸福。我一向很器重他。不说别的，光是为了他爱你，我也就要永远敬重他了；他既是彬格莱的朋友，现在又要做你的丈夫，那么，除了彬格莱和你以外，我最喜欢的当然就是他啦。可是丽萃，你太狡猾了，平常连一点口风也不向我吐露。彭伯里的事和蓝白屯的事从来没有说给我听过！我所知道的一些情形，都是别人说给我听的，不是你自己说的。"

伊丽莎白只得把保守秘密的原因告诉了她。原来她以前不愿意提起彬格莱，加上她又心绪不宁，所以也不讲起达西，可是现在，她大可不必再把达西为丽迪雅的婚姻奔忙的那段情节，瞒住吉英了。她把一切的事都和盘托出，姐妹俩一直谈到半夜。

第二天早上，班纳特太太站在窗口叫道："天哪！那位讨厌的达西先生又跟着我们的彬格莱一块儿上这儿来了！他为什么那样不知趣,老是要上这儿来?我但愿他去打鸟,或者随便去干点什么,可别来吵我们。叫我们拿他怎么办?丽萃,你又得同他出去散散步才好,不要让他在这里麻烦彬格莱。"

母亲想出个办法来,正是伊丽莎白求之不得的,她禁不住要笑出来,可是听到母亲老是说他讨厌,她亦不免有些气恼。

两位贵客一走进门,彬格莱便意味深长地望着她,热烈地跟她握手,她一看见这情形,便断定他准是消息十分灵通;不多一会工夫,他果然大声说道:"班纳特太太,这一带还有什么别的曲径小道,可以让丽萃今天再去迷路吗?"

班纳特太太说:"我要劝达西先生、丽萃和吉蒂,今天上午都上奥克汉山去。这一段长路走起来挺有味,达西先生还没有见过那儿的风景呢。"

彬格莱先生说:"对他们两人当然再好也没有了,我看吉蒂一定吃不消。是不是,吉蒂?"

吉蒂说她宁可待在家里。达西表示非常想到那座山上去看看四面的风景。伊丽莎白默默表示同意,正要上楼去准备,班纳特太太在她后面说:

"丽萃,我很对不起你,逼你去跟那个讨厌的人在一起,你可不要计较。你要知道,这都是为了吉英;你只消随便敷衍敷衍他,不必多费心思。"

散步的时候,两人决定当天下午就去请求班纳特先生表示允许;母亲那儿由伊丽莎白自己去说。她不知道母亲是否会赞成。母亲实在太厌恶他了,因此伊丽莎白有时候竟会认为,即使以他的财产地位,也挽回不了母亲的心,可是,母亲对这门婚姻无论是坚决反对也好，欣喜若狂也好，她的出言吐语反正都是不得体。叫人家觉得她毫无见识。她对达西先生不是欣喜欲狂地表示赞成，便是义愤填胸地表示反对，伊丽莎白想到这里，心里实在受不了。

当天下午，只见班纳特先生刚一走进书房，达西先生便立刻站起身来跟着他走，伊丽莎白看到这情形，心里焦急到了极点。她并不是怕父亲反对，而是怕父亲会给弄得不愉快。她想，她是父亲最宠爱的女儿，如果她选择了这个对象，竟会使父亲感到痛苦，使父亲为她的终身大事忧虑惋惜，未免太不像话。她担心地坐在那儿，直到达西先生回到她身边，面带笑意，她这才松了口气。一会儿工夫，达西走到她跟吉蒂一块儿坐着的那张桌子跟前来，装作欣赏她手里的针线，轻声地跟她说："快到你爸爸那儿去，他在书房里等着你。"她于是马上就去了。

她父亲正在房间里踱来踱去，看他那种神气，既是严肃，又是焦急。

他说："丽萃，你在闹些什么？你疯了吗，你怎么会要这个人？你不是一向都恨他吗？"

她这时候真是焦急非凡。假若她从前不是那样见解过火，出言不逊，那就好了，那现在用不到那么尴尴尬尬地去解释和剖白了。可是事到如今，既是免不了要费些唇舌，她只得心慌意乱地跟父亲说，她爱上了达西先生。

"换句话说，你已经打定主意，非嫁他不可啦。他当然有的是钱，可以使你比吉英衣服穿得更高贵，车辆乘得更华丽。难道这就会使你幸福吗？"

伊丽莎白说："你认为我对他并没有感情，除此以外，你还有别的反对意见吗？"

"一点没有。我们都知道他是个傲慢而不易亲近的人；不过，只要你真正喜欢他，这也无关紧要。"

女儿含泪回答道："我实在喜欢他，我爱他。他并不是傲慢得没有道理。他可爱极了。你不了解他真正的为人，因此，我求你不要这样编派他，免得我痛苦。"

父亲说："丽萃，我已经允许他了。像他那样的人，只要蒙他不弃，有所请求，我当然只有答应。如果你现在已经决定了要嫁他，我当然决计允许你。不过我劝你还是再仔细想想：我了解你的个性，丽萃。我知道，你除非真正能敬重你的丈夫，认为他高你一等，你便不会觉得幸福，也不会觉得得意。以你这样了不起的才能，要是婚姻攀得不相称，那是极其危险的，那你就很难逃得了丢脸和悲惨的下场。好孩子，别让我以后眼看着你瞧不起你的终身伴侣，为你伤心。你得明白，这不是闹着玩的。"

伊丽莎白更加感动，便非常认真、非常严肃地回答他的话；后来她又几次三番地说，达西先生确实是她选中的对象，说她对他的敬爱已经步步提高，说她相信他的感情决不是一朝一夕生长起来的，而是经历了好几个月才考验出来的；她又竭力赞扬他种种优美的品质，这才打消了父亲的犹疑，完全赞成了这门婚姻。

她讲完了，他便说道："好孩子，这么说，我没有别的意见了。当真这样，他的确配得上你。丽萃，我可不愿意让你嫁给一个够不上这种标准的人。"

为了要使得父亲对达西先生更有好感,她又把他自告奋勇搭救丽迪雅的事告诉了父亲。父亲听了,大为惊奇。

"今天真是无奇不有了!原来一切全仗达西的大力,他一手撮合他们的婚姻,为他们赔钱,替那个家伙还债,给他找差使!这是再好也没有了。省了我多少麻烦,省了我多少钱。假如这事是你舅舅做的,我就非还他不可,而且**可能**已经还他了;可是这些狂恋热爱的年轻人,样样事都喜欢自作主张。明天我就提出还他的钱,他一定会大吹大擂,说他怎么样爱你疼你,那么事情就这样完了。"

于是他记起了前几天给伊丽莎白读柯林斯先生那封信的时候,她是多么局促不安;他又取笑了她一阵,最后才让她走了;她正要走出房门,他又说:"如果还有什么年轻人来向曼丽和吉蒂求婚,带他们进来好了,我正闲着呢。"

伊丽莎白心里那块大石头这才算放了下来,在自己房间里待了半个钟头定了定心以后,便神色镇定地去和大家待在一起了。所有欢乐愉快的事情都来得太突然,这个下午就这样心旷神怡地消磨过去了;现在再也没有什么重大的事情需要担忧了,但觉心安理得,亲切愉快。

晚上母亲进化妆室去的时候,伊丽莎白也跟着母亲一起去,把这个重要的消息告诉她。班纳特太太的反应极好。她初听到这消息,只是静静地坐着,一句话也说不出,过了好一会儿,她才听懂了女儿的话,才隐隐约约地明白了又有一个女儿要出嫁了,这对于家里有多少好处。到最后她才完全弄明了是怎么回事,于是在椅子上坐立不安,一会儿站起来,一会儿又坐下去,一会儿诧异，一会儿又为自己祝福。

"谢谢老天爷！谢天谢地！且想想看吧！天啊！达西先生！谁想得到哟！真有这回事吗？丽萃，我的心肝宝贝，你马上就要大富大贵了！你将要有多少针线钱①，有多少珠宝，多少马车啊！吉英比起来就差得太远了——简直是天上地下。我真高兴——真快乐。这样可爱的丈夫！那么漂亮，那么魁伟！噢，我的好丽萃！我以前那么讨厌他，请你代我去向他求饶吧！我希望他不会计较。丽萃，我的心肝，我的宝贝。他在城里有所大住宅！漂亮的东西一应俱全！三个女儿出嫁啦！每年有一万镑的收入！噢，天啊！我真乐不可支了。我要发狂了！"

这番话足以证明她完全赞成这门婚姻；伊丽莎白心喜的是，幸亏母亲这些得意忘形的话只有她一个人听见。不久她便走出房来。可是她走到自己房间里还没有三分钟，母亲又赶来了。

母亲大声叫道："我的心肝，我脑子里再也想不到旁的东西了！一年有一万镑的收入，可能还要多！简直阔得像个皇亲国戚！而且还有特许结婚证②——你当然要用特许结婚证结婚的。

---

① 按英国自14世纪刚刚发明针时，极其宝贵，售针仅限于1月1日及1月2日两天。用针者仅限于富人。故通常结婚时，夫家均给予妻子一笔款项作为购针之用，谓之针线钱。"针线钱"这一名词今日在英国仍甚普遍，多指贵夫人用以购买奢侈品之钱，或丈夫给予妻女的零用钱。
② 按英国从前的法律，结婚多用结婚通告，由牧师在礼拜天做早祷时，读完了第二遍《圣经》经文以后，便当众宣布，连续宣布三个礼拜，如男女一方有未成年的，家长或保护人出来反对，结婚通告就不生效。如需提早结婚，则不用通告，而用特许结婚证，特许结婚证只有大主教或主教始有权颁发，凡请求颁给特许结婚证者，男女双方必须有一方在所在地教区居住十五日以上，并得发誓。

可是，我的宝贝，告诉我，达西先生爱吃什么菜，让我明天准备起来。"

这句话不是个好兆头，看来她母亲明天又要在那位先生面前出丑：伊丽莎白心想，现在虽然已经十拿九稳地获得了他的热爱，而且也得到了家里人的同意，恐怕还是难免节外生枝。好在事出意料，第二天的情形非常好，这完全是多亏班纳特太太对她这位未来的女婿极其敬畏，简直不敢跟他说话，只是尽量向他献些殷勤，或者是恭维一下他的高谈阔论。

伊丽莎白看到父亲也尽心竭力地跟他亲近，觉得很满意；班纳特先生不久又对她说，他愈来愈器重达西了。

他说："三个女婿都使我非常得意，或许韦翰是我最宠爱的一个；可是我想，**你的**丈夫也会像吉英的丈夫一样讨我喜欢。"

第六十章

伊丽莎白马上又高兴得顽皮起来了,她要达西先生讲一讲爱上她的经过。她问:"你是怎样走第一步的?我知道你只要走了第一步,就会一路顺风往前去;可是,你最初究竟怎么会转这个念头的?"

"我也说不准究竟是在什么时间,什么地点,看见了你什么样的风姿,听到了你什么样的谈吐,便使我开始爱上了你。那是好久以前的事。等我发觉我自己**开始**爱上你的时候,我已经走了一半路了。"

"我的美貌并没有打动你的心;讲到我的态度方面,我对你至少不是怎么有礼貌,我没有哪一次同你说话不是想要叫你难过一下。请你老老实实说一声,你是不是爱我的唐突无礼?"

"我爱你的脑子灵活。"

"你还不如说是唐突,十足的唐突。事实上是因为,你对于殷勤多礼的客套,已经感到腻烦。天下有种女人,她们无论是说话、思想、表情,都只是为了博得**你**称赞一声,你对这种女人已经觉得讨厌。我所以会引起你的注目,打动了你的心,就因为我不像**她们**。如果你不是一个真正可爱的人，你一定会恨我这种地方；可是，尽管你想尽办法来遮掩你自己，你的情感毕竟是高贵的、正确的，你心目中根本看不起那些拼命向你献媚的人。我这样一说，你就可以不必费神去解释了；我通盘考虑了一下，觉得你的爱完全合情合理。老实说，你完全没有想到我有什么实在的长处；不过，随便什么人，在恋爱的时候，也都不会想到**这种事情**。"

"当初吉英在尼日斐花园病了，你对她那样温柔体贴，不正是你的长处吗？"

"吉英真是太好了！谁能不好好地待她？你姑且就把这件事当作我的德性吧。我一切优美的品质都全靠你夸奖，你爱怎么说就怎么说吧；我可只知道找机会来嘲笑你，跟你争论；我马上就开始这样做，听我问你：你为什么总是不愿意直捷爽快地谈到正题？你第一次上这儿来拜访，第二次在这儿吃饭，为什么见到我就害臊？尤其是你来拜访的那一次，你为什么显出那副神气，好像完全不把我摆在心上似的？"

"因为你那样板起了脸，一言不发，使得我不敢和你攀谈。"

"可是我觉得难为情呀。"

"我也一样。"

"那么，你来吃饭的那一次，也可以跟我多谈谈喽。"

"要是爱你爱得少些，话就可以说得多些了。"

"真不凑巧，你的回答总是这样有道理，我又偏偏这样懂道理，会承认你这个回答！我想，要是我不来理你，你不知要拖到什么时候；要是我不问你一声，不知你什么时候才肯说出来。这都是因为我拿定了主意,要感谢你对丽迪雅的好处,这才促成了这件事。我怕促成得**太厉害**了;如果说,我们是因为打破了当初的诺言①,才获得了目前的快慰,那在道义上怎么说得过去?我实在不应该提起那件事的。实在是大错特错。"

"你不用难过。道义上完全讲得过去。咖苔琳夫人蛮不讲理,想要拆散我们,这反而使我消除了种种疑虑。我并不以为目前的幸福,都是出于你对我的一片感恩图报之心。我本来就不打算等你先开口。我一听到我姨母的话,便产生了希望,于是决定要立刻把事情弄个清楚明白。"

"咖苔琳夫人倒帮了极大的忙,她自己也应该高兴,因为她喜欢帮人家的忙。可是请你告诉我,你这次上尼日斐花园来是干什么的?难道就是为了骑着马到浪搏恩来难为情一番吗?你有没有预备要做出些正经大事来呢?"

"我上这儿来的真正目的,就是为了看看你。如果可能的话,我还要想法子研究研究,是否有希望使你爱上我。至于在别人面前,在我自己心里,我总是说,是为了看看你姐姐对彬格莱是否依然有情,如果依然有情,我就决计把这事的原委向他说明。"

"你有没有勇气把咖苔琳夫人的自讨没趣,向她自己宣布一遍?"

"我并不是没有勇气,而是没有时间,伊丽莎白。可是这件事是应该要做的;如果你给我一张信纸,我马上就来做。"

"要不是我自己有封信要写,我一定会像另外一位年轻的小

---

① 当初的诺言一句极其俏皮,可参阅第三十四章。

姐一样①,坐在你身旁,欣赏你那工整的书法。可惜我也有一位舅母,再不能不回信给她了。"

且说前些时候,舅母过高地估计了伊丽莎白和达西先生的交情,伊丽莎白又不愿意把事情向舅母说明白,因此嘉丁纳太太写来的那封长信一直还没有回答,现在有了这个可喜的消息告诉她,她一定会喜欢,可是伊丽莎白倒觉得,让舅父母迟了三天才知道这个消息,真有些不好意思。她马上写道:

> 亲爱的舅母,蒙你写给我那封亲切而令人满意的长信,告诉了我种种详情细节,本当早日回信道谢,无奈我当时实在情绪不佳,因而不愿意动笔。你当时所想象的情况,实在有些过甚其辞。可是**现在**,你大可爱怎么想就怎么想了。关于这件事,你可以放纵你的幻想,想到哪里就是哪里,只要你不以为我已经结了婚,你总不会猜想得太过分。你得马上再写封信来把他赞美一番,而且要赞美得大大超过你上一封信。我要多谢你没有带我到湖区去旅行。我真傻,为什么想到湖区去呢?你说要弄几匹小马去游园,这个打算可真有意思。今后我们便可以每天在那个园里兜圈子了。我现在成了天下最幸福的人。也许别人以前也说过这句话,可是谁也不能像我这样名副其实。我甚至比吉英还要幸福:她只是莞尔微笑,我却要纵声大笑。达西先生分一部分爱我之心问候

---

① 伊丽莎白又在这里说俏皮话了,她指的是从前彬格莱小姐看达西写信的事,请参阅第十章。

你。欢迎你们到彭伯里来过圣诞节。——你的甥女。(下略)

达西先生写给咖苔琳夫人的信,格调和这封信颇不一样,而班纳特先生写给柯林斯先生的回信,和这两封信又是全不相同。

> 贤侄先生左右:我得麻烦你再恭贺我一次。伊丽莎白马上就要做达西夫人了。请多多劝慰咖苔琳夫人。要是我处在你的地位,我一定要站在姨侄一边,因为他可以给人更大的利益。
>
> 愚某手上

彬格莱小姐祝贺哥哥快要结婚的那封信,写得无限亲切,只可惜缺乏诚意。她甚至还写信给吉英道贺,又把从前那一套假仁假义的话重提了一遍。吉英虽然再也不受她蒙蔽,可仍然为她感动;虽说对她不再信任,可还是回了她一封信,措辞极其亲切,实在使她受之有愧。

达西小姐来信上说,她接到喜讯时,正和她哥哥发出喜讯时一样欢欣。那封信写了四张信纸,还不足以表达她内心的喜悦,不足以表明她是怎样恳切地盼望着嫂嫂会疼爱她。

柯林斯先生的回信还没有来,伊丽莎白也还没有获得柯林斯太太的祝贺,这时候浪搏恩全家却听说他们夫妇俩马上要到卢家庄来。他们突然动身前来的原因,是很容易明白的。原来咖苔琳夫人接到她姨侄那封信,大发雷霆,而夏绿蒂对这门婚事偏偏非常欣喜,因此不得不火速避开一下,等到这场暴风雨过去了以后再说。对伊丽莎白说来,在这样的佳期,自己的好朋友来了,真是一件无上愉快的事,只可惜等到见了面,看到柯林斯先生对达西先生那种极尽巴结阿谀的样子,便不免认为这种愉快有些得不偿失。不过达西却非常镇定地容忍着。还有威廉·卢卡斯爵士,他恭维达西获得了当地最宝贵的明珠,而且还恭而敬之地说,希望今后能常在宫中见面。达西先生甚至连这些话也听得进去,直到威廉爵士走开以后,他方才耸了耸肩。

还有腓力普太太,她为人很粗俗,也许会叫达西更加受不了。腓力普太太正像她姐姐一样,见到彬格莱先生那么和颜悦色,于是攀谈起来很是随便,而对达西则敬畏备至,不敢随便,可是她的出言吐语总还是免不了粗俗。虽说她因为尊敬达西而很少跟达西说话,可是她并不因此而显得举止文雅一些。伊丽莎白为了不让达西受到这些人的纠缠,便竭力使他跟她自己谈话,跟她家里那些不会使他受罪的人谈话。虽然这一番应酬大大减少了恋爱的乐趣,可是却促进了她对未来生活的期望,她一心盼望着赶快离开这些讨厌的人物,到彭伯里去,和他一家人在一起,舒舒服服地过一辈子风雅有趣的生活。

第六十一章

　　班纳特太太两个最值得疼爱的女儿出嫁的那一天，正是她做母亲的生平最高兴的一天。她以后去拜访彬格莱太太，在人家面前谈起达西太太，是多么得意，多么骄傲，这是可想而知的。看她家庭面上，我想在这里作一个说明：她所有的女儿后来都得到了归宿，她生平最殷切的愿望终于如愿以偿；说来可喜，她后半辈子竟因此变成了一个头脑清楚、和蔼可亲、颇有见识的女人；不过她有时候还是神经衰弱，经常都是大惊小怪，这也许倒是她丈夫的幸运，否则他就无从享受这种稀奇古怪的家庭幸福了。

　　班纳特先生非常舍不得第二个女儿；他因为疼爱她，便常常去看她，他生平从来不肯这样经常出外做客。他喜欢到彭伯里去，而且去起来大都是别人完全意料不到的时候。

　　彬格莱先生和吉英在尼日斐花园只住了一年。虽说**他的**脾气非常随和，**她的**性情亦极其温柔，可是夫妇俩都不大愿意和她母亲以及麦里屯的亲友们住得太近。后来他在德比郡邻近的一个郡里买了一幢房子，于是他姐妹们的衷心愿望总算如愿以偿；而吉英和伊丽莎白俩在万重幸福上又添了一重幸福，那就是说，姐妹俩从此不过相隔三十英里了。

吉蒂最受实惠,大部分时间都消磨在两位姐姐那儿。从此她所交往的人物都比往常高尚,她本身当然也就大有长进。她本来不像丽迪雅那样放纵,现在既没有丽迪雅来影响她,又有人对她加以妥善的注意和照管,她便不像以前那样轻狂无知和麻木不仁了。当然家里少不了要小心地管教她,不让她和丽迪雅来往,免得再受到她的坏影响;韦翰太太常常要接她去住,说是有多少跳舞会,有多少美少年,她父亲总是不让她去。

后来只剩下曼丽还没有出嫁;班纳特太太因为不甘寂寞,自然弄得她这个女儿无从探求学问。曼丽不得不多多和外界应酬,可是她仍然能够用道德的眼光去看待每一次的出外做客。她现在再也不用为了和姐妹们争妍比美而操心了,因此她父亲不禁怀疑到,她这种改变是否出于心甘情愿。

说到韦翰和丽迪雅,他们俩的性格并没有因为她两位姐姐的结婚而有所变化。韦翰想起自己对达西种种忘恩负义、虚伪欺诈的事情,伊丽莎白虽然从前不知道,现在可完全明白了,不过他依旧处之泰然,他多少还指望达西给他一些钱。伊丽莎白结婚的时候,接到丽迪雅一封祝贺信。她看得很明白,即使韦翰本人没有存那种指望,至少他太太也有那种意思。那封信是这样写的:

亲爱的丽萃:

祝你愉快。要是你爱达西先生抵得上我爱韦翰的一半,那你一定会非常幸福了。你能这样富有,真叫人十分快慰;当你闲来无事的时候,希望你会想到我们。我相信韦翰极其希望在官廷里找份差使做做。要是再没有别人帮帮忙，我们便很难维持生计了。随便什么差使都行，只要每年有三四百镑的收入。不过，要是你不愿意跟达西讲，那就不必提起。

（下略）

伊丽莎白**果然**不愿意讲，因此在回信中尽力打消她这种希望，断了她这一类的念头。不过伊丽莎白还是尽量把自己平日的用途节省一些，积下钱来去接济妹妹。她一向看得很明白，他们的收入那么少，两口子又挥霍无度，只顾眼前，不顾今后，这当然不够维持生活；每逢他们搬家，伊丽莎白或是吉英总是接到他们的信，要求接济他们一些钱去偿付账款。即使天下太平了，他们退伍回家，他们的生活终究难望安定。他们老是东迁西徙，寻找便宜房子住，结果总是多花了不少钱。韦翰对丽迪雅不久便情淡爱弛，丽迪雅对他比较持久一些，尽管她年轻荒唐，还是顾全了婚后应有的名誉。

虽然达西再三不肯让韦翰到彭伯里来，但是看在伊丽莎白面上，他依旧帮助他找职业。丽迪雅每当丈夫到伦敦去或是到巴思①去寻欢作乐的时候，也不时到他们那儿去做客；至于彬格莱家里，他们夫妇俩老是一住下来就不想走，弄得连彬格莱那样性格温和的人，也觉得不高兴，甚至说，要暗示他们走。

达西结婚时，彬格莱小姐万分伤心，可是她又要在彬伯里保持做客的权利，因此便把多少怨气都打消了；她比从前更喜爱乔

---

① 英国一个有名的温泉所在地。

治安娜，对达西也好像依旧一往情深，又把以前对伊丽莎白失礼的地方加以弥补。

　　乔治安娜现在长住在彭伯里了；姑嫂之间正如达西先生所料到的那么情投意合，互尊互爱，甚至融洽得完全合于她们自己的理想。乔治安娜非常推崇伊丽莎白，不过，开头看到嫂嫂跟哥哥谈起话来，那么活泼调皮，她不禁大为惊异，几乎有些担心，因为她一向尊敬哥哥，几乎尊敬得超过了手足的情分，想不到现在他竟成为公开打趣的对象。她以前无论如何也弄不懂的事，现在才恍然大悟了。经过伊丽莎白的陶冶，她开始懂得：妻子可以对丈夫放纵，做哥哥的却不能允许一个比自己小十岁的妹妹调皮。

　　咖苔琳夫人对她姨侄这门婚姻极其气愤。姨侄写信给她报喜，她竟毫不留情，直言无讳，写了封回信把他大骂一顿，对伊丽莎白尤其骂得厉害，于是双方有一个短时期断绝过往来。后来伊丽莎白说服了达西，达西才不再计较这次无礼的事，上门去求和；姨母稍许拒绝了一下便不计旧怨了，这可能是因为她疼爱姨侄，也可能是因为她有好奇心，要看看侄媳妇怎样做人。尽管彭伯里因为添了这样一位主妇，而且主妇在城里的那两位舅父母都到这儿来过，因此使门户受到了玷污，但她老人家还是屈尊到彭伯里来拜访。

　　新夫妇跟嘉丁纳夫妇一直保持着极其深厚的交情。达西和伊丽莎白都衷心喜爱他们，又一直感激他们，原来多亏他们把伊丽莎白带到德比郡来，才成全了新夫妇这一段姻缘。